願夏廬詩詞

胡小石 著
劉重喜 編

创于1897
The Commercial Press
商務印書館

序

時變感人思顧夏

胡小石先生（一八八八—一九六二）向來以學者和書家名世。他辭世之後，其門人曾昭燏爲撰《南京大學教授胡先生墓志》，將其生平最爲致力之學問總結爲如下四個方面：一曰古文字之學，二曰書學，三曰楚辭之學，四曰中國文學史之研究。事實上，胡先生天縱多能，學問淵博，其貢獻橫跨儒林、文苑、藝術等多個領域，但曾昭燏受墓志文體所限，只能拈出其學問最主要的幾個方面，而未能縷述胡先生學問才藝的每個方面。例如，在「楚辭之學」和「中國文學史之研究」這兩門學問中，只突出胡先生的中國文學史研究，而未突出其詩詞創作的杰出成就。其所造成的影響之一是，詩人胡小石的光輝形象，被作爲二十世紀著名學者和書法大家的胡小石的光芒所遮蔽了。

自二十世紀八十年代以來，以《胡小石書法選集》（江蘇美術出版社，一九九八年）爲代表的各種胡先生書法文獻集絡繹面世；與此同時，以《胡小石論文集》《胡小石論文集續編》《胡小石論文集三編》（上海古籍出版社，一九八二年、一九九一年、一九九五年）爲代表的胡先生學術論著也陸續整理出版，胡先生在學術界和書法界的聲譽日臻隆高，其在二十世紀中國學術史和書法史上的地位也日益穩固。胡先生的詩詞作品，經由門人吴白匋先生搜集整理，也先後以《願夏廬詩詞鈔》《願夏廬詩詞補鈔》之名出版，附刊於《胡小石論文集》和《胡小石論文集續編》之中。《願夏廬詩詞鈔》輯得古近體詩二百五十一首，詞十九闋，《願夏廬詩詞補鈔》補輯古近體詩五十首，小令詞二闋，加上另搜集到的十七首詩和一闋詞，剔除重出與誤收，兩鈔共録詩三百一十六首，詞二十二闋。限於當時的文獻使用條件，兩鈔所輯容有漏缺，有待補遺。又限於當時的出版條件，兩鈔未以詩詞集形式單行，不利於其廣泛傳播。今天，這一狀況終於改觀了。

顧夏廬是胡小石先生的齋號（簡稱「夏廬」），這個富有詩意的齋號，胡先生十分喜歡而且重視。他別號「子夏」，就是從「顧夏廬」之號衍生出來的。「顧夏」一詞，典出東晋郭璞的《游仙詩》：「六龍安可頓，運流有代謝。時變感人思，已秋復顧夏。」所謂「顧夏」，實即「已秋復顧夏」之省稱，表達的是「感時」亦即「時變感人思」之意。感時，析言之，就是産生今昔之感。從抒情角度來看，顧夏與傷春、悲秋相似，但措辭較爲含蓄，更有新意。夏天最活躍的動物是蜩，也就是蟬，鳴蜩很容易成爲詩人感物的符號。南朝劉宋傅亮《感物賦》云：「憐鳴蜩之應節，惜落景之懷東。」傅亮藉鳴蜩表達感時之意，與郭璞殊途同歸。胡先生晚年稱其所居之處爲「蜩廬」，也是從「顧夏廬」衍生出來的。他有一首七絶《蜩樓》，明確將「蜩」與「顧夏」相提并論：「顧夏傷高足此生，淹留蟋蟀笑無成。挑燈往事紛如葉，一夜溪橋雨打聲。」總之，「顧夏」也好，「鳴蜩」也好，都是具有鮮明六朝色彩的詞語。胡先生選擇「顧夏」來命名自己的書齋，來命名自己的詩詞集，這與他生長於六朝古都南京、成年後又長期執教於此的人生經歷是分不開的。

在胡先生的詩中，對節物變換的敏感，對時間流逝的感嘆，在在可見。最爲典型的是《清凉寺同胡三陳仲子作》：「扇底江山莽夕烟，斜陽紅到石城邊。烏紗對影清凉寺，顧夏傷秋又一年。」藉用此詩來作「顧夏廬」的名詞解釋，堪稱切題。又如《燕子磯榴花》：「江燕巢林無反期，山榴開盡水東馳。看朱成碧尋常恨，可奈花飛是夏時。」「看朱成碧」是尋常人的春恨，「花飛是夏時」則是詩人特有的夏愁。換句話説，「顧夏」較之「傷春」或者「悲秋」，在時序上雖然有前後之别，在程度上却是更深入了一層。

因此，在胡先生眼中，夏天最可怕的并不是它的炎蒸之苦，而是揮戈難駐的光陰流逝，所以，其《首夏牛角沱酒坐呈同席諸君子》有云：「江閣能延勝，流人暫破顔。揮杯分内水，列俎象巴山。未覺炎蒸苦，翻愁日暮還。烽烟成共命，珍重鬢毛斑。」小令詞也很適合吟咏這種時節移易之感，如其《浣溪沙》詞有句云：「夏淺春殘懶起時，東陽帶孔又新移。藥爐烟颺日遲遲。」可以説，胡先生每一篇詩詞作品中，都跳躍着這樣一顆敏感的詩心，都體現出强烈的時間感。他是一個天生的詩人，也是一個時間的詩人。

周勛初師《胡小石文史論叢·導讀》説，胡先生「早年從散原老人（陳三立）學詩，因才情卓异，風神秀美，故受命從唐人七絶入手，而後再依性之所近，兼習各體。小石先生詩名日盛，精通各體，然於七絶仍情有獨鍾，生平講詩，喜作七絶之剖析。一九三四年時曾爲金陵大學研究生專設一課，尚存其時的講義」。這個講義就是今存《胡小石文史論叢》中的《唐人七絶詩論》。胡先生的才性最契合七絶寫作，他對七絶詩體不僅情有獨鍾，也用功最勤，體會最深。他認爲，「七絶抒寫情趣，若加以分析，其最重要之一點在於表現時間上之差别，即今昔之感。生命短促，時間不能倒流。……夫人生最感甜蜜者爲回憶，回憶即將過去所得之生命，使其重新活動於眼前。如飲苦酒，雖苦而能令人陶醉也。此意後世詩人各以當時流行之形式寫之」。郭璞《游仙詩》就是用當時流行的五古形式來寫的。胡先生拈出郭璞詩中「頋夏」二字，精煉概括其中的今昔之感。要之，胡先生既以「頋夏」命名其所居，又以「頋夏」命名其詩集，既表達了他對中國詩史主題及詩歌技法的深刻把握，又表達了他對生命意義的哲理體悟。詩學與人生融合無間，詩學與詩作相輔相成，胡先生詩學的這種特徵，實際上是南雍詩學的實踐性品格的典型體現。

在《唐人七絶詩論》中，胡先生將唐人七絶區分爲十六種格式，其中，「第一至第五格爲對比今昔，第六至第八格爲對比空間差别」（吴白匋《胡小石先生傳》，見本書二九四頁），「然時間爲不斷之流，難於具體描寫，故往往以不同之空間説明之」。通過空間對比以表達時間流逝，不僅七絶詩如此，其他詩體也不例外。胡先生所作《在渝聽董蓮枝唱大鼓》：「聽汝秦淮碧，聽汝漢水秋。聽汝巴山雨，四座盡白頭。」就是通過空間差别的對比，來突出今昔之感，圓轉自然，舉重若輕，允稱名篇，難怪被選入吴燦禎編注的《歷代近體詩鈔》（臺灣商務印書館，一九八九年）。胡先生所總結的唐人七絶中的前八種格式，實質上都是表現今昔之感的，正好在唐人七絶十六格中占一半，可見其重要性與普遍性。這是胡先生七絶詩學的重要發現之一。

在研究唐人七絶的過程中，胡先生還有兩大發現。一是發現了勾勒字，所謂勾勒字，就是指詩中的關鍵詞，往往涉及全詩意脉流動中之呼應與結構。例如《湖樓》：「澹日空廊楊柳春，晚風不見倚闌人。舊經游地多惆悵，愁對人間百態新。」又如《咏木香》：「百里香風接墊巾，海頭春色富歌顰。若爲唤起虞山叟，來咏花開白似銀。」再如《服藥》：「服了硃砂夢不成，胡床拄頰覺秋清。長宵誰是幽人伴，愛聽芭蕉雨打聲。」以上三詩中的「舊經」「若爲」「誰是」，就是勾勒字，是全詩結構轉合的樞紐。二是發現「唐人習用三字之名詞押末句韵脚，以求重點突出、音節鏗鏘一法」。例如《題瓶中海棠》：「拭眼東川見海棠，瓦瓶托命尚能芳。廿年夢影憑誰問，雙樹紅雲北學堂。」又如《掃葉樓吊盧江陵》：「百尺紅闌低暮雲，微風鐘起萬家聞。荒江斜日都依舊，不見當年盧使君。」這兩首詩中的「北學堂」「盧使君」，就是以三字名詞押末句韵脚，大有曲終奏雅的壓軸之功。他把唐人七絶格式研究的發現融合於詩詞寫作之中，作詩自然得心應手，水到渠成。今人若將《願夏廬詩詞》與《唐人七絶詩論》合并起來閲讀，不僅「七絶詩作法大明」，而且「極便於鑒賞與追摹」（吴白匋《胡小石先生傳》，見本書二九五頁）。

吴白匋先生曾説，胡先生「生平所作詩，七絶最多，散原先生嘗賛其『仰追劉賓客，爲七百年來罕見』，評價極高。「捨唐人七絶詩外，師曾講陶、謝詩與杜詩。……所作古體詩，初學宋謝翱，上追大謝，又喜六朝樂府，前後作《楊白花》多篇，五七律則師王維，間及義山，風采高騫，氣息醇厚。」（吴白匋《胡小石先生傳》，見本書二九五頁）。此外，五古《飲酒》、五絶《雜詩》，皆是佳製。尤其是《雜詩》之二將雨比作爲天清洗創傷的眼泪：「連宵雨傾河，上樓烟水氣。誰謂天無晴，此是洗創泪。」思奇語崛，確是值得傳誦的經典。

重喜於杜詩深有研究，又素來關注南雍前輩學人之辭章翰墨與學術，沉酣其中，多歷年所。由其承擔校補《願夏廬詩詞》的重任，正可謂事得其人，人盡其才。他的增補工作主要循民國報紙雜志和墨迹書法兩條途徑展開，廣事搜尋，正是所謂「上窮碧落下黄泉，動手動脚找東西」。他在《願夏廬詩詞鈔》和《補鈔》基礎上，增補詩一百六十九首，詞十八闋，總計收録詩詞五百二十五首。據吴白匋先生估算，胡先生所作詩詞當有五百四十首左右，照此説來，今本《願夏廬詩詞》所録已離胡先生詩詞作品全貌不遠矣。可觀的增補篇目，令全書面貌煥然一新，這是一份難能可貴、可喜可賀的收穫。

除此之外，新增補本《願夏廬詩詞》還有三大亮點，那就是對全部詩詞進行了校勘、編年，并附墨迹近百件。校勘方面，既慎擇底本，又彙聚衆本，存録异文，以備比觀。胡先生作詩不厭推敲，很多詩詞作品，除了有報紙雜志排印本之外，還有寫本流傳，或書於其藏書封面及空白頁上，或附於致友人書札之中，或隨手記於零箋閑紙之上，時見异文，比勘而讀，可以想見其詩作的運思過程。例如，其《十七夜北樓中對月》既刊於《金陵大學文學院季刊》一九三二年第一卷第二期第三〇三頁，又有不止一種手迹流傳，其中一種手迹，乃題於其所藏《揚州畫舫録》封面，今藏南京大學圖書館。各本有多處异文，殊堪對校研味。編年方面，本書仍舊采用傳統的編年體，依照時間先後，將《願夏廬詩》分爲五卷，并標注編年依據，方便讀者知人論世。附圖方面，書中附入大量胡先生詩詞作品的手迹，既可供藝術欣賞之用，收圖文并茂之效，又可作爲文本校勘之據，更可藉以窺知其生産流傳過程。例如，其《樓西八月八日夢中作》題寫於其所藏清人孫詒讓《古籀拾遺》（清光緒十六年刻本）封面之上，識語云：「此己巳（一九二九）八月夢中所作詩，頃偶憶及，復録於此，所謂又是一般閑暇也。三月廿日記。」此書今藏南京大學圖書館。藉此題識，可以窺見胡先生詩詞流傳的特殊路徑與文化氛圍。綜合而觀之，此書實可稱爲現代詩學文獻整理的典範。

清代學者阮元在爲錢大昕《十駕齋養新録》所作序文中，開門見山地指出：「學術盛衰，當於百年前後論升降焉。」現存胡先生詩作，最早者約作於一九一三年，距今一百一十一年。在一百一十一年後，《願夏廬詩詞》終於第一次結集單行，終於有了獨立的書籍生命。從此，它將走向更遼遠的時間和更廣闊的空間，走向更廣大的人群。胡先生所長期任教的南京大學文學院，今年也迎來了其一百一十周年院慶。回首往昔，百年俯仰，令人不勝今昔之感。我們不能不説，《願夏廬詩詞》的出版是有歷史意義的。

程章燦　甲辰年大暑前一日

目次

〇〇一 顧夏盧詩
〇〇三 卷一
〇〇四 岳麓山中
〇〇四 與友人江頭小飲
〇〇四 松柏
〇〇六 登天心閣
〇〇六 夜聽鄰歌
〇〇六 赴長沙道中作
〇〇七 重赴長沙舟中作
〇〇七 飲酒詩一首
〇〇七 佳人
〇〇八 長沙送李仲乾別
〇〇八 湖上聞機聲懷李仲乾江南
〇〇九 雲門寺
〇〇九 長沙城樓聞笛
〇〇九 年深
〇〇九 角觝篇
〇一〇 代東飛伯勞歌
〇一〇 却憶
〇一〇 楊柳枝
〇一六 楊枝一首
〇一六 湖樓
〇一六 夢回
〇一八 江上
〇一八 咏王孝廉
〇一八 寄柳大
〇二一 送根老歸蕭山
〇二一 咏陳仲
〇二一 寄胡三
〇二一 題冬心畫梅
〇二三 掃葉樓吊盧江陵
〇二三 清涼寺同胡三陳仲子作
〇二三 月下雜詩
〇二四 月下雜詩
〇二五 己未初夏游北湖同胡三陳仲子，流連昔游，愴然有作

○二七 題黃生獲石圖
○二七 贈同門劉晴帆賣卜金陵市
○二八 遣興
○二八 題杜氏小樓
○二八 月夜
○二八 題落木寒泉圖
○二八 題八大山人畫魚
○二九 秋夜於上海還江寧車中作
○二九 飲酒
○二九 掃葉樓寄懷王□□
○三○ 題畫
○三○ 秋霖
○三○ 五律一首
○三○ 示胡陳
○三一 大悲師征回舊部白首閉關灌園自資
○三一 寄吴晋丞漢口
○三一 月下憶晋丞
○三一 贈胡御史
○三二 香林寺尋濟上人不遇
○三二 見濟上人爲陶齋尚書誦經有感
○三二 有嘲人伐芭蕉者爲此解之
○三二 傷湘潭周茂才
○三二 飲王孝廉宅
○三三 聞譚鑫培死而嘆之
○三三 奉題臨川夫子畫殘荷便面
○三三 和八指頭陀净影韻
○三五 武昌樓夜有所寄
○三五 九日游洪山寶通寺
○三六 秋聲
○三六 題凝盦讀書圖
○三七 游琴臺
○三七 游采石阻風雨宿江洲上作
○三八 河南道中作
○三九 落日
○三九 十月十六夜西安飯店憶翔冬牛首山
○三九 夜雨寄翔冬
○四○ 三月廿九日龍華鎮觀桃花循江上游眺
○四○ 辛酉仲春陶然亭登眺有懷江寧舊游并寄漚翁仲子

〇四一　三月十六日畿輔先哲祠看海棠零落已盡
〇四一　大石橋
〇四一　寄憶翔冬卧病牛首山
〇四二　麟昌師
〇四二　調翔冬
〇四二　月
〇四四　調翔冬
〇四四　東城晚步訪馬守真墓
〇四四　淄陽橋
〇四四　黄土坡
〇四五　題黄鶴樓
〇四五　曇華嶺
〇四六　抱冰堂
〇四六　梁園
〇四六　武昌園居見桐泪有感
〇四六　吴氏鑑園
〇四七　十桂堂晚望同仲蘇仲英作
〇四七　與二仲游龍華寺，并寄翔冬滁州
〇四七　寶通寺雨中
〇四九　**卷二**
〇五〇　寄題北湖
〇五〇　贈紀元
〇五〇　雁聲
〇五一　十月二十七日大風，翔冬招同仲子茂宣游毛公渡，荻花甚美
〇五二　十二月初五夜書事
〇五三　城頭
〇五三　首夏北湖作
〇五三　南人嘆
〇五三　雨後莫愁湖茗坐
〇五四　湖亭
〇五四　西城
〇五四　續月下詩
〇五六　北峰僧院
〇五六　同胡三陳仲子東天民游劉氏廢園作并調胡三
〇五七　歲暮同翔冬連日爲近郊之游，還集馬回回酒肆示翔冬

○五七　小雁塔
○五八　人日雨游城西胡氏園同山陽錢大
○五八　翔冬好野茶時有新味作此相調
○五八　二月十五日同確杲白匋太平門明孝陵看花還飲
市樓
○五九　題張君綬遺墨幀子
○五九　成夏攝山
○六一　戰後集劉氏廢園
○六一　和翔冬雲龍山
○六二　二月七日戰訊方急，鐙下與胡三誦詩，因話昔
時臨川散原座中諷咏之盛
○六二　莫愁湖
○六三　題呂濬畫梅爲鍾山
○六三　暑夜苦熱，盧冀野過談，因懷瞿安蘇州
○六四　四月七夕石橋集聯句
○六四　戊辰上巳北湖湖神祠樓修禊聯句
○六五　題寒山寺
○六五　悼杏詞
○六六　同門王隱午不見者十有八年過訪留飲
○六六　天民新居有水石之勝而著書不休詩以嘲之并
示翔冬
○七四　江梅
○七四　豁蒙樓聯句
○七五　贈覺凡
○七五　楊白花
○八○　廿六夜書感一首，亦不自知其所云何謂也
○八三　移蕉
○八三　寄題鴻春樓外月
○八三　不寐
○八五　十二日天明時書
○八五　五月四日有憶
○八五　晨起見飛絮而嘆之
○八七　書閣古古集
○八七　雜詩
○八九　青溪集詩
○九○　四月十六日，從諸公登掃葉樓，還循石頭城，
至盋山圖書館，會飲，是夕逢月食二首
○九○　樓西八月八日夢中作

〇九一 十一月十五夜作
〇九一 寒夜飲馬回回肆有寄
〇九一 病中寄題北湖
〇九三 廿日雨
〇九三 犢兒磯水府寺宿
〇九三 孟冬游北湖，湖西亭壁間，舊見曾公孫有征篷七哀之句，今詩已爲人削去，尚記其韻，聊和一首
〇九五 十七夜北樓中對月
〇九五 題翔冬牛首集
〇九七 示賈生論書
〇九七 春分後一日社集玄武湖，分韻得滿字春字
〇九八 明日重集湖上何葵園宅，分得底字
〇九八 又得願字
〇九九 奉贈星君
〇九九 偶題
一〇〇 楊白花
一〇〇 題文潔書樟
一〇〇 汀洲
一〇二 聽歌
一〇二 崔玖饋朱櫻
一〇三 雨夜
一〇三 琅琊山韻龢集少長二十二人同游
一〇五 廿一夜苦熱泛湖作
一〇五 題樓
一〇六 燕子磯榴花
一〇六 爲旭初題後湖看花圖卷
一〇六 高館
一〇九 **卷三**
一一〇 送子離之成固
一一〇 竄身
一一二 題瓶中海棠
一一二 李園辛夷高五丈
一一四 垂楊
一一四 辟疆目山茶爲蠢花
一一四 牡丹

一一四　雨中游李氏園同子離白華
一一八　臺兒莊大捷書喜
一一八　觀劇有感示旭初辟彊
一二〇　散原先生挽詩
一二〇　首夏牛角沱酒坐呈同席諸君子
一二二　鐙下
一二二　中原
一二二　河決
一二三　山庭
一二三　夏夜樓集
一二四　桐汨二首
一二四　雨
一二五　揚塵
一二五　題翔冬贈周克英詩
一二五　題商錫永墨池圖
一二八　霧
一三〇　哀酈仲廉
一三二　獨坐
一三二　聞柝
一三五　後苦熱
一三五　題佘蓮裔所書碑
一三七　白華邀同仲子確杲諸公聽董蓮枝詞，喜衡如
新自成都至
一三八　題酈衡叔所寄畫
一三八　南京陷及期書憤
一四〇　冬十一月於北碚舟中見燕飛而嘆之
一四〇　遠望
一四〇　吴麐若招，同群公飲小龍坎楊氏園，觀近作
諸畫并贈唐大邑窑小品
一四〇　題謝旨實三峽歸舟圖
一四一　題仲子渝州印譜
一四一　七月三十日書悼
一四一　陳仲恂以長句見懷次韻奉酬
一四三　賦得王胖跳井得肥字五言八均
一四三　送子綝隨使德意志
一四三　牛角沱秋夜餞子綝
一四七　送君采將兵黔中
一四七　題方東美近集

一四八 獨立
一四八 楊白花
一四八 楊白花
一四九 自昆明返渝州，朋好置酒相勞，座中有董蓮枝鼓詞，感爲短韻，并贈董娘四首
一五○ 哭瞿安
一五○ 黑石山瀑布
一五二 投沙
一五三 夜
一五三 雨夜偶題
一五四 買小鷄飼之，戲柬禺生
一五四 題所居莊
一五五 白沙山居
一五五 白沙鎮出名酒，種秫釀之，號紅茅燒，土人好飲，每出輒逢醉者
一六○ 江樓
一六○ 柟以春時落葉色如丹
一六一 釣絲竹阿娜有垂楊之容
一六一 楝花
一六二 刺槐
一六二 燕來巢
一六二 題蓮裔畫舊京苑囿小景，陳寅恪詩曰「南渡自應思往事，北歸端恐待來生」，故句中云爾
一六三 雜興四首
一六三 子規
一六四 辛巳歲首返渝州作
一六四 哭魯齋
一六四 日落
一六五 喌鷄篇
一六五 驢溪三咏
一六六 白沙大瀑布
一六六 食龍眼解嘲
一六六 山樓
一六八 趕場
一六八 新晴
一六八 題瞿安遺櫝爲冀野
一六九 夜聞捕盜
一六九 贈白匋

一七一　聞董蓮枝赴金城江
一七一　山村
一七一　溪晨
一七三　答剛伯見寄之作
一七三　贈劉東生之迪化
一七三　以事當入城，囊無錢，不能乘車，圭璋爲余展轉貸得之，戲作二首

一七五　**卷四**

一七六　見流人鬻衣者
一七六　咏傷兵二首
一七八　流人葬
一七八　題畫木芙蓉
一七八　雨
一七九　雜題《滇繹》
一八五　奎垣過訪山村感贈
一八五　題陳仲甫詩卷
一八六　晚望
一八六　秋迴
一八六　夜晴
一八七　題畫北碚小景贈吴生
一八七　柏溪分校訪柳翼謀先生同辟疆潛齋
一八七　元日夜贊虞邀食桃膠戲賦
一八七　曉聞雁繼乃知是角也
一九一　卧病講舍，蒙諸君子饋食
一九一　懷牛首
一九一　題竹屋藏書圖爲王靄雲
一九二　咏牛皮菜
一九二　題采白畫册
一九三　奎垣招飲以事不及往
一九三　題擔當集
一九三　解酲
一九三　食蔞蒿作并序
一九四　誦詩
一九四　讀高僧傳，感法顯事有作
一九五　憶北湖
一九五　爲金生啓華題松林坡所出富貴磚墨本

一九五 遥和季剛聞雁之章并引
一九六 緑陰
一九六 戲題
一九六 客有訝余久不出者
一九七 客有馳書告冬飲翁餓者，蘇宇奔走醵資以賙之，長謡叙悲，并贈蘇宇
一九八 呈貢羊落坡榴花
一九八 聞鵑
一九八 題畫鴨
一九九 翠湖茗坐同爾泰
一九九 湖上望桃花林揺漾至美
一九九 讀臨川集
一九九 夏教授稚子廢學賣報
二〇〇 書與阿慶
二〇〇 如何是西來意
二〇〇 暮步涪岸口占示圭璋
二〇一 星光
二〇一 憑闌
二〇一 咏木香
二〇一 風沙
二〇一 重題文潔畫樟
二〇三 四月十六夜，昆明遇董娘，爲吾唱《聞鈴》也
二〇三 即事次韻
二〇五 又
二〇五 直士篇
二〇五 題樊樊山書軸
二〇六 楊白花
二〇六 秋病三章
二〇六 重陽雨
二〇八 蜩樓
二〇八 夢回
二〇八 僦舍種樹
二〇八 曉星篇
二一一 高城
二一一 服藥
二一一 春晚
二一四 安適
二一四 雁聲

二一四　題大雀山人年譜，出其女夫戴亮吉筆
二一五　口號
二一五　蘭津怨一首
二一八　重陽日寄沅君三台一首
二一八　朝天觜茗話同重華白匋
二一八　題呂鳳子《如此人間》
二二〇　送盧大東歸次其韻

卷五

二二三
二二四　爲卞孝萱題詩并書
二二四　樓陰
二二四　題六朝松
二二六　袖手
二二六　北湖
二二六　晨霜南中所稀有
二二七　題桃花便面
二二七　題門前橄欖
二二七　咏霧
二二九　題畫詩
二二九　中秋日書北樓
二二九　七絶一首
二二九　七絶一首
二三一　秋歸
二三一　種樹
二三一　題曾九先生畫册爲章柳泉
二三一　喜聚
二三三　五絶一首
二三三　題王陶民畫垂柳雙燕
二三三　七絶二首
二三六　七絶三首
二三六　贈張桂軒
二三七　觀陳伯華演《宇宙鋒》
二三七　同白匋作
二四〇　題周瑀畫牡丹
二四〇　一九五九年中秋前一日陪諸同志北湖翠虹廳集
二四一　題李復堂蕉陰鵝夢圖
二四一　蘇聯宇宙火箭達月球喜賦一首

二四一　庚子三月卧疾淞濱柬彦通白匋
二四三　鶏栅
二四三　贈張桂軒
二四三　國慶日頌詞
二四四　庚子中秋即事二首
二四四　倚枕
二四四　病院中作七律一首
二四六　哭友人
二四六　題《迎春圖》
二四六　國慶日喜女鑒至
二四七　兒歌七首

二五三　**願夏廬詞**

二五五　浣溪沙（燕子歸來又一年）
二五五　點絳唇（莫放杯空）
二五五　浣溪沙（鸞鏡脂香宿未消）
二五六　點絳唇（午夢飄蕭）
二五六　浣溪沙（罷酒闌干笛未終）
二五九　踏莎行（墜葉潮翻）
二五九　浣溪沙（北渚風光屬此宵）
二六〇　八聲甘州（倚吴艭送酒好湖山）
二六〇　浣溪沙（燕子歸來又落花）
二六一　又一首（幾日春陰罷看花）
二六一　卜算子（疏雨濕鐙窗）
二六四　點絳唇（雙塔撑空）
二六四　點絳唇（遠緑高紅）
二六四　浣溪沙（溜馬岡西水接天）
二六六　虞美人（故園楊柳鵝雛色）
二六六　點絳唇（倦旅傷高）
二六七　鷓鴣天（助飲寒螿咽不驕）
二六七　鷓鴣天（瀟灑秋光静宇開）
二六八　踏莎行（承露江平）
二六八　前調（鍾麓雲開）
二六八　前調（宫燕花明）
二六九　浣溪沙（翠壁蒼濤展海圖）
二六九　浣溪沙（處處驚龍破壁飛）
二七〇　浣溪沙（夏淺春殘懶起時）

二七〇 玉樓春（人生情味風翻葉）
二七〇 玉樓春（高城燈火聽笳客）
二七〇 點絳唇（暮色留人）
二七一 點絳唇（莽莽雲山）
二七一 點絳唇（翠溼人衣）
二七二 阮郎歸（海心亭外好波光）
二七二 減字木蘭花（芳韶無價）
二七三 卜算子（風旆水搖人）
二七三 點絳唇（悄立西亭）
二七三 又（目斷天涯）
二七六 點絳唇（鸞鏡花枝）

二七七 **附録**
二七八 願夏廬詩詞鈔後記 吴白匋
二七九 願夏廬詩詞補鈔後記 吴白匋
二八一 南京大學教授胡先生墓志 曾昭燏
二八四 胡小石先生傳 吴白匋

三〇一 **參考文獻**

三〇三 **編後記** 劉重喜

顧夏盧詩

顧夏盧詩

卷一

古近體詩一百二十五首。自一九一三年至一九二三年，在南京、上海、長沙、北京、武昌作。

岳麓山中

獨向深山深處行，道人擁帚笑相迎。清絲流管渾抛却，來聽山中掃葉聲。

【注】此詩據楊白樺顧夏盧詩鈔本（以下簡稱「楊本」）著録。楊本注：「在長沙周南女中教生物。」墨迹，題識：「此昔年岳麓山中舊作也，今夕大風，頗憶湘江景色。」胡小石紀念館藏。吴白匋《顧夏盧詩鈔》（以下簡稱《詩鈔》）置此詩於第一首。

【校】①吴白匋《顧夏盧詩鈔》稿本（以下簡稱《詩鈔》稿本），詩題作《岳麓山》。②《國學叢刊》（南京）一九二三年第一卷第一期第一三〇頁，詩題作《山中》。③又一墨迹，詩題作《山中》，見《胡小石研究》扉頁插圖《胡小石山行詩手稿》。

與友人江頭小飲

十年騎馬上京華，銀燭歌樓人似花。今日江頭黄篾舫，滿天風雨聽琵琶。

【注】此詩據陳中凡《悼念胡小石學長》著録：「（一九二〇年）我到杭州，路經上海，訪問舊日的師友，先到李梅庵先生寓所，才和他（胡小石）初次把晤。出示所作詩歌，有《與友人江頭小飲》云：（略）。」見陳中凡著，柯夫編《清暉集》，書目文獻出版社一九八七年版，第二九八—二九九頁。

松柏

松柏中棟梁，摧殘多苦辛。蘭蕙爲香草，何辭艾與焚。哀彼道旁檮，斧斤斯作薪。持向釜下然，身燔灰爲塵。賢愚雖同盡，所期有屈伸。夷齊餓空山，仲尼稱其仁。洩冶肆市朝，楚人遂入陳。

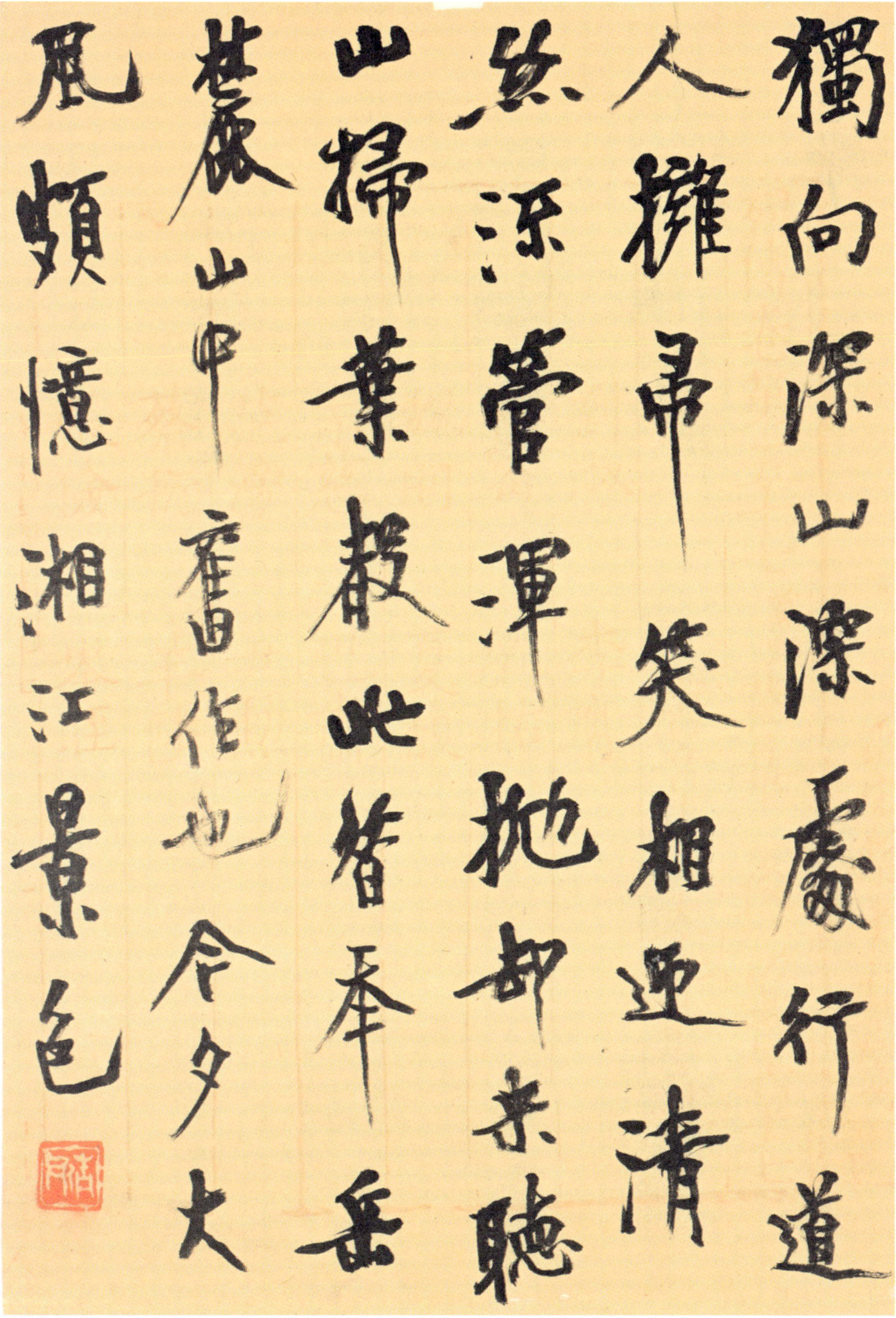

圖一　《岳麓山中》墨迹（胡小石紀念館藏）

史魚以尸諫，直道在斯民。屈平考終命，後世有何聞。

【注】此詩以下至《却憶》二十一詩據吴白匋《願夏廬詩詞補鈔》（以下簡稱《補鈔》）著録。

登天心閣

振衣陟層城，延睇淩飛櫓。雕甍麗雲霞，嶢檗交風雨。廣川瀦洞庭，連峰帶衡浦。極目竟千里，俯身一作低頭跨一作俯萬户。負郭紛葵蔬，盈疇足稻稌。表裏觀河山，代謝成今古。蒼梧化啓舜，衡陽功奠禹。漢臣投荆沙，郢徒放汨渚。湛湛清湘水，冥冥黄虚土。不有飢溺住，孰拯昏墊苦。淒愴懷芳佩，慷慨命椒糈。

【校】墨迹，「俯身」下注「低頭」，「跨」下注「俯」，「佩」作「珮」，「糈」作「醑」，見《胡小石研究》圖版十：「胡小石一九一三年二十五歲書迹（詩稿）。」

夜聽鄰歌

壁月臨璇閨，哀哇發瑶館。徘徊子夜歌，淒惻江南管。樓高游響徹，風度遺聲緩。但怨楊花落，寧惜梁塵散。參差思安極，奈何腸已斷。

赴長沙道中作

鷙鳥離其群，竄身赴南湘。羽翼無所因，飄颻隨風翔。苦哉客行士，遠游多慨慷。嚴駕即征途，親昵盈道旁。春華冒芳洲，江流何湯湯。肴核豈不豐，踟躕不能嘗。去去涉洪濤，揮手遥相望。
居者還其家，行者心獨傷。山川修且阻，崩波詎有央。登艫眺歸雲，俯仰各异方。孤雁揚哀音，
感之愁人腸。百年能幾時，榮華難再芳。晨風懷北林，白駒戀舊場。蕙草紉重衿，不若樹蘭房。
願欲從陽鳥，連翩寧故鄉。

重赴長沙舟中作

江水浮天遠，南雲入望遥。故鄉安可戀，游子爲誰驕。烽火愁邊戍，衣冠感勝朝。平生矜意氣，
空復事雲霄。

飲酒詩一首

置酒北堂上，高宴曲池邊。冠蓋會衆賓，東西列九筵。華燈揚電光，照物精且妍。曲管傳哀音，
妙舞何翩翩。炮燴引潛鱗，行炙下飛鳶。主人勸盡歡，觴至累百千。娱樂未及終，慷慨陳愁言。
人生如浮雲，何事塵埃間。頗欲乘六龍，徘徊於九天。玄圃有桃樹，一實三千年。誰能得此實，
服食成列仙。我欲待其華，壽命難與延。

佳人

佳人不可見，□□蹇誰留。獨放空江棹，來乘清淺流。孤舟泛容與，雲水思悠悠。偶遇收鷗者，

沿洄話昔游。

長沙送李仲乾别

秋水湛湛江上船，秋風淡淡夕陽天。得歸從此便歸去，莫待明年聽杜鵑。

鎮日談心上酒樓，江山如畫月如鈎。如何飄泊支離際，添出瀟湘一段愁。

被髪三年悲故國，銷魂一别却他鄉。片帆又向巴陵去，不聽猿聲已斷腸。

鼓瑟空聞帝子靈，登樓愁見楚山青。洞庭水落江南冷，更與何人畫酒亭。

江南春草年年緑，明月瀟湘夜夜情。千里相思托清夢，還愁烟霧夢中生。

□□□□□□□，樓東鱸鱠耐人思。金盤銀燭知何日，重按饒家食譜詞。

湖上聞機聲懷李仲乾江南

機聲軋軋雨瀟瀟，日暮湘江生夜潮。回首故人天際遠，挑燈尋夢到浮橋。

南國風流幾擅場，嵇生散漫阮生狂。但當飲水居建業，何事驅魚過武昌。

雲門寺

一入雲門寺，天風萬壑生。松風聽不盡，吹夢入蒼冥。過客爭談虎，山僧苦厭兵。紗窗今夜月，偏照故鄉情。

【校】墨迹，「松風」作「松聲」，見《胡小石書法選集》第七七頁：「《詩稿》，一九一三年。」

長沙城樓聞笛

湘江落日數峰青，千里雲飛上洞庭。一夜鄉心聽不盡，蒼梧烟樹鬱冥冥。

【按】此詩有墨迹，見《胡小石書法選集》第七七頁：「《詩稿》，一九一三年。」

年深

年深悲漸多，世濁心易清。塵氛亘元元，莽莽何時寧。皇靈既板蕩，道術忽縱衡。早慕箕濮思，遂識首陽情。辟世非爲亢，幽人本利貞。養痾憩北牖，謝病返南荆。詩書翫微尚，□□遣時榮。飢溺孰不懷，逴論千載名。沉潛復何疑，真賞托反生。

【校】「反」當作「友」。

角觝篇

永日行游戲，高會臨廣場。衆巧既以陳，狡捷惟萬方。多士何邕邕，角觝忽縱橫。二部分曹伍，群材自相當。神威直兩雄，猛氣凌八荒。抗手駭熊經，剿脚類鴟張。形景般紛拿，既接復回翔。奮呼動雷音，瞋目流電光。躊躇趨對家，拉揩互低昂。飄忽應旋規，但見飛塵揚。勝負一時分，餘勇安可量。觀者莫不嘆，衆工咸悦康。愧彼南風歌，懿此北方强。主賓樂相樂，延年壽無疆。

代東飛伯勞歌

南飛孔雀北飛鸞，陳王洛女慣相看。誰家妖艷過湖上，春心百媚隨波漾。雲旗羽蓋木蘭舟，明珠翠袖曄芳流。年時二八訝花同，含嬌轉盼不勝風。流光如電安可追，空留可憐欲待誰。

却憶

桃溪春暖蕩輕舟，鴉鬢吹笙坐碧流。日暮酒醒人已遠，任他飛絮上簾鈎。

【校】《補鈔》小字注：「後二句又作『舊約斷腸尋不見，任他紅雨滿西洲』。又作『日暮高樓天水遠，楊花隨意上簾鈎』。」

楊柳枝

驄馬歸來詎有期，風前珍重舊腰支。毵毵十萬黄金縷，織作春袍贈阿誰。

【注】此十六詩據胡小石故居藏《楊柳枝》「曾」字小印箋紙（疑曾憲洛鈔寫）墨迹著録。

【校】《補鈔》作《柳枝》三首其一。

【按】此詩有墨迹，《楊柳枝》九首之一，顧穎藏。

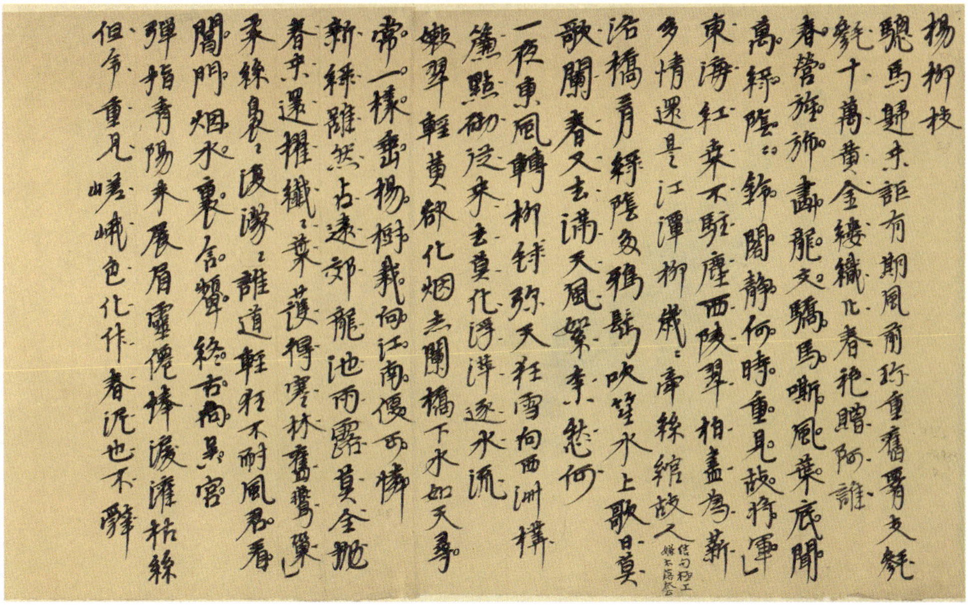

圖二一《楊柳枝》九首墨迹（顧穎藏）

春營旌旆畫龍文，驕馬嘶風葉底聞。萬緑陰陰鈴閣静，何時重見故將軍。

【按】墨迹同前。

東海紅桑不駐塵，西陵翠柏盡爲薪。多情無那江潭柳，憔悴還思綰故人。

【校】①《補鈔》作《柳枝》三首其二，「無那」作「還是」，末句作「歲歲牽絲贈故人」。②墨迹同前，「無那」作「還是」，末句作「歲歲牽絲綰故人」，末句有小字評語：「結句極工，嫌太落套。」

洛橋三月緑陰多，鴉鬢吹笙水上歌。日暮歌闌春又去，滿天風絮奈愁何。

【按】墨迹同前。

一夜東風轉柳球，彌天狂雪向西洲。撲簾黏砌從來去，莫化浮萍逐水流。

【按】墨迹同前。

嫩翠輕黄欲化烟，赤闌橋下水如天。尋常一樣垂楊樹，栽向江南便可憐。

【校】《詩鈔》卷一《楊柳枝》二首其二，「下」作「外」，「如」作「連」。

【按】墨迹同前。

新緑雖然占遠郊，龍池雨露莫全拋。春來更擢纖纖葉，護得寒林舊燕巢。

【校】①《補鈔》作《柳枝》三首其三：「紫陌凄凉草欲交，彌天狂雪任風拋。春來乞取纖纖葉，護得千家舊燕巢。」字句多有不同。②墨迹同前，「更」作「還」。

柔絲裊裊復濛濛，誰道輕狂不耐風。君看閶門烟水裏，含顰終古向吴宫。

【按】墨迹同前。

彈指青陽未展眉，靈仙捧泪灌枯絲。但令重見嵯峨色，化作春泥也不辭。

【按】墨迹同前。

江國三春花亂飛，臺城一夕緑成圍。南朝多少傷心事，天遣垂楊與發揮。

【按】又見《詩鈔》卷一《楊柳枝》二首其一。此詩有墨迹，《楊柳枝》六首之一，題識云：「餘意更作數首寫寄，願代呈散原先生。求點竄并請代定先後次第，有字句重複者請删去。翔冬三兄足下。光煒。幸甚幸甚。」顧穎藏。

荆臺妙舞昔成行，束帶何人媚楚王。今日渚宫殘照裏，可憐幾樹點秋光。

【校】墨迹同前，末句小字注：「一作：可憐如綫綴秋光。」

清溪壞宅委荒墟，太液移根怨屬車。往事宫鶯偏識得，纖腰人是沈尚書。

【校】墨迹同前，「偏識得」作「解惆悵」，小字旁注：「偏識得。」

隋堤萬樹尚依依，斜月籠烟翠影微。莫向雷塘吹玉笛，等閑驚鵲又南飛。

【按】墨迹同前。

蓬萊宫闕鎖烟蘿，舊苑恩光夢裏多。堪羡空梁雙燕子，銜花還得入靈和。

【按】墨迹同前。

楊柳枝

江國三春花亂飛，臺城一夕綠成圍。南朝多少傷心事，天遣垂楊與發揮。

荆臺如舞昔成行，束帶何人媚楚王。今日渚宮殘照裏，可憐（江九）樹點秋光。（一川可憐如綫綴秋光）

清溪壞宅無荒壇，太傅移根怨房車。征事宮鴉解（偏識得）惆悵，纖腰人是沈尚書。

隋堤萬樹尚依依，斜月籠烟翠影微。莫向雷塘吹玉笛，壽

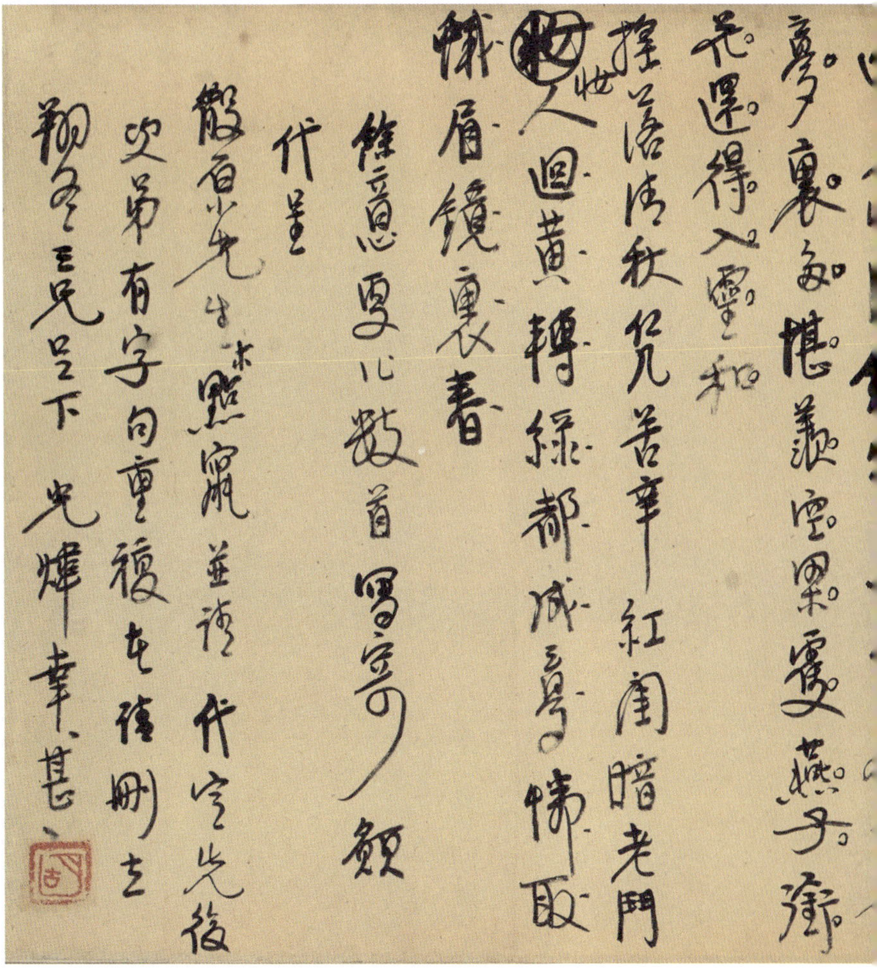

圖三 《楊柳枝》六首墨迹（顧穎藏）

搖落清秋幾苦辛，紅閨暗老鬥妝人。回黄轉緑都成夢，憐取蛾眉鏡里春。

【按】墨迹同前。

漫道拔心誇卷葹，垂楊心事更堪悲。髡枝射葉清陰在，九死何曾有悔時。

楊枝一首

夢外春秋了不分，胡床千載斷知聞。閑潭夜半東風雨，明日楊枝定寄君。

【注】此詩據胡小石紀念館藏墨迹（「國立中央大學」箋紙）著録。詩題作《楊枝一首》。

湖樓

澹日空廊楊柳春，晚風不見倚闌人。舊經游地多怊悵，愁對人間百態新。

【注】此詩據胡小石紀念館藏墨迹（「國立中央大學」箋紙）著録。詩題作《湖樓》。見《胡小石書法文獻》第一七二—一七三頁：「《湖樓》詩稿，二十世紀三十年代。」

夢回

夢回殘夜思騰騰，照幌猶明隔岸鐙。辛苦寒潭數聲雁，江梅啼放有誰應。

【注】此詩據胡小石紀念館藏墨迹著録。詩題作《夢回》。見《胡小石書法文獻》第一七二—一七三頁：「《夢回》詩稿，二十世紀三十年代。」

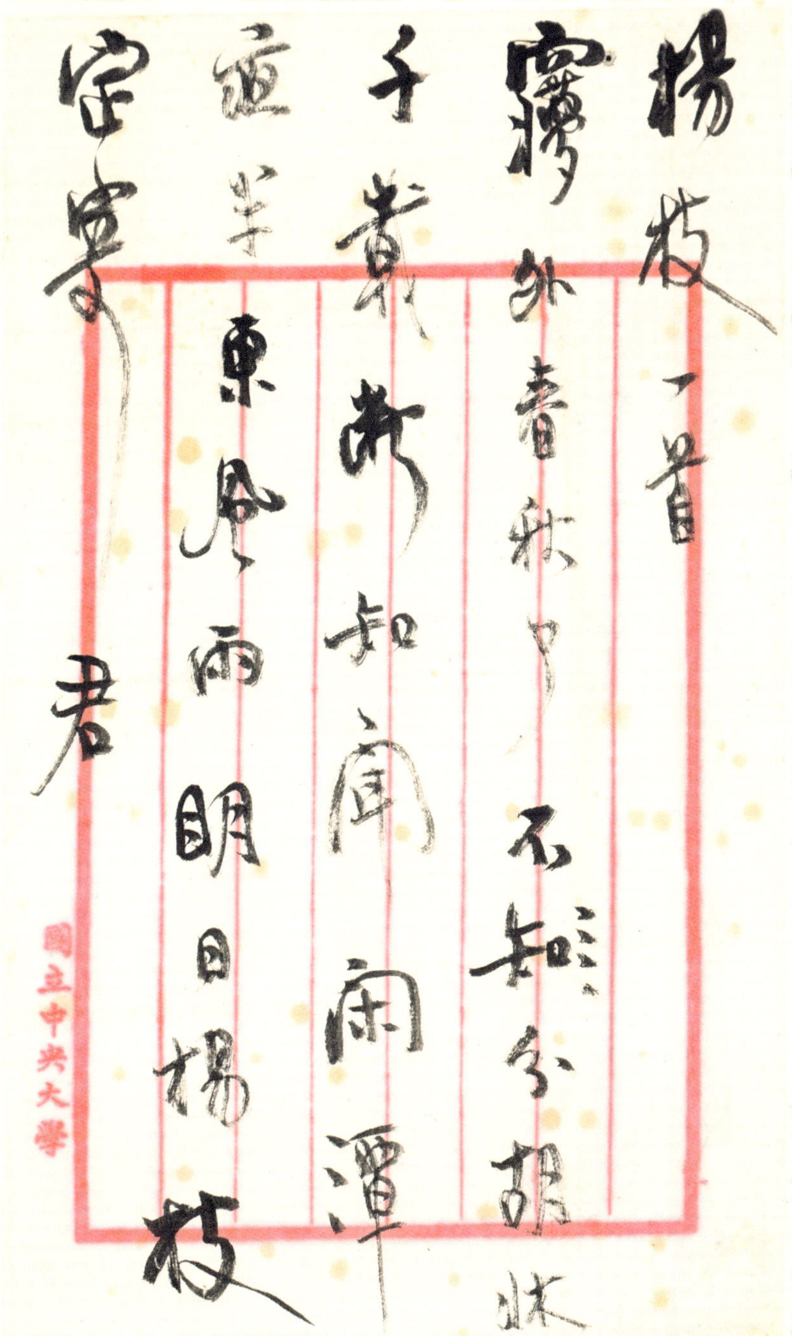

圖四《楊枝一首》墨迹（胡小石紀念館藏）

江上

蕭蕭岸荻花全白，㛹㛹秋風酒半醒。唯有殘陽不解恨，照人雙鬢最分明。

【注】此詩以下至《月下雜詩》十四詩據《補鈔》著録。

【按】此詩有墨迹，題識：「此詩合用庚、青，用李長吉《昌谷北園新笋詩》生、青同押例，可乎？」顧穎藏。

咏王孝廉

羸馬當年向武林，崚嶒釣碣敢相侵。秋風一夜塘蒲晚，獨坐空城作越吟。

【校】《國學叢刊》（南京）一九二三年第一卷第一期第一三一頁《夏盧詩鈔》，「林」作「陵」，「夜」作「夕」。

【按】此詩墨迹同前。

寄柳大

落日還聞采白蘋，汀洲行盡不逢春。城南明月休相照，愁殺吴興姓柳人。

【按】此詩又見《國學叢刊》（南京）一九二三年第一卷第一期第一三一—一三二頁《夏盧詩鈔》。墨迹同前。

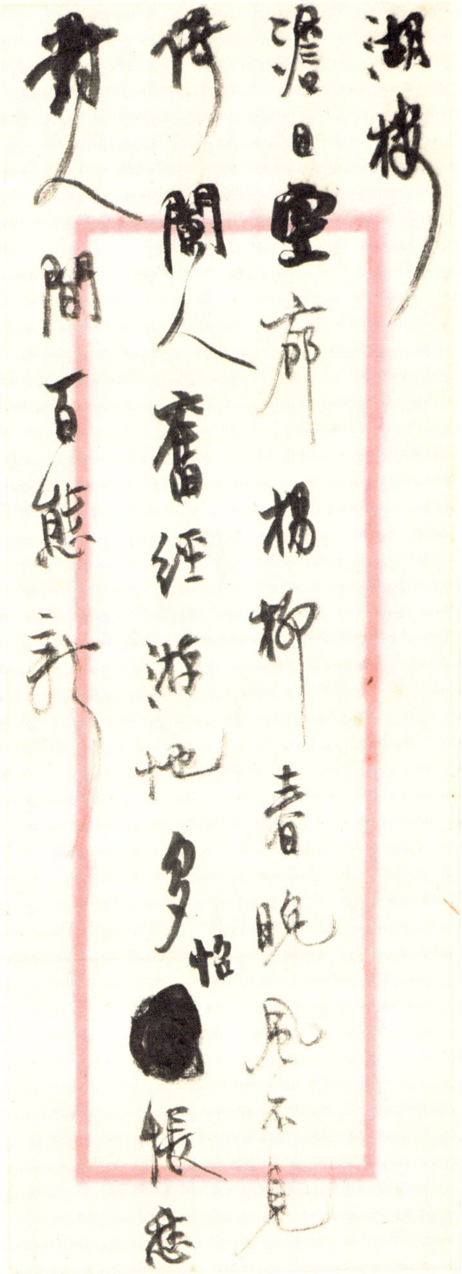

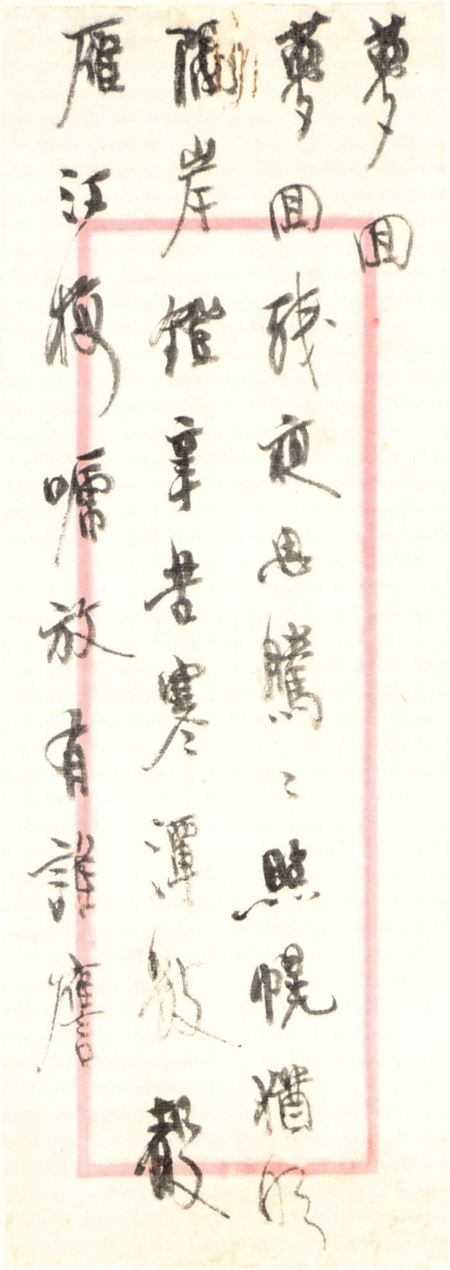

右　圖五《湖樓》墨迹（胡小石紀念館藏）

左　圖六《夢回》墨迹（胡小石紀念館藏）

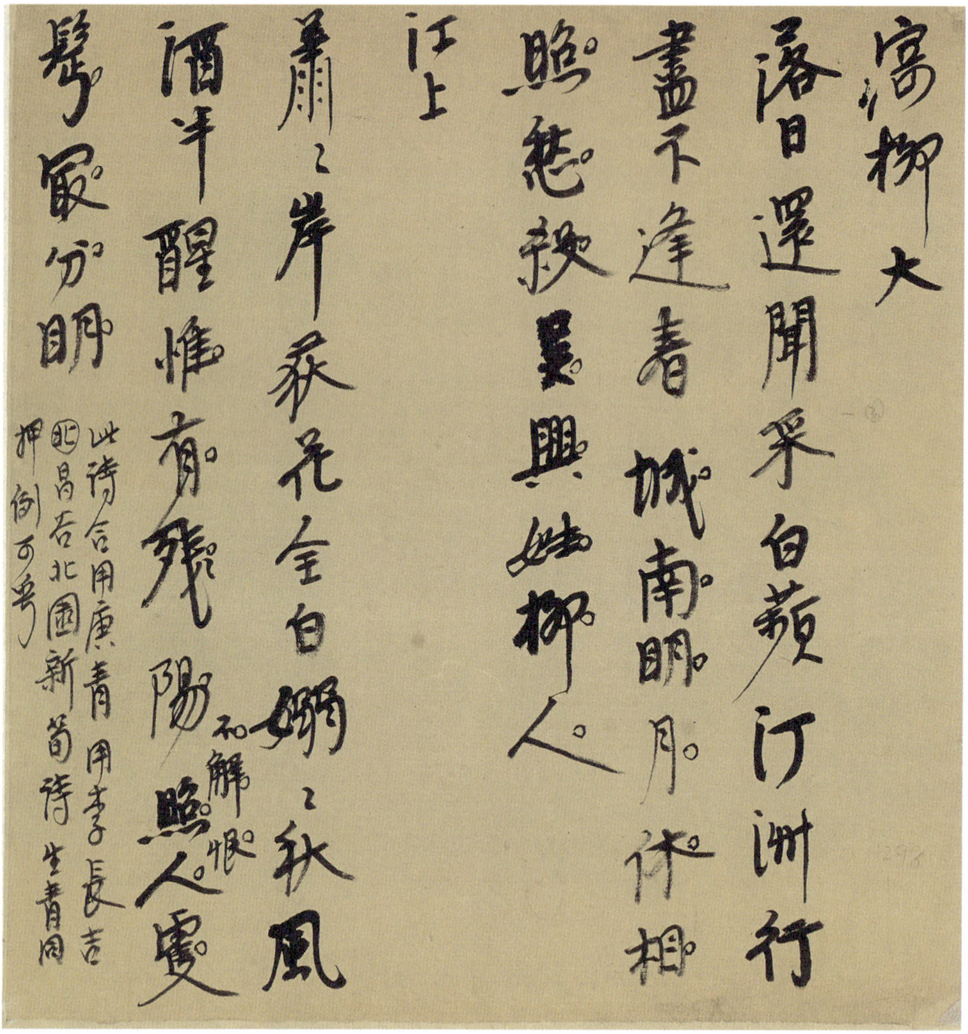

圖七 《寄柳大》《江上》墨迹（顧穎藏）

送根老歸蕭山

黄菊丹楓照鬢斑，憐君此日獨東還。西風吹夢荒江上，烏几支頤對亂山。

【校】《補鈔》注：「亂，一作萬。」

咏陳仲

奇望街頭風雨漂，於陵井上李花凋。濁醪一斗誰相問，堪慰玄文是寂寥。

【校】又見《國學叢刊》（南京）一九二三年第一卷第一期第一三一頁《夏廬詩鈔》，詩題作《咏陳仲子》。

寄胡三

不見胡三抱瓮來，羊裘擁鼻自知哀。江城秋盡丹楓舞，一日橋頭醉幾回。

【校】①《國學叢刊》（南京）一九二三年第一卷第一期第一三二頁《夏廬詩鈔》，詩題作《寄翔冬》，「擁」作「捉」。②墨迹，「羊裘擁鼻自知哀」作「吴淞西望暮雲堆」，顧穎藏。

題冬心畫梅

窈窕西村暗玉塵，嘘温無復舊時春。空香寂寞冬心死，相伴黄昏更幾人。

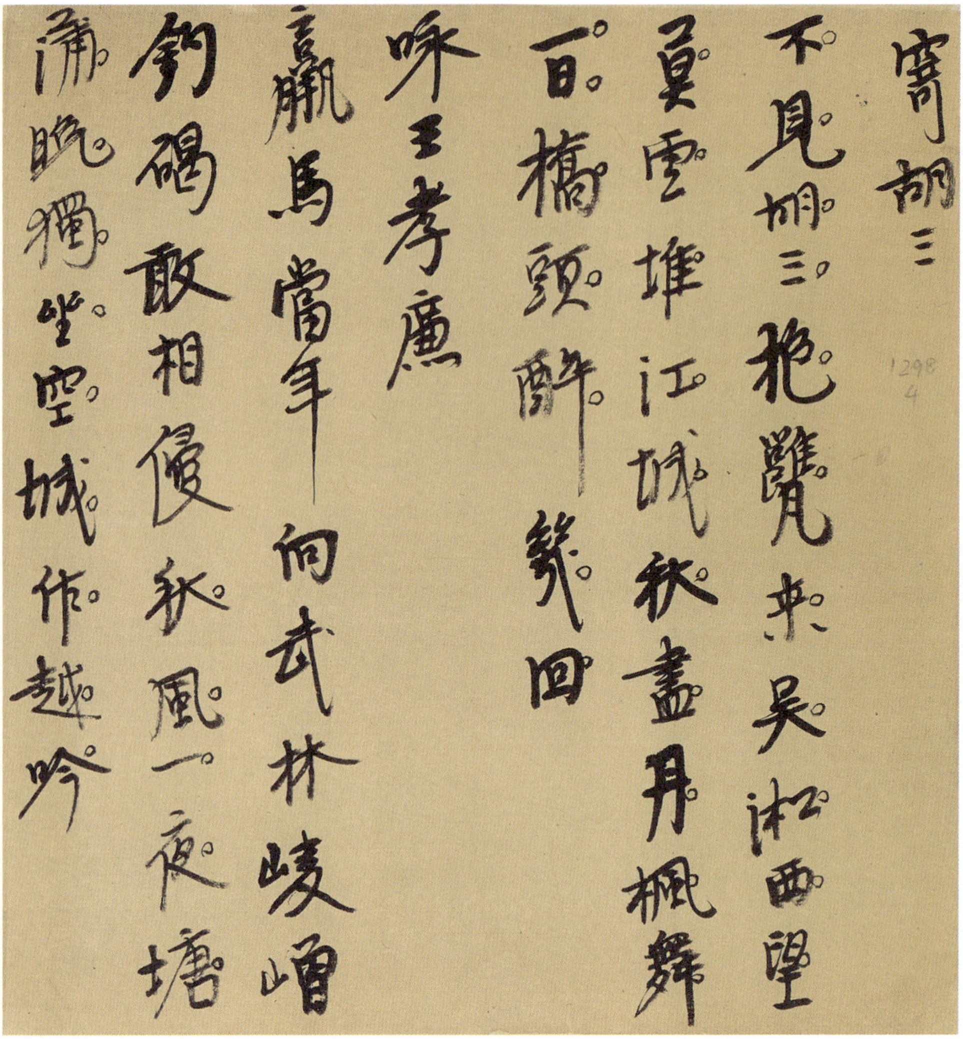

圖八 《寄胡三》《咏王孝廉》墨迹（顧穎藏）

掃葉樓吊盧江陵

百尺紅闌低暮雲，微風鐘起萬家聞。荒江斜日都依舊，不見當年盧使君。

【按】又見《國學叢刊》（南京）一九二三年第一卷第一期第一三一頁《夏廬詩鈔》。

清涼寺同胡三陳仲子作

扇底江山莽夕烟，斜陽紅到石城邊。烏紗對影清涼寺，願夏傷秋又一年。

【校】《國學叢刊》（南京）一九二三年第一卷第一期第一三一頁《夏廬詩鈔》，「影」作「飲」。

月下雜詩

孤輪亦已勞，長夜何預汝。輾轉鬥幽昧，心寒腸更苦。青青一寸光，慰藉到萬古。但照癡兒夢，莫照鄰鷄語。月午癡兒鼾，鷄鳴癡兒舞。

江山噤無聲，凉光與悲態。沽舶檣如毛，參差破海氣。廣衢數人影，流颸吹我帶。獵獵車馬場，動静成异世。花梢結紅露，滴瀝姮娥泪。物論誰能齊，天地有通蔽。

烏是日中靈，夜夜月下啼。眼亂緣白曉，流照還相欺。西川有奇鳥，自名曰子規。形化魄不死，飄颻聲正悲。二鳥古同命，憔悴東與西。朝陽奈何許，失路分餘暉。

瘦月如激箭，洞我琉璃窗。吹鐙理秋夢，形隻影則雙。翹首破鏡中，山河影幢幢。山河影在天，支離恨在腔。枕底感條風，竟夕如翻江。

平生愛黃昏，哀樂同一瞑。癡蟆誰飼汝，吐曜長盈盈。萬形爲汝復，萬愁爲汝生。所以青牛翁，瘏口在聰明。嚴霜摧孤桐，乾雨聲滿庭。雨聲雖自急，聾在不解聽。

【校】①《國學叢刊》（南京）一九二三年第一卷第一期第一二九—一三〇頁《夏廬詩鈔》：其三「欺」作「期」，「奈」作「今」；其四「琉」作「玻」，「感」作「撼」，「條」作「回」；其五「長」作「常」，「爲汝生」作「隨汝生」，「瘏口」作「蹙額」，「孤桐」作「江楓」，「在」作「者」。②《文史地雜志》一九二三年第一卷第一期第一七七頁：其三「魄」作「魂」，「奈」作「命」；其四「幢幢」作「憧憧」，「感」作「撼」，「條」作「回」；其五「長」作「常」，「爲汝生」作「隨汝生」，「瘏口」作「蹙額」，「孤桐」作「江楓」，「在」作「者」。

月下雜詩

紅樓幾宵光，漆鬢成秋草。如何團團月，不照青天老。假我奇肱車，乘之向蒼昊。俯視恒沙星，野馬空擾擾。虱睫攢萬蠕，所争惟一飽。列孛奮爾帚，八埏與蕩掃。陸沈豈不劇，太平在冥杳。

誰將一片月，委之在窮巷。以彼彌天光，照此醯鷄瓮。韜精古所許，投暗能無慟。長庚汝死友，萬劫誓相共。哀哀世間士，巢覆卵猶夢。滔天詎有終，同穴螻蟻哄。

【注】此詩據楊本著録。

【校】①《國學叢刊》（南京）一九二三年第一卷第一期第一二九—一三〇頁《夏廬詩鈔》：其一「虱」作「蚊」；其二「哀哀」作「嗟嗟」，「世間」作「塗上」。②《文史地雜志》一九二三年第一卷第一期第一七七頁《月下雜詩》「孤輪」「江山」「烏是」「瘦月」「平生」五詩之後係此二詩：其一「虱」作「蚊」，「垠」作「埏」；其二「哀哀」作「嗟嗟」，「世間」作「塗上」。

【按】又見《東方雜志》一九二〇年第十七卷第十七號第八二頁。

己未初夏游北湖同胡三陳仲子，流連昔游，愴然有作

花笑烟啼鏡裏妝，迎船無復舊垂楊。湖南蒼姥還相識，彈鴨當年側帽郎。

刺水芰兒緑上眉，團洲又是養蠶時。雲雷接葉繅車動，誰理懸霄一寸絲。

桓桓華表前塵在，落落黄鑪俊賞多。唯有胡陳堪老大，留將青鬢照山河。

【注】此詩以下至《題八大山人畫魚》十二詩據《補鈔》著録。

【校】《國學叢刊》（南京）一九二三年第一卷第一期第一三二頁《夏廬詩鈔》：其二「理」作「許」，「霄」作「宵」；其三「俊」作「後」。

【按】此詩有墨迹，題識：「己未（一九一九）首夏，同翔冬、仲子游北湖作。仲文先生索書舊稿，丙寅（一九二六）秋。光煒。」見《胡小石書法選集》第十六頁《同翔冬、仲子游北湖作》，楊白樺舊藏。

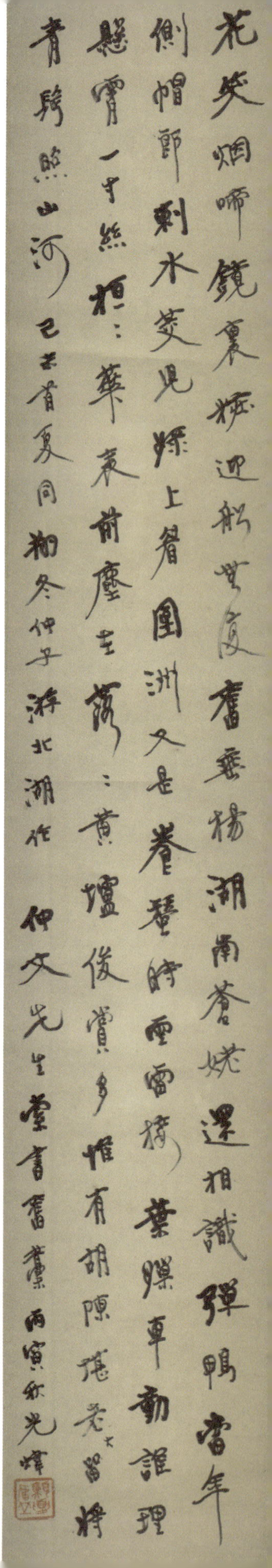

圖九　《己未初夏游北湖同胡三陳仲子，流連昔游，愴然有作》墨迹（楊白樺舊藏）

題黃生獲石圖

道光中，山陽畫師黃葉村鑿池得石几，有題字曰「留贈山人黃葉村」，因自爲圖記其事，亦鍾離得璧之流也。圖今歸邱姓家。

破冢黃頭那偶然，淮南月落夢如烟。從今更與披圖住，蕈木觀天五百年。

【校】《國學叢刊》（南京）一九二三年第一卷第一期第一三二頁《夏廬詩鈔》，詩序「鑿」作「穿」，「因」作「題」。

贈同門劉晴帆賣卜金陵市

劉生豪氣未能除，白首抛將馬隊書。漠漠橋亭風雨裏，下簾一醉更何如。

【校】《國學叢刊》（南京）一九二三年第一卷第一期第一三二頁《夏廬詩鈔》，詩題「劉晴帆」作「劉生」。

遣興

緑暗僧寮秋夢遲，斜陽銜塔對支頤。西亭一夜菰蒲雨，漸有輕寒上釣絲。

【按】墨迹見《胡小石研究》圖版十一。《瞿安日記》一九三四年十一月十二日：「晚飯後譚萬先來，見小石七絶，甚佳，因和之。原作云：（略）。」見《吴梅全集·瞿安日記》，河北教育出版社二〇〇二年版，第五〇三頁。

題杜氏小樓

迎門浴月娟娟水，隔竹啼烟淺淺山。幾度砧停露斜夜，闌干温夢不能還。

【按】墨迹見《胡小石研究》圖版十一。

月夜

白曉欺人薄酒餘，幾番眼亂到啼烏。團光不破幽宵恨，還向虚堂守燭奴。

【校】墨迹同前，詩題作《月》。

題落木寒泉圖

聒聒流泉隴首開，棱棱席帽影蒼苔。栖栖落木闚天意，小立西風去復來。

玉階紅藥夢中秋，繞鬢寒泉日夕流。石爛海枯流不盡，傍人嗚咽似宫溝。

眼前風葉太縱横，吹萬隨方與養生。抱古潺湲筇竹外，聽來不是蟪蛄聲。

題八大山人畫魚

竭澤翻愁國用虚，摸金端合到池魚。春盤雪壓烏龍鱠，零落金牌御字書。

【按】《補鈔》此詩末小字注：「此詩爲代梅庵大夫子作，一九三四年秋，於舊教育部舉辦全國第二次美術展覽會中見之。」

秋夜於上海還江寧車中作

長夜孰云悲，皓月麗高溟。驅車溯行飈，流光逐飛軨。凉風送炎節，清漢亘天經。江山應秋氣，遠近動商聲。搴帷眺神皋，延瞰觀樞星。澄暉竟安極，千里玩圓明。平疇升寒烟，遠天曖餘青。榛莽息群動，唯聞蟋蟀鳴。悠悠曠野中，俯仰慚獨醒。閶闔西南來，推節坐自驚。繁花爲誰待，九宇閟長靈。昔人事登車，攬轡思澄清。漫漫既無旦，栖栖復何成。感彼行露詩，喟然傷我情。

【注】此詩以下至《示胡陳》八詩據南京大學檔案館藏胡小石《草稿》著録。

飲酒

短生類長夢，恒慮醒時促。荏苒星氣流，白日誰能逐。鋪席坐嘉賓，濁酒持自渌。中厨出芳鯉，堂上歌鳴鹿。安事如澠觀，量醉知取足。耀霞雖已隱，幸有當筵燭。言笑無日夕，重觴忽相屬。豈忘沉湎戒，聊欲齊淳樸。願君且盡歡，毋爲負酃緑。

掃葉樓寄懷王□□

黄葉滿林知已秋，西風寒雨動高樓。獨携冷暖一杯酒，來奠江山四處愁。極浦冥冥芳草歇，翠微杳杳幾人留。憑闌却憶王居士，永夜危禽最上頭。

題畫

露冷霜寒事幾經，垂楊疏蓼一作汀花岸柳爲誰青。直從畫裏西風起，一夜秋心滿洞庭。

秋霖

客愁不可理，秋雨更如絲。伴人撩亂後，纏綿無盡期。
秋霖□□□，滴點入愁心。稍驚檐漏盡，始覺寸心深。

五律一首

寂寞臺城路，秋來只獨行。垂楊如有待，湖水若爲情。□□悲斤質，天昏聞笛聲。何論生與死，俱是一浮萍。

示胡陳

嗚鶂戒煩暑，春芳坐銷歇。衆工慕榮□，志士惜華髮。慨念周南篇，芣苡誰與掇。末路值二仲，同聲應契闊。胡生事觶言，陳子抱短褐。行臧各有會，譬彼弦與筈。居屯運實劇，情泰理自豁。詩人感風雨，伺晨美括揭。鷄鳴猶不已，龍德安可拔。

大悲師征回舊部白首閉關灌園自資

半生驅突厥，垂老入禪林。白馬威名在，青門歲月深。誦經銷殺氣，抱瓮息機心。談到興亡際，無言泪滿襟。

【注】此詩以下至《和八指頭陀净影韻》十四詩據南京大學檔案館藏胡小石《小草》著録。

寄吴晋丞漢口

遠聞吴道子，削迹漢川陰。酒熟無人勸，詩成只自吟。雲連巫峽遠，江入洞庭深。從古多離恨，憂來莫漫臨。

月下憶晋丞

誰言相去遠，千里月同明。此夕春潮滿，知君别恨生。曉星臨漢水，疏雨濕臺城。寂寞江樓上，愁聞烏鵲聲。

贈胡御史

獨憐胡御史，漂泊向南州。京闕宵宵夢，江山處處秋。不堪驄馬瘦，猶戴豸冠游。歲暮風霜急，天留問影樓。

香林寺尋濟上人不遇

城北香林寺，斜陽苔徑深。荒榛迷輦路，一磬落寒林。不見蓮池老，誰安謝客心。蕭蕭吹風急，獨立起愁吟。

見濟上人爲陶齋尚書誦經有感

珠履三千誇上京，高臺已毀曲池平。只今唯有山僧在，長日焚香祝往生。

有嘲人伐芭蕉者爲此解之

芭蕉已映窗邊緑，斫去旁人誰不驚。爲是入秋多苦雨，怕聞寒夜滴蓬聲。

【按】詩末自評：「余此詩在貞元、長慶之間。」

傷湘潭周茂才

汀洲芳草緑，不見故人歸。枯菀還相代，生死從此違。遺文誰更訪，勝侶日愁稀。唯有衡陽雁，年年向北飛。

飲王孝廉宅

王生藏美酒，高枕北山阿。日暮餐薇蕨，天寒帶女蘿。嗟余江海上，幽恨逐年多。竟日不成醉，春醪奈汝何。

聞譚鑫培死而嘆之

太息譚供奉，而今已渺然。可能憑絶調，一爲叫諸天。南内三更月，長安萬户烟。近聞凝碧上，猶自奏繁弦。

奉題臨川夫子畫殘荷便面 用八指頭陀净影韻

□□□□□，□□□□净。誰憐絶世姿，摇落秋江影。

和八指頭陀净影韻

松風亂鳴泉，雨歇群岫净。娟娟林稍月，未寫幽人影。

凉月半庭陰，露幂花氣净。暗蟲彈窗紗，春夢去無影。

【校】①《補鈔》，詩題作《無題》，「凉」作「斜」，「幂」作「泫」。②墨迹，「凉」作「斜」，「幂」作「泫」，題識：「净影韻一首。」見《二十世紀書法經典·胡光煒》第三〇頁。

幽篁分鬢緑，俯見寒潭净。回飇漏日脚，水底生魚影。

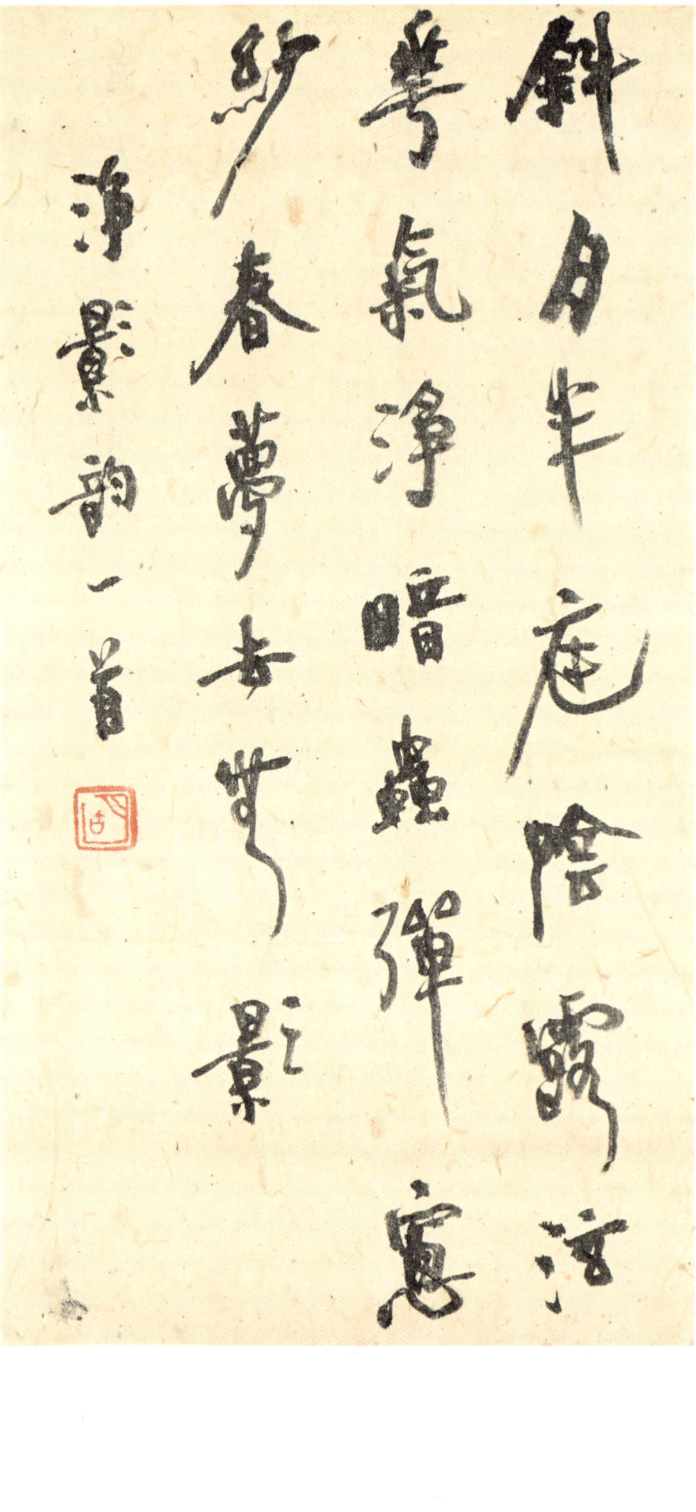

圖一〇《和八指頭陀净影韻》墨迹（胡小石紀念館藏）

武昌樓夜有所寄

摩空黃鵠山，楚客巢其麓。東闌挂蟾秀，隔帳明寒玉。槁木對支頤，盡夕看不足。青銅無一尺，夜夜懸歌哭。群蠕此休戰，凉光爲一沐。娟娟雲掩之，創痏不忍目。驚鵲起霜樹，哀彈聲簌簌。西風吹我夢，夢踏江南緑。秋夢潭底花，秋心波上縠。秋心不可灰，秋夢猶可續。天明一匊泪，勞汝江魚腹。

【注】此詩據《國學叢刊》（南京）一九二三年第一卷第二期第一四八—一四九頁《夏廬近稿》著録。

【校】①《北京女子高等師範文藝會刊》一九一九年第五期第五四頁，詩題作《武昌樓夜》，「樹」作「楸」。②《文史地雜志》一九二三年第一卷第一期第一七五頁，「樹」作「楸」。

九日游洪山寶通寺

武昌秋氣喧，陰崖護春緑。牽車得招提，一豁流人目。懸磴破莽蒼，拂帽幾修竹。峨峨祖師塔，歷劫森如束。林梢走江漢，一葉當千舳。披披日脚黃，篩柯金簇簇。萬象鬥孤筇，動静各蠻觸。拳山起何世，天遺閱歌哭。多情桑門子，禮殿薦黃菊。足底鐘梵聲，癡祝和平福。宇宙具深愛，舍生咸所腹。斜陽下汀雁，冥冥汝何宿。早晚西風深，搖落洞庭木。

【注】此詩與下《秋聲》據楊本著録。

【校】①《北京女子高等師範文藝會刊》一九一九年第五期第五四—五五頁，「招提」作「古寺」，「林」作「竹」，「舳」作「軸」，「披披」作「偶然」，「黃」作「噴」，「癡」作「長」，「舍」

作「含」，「深」作「來」。②《文史地雜志》一九二三年第一卷第一期第一七五頁，「武昌」作「江郭」，「喧」作「暄」，「招提」作「初地」，「世」作「時」，「菊」作「鞠」，「舍」作「含」。③《國學叢刊》（南京）一九二三年第一卷第二期第一四八頁《夏盧近稿》，「武昌」作「江郭」，「喧」作「暄」，「招提」作「初地」，「舍」作「含」。

秋聲

謖謖山樓蕩夜哀，西風如虎一徘徊。庭楸江柳從吹盡，莫遣秋聲到耳來。

漢怒江哀未肯平，青袍此夕坐嚴城。支離無那聞根在，撇了秋聲又角聲。

【校】①《北京女子高等師範文藝會刊》一九一九年第五期第五五頁，詩題作《秋聲二絶》。②《國學叢刊》（南京）一九二三年第一卷第二期第一四八頁《夏盧近稿》，其一「從」作「縱」。

【按】又見《文史地雜志》一九二三年第一卷第一期第一七五頁。

題癡盦讀書圖 癡盦與余約治古史，癡盦治周，余治殷，故有攻龜攻金之語

烏渡有湖不肯住，却來紙上看雲樹。李侯攢眉蠹魚隊，還抱崚嶒一尺素。市南酒熟雪紛綸，攻龜攻金皆癡人。焚書與子牛頭去，桃花對影三千春。

【注】此詩據《國學叢刊》（南京）一九二三年第一卷第二期第一四九頁《夏盧近稿》著録。

【校】①《北京女子高等師範文藝會刊》一九一九年第五期第五五頁，詩題作《題癡盦讀書

圖幀子》，「抱」作「把」，「與子」作「從我」。②《文史地雜志》一九二三年第一卷第一期第一七六頁，題下注無「余」字，題下注和正文兩處「攻龜攻金」皆作「考龜考金」。

游琴臺

清商不可聞，雁啼秋在水。一丘塵埃外，父老説琴史。月湖寫群岫，顛倒萬青紫。虚廊宜引勝，羈懷與一洗。斷梗苦縱横，尚想花時美。千年願夏心，垂楊寒不死。西風來楚歌，城笳切烟起。摇落移我情，孤樹生東海。微憐漢水勞，嗚咽到何世。瘦日斂汝照，昏昏泯悲喜。莫使弄珠人，影落寒流裏。

【注】此詩據《國學叢刊》（南京）一九二三年第一卷第二期第一四九頁《夏廬近稿》著録。

【校】①《北京女子高等師範文藝會刊》一九一九年第五期第五五頁，詩題作《琴臺》。②《文史地雜志》一九二三年第一卷第一期第一七五—一七六頁，詩題作《琴臺》，「泯」作「齊」。

游采石阻風雨宿江洲上作

東風三日江雲凍，帆驕如馬不可控。曉來懸雨粗於繩，更奪烟鬟歸冥霿。削瓜長想翠蘿山，突兀撑胸誰與共。紅樓斷壁壓芳滸，白石青松起飛棟。地下征西呼不起，春秋風月何曾空。租船滿眼人莫輕，恐有高吟出荒港。采山之難甚采藥，乘興連朝嗟儱偅。阿童踏浪不踏土，擁楫怔營鼠在洞。草堂一丈足烟水，解嘲對影唯盎瓮。槁梧仰面五百年，抹漆穹蒼亦無縫。波喧從知魚蝦喜，天昏漸憐烏烏哄。山輝水媚本相須，幾許好山緣水重。滄洲如何成斷渡，咫尺蓬壺遠於宋。昔聞生犀照牛渚，旌旗夜半犯鴻絧。驪龍破睡蛟鼉驚，噴薄逃形固其用。胡生南北一畸人，烏帽拿舟絶賓從。馮夷何物横相遮，吹鐙往踐吞江夢。

【注】此詩據《國學叢刊》（南京）一九二三年第一卷第三期第一四一頁《夏盧詩鈔》著録。

【校】①《北京女子高等師範文藝會刊》一九一九年第五期第五五頁，「起」作「映」，「鼠」作「泉」，「嘲」作「潮」，「漆」作「添」，「穹」作「窮」。②《文史地雜志》一九二三年第一卷第一期第一七六頁，「雺」作「髴」，「起」作「映」。

河南道中作 **十五年前與養吾松山諸子同游**

驚沙失天根，冉冉寒原暮。奔車斜日外，獨識經行處。晴川散風絮，撲面吹香霧。高紅遠緑下，窈窕參差遇。雲霄一超忽，怨與黄流注。黄流幾時迴，秋怨無新故。

【注】此詩據《國學叢刊》（南京）一九二三年第一卷第二期第一四八—一四九頁《夏盧近稿》著録。

【校】①《北京女子高等師範文藝會刊》一九一九年第五期第五六頁，題下注「游」作「車」，正文「風」作「雲」，「注」作「清」。

【按】又見《文史地雜志》一九二三年第一卷第一期第一七六頁。

落日

落日柴門迴，西風江水清。美人不可見，明月爲誰生。露草餘春色，啼烏空曙聲。迢迢北辰望，心事獨縱横。客館月明，偶憶舊作。自與翔冬約不作五律，於今六年矣，此昔年江上小詩也。

【注】此詩據《北京女子高等師範文藝會刊》一九一九年第五期第五六頁著録。

十月十六夜西安飯店憶翔冬牛首山

皺面茶甌得幾巡，逃虚烏鵲一相親。長安今夕彌天月，畫汝松堂問影人。

【注】此詩據《國學叢刊》（南京）一九二三年第一卷第二期第一四九頁《夏廬近稿》著録。

【校】①《北京女子高等師範文藝會刊》一九一九年第五期第五六頁，詩題作《月色大佳不知翔冬翁在牛頭何似小詩憶之十月十六夜西安飯店作》。②《文史地雜志》一九二三年第一卷第一期第一七六頁，詩題作《十月十六夜憶西安飯店翔冬牛首山》，「問」作「向」。

夜雨寄翔冬

青天無盡泪，灑作纏綿雨。幽客泪未枯，畏雨如畏弩。鐙窗摇海氣，風條戛蟲語。胡床坐觀兵，震瓦騰萬鼓。餘滴在南檐，猶作吞聲苦。念汝荒江人，懸吟方畫肚。仰天鬚何讐，向壁影失侣。牛頭青峨峨，萬歲長壓户。願天莫雨泪，願天但雨乳。取乳爲子酒，一飲忘二五。

【注】此詩與下《三月廿九日龍華鎮觀桃花循江上游眺》據楊本著録。

【校】《國學叢刊》（南京）一九二三年第一卷第一期第一二九頁，「騰」作「擂」。

【按】又見《東方雜志》一九二〇年第十七卷第十七號第九八頁。

三月廿九日龍華鎮觀桃花循江上游眺

采春春已遲，稍嘆芳林碧。餘霞照空江，落日不成夕。剪錦猶十里，如練定幾尺。青袍承繽紛，忍付寒流滌。枯菀詎天心，成蹊徒在昔。思隨白鳥遠，怨與紅英積。吴淞似瀟湘，烟波暮何適。不見汀洲人，無言特自惜。

【校】①《詩鈔》卷一，詩題「廿」作「十」。②《國學叢刊》（南京）一九二三年第一卷第一期第一二九頁《夏廬詩鈔》，詩題作《庚申二月二十九日龍華鎮觀桃花循江上游眺》，「洲」作「州」，「特」作「持」。

【按】又見《東方雜志》一九二〇年第十七卷第二一號第九二頁。

辛酉仲春陶然亭登眺有懷江寧舊游并寄漚翁仲子

春寒羈鳳城，二月柳如夢。牢落南客身，斜日與之共。江亭爾辛苦，百歲袚塵鞚。撑空憐閣孤，延爽欣窗洞。茗罷一巡檐，壓帽西山重。積潦寫天心，青青不可弄。墻角得老圃，菘韭手自種。城中已飛艇，斯人方抱瓮。窑臺新鬼場，蓬顆行瓦縫。晚烟一鐘聲，稍定飢烏哄。支頤更何念，念我滄州衆。投荒各湖海，所剩漚與仲。仲也守玄文，擁鼻日窮巷。漚翁懷耿耿，龍德矢勿用。而我畸零人，傷美目屢送。相思不相見，南雲遠於宋。北湖芳樹紅，靈谷流鶯縱。滄桑嘉麗地，天爲幽吟供。星髮甚駭鬱，稍逝詎能控。慰藉有江山，磧礫足親從。興來把臂去，獲句好寄誦。

阮生千古愚，空山但聞慟。

【注】此詩據《國學叢刊》（南京）一九二三年第一卷第一期第一三〇頁《夏廬詩鈔》著録。

【校】《文史地雜志》一九二三年第一卷第一期第一七七—一七八頁，詩題作《仲春陶然亭登眺有懷江寧舊游并寄漚仲子》，「袚」作「被」，「美」作「高」，「嘉」作「佳」。

三月十六日畿輔先哲祠看海棠零落已盡

罷病登車覺小頹，依前廊宇但莓苔。留春緑樹天應梅，積地紅英我獨來。枯苑蟲喧與蟲寂，滄桑花落到花開。斜街澹月支離影，哀樂重翻一笑回。

【注】此詩據《文史地雜志》一九二三年第一卷第一期第一七八頁著録。

大石橋

大石橋邊莎草春，青溪兩岸柳條新。可憐舊日經行地，踏遍楊花不見人。

【注】此詩以下至《月》五詩據《詩鈔》著録。

【校】《國學叢刊》（南京）一九二三年第一卷第一期第一三一頁《夏廬詩鈔》，「遍」作「盡」。

寄憶翔冬卧病牛首山

孤館吹燈坐海風，頭昏眼倦夢誰同。遥憐此夕荒山寺，天闕迢迢一病翁。

【校】①《詩鈔》稿本「頭」作「斗」。②《國學叢刊》（南京）一九二三年第一卷第一期第一三一頁《夏盧詩鈔》，「頭」作「斗」，「遥憐」作「憐居」。

麟昌師

禮懺觀心十二時，吴霜隨分點虬髭。郎當牛首岩前客，意氣龍堆馬上兒。

【按】又見《國學叢刊》（南京）一九二三年第一卷第一期第一三一頁《夏盧詩鈔》。

調翔冬

一個人間胡季子，朝朝抱瓮卧窑灣。有時白日不肯語，看罷江潮獨自還。

【校】《國學叢刊》（南京）一九二三年第一卷第一期第一三一頁《夏盧詩鈔》，詩題作《贈胡三》，「季」作「叔」。

月

故鄉一片兒時月，海上隨人更可憐。披衣自下重簾卧，不放清光到枕邊。

【校】①《國學叢刊》（南京）一九二三年第一卷第一期第一三二頁《夏盧詩鈔》，「卧」作「睡」。②墨迹，詩題作《夜》，「卧」作「睡」。顧穎藏。

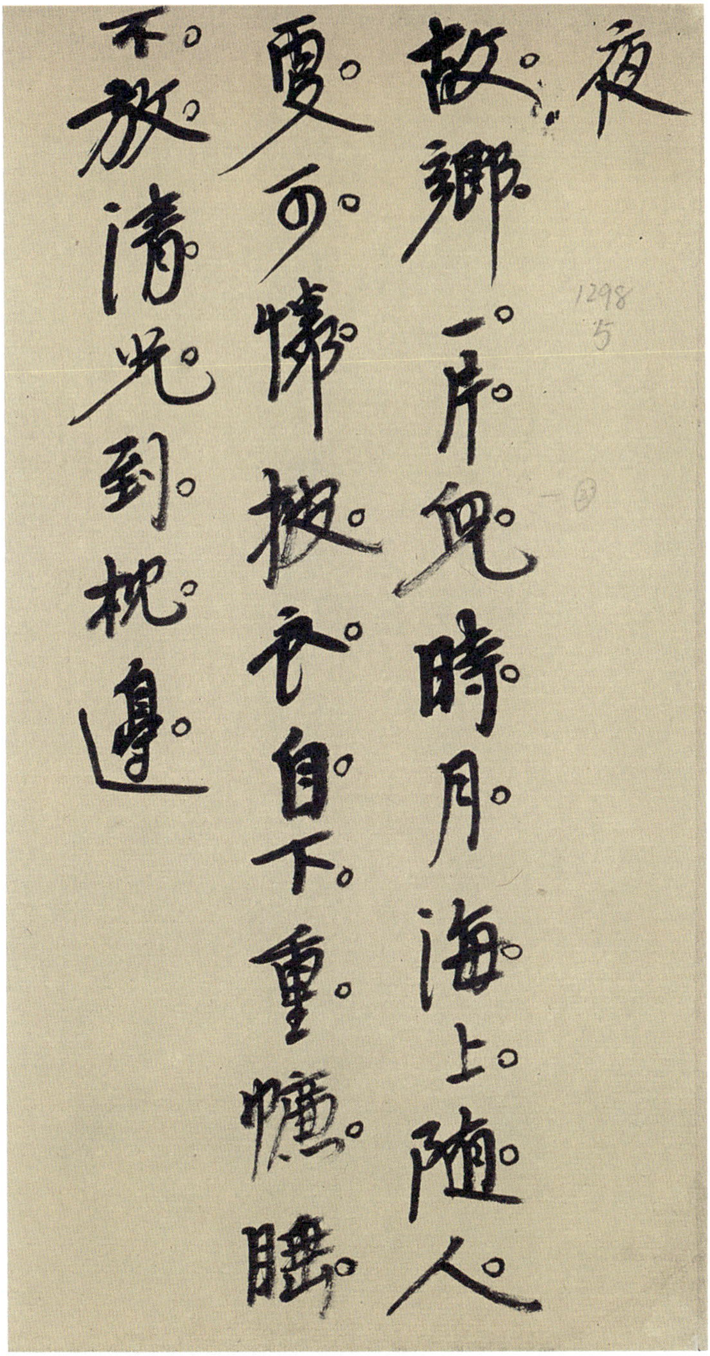
夜
故鄉一片兒時月海上隨人
更可憐披衣自下重幃睡
不放清光到枕邊

圖一一 《月》墨迹（顧穎藏）

調翔冬

踏壁嗔鷄亦太癡，盡驅萬感敵枯髭。彌天四海城南月，獨照秋窗賈島詩。

【注】此詩據《國學叢刊》（南京）一九二三年第一卷第一期第一三二頁《夏廬詩鈔》著録。

東城晚步訪馬守真墓

寒日俯秦淮，天習銷魂史。辛苦頭白烏，暮暮垂楊裏。垂楊青已倦，美人呼不起。幽蘭一寸心，百世思公子。斯人信高秀，啼笑何爲爾。絹素揚風鬟，蓬顆不如紙。江南古多怨，看取茫茫水。霜深葭葦盡，冰坼鳧雁喜。帶郭一鍾山，寫影共清泚。昔賢念同病，楚歌空復綺。解放到重泉，芳魄無遠只。

【注】此詩以下至《黄土坡》三詩據《國學叢刊》（南京）一九二三年第一卷第三期第一四一—一四二頁《夏廬詩鈔》著録。

淄陽橋

記看跳珠上藕船，江潭芳草又經年。淄陽橋下春如海，剩對斜陽聽杜鵑。

黄土坡

懊惱新來黄土坡，春芳老去奈伊何。摇城官柳看看大，隔浦青荷故故多。

題黄鶴樓

笛裏仙踪不可招，雲山何事苦周遭。高樓日暮西風起，不獨東飛是伯勞。

【注】此詩據楊本著録。

【校】①《詩鈔》卷一，「踪」作「音」。②《國學叢刊》（南京）一九二三年第一卷第三期第一四二頁《夏廬詩鈔》，詩題作《鶴樓》，「武漢雜詩」七首之一，「裏」作「外」，「高」作「江」。③墨迹，「裏」作「外」，「高」作「江」；題識：「此昔年客武昌題黄鶴樓句也，任俠索，爲書之。今日東飛，當遺吾鐵烏耳。光煒。」見《胡小石書法選集》第十八頁：「《題黄鶴樓》，三十年代。」

【按】《常任俠文集》第六卷《生命的歷程》：「我嘗求書（胡小石）師在武昌所作絶句云：『黄鶴仙踪不可招，雲山何事苦周遭。江城日暮西風緊，豈獨東飛是伯勞。』詩情飄逸，風韻獨絶。」安徽教育出版社二〇〇二年版，第二一頁。

曇華嶺

曇華一嶺緑沉沉，嚙屐莓苔取次深。海思雲愁都不管，舊曾行處便傷心。

【注】此詩以下至《武昌園居見桐泪有感》四詩據《國學叢刊》（南京）一九二三年第一卷第三期第一四二頁《夏廬詩鈔》著録。四詩與《淄陽橋》《黄土坡》《鶴樓》（《題黄鶴樓》）等七詩總題爲「武漢雜詩」。

抱冰堂

漠漠曾陰燕子回，横江寒雨亂如絲。山堂盡日紅英舞，認取春袍小立時。

梁園

客裏林亭懶欲窺，眼明初喜見辛夷。宵來忽訝花枝瘦，恨汝東闌團月兒。

武昌園居見桐泪有感

昂昂青溪月，照我東堂樹。撩亂畫屏枝，寫影著窗素。别後重相思，當别何爲去。山樓梧桐花，桐泪散爲絮。林鶯不辭勞，春歸啼到暮。林鶯汝無啼，浮萍滿川渡。銜泪向西洲，楊花舊飛處。

吴氏鑑園

人境嵯峨賞寂堂，相公遺額點溪光。風簾一榻鍾山雨，助我秋心入莽蒼。

青溪窈窕練當門，岸樹吹香細浪温。緑鬢闌干江漢客，看移歌榜到黄昏。

【注】此詩以下至《寶通寺雨中》五詩據楊本著録。

【按】又見《國學叢刊》（南京）一九二四年第二卷第一期第一四九頁《夏廬詩鈔》。

十桂堂晚望同仲蘇仲英作

一載梁園居，撑窗楚天色。東鄰相公堂，衆芳親手植。賞寂得二仲，招携在水石。嵯峨仰寒廳，磴蘚挂山額。斯人實辛苦，十桂今有七。城頭獵獵風，霜林瘦如髮。角聲滿殘照，江湖餘一白。笳邊暮鴉圍，萬象果誰客。新月儻可期，共話南樓夕。

【校】①《詩鈔》卷一，「寂」作「心」。「圍」作「團」。②《國學叢刊》（南京）一九二四年第二卷第一期第一四九頁《夏廬詩鈔》，「圍」作「團」。

與二仲游龍華寺，并寄翔冬滁州

龍華寺裏新山樓，四户八窗羅馬式。世尊却下大雄殿，趺坐洋臺看江色。當關老衲解迎人，胡床不拒支離客。洪山一塔如在定，城外千帆幾時息。丹楓烏柏古番錦，自點秋光勝剪刻。西風早晚静寒林，喜有青山來補隙。旗邊晚角又嗚嗚，聽似啼鵑聽不得。此時憶汝滁州城，罷講三聲耳應熱。羊裘踏壁向黄昏，壓几瑯琊高一尺。

【校】①《詩鈔》卷一，「柏」作「桕」。②《國學叢刊》（南京）一九二四年第二卷第一期第一四九頁《夏廬詩鈔》，「静」作「凈」。

寶通寺雨中

秋燕又南去，招提長自閑。暮鐘江上客，疏雨夢中山。一塔齊僧定，千松寫古頑。微如虎邱日，小閣對潺潺。

【校】《國學叢刊》(南京)一九二四年第二卷第一期第一四九頁《夏廬詩鈔》,「招」作「好」。

卷二

古近體詩一百零八首。自一九二四年至一九三七年，在西安、南京作。

寄題北湖

曉風一舸壓天開，迎鬢垂楊無數栽。可笑長安胡季子，櫻桃紅了不歸來。

【注】此詩以下至《歲暮同翔冬連日爲近郊之游，還集馬回回酒肆示翔冬》二十二詩據楊本著録。

【按】此詩楊本頁眉有小字注：「在陝。」又見《國學叢刊》（南京）一九二四年第二卷第三期第一一五頁《夏盧詩鈔》、《金陵光》一九二五年第十四卷第一期第九九頁《詩選》。

贈紀元

曉月照江城，破夢得孤媚。策策庭柯喧，一雁扶秋至。關河隔寒暑，不隔酸腸字。尺素拂鐙窗，在眼鐵山寺。城南萬蠕趨，幽人柳生臂。坦坦遼東床，乘霜數邊吹。蟋蟀亦宵征，誰肯喪其志。殺機迎酒罇，知費傷高泪。相望重九節，駕鵝不相次。解携便三載，蒼茫念嘶鼻。神州鬥鷄場，倚席吾何事。東風玄武湖，摇蕩千紅翠。拿舟期子來，儻及春水駛。

【校】《金陵光》一九二五年第十四卷第一期第九九頁《詩選》，「鵝」作「鶖」。

【按】又見《國學叢刊》（南京）一九二四年第二卷第三期第一一五頁《夏盧詩鈔》。

雁聲

黄葉已滿地，雁聲猶不休。剩將水堂夢，風雨對扶頭。書帙成癡繭，鐙窗似夜舟。荒荒吾與汝，天老替人愁。

【校】墨迹三稿：初稿，無詩題，「將」作「携」，「書帙成凝繭，鐙窗似夜舟」作「深坐偏宜夕，觀空敢怨秋」，「荒荒吾與汝，天老替人愁」作「丹鉛吾亦倦，天老却堪愁」；二稿，「猶」作「終」，「汝」作「爾」；三稿，改「終」爲「猶」。見《胡小石研究》圖版二四《胡小石詩稿之三（一詩三稿）》。

【按】又見《國學叢刊》（南京）一九二四年第二卷第三期第一一五頁《夏廬詩鈔》、《金陵光》一九二五年第十四卷第一期第九九頁《詩選》。

十月二十七日大風，翔冬招同仲子茂宣游毛公渡，荻花甚美

胡生不畏寒，避市如避虎。喚作蘆中人，支筇向荒浦。排風萬鷗翻，雪舞傞傞羽。花底明夕照，紅白互吞吐。春芳水流歇，蕭瑟天能補。平生江湖客，慣識回帆鼓。津橋烟微微，歸櫝時引侶。荷荷但垂首，對影黯無語。杯盡緩緩去，凌高思一翥。晚色同陸沈，安辨吴與楚。

【校】①楊本另一重鈔本，詩題「二十」作「廿」，「毛公」作「茅官」，正文「荷荷」作「枯荷」，「黯」作「淡」，「凌」作「陵」。②《詩鈔》卷一，詩題無「大風」二字，正文「排風」作「排空」，「回帆」作「回風」，「荷荷」作「枯荷」。③《國學叢刊》（南京）一九二四年第二卷第三期第一一五頁《夏廬詩鈔》，詩題「毛公」作「茅官」，正文「黯」作「澹」。④《金陵光》一九二五年第十四卷第一期第九九頁《詩選》，「荷荷」作「枯荷」，「黯」作「澹」，「凌」作「陵」。

【按】楊本詩題「仲子」旁注：「陳仲子。」

十二月初五夜書事

江城飛火歲癸丑，今唯甲子逾十年。觀貨毀穰計卯酉，兵凶亦類星周天。窮冬抛卷且擁絮，异聲破夢墻東偏。傷禽聞弦膽已碎，决起衣帶重倒顛。中庭老杏頹無葉，枝枝照人紅欲然。蚩尤旂颺絳霄半，摩空隱隱盤飛鳶。奇景生平詑未歷，落霞不數滕王篇。流丸紛紛復遠近，穴垣震瓦珠相連。拔關欲問安敢出，老弱牽挽魚潛淵。此時四方静漠漠，有狗不吠癡躊氈。倡變何人變何地，負手一夕千迴旋。黎明犯險獨往視，九衢金碧餘青烟。大功坊接驢市口，官街灰滅迷東西。黑廊磁貨馬馱了，堵牖能保兵所捐。扃鐍乃爲大盗積，鑿舟垂訓誡亦玄。禦盗無力須諱盗，吊者以目休嘍嗹。籲天方幸債帥去，去思得此良綿綿。君不見廣州一哄商團盡，秋宵爛額户二千。又不見瀏河南翔剩焦土，持較寧止夔憐蚿。蕞爾百廛那足算，聊抵取石歸壓船。大府聞盗不即治，煌煌州教張坊前。逃兵幾輩偶稱劫，驚竄失火民之愆。民厓其羊兵其虎，觳觫豈望牙爪全。民供兵掠例應許，一如養虎資羊膻。得大自由作土匪陝西郭堅語，堅據渭北時，嘗書此語贈人，買槍歸賣西莊田。

【校】①《詩鈔》卷一，「江」作「西」，「官街灰滅迷東西」句下有「蘇前切」三小字，「歸壓」作「壓歸」，「稱」作「爾」，「養」作「餐」。②《國學叢刊》（南京）一九二五年第二卷第四期第一三三頁《夏廬詩鈔》，「重倒顛」作「從倒顛」，「頹」作「禿」，「復遠」作「遠復」，「其羊」「其虎」作「甚羊」「甚虎」，「得大自由作土匪」句下小字注中「西」作「酉」。

城頭

白地穿風枝，一片鴉啼月。虛廊悄移世，寒光晞我髮。墻西老紅杏，岸岸䰟餘骨。城頭胡笳翻，羡汝聞根歇。

【校】《國學叢刊》（南京）一九二五年第二卷第四期第一三三頁《夏盧詩鈔》，「穿」作「寫」。

首夏北湖作

看熟櫻桃又一回，杜鵑聲裏緑成堆。當年側帽拿舟客，却向湖心踏土來。

【按】又見《國學叢刊》（南京）一九二五年第二卷第四期第一三三頁《夏盧詩鈔》。

南人嘆

南人歸南不見水，朝朝出踏河陽塵。長風鼓炭羌吹嗄，滿城餓餓忽涸鱗。老農奠泪當盂酒，禾插不得空嘶辛。有誰咒稻令成麥，江頭帶刀皆北人。

【校】《詩鈔》卷一，「忽」作「如」，「盂」作「杯」。

【按】又見《國學叢刊》（南京）一九二五年第二卷第四期第一三三—一三四頁《夏盧詩鈔》。

雨後莫愁湖茗坐

帶郭明漪勝洛濱，好風還净襪羅塵。牽車了了西州去，不管荷花惱煞人。

窈窕林芳過雨殘，垂楊青到舊闌干。一甌寫影滄江晚，無那銷魂是薄寒。

【校】《詩鈔》卷一，其一「煞」作「殺」，其二「那」作「奈」。

【按】又見《國學叢刊》（南京）一九二五年第二卷第四期第一三四頁《夏廬詩鈔》。

湖亭

菡萏吹香柳作圍，水西亭子剩鷗飛。晚山近在疏簾外，岸岸來看惘惘歸。

【校】此詩墨迹，詩題作《晚山一首》，見《胡小石書風》第二四頁。

【按】又見《國學叢刊》（南京）一九二五年第二卷第四期第一三四頁《夏廬詩鈔》。

西城

滄江不可極，西城江之隈。不知獨何望，去去還復來。黃昏起秋聲，相逐南雁洄。

【校】《詩鈔》卷一，「洄」作「回」。

【按】又見《金陵光》一九二五年第十四卷第一期第九九頁《詩選》。

續月下詩

鴻荒萬劫來，月果爲誰媚。秋堂一杯酒，百問無一對。危轍破長空，孤行向何世。大風吹不揚，寒泉凍不壞。

墻柯鴉夢深，耿耿月不寐。穹蒼到海水，看徹今古事。真憐造物煩，今世復後世。落落月邊星，點點經天泪。東廊負手人，解汝懸眸意。

楚人昔悲秋，宵取蟋蟀征。月也苦無侶，和以秋蟲鳴。凉光青漠漠，彌天聞搊箏。月語不到地，以蟲披其情。娟娟砌下花，含露何凄清。休嗤蟲臂細，蟲嘆乃月聲。

暮雲共潮生，天潑淋漓墨。仰頭哀窈窕，一如歌月蝕。冥念層陰上，清輝定無極。萬峰擁冰輪，搖蕩銀海色。精魂掩猶照，此是月龍德。神行摶九霄，江山安能域。

缺月若魚口，嘘噏吞白波。吞波不吞恨，奈此孤光何。織綃海底人，夜夜投其梭。匊泪添海水，還以飲孀娥。

江城霜角啞，曉月猶戀天。落床影已瘦，照夢不成圓。誰御羲靈來，後者加之鞭。坐使群蠕動，蟻封哄摩肩。既夜亦既晝，止沸終自煎。我欲驅却日，億載纖阿懸。月自不辭照，夢亦不辭眠。

【校】①《詩鈔》卷一，其六「床」作「林」，「不辭眠」作「不解眠」。②《國學叢刊》（南京）一九二六年第三卷第一期第一〇二—一〇三頁《夏廬近稿》，其二「事」作「世」，其三「月也」作「汝月」。③《國學專刊》一九二六年第一卷第三期第八三頁《夏廬近稿》，其三「月也」作「汝月」。

【按】又見《金陵光》一九二六年第十五卷第三期第一二一頁《夏廬近藁》。

北峰僧院

梵唄聲銷換暮笳，橫江南雁一繩斜。山門呀軋無人閉，落盡風檐盧橘花。

【校】《國學叢刊》（南京）一九二六年第三卷第一期第一〇三頁《夏廬近稿》，「换」作「撫」，「閉」作「問」。

【按】又見《金陵光》一九二六年第十五卷第三期第一二一頁《夏廬近藁》、《國學專刊》一九二六年第一卷第三期第八三—八四頁。

同胡三陳仲子東天民游劉氏廢園作并調胡三

觴社歌梁久寂寥，畫廊金碧亂塵交。寒林納納誰相護，留藉明年燕子巢。

岸幘胡三一酒人，每尋花榭月紛紛。當門老圃憐蛾緑，掘得雲根不乞君。

【校】①《國學叢刊》（南京）一九二六年第三卷第一期第一〇三頁《夏廬近稿》，其一「金」作「丹」。②《金陵光》一九二六年第十五卷第三期第一二一—一二二頁《夏廬近藁》，其一「金」作「丹」。③《國學專刊》一九二六年第一卷第三期第八四頁，其一「金」作「丹」。④墨迹，詩題後有「二首」二字；其一「金」作「丹」，「誰」字闕文，「藉」作「待」；題識：「己卯（一九三九）中秋，書與阿柱。」此詩與所書《悼杏詞》爲一幅，楊白樺舊藏。

歲暮同翔冬連日爲近郊之游，還集馬回回酒肆示翔冬

支離事鑽龜，真如龜在笥。近爲甲骨文字釋例，搜討頗苦。寒廳耿秋鐙，形影自成世。罷講魚縱壑，趁把入林臂。江山莽蕭瑟，斜陽有餘媚。千載弘農守，願夏良何味。曳裾與子游，緑鬢幾莖异。前塵故了了，荒忽廿年事。橋頭今黄壚，滄桑到尊觶。鱗鱗西流水，東過化爲泪。看石劉氏園，看碑天界寺。看雲北峰上，看竹鷄社内。適野野轉窮，哄市新避地。壓帽三椽屋，上客列童稚。刀邊大鼻胡，烹羊敵劉二。故橋頭庖丁，善治饌者，今已故。連連勸覆杯，夢夢對吐囈。吾生不解飲，觀飲亦成醉。歸去復不寐，九城翻夜吹。

【校】①《詩鈔》卷一，「廳」作「窗」。②《國學叢刊》（南京）一九二六年第三卷第一期第一〇三頁《夏廬近稿》，詩題「集」下有「飲」字；正文「北」作「圮」，「劉二」下小字注「今已故」作「今已歿」，「不解飲」作「不解酒」。③《金陵光》一九二六年第十五卷第三期第一二二頁《夏廬近藁》，詩題「集」下有「飲」字；正文「劉二」下小字注「今已故」作「今已歿」，「不解飲」作「不解酒」。④《國學專刊》一九二六年第一卷第三期第八四頁，詩題「集」下有「飲」字；正文「敵劉二」作「適劉二」，「劉二」下小字注中「今已故」作「今已歿」，「不解飲」作「不解酒」。

小雁塔

寺廢猶存窈窕妝，唐宮遺怨滿殘陽。郎當已斷風鈴雨，静聽啼烏宿上方。

【注】此詩據《孤興》一九二六年第十期第三八頁著録。

人日雨游城西胡氏園同山陽錢大

一雨氛氳綻早梅，畫廓擁鼻幾人來。打門携得淮南客，趁取芳辰第一回。

鬢角寒笳急脱吹，燒鐙花氣護琉璃。江南落雁尋常語，辛苦河東踏壁兒。

轉燭簪裾槐市游，羞傳高咏動滄洲。吹香半日迴塘雨，數盡歸鴉更上樓。

【注】此詩據《國學專刊》一九二七年第一卷第四期第一〇七頁著録。

翔冬好野茶時有新味作此相調

紗帽關門未足多，日扛鐺灶鬥岩阿。春潭皺面灤陽叟，煮爛瓊芽奈爾何。

【注】此詩據《國學專刊》一九二七年第一卷第四期第一〇七—一〇八頁著録。

【校】①《詩鈔》卷一，詩題作《調翔冬》二首，此其二，其一爲「一個人間胡季子」，「叟」作「老」，「煮爛」作「爛煮」，「爾」作「汝」。②墨迹，詩題作《調翔冬》，「叟」作「老」，「煮爛」作「爛煮」，「爾」作「汝」。此詩與《二月十五日大風同確杲白匋太平門明孝陵看花還飲市樓》書於一幅，見《二十世紀書法經典·胡光煒》第五四—五五頁，楊白樺舊藏。

二月十五日同確杲白匋太平門明孝陵看花還飲市樓

幾日薰風上凍鱗，江南二月已殘春。飄櫻如雪君休嘆，勉作花前倒載人。

城角凄於塞上笳，狂飈㨃面起驚沙。青袍短策隨身在，滿眼江山對落花。
歸車馳道散驕蹄，入肆傾杯日未西。醉裏繽紛見花影，莊生物論那能齊。

【注】此詩據楊本著録。

【校】墨迹，詩題「十五日」後有「大風」二字。此詩與《調翔冬》（《翔冬好野茶時有新味作此相調》）「紗帽闕門未足多」書於一幅，見《二十世紀書法經典·胡光煒》第五二—五四頁，楊白樺舊藏。

【按】又一墨迹，胡小石紀念館藏。

題張君綬遺墨幀子

揩眼崚嶒何處山，死生隔紙已漫漫。秋鐙温夢蟲相語，愁汝天風海水寒。

【注】此詩據《國學專刊》一九二七年第一卷第四期第一〇八頁著録。

【校】墨迹，「愁」作「認」，題識：「壬戌（一九二二）中元後三日題君綬遺墨。光煒。」見《中西畫集》附《張君綬山水圖》，中國文藝出版部一九二九年版。

成夏攝山

南風方鼓炭，山泉不忘冷。赤足弄潺湲，步步笙竽引。鳥變山知深，接葉天如井。石佛醉幽碧，遠鐘疲衆醒。稍憐高處明，川陸何耿耿。一峰搏萬衆，齊州烟九鼎。名藍得静理，背江避帆影。遺世不遺情，將識終自梗。誰謂山賓達，捨宅亦人境。日午群籟寂，心與孤雲迥。孤雲征何之，

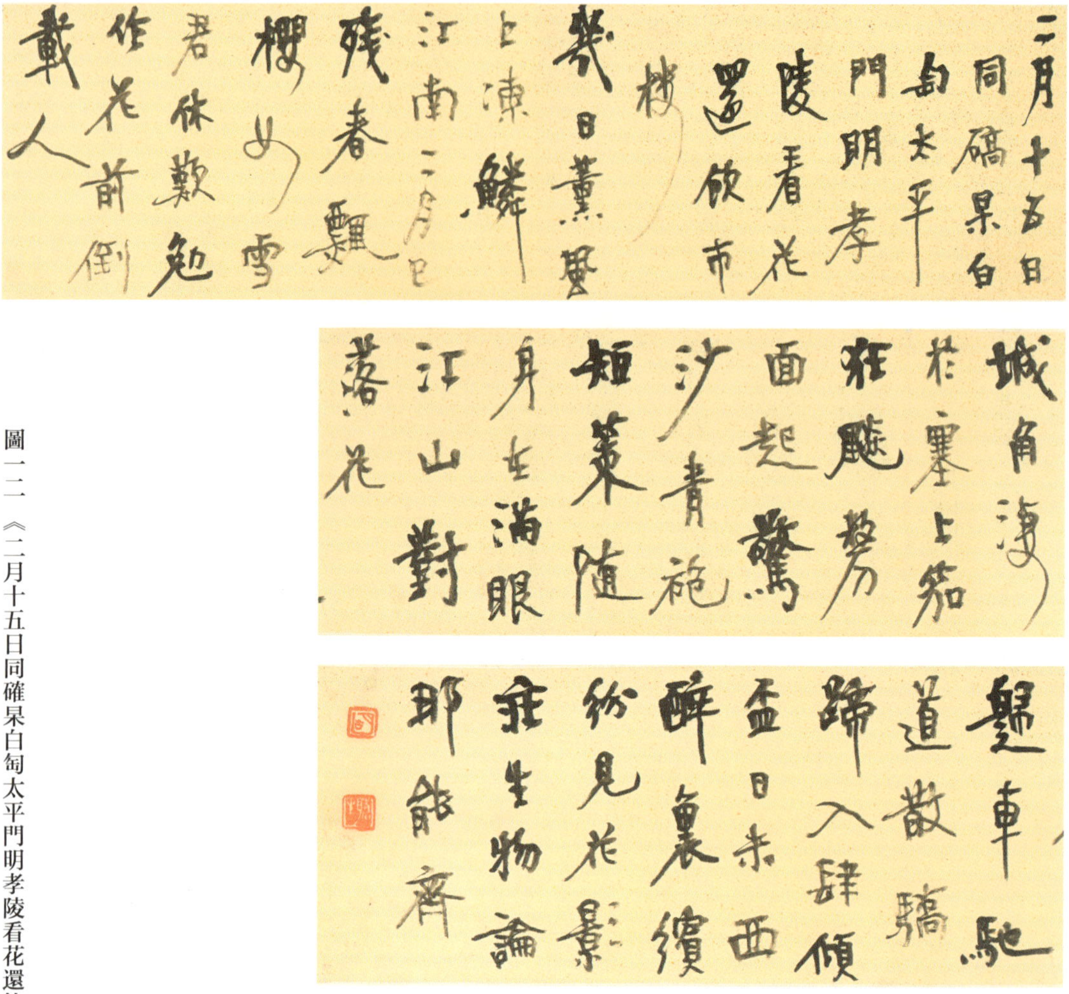

圖一二 《二月十五日同確杲白匋太平門明孝陵看花還飲市樓》墨迹（胡小石紀念館藏）

虛廊盡甌茗。

【注】此詩以下至《暑夜苦熱，盧冀野過談，因懷瞿安蘇州》十一詩據楊本著録。

【按】又見《金陵光》一九二七年第十六卷第一期第一〇九頁。

戰後集劉氏廢園

荒園兵子赦，魂定一招攜。卧柳經燒緑，流鶯到晚啼。疑年呵畫壁，輕命拾危梯。鬢角星如斗，滄江更不西。

【校】《詩鈔》卷一，「輕」作「捨」。

【按】又見《金陵光》一九二七年第十六卷第一期第一〇九頁。

和翔冬雲龍山

當年席帽游長安，征車三日留徐關。晚春吊古散羈思，白酒吹香河水干。城南一阜孤羆踞，觀樹低昂千里顔。百年戰伐無喬木，石骨天成負不去。墻東小桃亂人眼，蒼凉合與斜陽住。淪飄遼鶴却歸來，新詩讀了還揮杯。嵯峨舊夢蕩檠底，雲氣連連戲馬臺。

【校】《金陵光》一九二七年第十六卷第一期第一〇九—一一〇頁，「顔」作「顧」。

【按】此詩墨迹，題識：「和翔冬雲龍山，丁卯（一九二七）上元書，夏盧。」見《胡小石書法文獻》第一五六—一五七頁，胡小石故居藏。

二月七日戰訊方急，鐙下與胡三誦詩，因話昔時臨川散原座中諷咏之盛

西府高吟隔死生，雲旗出入氣縱横。祇今風雨危樓夜，强辨詩聲壓角聲。

江梅孤發不成春，摩眼年年苦戰塵。白髮一鐙江海上，胡床擁鼻向何人。

【校】《金陵光》一九二七年第十六卷第一期第一一〇頁，其二「江海」作「滄海」。

莫愁湖

欹帽看山興不孤，風簾新見燕調雛。春芳簇錦沙淘盡，剩放荷花絶世無。

桂梁迢遞壓吴天，水國烟鬟思渺然。雙槳莫愁能竟去，洛陽應恨夜如年。

迴雪吹香古大堤，柔波曾幾照旌旗。斑騅休繫東闌樹，愁損青青萬柳絲。

【校】《詩鈔》卷一，其一「簾」作「檐」，其二「桂」作「玳」。

【按】此詩又見《金陵光》一九二七年第十六卷第一期第一一〇頁。有墨迹一，殘存三紙，所録詩句爲《莫愁湖（三首）》，其二僅存「如年」二字，以下其三存「迴雪吹香古大堤，柔波曾（以上第一紙）幾照旌旗。斑騅休繫東闌樹，愁損（以上第二紙）青青萬柳絲」二十八字，最後其一僅存「欹帽看山興不孤，風」八字（以上第三紙）。胡小石故居藏。墨迹二，題識：「辟畺老兄先生吟定。光煒。」黄侃題識：「戊辰（一九二八）上巳，辟畺及溧水王伯沆、吴汪旭初、上饒汪友箕、南昌王曉湘、嘉興胡小石，修禊於北湖，予亦預焉。是日，飲於予大石橋寓中，用先韻連句，成七言長歌一首，此結社之朔也。其後，閩林衆難、浙陳伯弢，復加盟於中，今社事猶續。辟畺此蓮集社中人書，除衆難、友箕，宦游無暇，伯弢不能書，其餘皆有墨痕，洵可喜也。侃志。哀甫不在社中，取用補白耳。翊謀亦加盟，最後矣。」汪定民藏。見張亞權《汪辟疆先生藏九教授結社題詩扇面考論》，《中國典籍与文化》二〇〇九年第四期。

題吕濬畫梅爲鍾山

吕濬畫梅如畫竹，直幹撑空綴紅玉。顧盼高寒替汝愁，孤霞天遣王幽谷。江城六月暑燔原，鍾季索題來打門。臨川不作倉碩老，坐對窈窕移黄昏。

【校】《詩鈔》卷一，「替」作「爲」。

【按】又見《金陵光》一九二七年第十六卷第一期第一一〇頁。

暑夜苦熱，盧冀野過談，因懷瞿安蘇州

散髮繩床星作堆，撥鐙蚊市哄如雷。無端酒氣驚人夢，一個盧生高咏來。

明河低户萬蟲沈，江海茫茫幾處心。却憶柳邊吴季子，閶門曉角替愁吟。

【校】墨迹，詩題作《暑夜冀野過話因懷瞿安蘇州》，其二「明」作「銀」，「幾處」作「此夜」，「柳」作「酒」，題識：「此十五年前舊作，自遭喪亂，詩稿盡失，冀野猶能憶之，附録册後。光煒并志。」見東北師範大學圖書館「盧季野藏書」《吴霜厓先生遺札》封底。

【按】又見《金陵光》一九二七年第十六卷第一期第一一〇頁。

四月七夕石橋集聯句

夏淺勝春晚黃侃，宜人白袷衫。臨溪花更發胡光煒，遮徑草初芟。醲飲羅觴豆汪長祿，聯吟并轡銜。矜才貪韻窄林學衡，動指識涎饞。异味來金膾陳漢章，清言啓玉函。傾罍邀共酹汪辟疆，督酒畏三監。有客偏投箸汪東，沈憂或舞杴。波翻驚海闊王瀣，舟覆懔民碞。江介烽傳警王易，城頭鼓纂嚴。防邊無梐枑侃，設險豈嶔岩。擬效鉛刀割光煒，空嗟素髮髟。榱崩僑懼壓長祿，荃怒屈憂讒。轂輮須停炙學衡，櫳門怕被緘。醉歌真酩酊漢章，揖別尚詀諵。小市張燈近辟疆，微行入竹黯。泉聲疑和答東，天骨漫雕鑱。此會星同聚瀣，仍期月未攙。新篇聊紀實易，不必避平凡侃。

【注】此詩據《黃侃日記·戊辰（一九二九）十二月日記》附録一《詩賦六篇》（江蘇教育出版社二〇〇一年版）第四一三頁著録。

戊辰上巳北湖湖神祠樓修禊聯句

佳辰晴朗疾亦蠲黃季剛，相携北郭尋春妍王曉湘。平湖落眼沙洲圓王伯沆，新荷出水纔如錢汪旭初。蟠紅頩青迎畫船胡小石，清游俊語皆淵玄汪友箕。就中仲御態最便汪辟疆，或談史漢如茂先季剛。蘭亭嘉會堪溯沿曉湘，風日懷抱今猶前伯沆。亦有修竹何嬋娟旭初，羽觴流波安足賢小石。登樓極目平蕪鮮友箕，柳花密密吹香綿辟疆。游絲牽情欲到天季剛，遠山窺人應囅然曉湘。山莽僧解折竹煎伯沆，題名掃壁龍蛇顛旭初。擲筆大笑驚鷗眠小石，人生何必苦拘攣友箕。尺箠取半亦可憐辟疆，焉用蒿目憂戈鋋季剛。浩歌歸去徐叩舷曉湘，烟水葭亂延復緣伯沆。落霞如綺明微漣旭初，夕嵐裊窕鷄籠懸小石。今日之樂非言宣友箕，休文率爾聊成篇辟疆。

【注】此詩據楊本著録。楊本末句後無「辟疆」二小字，據《詩鈔》補。

【校】①《詩鈔》卷一，詩題「祠樓」作「祠」，「眼」作「照」，「㛹」作「便」。③《制言》一九三七年第三六期第十頁黄季剛先生遺著《石橋集》，作《戊辰上巳北湖湖神祠樓修禊聯句》，亦見黄侃著，黄延祖重輯《黄季剛詩文集·石橋集》，中華書局二〇一六年版，第二九三—二九四頁。④《黄侃年譜》據《量守廬墨迹》鈔録：詩題作《戊辰上巳北湖湖神祠樓修禊聯句》，「皆淵玄」作「不羨仙」，「便」作「匐」，「半」作「寸」。司馬朝軍、王文暉合撰《黄侃年譜》，湖北人民出版社二〇〇五年版，第二四四—二四五頁。

題寒山寺

霜林冉冉寫秋容，夢斷楓橋夜半鐘。領取江山清曠意，不辭飄泊作吴儂。

【注】此詩據楊本著録。楊本注：「是在蘇州兼課時作。」

【校】《藝林》（南京）一九二九年第一期第一一六頁，「夜半」作「半夜」。

【按】胡舜慶《「黛色參天二千尺」——胡小石先生書藝發微》：「書贈友人一首舊作七絶：（略。）題記中説：『此昔歲題寒山寺詩，夢窗所謂可惜人生不向吴城住，何意今日乃漂泊西南耶？』」見《胡小石研究》第九一頁。

悼杏詞 庭前古杏高三丈爲蛀所摧

攤卷擎杯四海昏，紅雲誰伴草堂人。雕鎪能識孤心苦，螻蟻於今亦可親。

農皇上藥祇空然，何處人間有泪泉。青鳥冥冥游蝶散，不須惆悵落花天。

杜陵柟樹飄風拔，白傅垂楊内苑移。争似婆娑枯樹在，返魂留寫月中枝。

【注】此詩以下至《江梅》六詩據《藝林》（南京）一九二九年第一期第一一五—一一六頁著録。

【按】此詩有墨迹一，題識：「庭前古杏高三丈，爲蛀所摧。仲子二哥吟正。光煒。」見《新晨報副刊・日曜畫報》一九二九年第五八期《胡小石先生詩扇》。墨迹二，題識：「己卯（一九三九）中秋，書與阿柱。」此詩與《同胡三陳仲子東天民游劉氏廢園作并調胡三》書於一幅，楊白樺舊藏。

同門王隱午不見者十有八年過訪留飲

裘馬王公子，寒庭倒瓦卮。鐙齋夢中影，塵海鬢邊絲。頓酒潛夫在，觀天俊侶衰。黃梅正堪賞，相訪遠休辭。

天民新居有水石之勝而著書不休詩以嘲之并示翔冬

長日罷講卧不得，興來獨叩荒園門。板橋蜿蜿竹西路，風漪萬緑碎我魂。多君軒窗攝幽曠，芳潭壓几頗黎盆。四坐圖史抵連嶂，咿唔日夕蒼雲根。桐花落盡那敢惜，攢眉但念鵬與鯤。華鐙八尺短自照，奚事怪迂窮無垠。方今學士勇述作，縑素無罪遭横奔。宇宙槖籥動愈出，五車何救虱處褌。城南胡生世所笑，一醉天地同昏昏。詰朝提壺邀與至，休令檐外鶯聲吞。

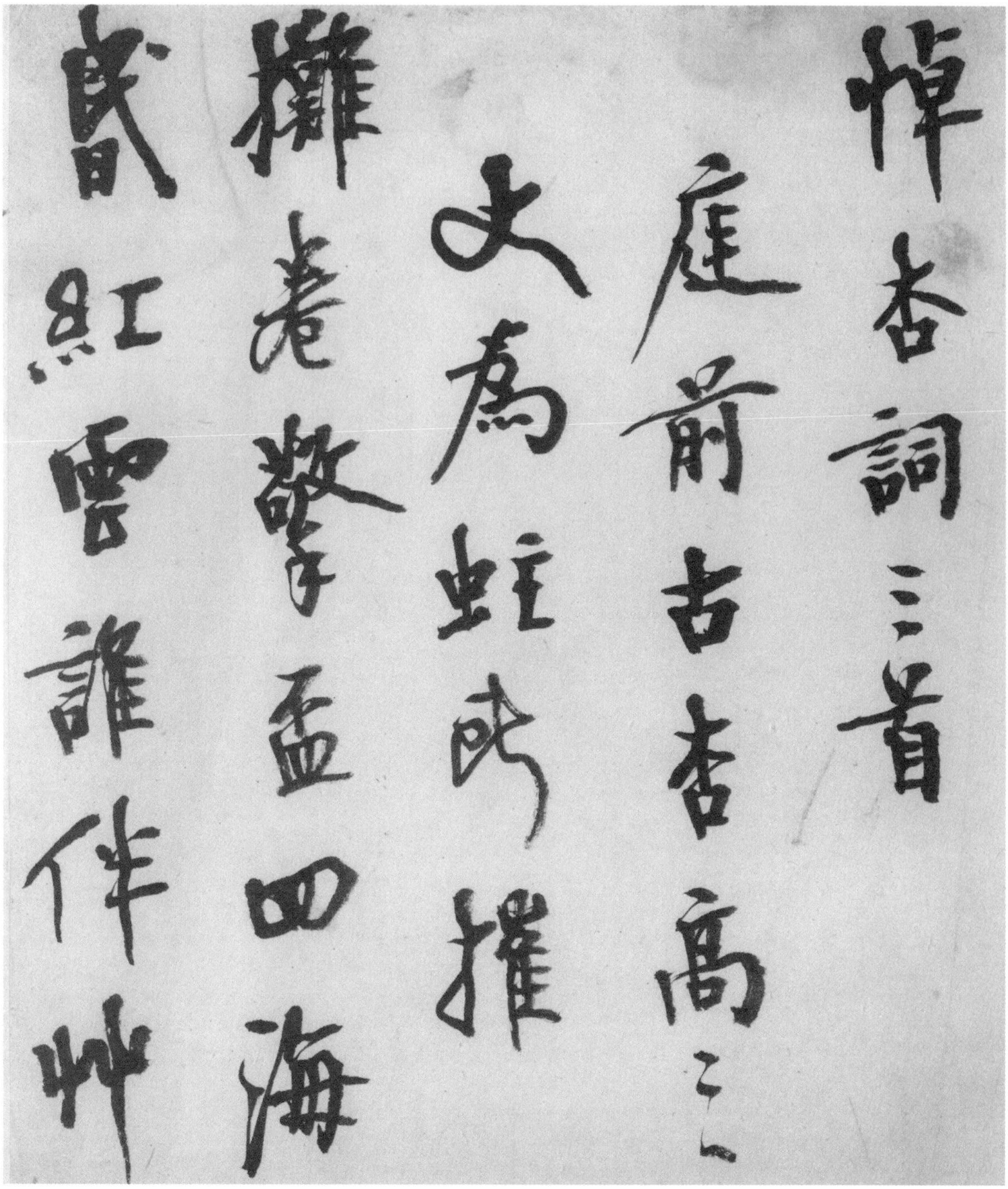

圖一三 《悼杏詞》《同胡三陳仲子東天民游劉氏廢園作并調胡三》墨迹（册頁，七开，楊白樺舊藏）

堂人〻周鑊能識
孤心苦蛾蟷於
今亦可親
麓皇上藥械空
然何處人間有

渡泉青鳥冥冥
游蜺徹不須惆
悵落簪天
杜陵柟樹飄風
拔白傳垂楊内

花移争似婆娑
枯樹春迴竟留
寫自中枝
同胡二陳仲子東
天民游劉氏

廢園蛙調胡二二
二首
觴社歌翠久舞
寮畫廊丹碧
亂塵交寒林點〻

相護留待明春
燕子巢
岸幘胡〻一酒
人每尋花樹白
影〻當門老圃

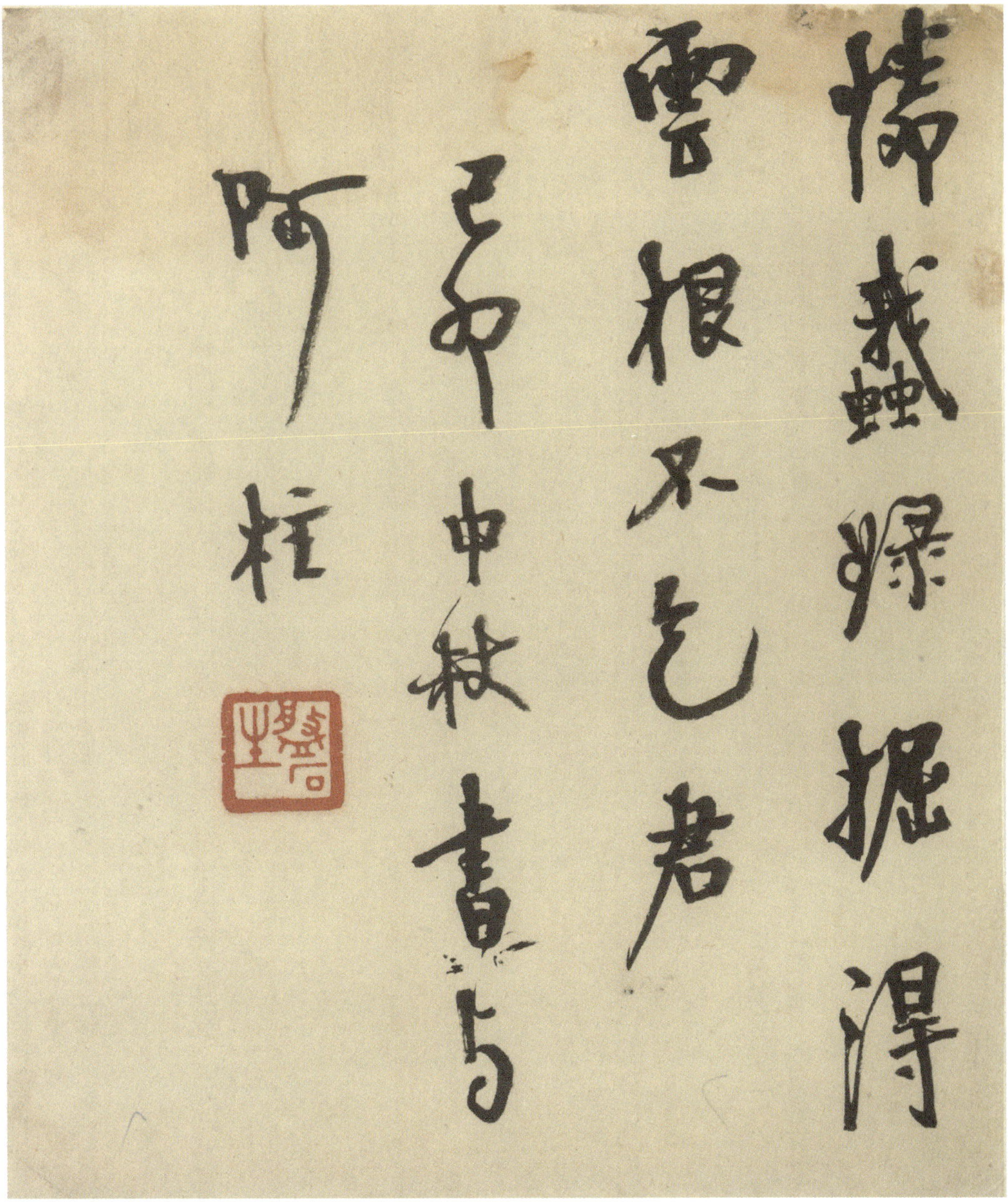
掘得
雲根不乞君
己卯中秋書與
阿桂

【校】此詩墨迹，「胡生」作「胡三」。胡小石故居藏。

江梅

壓水江梅零亂春，寒漪深響獨來人。已憐中歲多哀樂，何事繁枝有故新。烏榜藕風催適越，青袍草色伴游秦。歸車銜夢翻鴉外，腸斷橋西日暮塵。

豁蒙樓聯句

蒙蔽久難豁陳伯弢，風日寒愈美汪伯沆。隔年袖底湖胡翔冬，近人城畔寺黄侃。篩廊落山影汪辟疆，壓酒瀲波理胡小石。霜林已齊髡王曉湘，冰花倏頫綺弢。旁眺時開屏沆，爛嚼一伸紙翔。人間急換世侃，高遁謝隱几辟。履屯情則泰石，風變亂方始曉。南鴻飛鳴嗷弢，漢臘歲月駛沆。易暴吾安放翔，乘流今欲止侃。且盡尊前歡辟，復探柱下旨石。裙屐昇少年曉，樓堞空往紀弢。浮眉挹晴翠沆，接葉帶霜紫翔。鍾山龍已墮侃，埭口鷄仍起辟。哀樂亦可齊石，聯吟動清洮曉。

【注】此詩據南京大學圖書館藏墨迹著録。黄焯跋：「己巳（一九二九）冬，先叔父季剛先生邀象山陳伯弢，南京王伯沆、胡翔冬、胡小石，彭澤汪辟疆、南昌王曉湘諸先生，集南京鷄鳴寺豁蒙樓聯句，此稿存先叔父遺書中，今以奉子苾世姊。甲辰（一九六四）秋，焯。汪旭初先生當時因事未及與會，吴瞿安先生於時尚未至中央大學任教，故未列名其中。」

【按】《黄侃日記》一九二九年一月一日：「十時許，曉湘、辟疆來，遂挈念田步上鷄鳴寺豁蒙樓，伯弢先生、小石、翔冬、傅若梅女士（挈其幼女）皆已至，伯沆後至，用紙韻聯句。」

第三九四頁。

贈覺凡

平蕪漠漠路悠悠，風作淒涼雨作愁。同是舊游君憶否，過江帆影白如鷗。

【注】此詩據江蘇省美術館藏墨迹著録。詩題取自題識：「覺凡（陳中凡）仁兄法家正。光煒。」

楊白花

楊白花，風吹數千里。欲將雙泪憑寄君，泪重雲深飛不起。聞道楊花能化萍，年年傾泪春江水。

楊白花，宛轉春光裏。晴雪濛濛曖遠空，惱殺雕檐孤燕子。飄泊由來爲汝愁，隨風何事入盧溝。盧溝鯉魚夜吹絮，化作浮萍莫東去。

楊白花，飄飄不知處。聞道金城能托根，羌吹黄雲豈無苦。楊白花，誰相誤。乘回風，從君去。啼烏銜得須歸來，垂楊終是江南樹。

楊白花，年年歲歲一相見。憶昔與君初值時，鳳城三月花如霰。無端中道飈風來，轉緑迴黄世情换。人間何處有天涯，咫尺珠簾是銀漢。楊白花，春已半。夜夜悲君君不知，西樓落月聞長嘆。

【注】此四詩前三首據楊本著録，最後一首據《詩鈔》著錄。

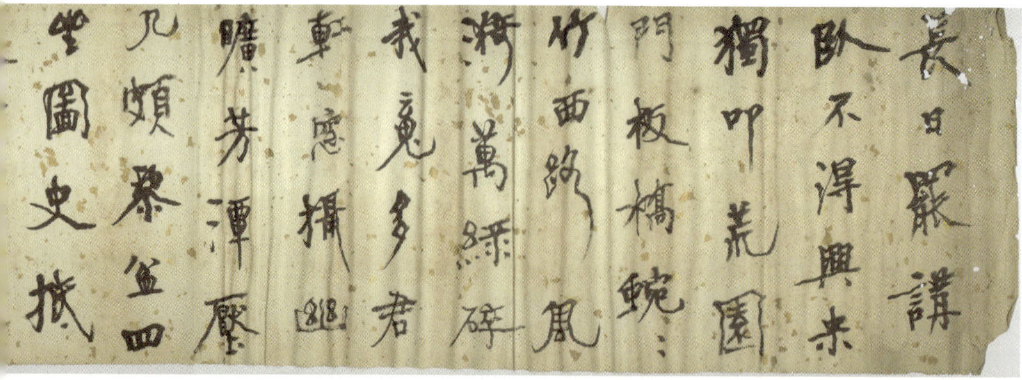
長日罷講
卧不得興来
獨叩荒園
門板橋蜿蜒
竹西路風
將萬綠碎
我寬多君
軒窗攝幽
曠芳潭歷
几頻來盆四
坐圖史抵

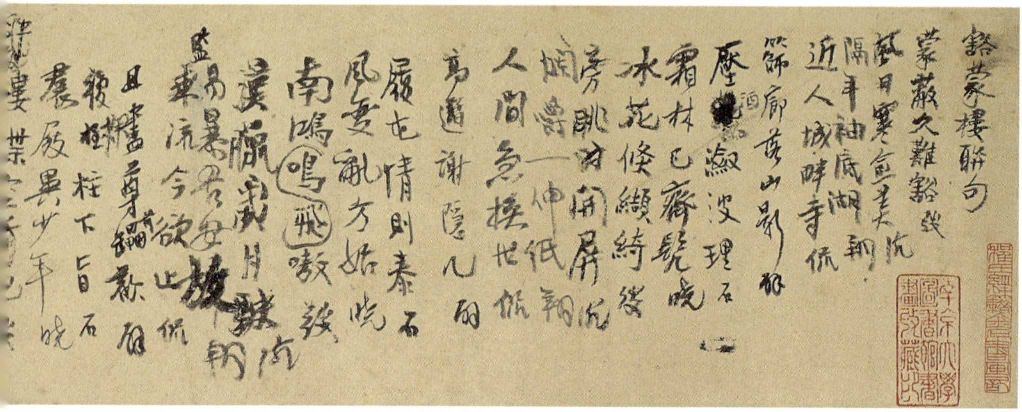
豁蒙樓聯句

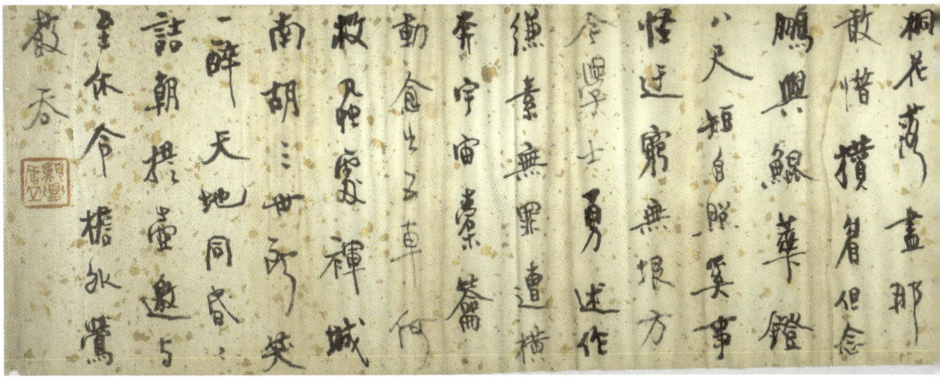

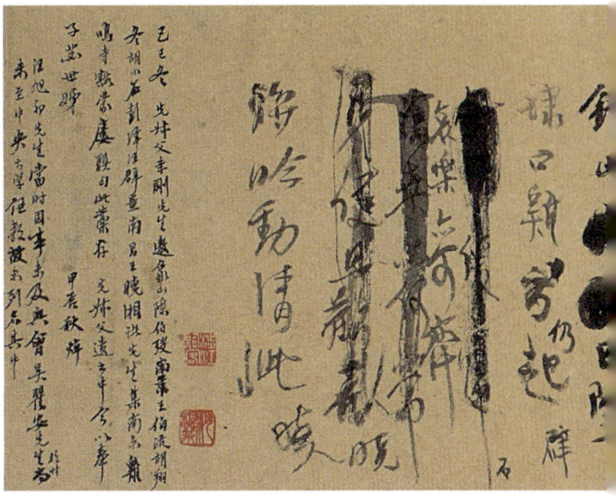

上　圖一四《天民新居有水石之勝而著書不休詩以嘲之并示翔冬》墨迹（胡小石故居藏）
下　圖一五《豁蒙樓聯句》墨迹（南京大學圖書館藏）

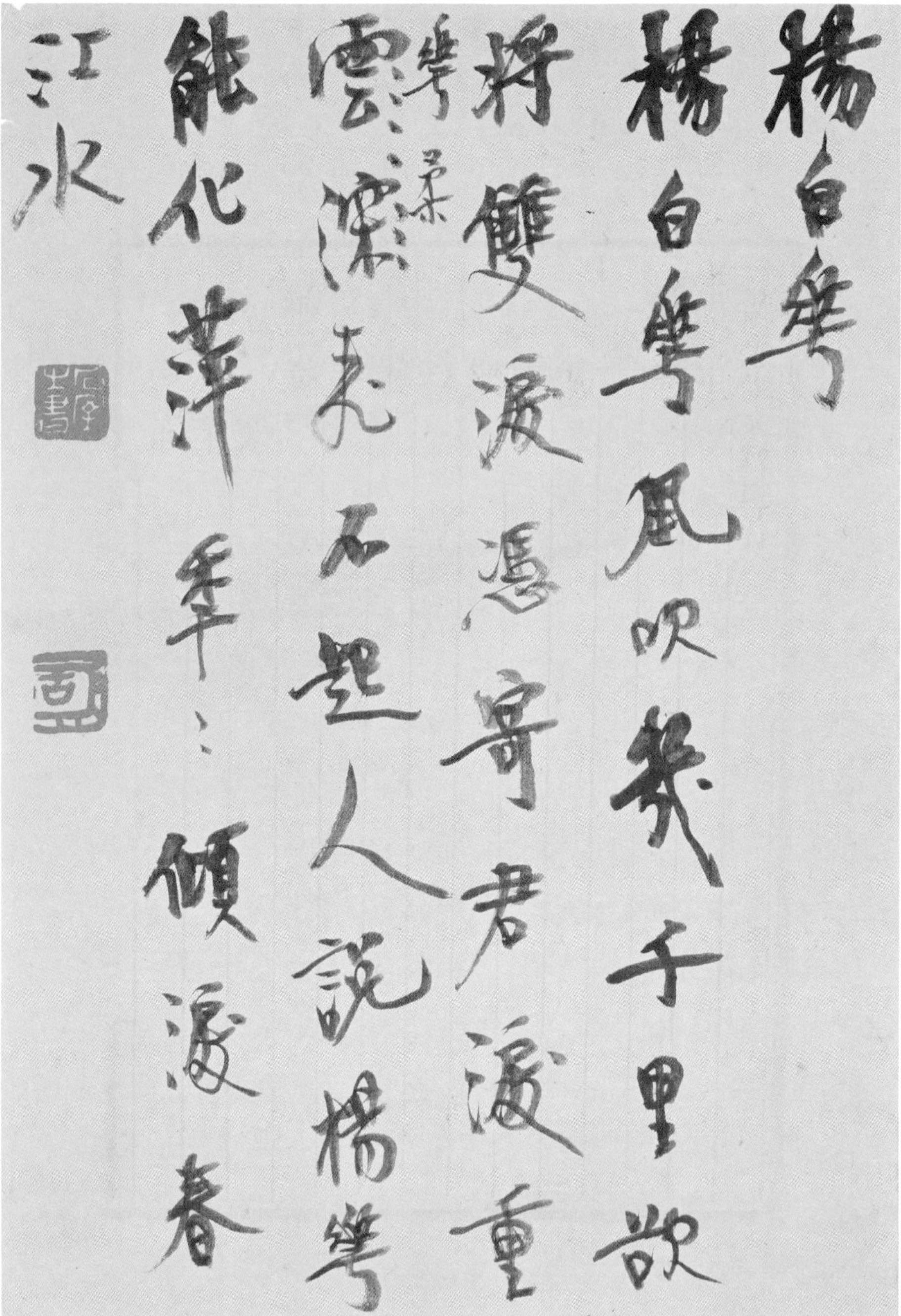

圖一六 《楊白花》墨迹（胡小石紀念館藏）

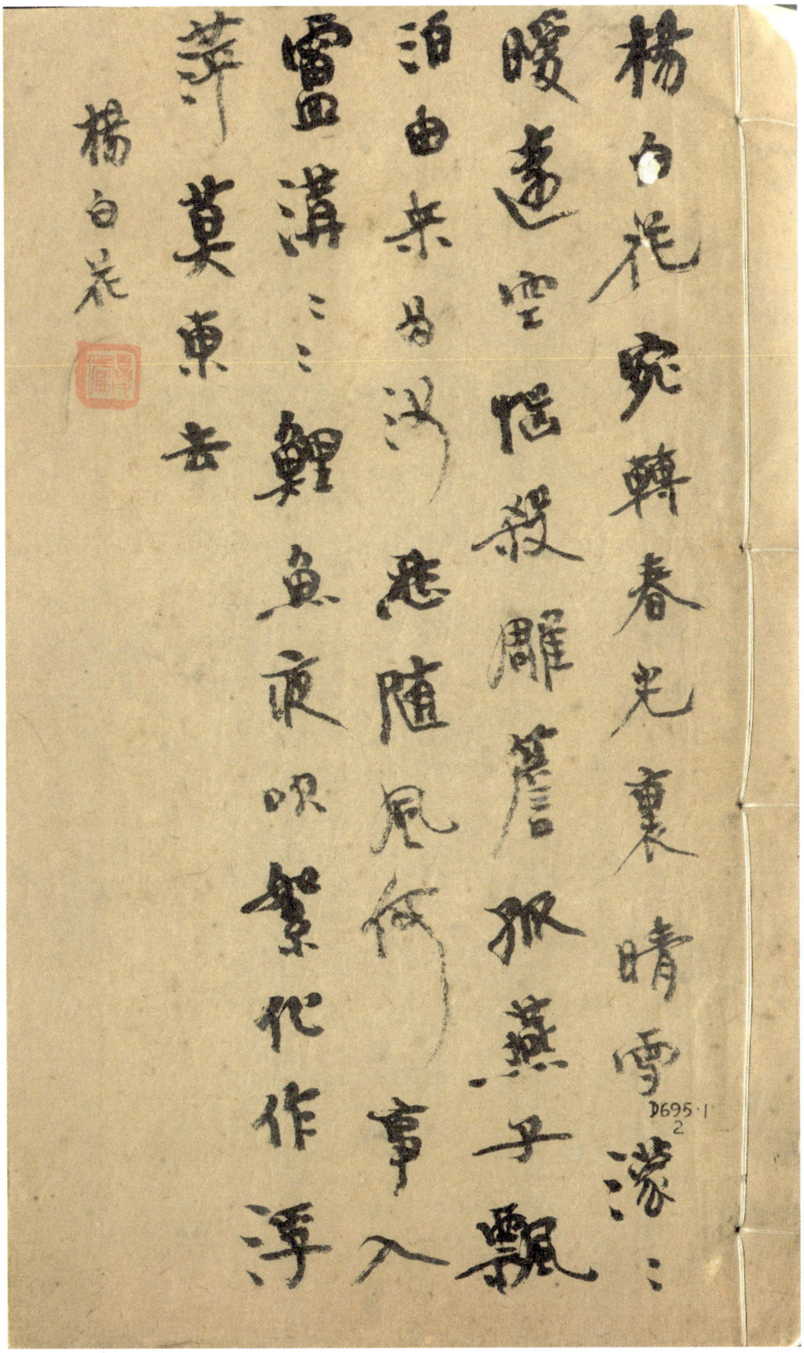

圖一七《楊白花》墨迹（南京大學圖書館藏）

【校】其一，墨迹詩題作《楊白花》，「數」作「幾」，「雲深」二字點删改作「花柔」，「聞道」作「人説」，胡小石紀念館藏。其二，墨迹，「一夜」點删後改作「何事」，見《傳古别録》（關葆謙編，民國十七年［一九二八］上虞羅氏影印本）内封題詩，南京大學圖書館藏。

【按】此詩第二、三首有墨迹，詩題作《楊白花》，見《揚州畫舫録》（清李斗撰，乾隆六十年［一七九五］自然盦刻版，同治十一年［一八七二］重印本）封面題詩，南京大學圖書館藏；又一墨迹，詩題作《楊白花二首》，題識：「碻杲仁兄先生吟正。辛未（一九三一）秋。光煒。」見上海嘉禾二〇一五年春季拍賣品《書法楊白花詞意卷》。此詩第二、三首又見《金聲》（南京）一九三一年第一卷第一期第一八〇頁《磐石集》。第四首有墨迹，題識：「壬申（一九三二）四月八日久雨乍晴晨起書。」見《傳古别録》内封題詩，南京大學圖書館藏。

廿六夜書感一首，亦不自知其所云何謂也

春來春去兩茫然，萬恨分明落眼邊。荷沼新開中婦鏡，榆階滿撒沈郎錢。游神黄陌朝呼酒，温夢青袍夜仰天。梵唄魚山成底事，陳王終古指潛淵。

【注】此詩以下至《題翔冬牛首集》三十詩據楊本著録。

【校】①《詩鈔》卷一，詩題「不自知」作「不知」，「仰」作「叩」，「唄」作「吹」。②墨迹，詩題作《是日徐君來，廿六夜書感一首，亦不自知其所云何謂也》，見《傳古别録》内封題詩，南京大學圖書館藏。

【按】又見《金聲》（南京）一九三一年第一卷第一期第一八〇頁《磐石集》。

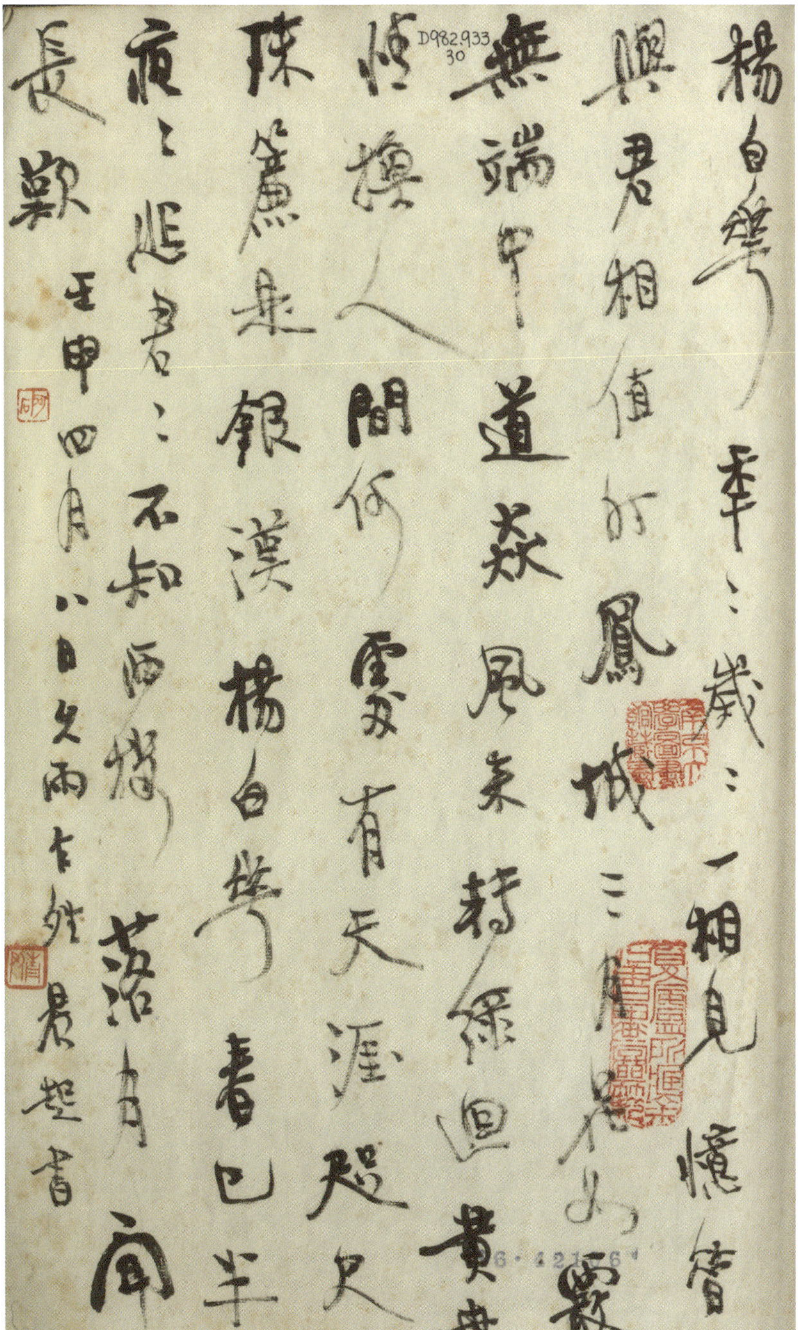

圖一八　《楊白花》墨迹（南京大學圖書館藏）

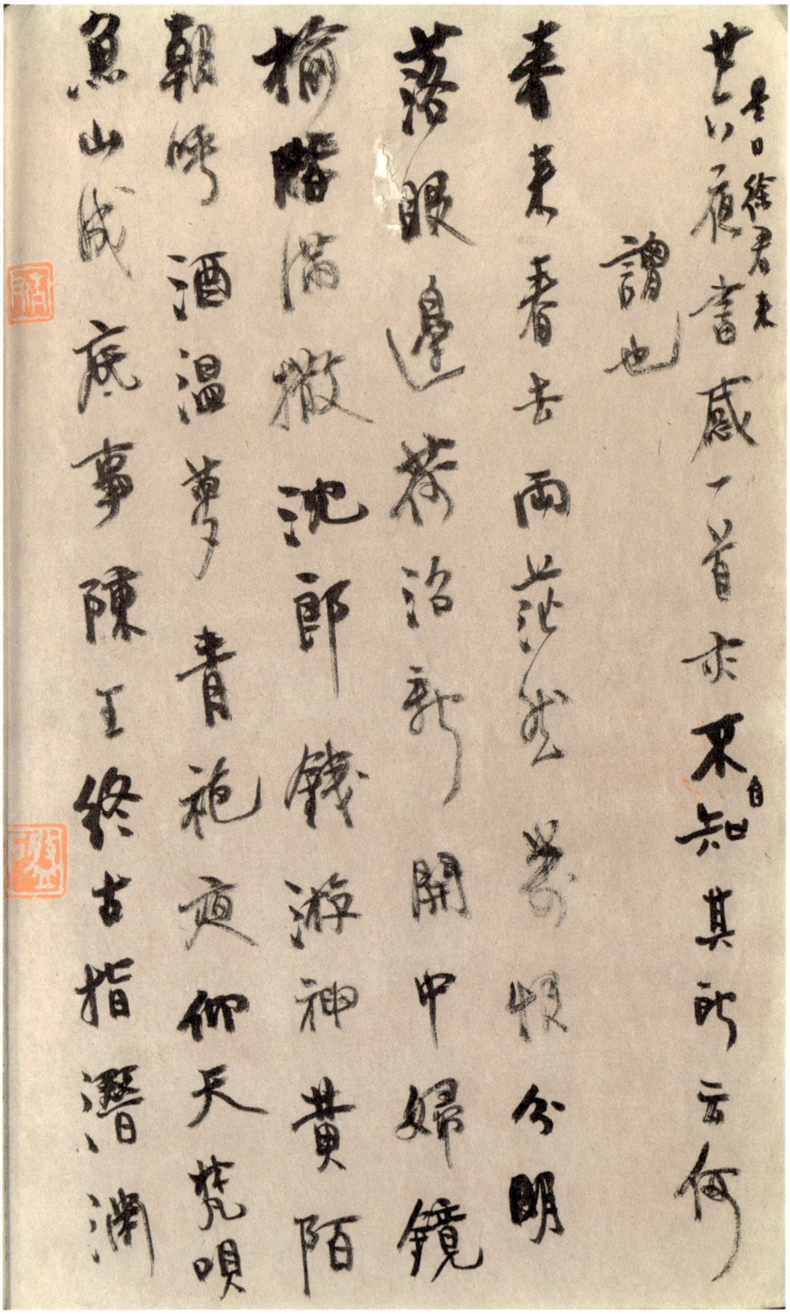

圖一九《廿六夜書感一首，亦不自知其所云何謂也》墨迹（南京大學圖書館藏）

移蕉

數寸芭蕉初種時，移栽今日不勝悲。薄身縱是禁風雨，浮世無如有別離。作佩贈人輸薜芷，拔心祝汝類卷葹。天荒地老孤根在，分付墻陰好護持。

【按】又見《金聲》（南京）一九三一年第一卷第一期第一八〇頁《磐石集》。

寄題鴻春樓外月

鴻春樓外月，去汝忽三年。問影都無地，書空別有天。千鐙舞夷市，雙槳逗湖烟。今夕揮杯處，酸風又上弦。

【按】此詩墨迹，見《傳古别録》内封胡小石題詩，南京大學圖書館藏。又見《金聲》（南京）一九三一年第一卷第一期第一八〇—一八一頁《磐石集》。

不寐

林烏聲斷夜沈沈，人事難量海淺深。不寐開簾對殘月，餘光猶許對孤心。

【校】①《金聲》（南京）一九三一年第一卷第一期第一八一頁《磐石集》「對」作「照」。②墨迹，「對」作「照」，題識：「碻杲仁兄先生吟正。辛未（一九三一）秋。光煒。」見上海嘉禾二〇一五年春季拍賣品《書法楊白花詞意卷》。

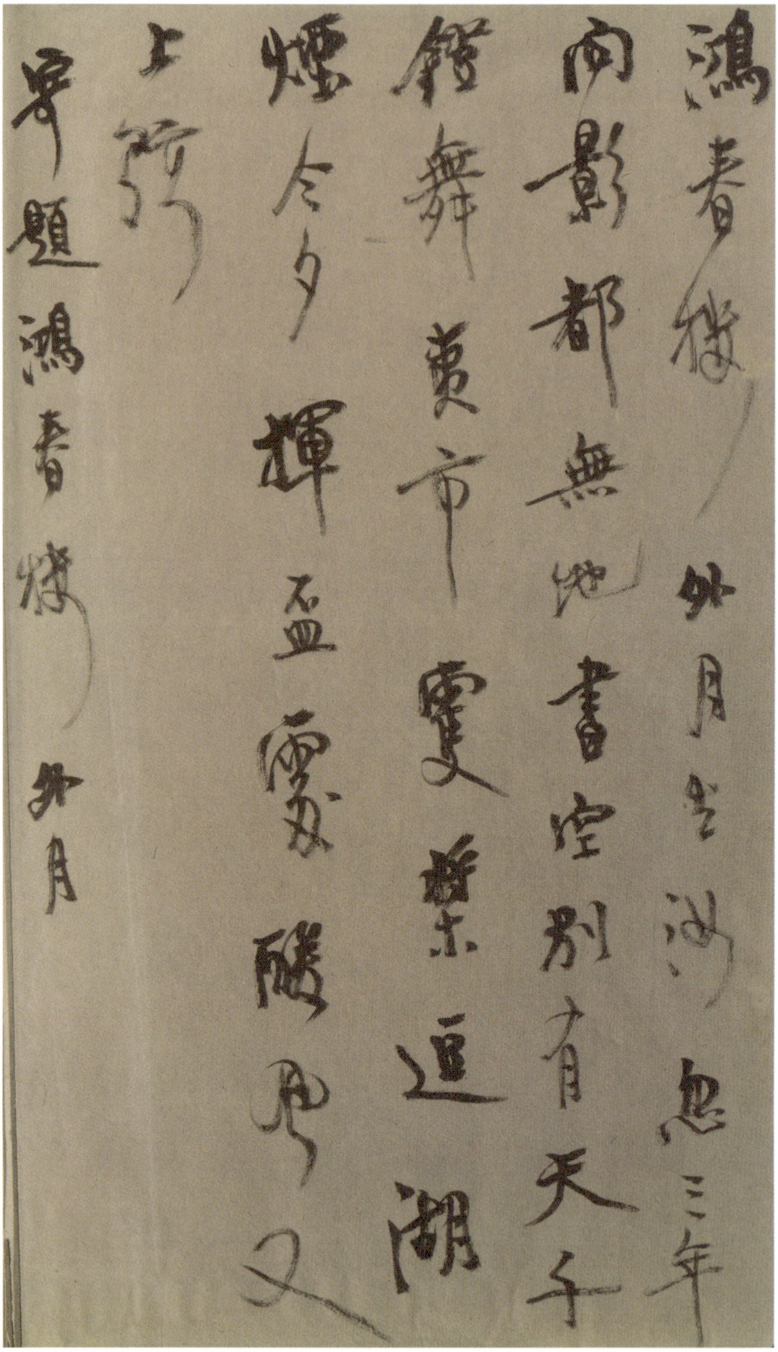

圖二〇《寄題鴻春樓外月》墨迹（南京大學圖書館藏）

十二日天明時書

鳳靡鸞吪萬古冤，深悲到骨更無言。湛湛江水歸來好，解賦招魂是屈原。

【校】①《金聲》（南京）一九三一年第一卷第一期第一八一頁《磐石集》，「招」作「召」。②墨迹，「招」作「召」，題識：「五月十二日天明時作一首。」見《傳古別録》內封題詩，南京大學圖書館藏。

五月四日有憶

天風嫋嫋壯江瀾，翠閣丹崖裊窕間。擁髻舵樓香帔舞，十年前過小孤山。

【校】①《詩鈔》卷一，「四」作「三」，誤。②《語林》一九四五年第一卷第二期第九五頁，詩題作《有憶》，「裊」作「窈」。

【按】又見《金聲》（南京）一九三一年第一卷第一期第一八一頁《磐石集》。有墨迹一，見《傳古別録》內封題詩，南京大學圖書館藏；墨迹二，胡小石紀念館藏；墨迹三，見《胡小石書法文獻》第一七〇——一七一頁，胡小石故居藏。

晨起見飛絮而嘆之

青青一樹道旁橫，辛苦啼烏日夜聲。今日漫天飛絮去，始知楊柳是無情。

【校】墨迹，詩題作《晨興見飛絮而嘆之》，見《傳古別録》書中夾「國立中央大學」箋紙題詩，南京大學圖書館藏。

【按】又見《金聲》（南京）一九三一年第一卷第一期第一八一頁《磐石集》。

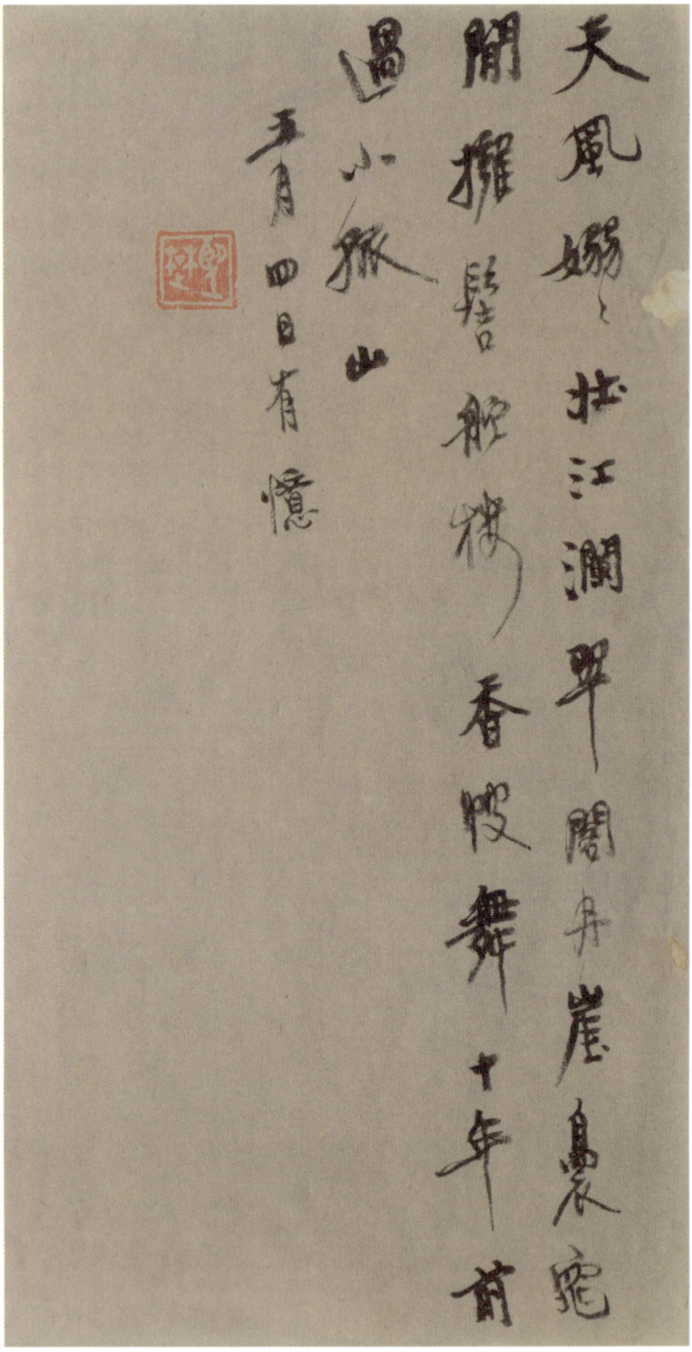

圖二一 《五月四日有憶》墨迹（南京大學圖書館藏）

書閣古古集

子房匿下邳，義風震西楚。九死刑天志，明亡復見汝。蓄士萬黄金，收泪謁軍府。長策公竟棄，吾屬今爲虜。河水不能西，榆園凋勁羽。誰可殺文山，留命亦何補。緇衣走關隴，落日哭無所。蕩胸風雲氣，灑墨黛一吐。迢迢燕子樓，下召芳魂語。國亡大夫貴，百男不如女。能知關盼盼，惟有閣古古。

【校】《詩鈔》卷一，「哭」作「泪」，「大」作「士」。

【按】又見《金陵大學文學院季刊》一九三二年第一卷第二期第三〇〇—三〇四頁《磐石集》。

雜詩

狐狸亦當道，安問豺與狼。蝦蟆踞桃根，早晚汝猖狂。

連宵雨傾河，上樓烟水氣。誰謂天無晴，此是洗創泪。

角聲滿城頭，獨玩盆魚躍。沸鼎之未沸，沸鼎真自樂。

著書辦一鈔，寫官皆博士。胡生大懶散，匪敢惜蠻紙。

不夜而閉户，官街兵捉人。藏頭特自幸，趁與竈筍親。

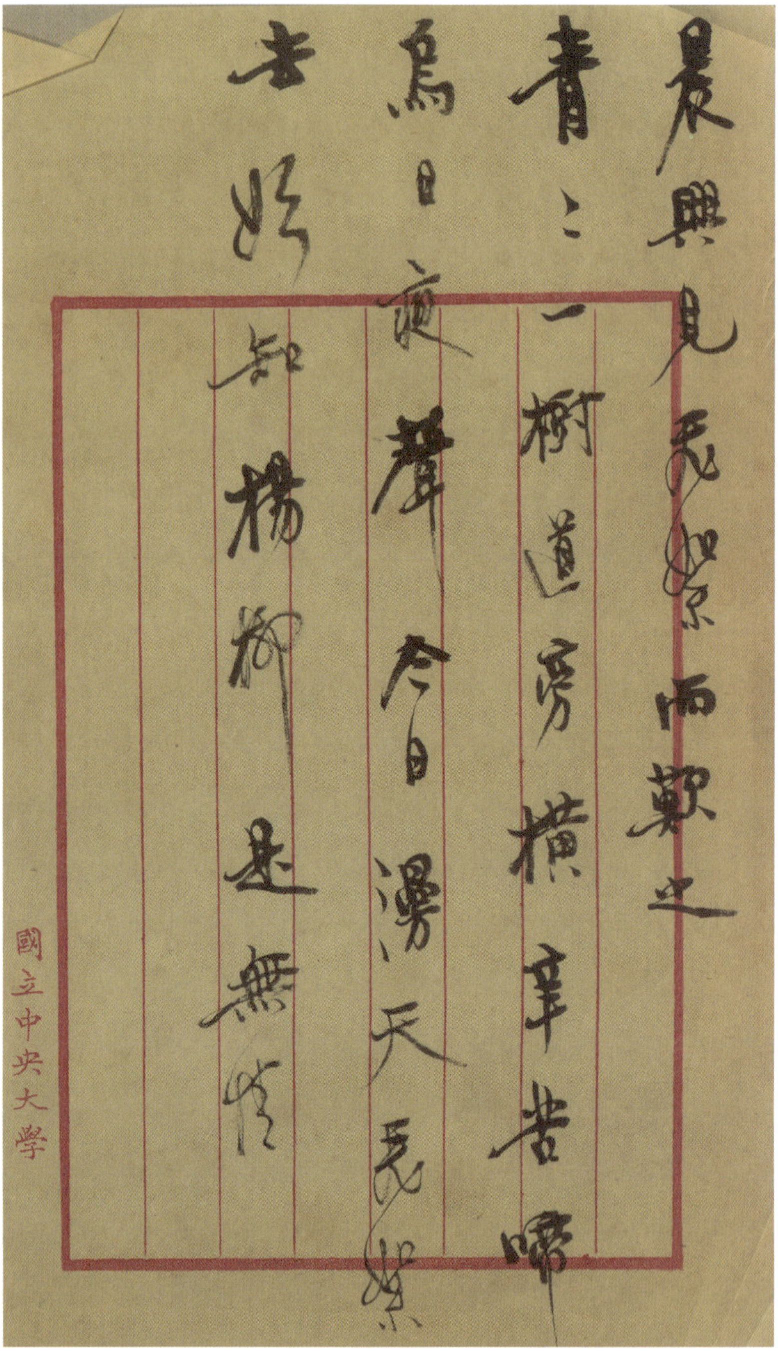

圖一二一《晨起見飛絮而歎之》墨迹（南京大學圖書館藏）

短韻鬥鷄篇，奔走郊與愈。胡騎晨飲市，雄冠奈何許。

未春念春歸，羊裘得春半。白白苔地月，寫出江梅怨。

雲外烏渡湖，纔通魚鳥路。自從買山來，三年不能住。

萬哀天地夜，闔眼儻我存。窗明烏啞啞，何時斷聞根。

【校】《詩鈔》卷一，其二「晴」作「情」，其五「街」作「衙」，其八「湖」作「河」。

【按】楊本其五「趁與龜筍親」句後小字注：「此時寫《甲骨文例》。」此詩又見《金陵大學文學院季刊》一九三二年第一卷第二期第三〇〇—三〇四頁《磐石集》；胡小石故居藏墨迹，二紙，其八存「雲外烏渡湖，纔通魚鳥路。自從買山來，三（以上第一紙）年不能住」二十字；其七存「白白苔地月，寫出江梅怨」二句又「雲外烏渡」四字（以上第二紙）。

青溪集詩

園桃初罷榮，撫化情易傷。消摇踐嘉游，濟濟托輕航。鶯啼悟春深，柳菀昧川長。靈景麗雙橋，擁楫玩溪光。鍾陵晚逾媚，雲水交茫茫。柔波蕩我心，窈窕懷瀟湘。載醪從元儒，高談極農皇。江山信無度，興哀故難量。神州崩騰來，跋浪到委王。觀濠亦何適，沸泉辨涼滄。晉士慕刑天，楚纍憤西狼。誰謂江海人，國憂澹能忘。屯泰理不齊，通蔽隨所當。感來聊揮杯，相期視塵揚。

【校】①《詩鈔》卷一，「易」作「内」。②《金陵大學文學院季刊》一九三二年第一卷第二期第三〇〇—三〇四頁《磐石集》，詩題作《青溪集詩一首》，題下小字注「分韻得滄字」；正文「泉」作「鼎」，「澹」作「憺」。

【按】又見《制言》一九三六年第十一期第三頁，詩題作《青溪集詩一首》。

四月十六日，從諸公登掃葉樓，還循石頭城，至盋山圖書館，會飲，是夕逢月食二首

戰伐逃文酒，囂塵慕薜蘿。長吟迴白日，把臂得槃阿。江遠樓船隔，春歸芳草多。闌干小吴楚，晚角奈愁何。

雄城帶江甸，秘館壓溪雲。舊識西州路，來繙柱下文。鄰鐘醻妙辯，官燭寫微醺。顧憤妖蟆哄，天高誰解紛。

【按】又見《金陵大學文學院季刊》一九三二年第一卷第二期第三〇〇—三〇四頁《磐石集》。

樓西八月八日夢中作

樓西眉月挂楊林，孔雀南飛此夜心。圓景空江獨歸客，潮痕何似泪痕深。

【校】《金陵大學文學院季刊》一九三二年第一卷第二期第三〇〇—三〇四頁《磐石集》，詩題作《八月八日夢中作》。

【按】此詩有墨迹一，題識：「此己巳（一九二九）八月夢中所作詩，頃偶憶及，復録於此，所謂又是一般閑暇也。三月廿日記。」見《古籀拾遺》（清孫詒讓撰，光緒十六年［一八九〇］刻本）封面題詩，南京大學圖書館藏。墨迹二，題識：「吾何爲乃屢書此詩？四月廿八日晨起對雨書，可謂又是一般閑暇也。」見《傳古别録》内封題詩，南京大學圖書館藏。

十一月十五夜作

酒樓纔下又歌樓，往事偏難一醉休。今夜虚堂風雨裏，雁聲扶夢向幽州。

【校】《詩鈔》卷一，「往」作「萬」。

【按】又見《金陵大學文學院季刊》一九三二年第一卷第二期第三〇〇—三〇四頁《磐石集》。

寒夜飲馬回回肆有寄

照席珠光弦語騰，雪花紅戰酒罏鐙。三更倒載君休念，殘泪成絲總不冰。

【校】墨迹，「席」作「座」，「念」作「惜」，題識：「夏。」見《二十世紀書法經典·胡光煒》第三四—三五頁。

【按】又見《金陵大學文學院季刊》一九三二年第一卷第二期第三〇〇—三〇四頁《磐石集》。

病中寄題北湖

獨卧層樓舊感生，烟波咫尺隔高城。湖陰柳色風吹改，休怪流鶯有怨聲。

【按】又見《金陵大學文學院季刊》一九三二年第一卷第二期第三〇〇—三〇四頁《磐石集》。

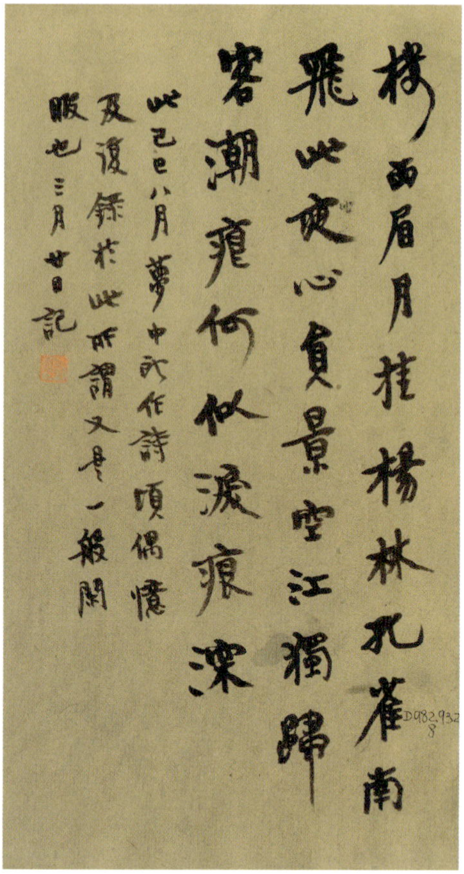
樓西眉月挂楊林孔雀南
飛此夜心負景空江獨歸
客潮痕何似淚痕深
此己巳八月夢中所作詩頃偶憶
及復錄於此所謂文是一般閑
暇也 三月廿日記

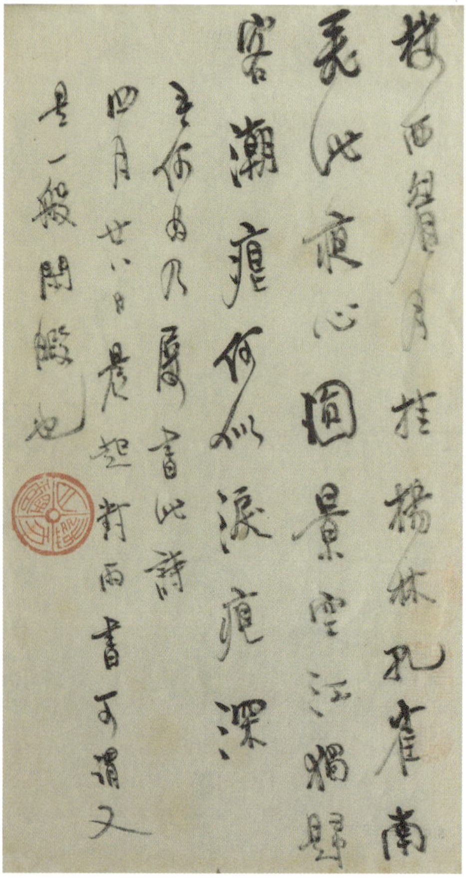
樓西眉月挂楊林孔雀南
飛此夜心負景空江獨歸
客潮痕何似淚痕深

右 圖二三《樓西八月八日夢中作》墨迹（南京大學圖書館藏）

左 圖二四《樓西八月八日夢中作》墨迹（南京大學圖書館藏）

廿日雨

鷗外騰雲千里同，高樓長望白濛濛。羅衣濕盡還惆悵，今日闌干是北風。

【按】墨迹，見《揚州畫舫録》封面題詩，南京大學圖書館藏。又見《金陵大學文學院季刊》一九三二年第一卷第二期第三〇〇—三〇四頁《磐石集》。

犢兒磯水府寺宿

拳石當洪流，風濤不敢吞。崖陰古苔蘚，摩蕩青天痕。神禹昔驅水，鴻濛萬靈奔。蓐收揮巨刃，天吴喪其元。海沸煮不爛，雲霓此歆歕。松樠鬱以壯，猶見髯鬣掀。我來一再宿，枕底雷長翻。争牖走樓船，勞勞蚊虻喧。霜宵起負手，大月如懸盆。寒潮金破碎，宇宙僧舁存。轉轉動静中，造物真游魂。禪床續殘醉，無待東日暾。

【校】《詩鈔》卷一，「樠」作「枏」，「髯」作「鬚」，「醉」作「夢」。

【按】又見《金陵大學文學院季刊》一九三二年第一卷第二期第三〇〇—三〇四頁《磐石集》。

孟冬游北湖，湖西亭壁間，舊見曾公孫有征篷七哀之句，今詩已爲人削去，尚記其韻，聊和一首

黄菊凋零塞雁來，微聞海水已揚埃。夢邊花草從陳迹，鬢底江山惜霸才。應識未妨諶子閣，望鄉誰上李陵臺。臨淮羽扇歸何處，落日還當賦八哀。

【校】①《詩鈔》卷一，詩題「亭」作「齋」。②《金陵大學文學院季刊》一九三二年第一卷第

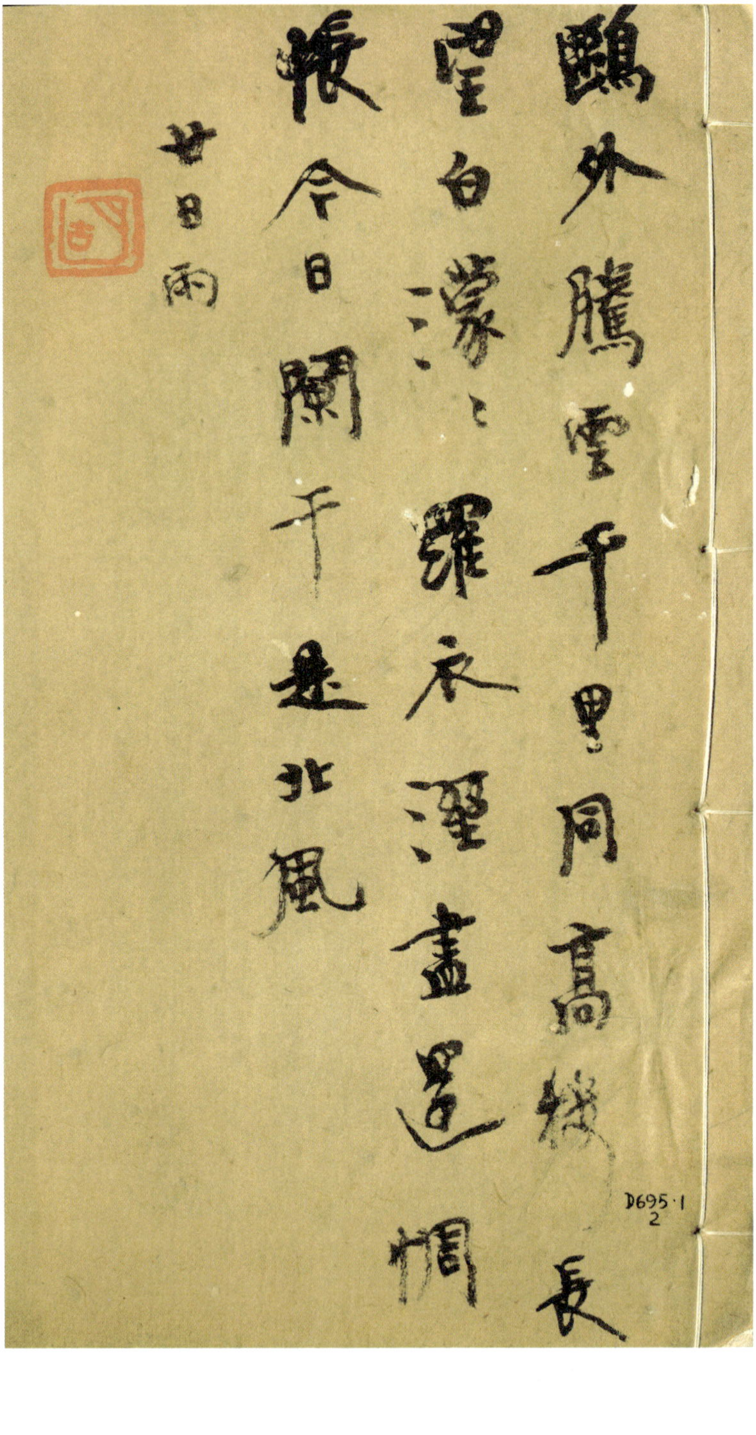

圖二五　《廿日雨》墨迹（南京大學圖書館藏）

二期第三〇〇—三〇四頁《磐石集》，詩題「曾公孫」下有「題詩」二字。

十七夜北樓中對月

素魄娟娟損二分，思量圓影暗銷魂。莫教畫水同魚口，傾泪成河祇自吞。

空外曾傳青鳥音，神霄夜夜苦相尋。荒唐天問無人對，誰會靈均九死心。

【校】①《詩鈔》卷一，詩題作《十七夜樓對月》。②墨迹一，詩稿，其二首句「空外曾傳青鳥音」原作「□□無辭霜露侵」，次句「神」原作「青」，「夜夜」原作「碧海」，見《大廣益會玉篇》（梁顧野王撰，宋陳彭年等重修，清道光三十年［一八五〇］新化鄧氏邵州東山精舍重刻本）書中兩張夾紙條題詩，南京大學圖書館藏。

【按】此詩又見《金陵大學文學院季刊》一九三二年第一卷第二期第三〇〇—三〇四頁《磐石集》。墨迹二，見《揚州畫舫録》封面題詩，南京大學圖書館藏。墨迹三，詩題作《十七夜北樓中對月二首》，見《傳古别録》内封題詩，南京大學圖書館藏。墨迹四，詩題作《十七夜北樓中對月》，見《胡小石書法文獻》第一七二—一七三頁，胡小石紀念館藏。《瞿安日記》一九三四年十一月十三日：「午間沈生祖棻來，示我小石一詩，亦七絶，殊佳。飯後戲和之。……小石原詩云：『青鳥空傳雲外音，神霄夜夜苦相尋。荒唐天問無人對，誰會靈均九死心。』」見《吴梅全集·瞿安日記》，河北教育出版社二〇〇二年版，第五〇四頁。

題翔冬牛首集

荆高心事更誰論，問影猶存抱瓮身。斜照荒江潮落盡，胡三今日作詩人。

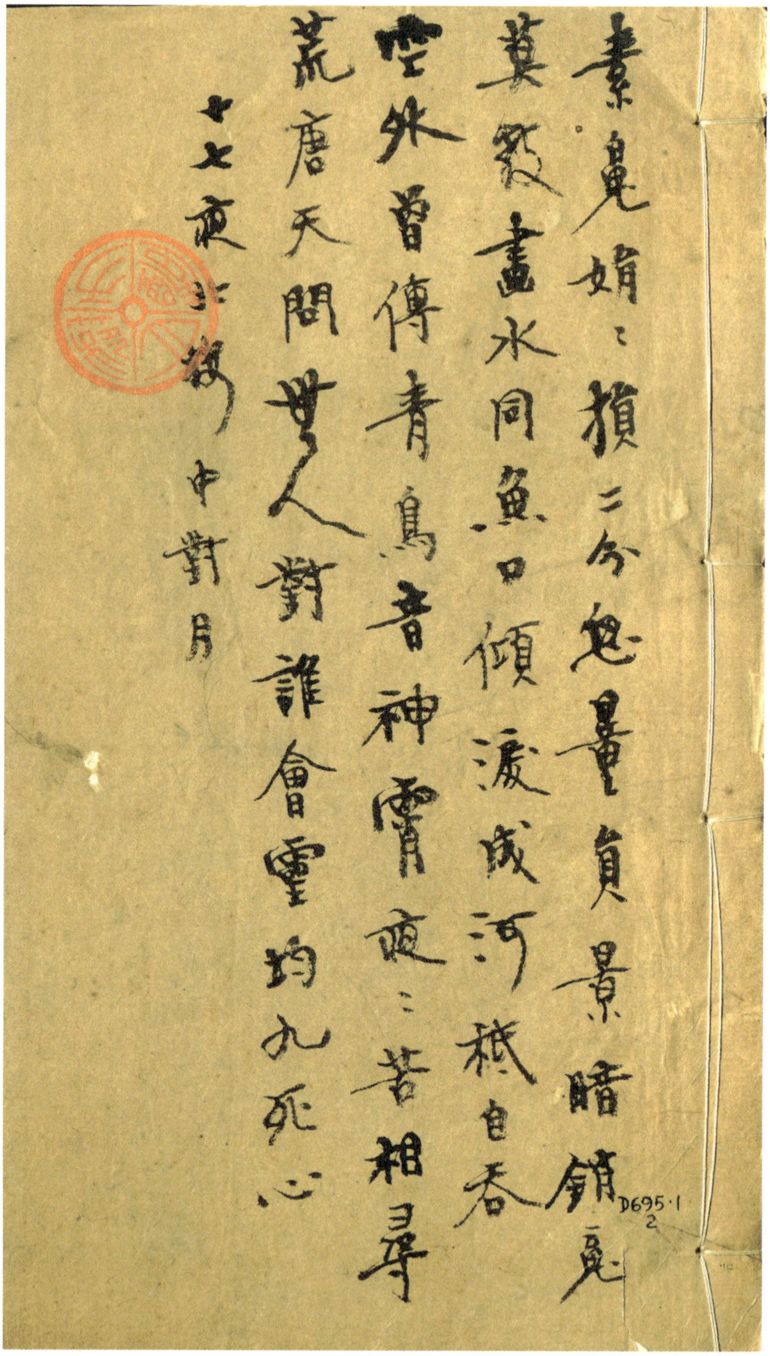
素魄娟娟損二分忽暈負景暗銷魂
莫殺畫水同魚口傾瀉成河秪自吞
雲外曾傳青鳥音神霄夜夜苦相尋
荒唐天問世人對誰會靈均九死心
十七夜北樓中對月

圖二六　《十七夜北樓中對月》墨迹（南京大學圖書館藏）

【校】《金陵大學文學院季刊》一九三二年第一卷第二期第二九八頁，「存」作「留」，「斜」作「殘」。

示賈生論書

學書初嫌無古人，力學抱古患無我。世士紛紛指畫肚，幾輩能斬重關鎖。寄禪詩僧不識字，申叔識字腕如跛。下筆往往失前後，書成妙勝風花嚲。從知天機奪人力，刻意師天猶不可。賈生席帽來索書，新雨梧廳緑圍坐。多君野鶩享千金，我書支離與世左。填胸萬恨決孤管，人天更遣從駊騀。

【注】此詩據《胡小石書册》墨迹著録。題識：「此（指《胡小石書册》）去歲大水中書課，旨實兄見之，乃遽作敝帚之珍，真令人慚也。舊作示賈生論書小詩，并寫於此。」又：「壬申（一九三二）五月廿四日，陰凉微雨，觀悲鴻畫歸。光煒。」

春分後一日社集玄武湖，分韻得滿字春字

輕舠戲迴波，共惜春晝短。薰風味醰醰，煦面若引滿。城南支離客，蟄户影相伴。良會協心期，游目勝服散。出郭萬花明，湖山霞不斷。車馬既喧喧，蜂蝶亦纂纂。浩蕩蟲天趣，瞥然千慮款。浮沉各有適，齊物或非誕。

堤柳緑如染，始驚江南春。憑闌對風漪，念我汀洲人。窈窕不可見，芳草日夜新。耿耿觀河志，百年豈辭勤。摶沙以爲石，碎石還成塵。聚散相周旋，終感天地仁。繁星點歸軺，張鐙杯在唇。萬象故爲幻，一醉猶爲真。

【注】此詩至《又得願字》四詩據楊本著錄。
【校】①《國立中央大學半月刊》一九三〇年六月一日第一卷第十五期第一四四—一四五頁《上巳社詩鈔》，詩題「一日」下有「北湖」二字，「社集」下無「玄武湖」三字。②《海濱學術》一九三四年第二期第二頁《上巳社詩鈔》，詩題「一日」下有「北湘」二字，「社集」下無「玄武湖」三字，「湘」當作「湖」，其二「以」作「已」。
【按】又見《制言》一九三六年第十八期《上巳社詩鈔》。

明日重集湖上何葵園宅，分得底字

環洲何玲瓏，四面波瀰瀰。隔水望人家，盡在櫻花底。青袍昔游秦，離尊弄芳沚。花前别江山，東顧長揮涕。夢影誰能磨，詩人思餞禰。感逝易酸腸，空有墻陰薺。當筵渝酒濃，深創儻一洗。柴關行復叩，君毋忘設醴。

【校】《詩鈔》卷一，詩題「重」作「又」，「感」作「念」。
【按】又見《國立中央大學半月刊》一九三〇年六月一日第一卷第十五期第一四五頁《上巳社詩鈔》、《制言》一九三六年第十八期《上巳社詩鈔》。

又得願字

紅英撲人衣，隔宿嗟世换。冉冉今古情，念之寸心亂。團洲老倉姥，八十能健飯。殘陽梳白髮，花落不知嘆。胡爲誇津梁，勞勞似雲雁。千悲緣慧生，三車亦何算。君看魚在水，相忘得所願。

何當抛書囊，沙頭采蘆藋。

【校】《國立中央大學半月刊》一九三〇年六月一日第一卷第十五期第一四五頁《上巳社詩鈔》，「亦」作「定」，「何」作「終」。

【按】又見《制言》一九三六年第十八期《上巳社詩鈔》。

奉贈星君

鏖戰方城夜不停，紅中白版響零丁。賭徒豈是凡人作，天上生來八敗星。

【注】此詩據墨迹著録。題識：「奉贈星君。」吴白匋題記：「此胡師小石先生的筆也。詩成於甲戌（一九三四）夏，曾親口告予星君何人，爲尊者諱，非所敢言。書法遒勁不群，一羽兄其善寶之。癸亥（一九八三）五月，白匋謹志，時年七十又七。」見《中國書法全集·胡小石卷》第一一五頁，王一羽舊藏。

偶題

叩户何來八敗星，竹林嘯侶趁新晴。廿圈馬吊東西帝，一片承平雅頌聲。兒女滿前稱老太，胭脂塗面賽摩登。百元輸了君休惜，歸去呼牛作夜耕。

【注】此詩據《中國書法》一九八七年第二期第三頁《胡小石作品選·自書詩卷》墨迹著録。

楊白花

楊白花，無那風兼雨。風多長是向天涯，雨多猶得留君住。依依殘月照臺城，相思數遍湖陰樹。

【注】此詩據胡小石故居藏墨迹著録。題識：「乙亥（一九三五）三月乍晴。」

題文潔書樟

擘岳搏霄龍虎姿，寫留翠墨影迷離。秋堂拭眼分明看，頭白門生病起時。

【注】此詩以下至《崔玖饋朱櫻》五詩據楊本著録。

【按】楊本注：「文潔，李梅庵私謚。」此詩墨迹，題識：「戊午（一九一八）冬，臨川夫子自滬之湖上，吊俞觚庵先生之喪，過宿蒼虬閣中，此樟圖蓋當時所作以貽閣主人者，去今忽忽且廿年，距公之殤亦十七年矣。白匋賢弟得之索題，感而賦此。丙子（一九三六）七月廿七日，瘧退書。光煒。」見《胡小石書法選集》第八〇頁《題李瑞清法相寺樟亭圖》。

汀洲

汀洲芳草遠，落日不逢人。雁影在江水，羊裘得暮春。賞心成獨往，叩寂負嘉鄰。誰遣諸塵净，歸舟月上新。

【注】此詩有墨迹，胡小石紀念館藏。

【按】又見《國立中央大學浙江同學會會刊》一九三七年第一期《詩詞曲録》。

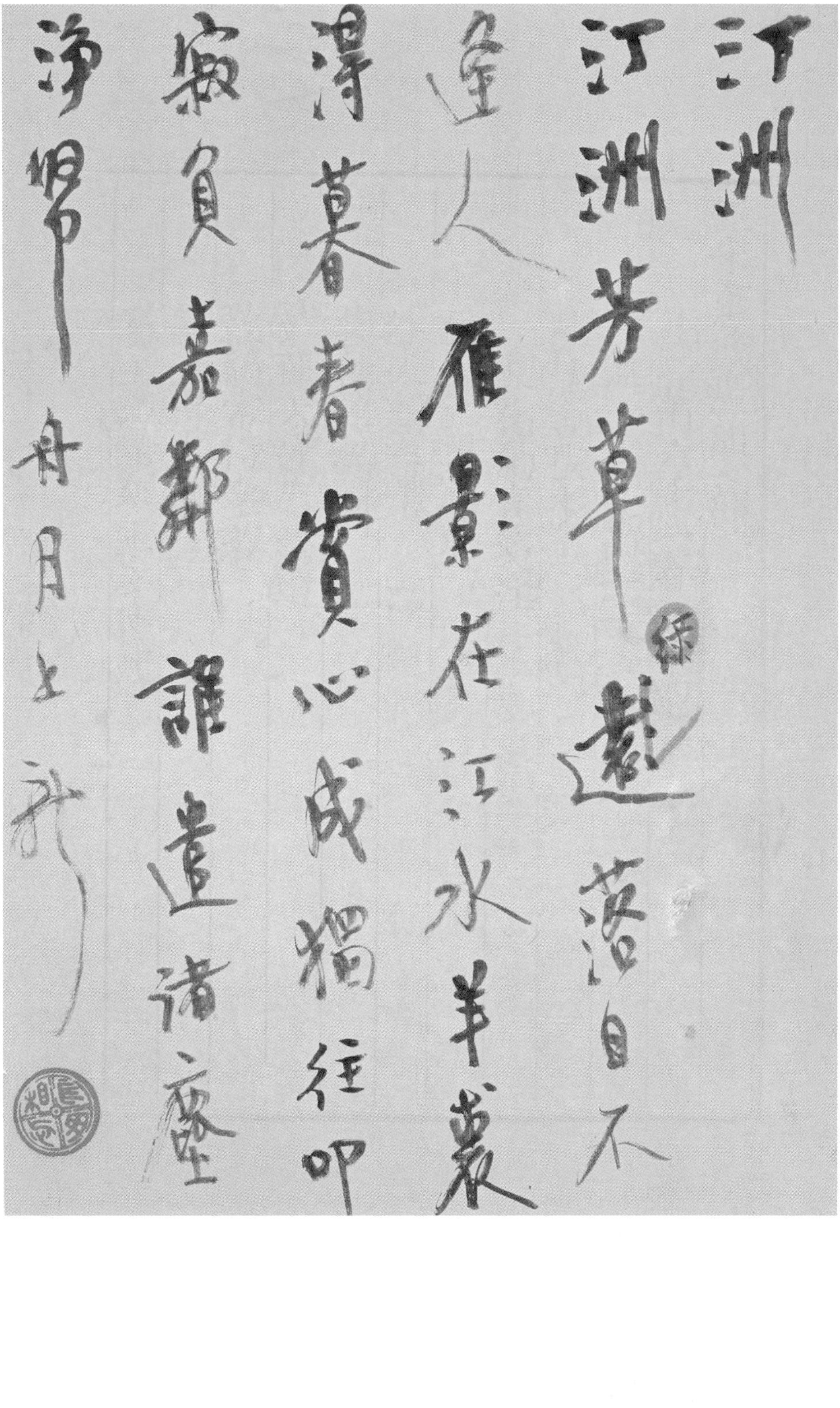

圖二七　《汀洲》墨迹（胡小石紀念館藏）

聽歌

霓旌龍笛萬人歡，莫惜歸車犯夜寒。遼海英雄水淘盡，燒鐙猶許曲中看。

【校】①《詩鈔》卷一，「海」作「左」。②吴燦禎選注《歷代近體詩鈔》録此詩，詩題作《夢中觀劇演東北義勇軍抗日故事》：「霓旌龍笛萬人歡，莫惜金樽泛夜寒。遼海英雄水淘盡，挑燈獨許曲中看。」吴燦禎：「上述四先生（汪東、汪國垣、王昜、胡光煒）均爲燦禎就讀（中央大學）時之教授，可稱一時之選，惜無法覓得其著作。」臺灣商務印書館一九八九年版，第六〇四頁。

四座無聲弦語微，酒痕護夢駐春衣。年年花落聽歌夜，雨歇鐙殘不肯歸。

【校】《詩鈔》卷一，「肯」作「忍」。

【按】此詩又見《國立中央大學浙江同學會會刊》一九三七年第一期《詩詞曲録》。墨迹一，題識：「己亥（一九五九）三月，養痾閑居，漫憶舊作録之。沙公。」見《胡小石書法選集》第二六頁《七絶二首、五律、卜算子》。墨迹二，題識：「舊句書奉銘延詩人吟正。沙公。」見《徐銘延文存》，上海古籍出版社一九八八年版，扉頁。吴新雷《聽胡小石先生講專題課》：「小石先生鼓勵我學唱昆曲，曾欣然命筆，在我的扇面上題寫了他三十年代所作的《聽歌》詩：『（略）《聽歌》舊作一首，新雷賢弟雅鑒。沙公。』并蓋上了他的『東風堂』朱文印章。」見《金陵書壇四大家·胡小石》第九一頁。

崔玖饋朱櫻

春去閑樓燕不知，紅珠籠贈喜鄰兒。今朝忽憶長安遠，一歲櫻桃乍熟時。

【校】①《詩鈔》卷一，詩題「饋」作「送」。②墨迹一，詩稿：詩題「崔玖」原作「友人」；正文「紅珠」原作「珊瑚」，「喜鄰兒」原作「啓籠遲」。胡小石紀念館藏。

【按】又見《國立中央大學浙江同學會會刊》一九三七年第一期《詩詞曲録》。墨迹二，題識：「崔玖饋朱櫻一首，筠倩女士吟正。光煒。」見《胡小石書法文獻》第一九四—一九五頁，南京大學教師藏。墨迹三，題識：「戊戌（一九五八）九月，書與蕙瑛。沙公。」見《胡小石書法選集》第十九頁《崔玖送朱櫻》，楊世雄藏。

雨夜

東風三日雨，佚我以寒氈。擁鼻鐙含霧，窺窗漆抹天。冥冥醜能掃，滴滴夢皆穿。逃世餘長夜，鷄鳴又覺賢。

【注】此詩據《詩鈔》著録。

【校】①《國立中央大學浙江同學會會刊》一九三七年第一期《詩詞曲録》，詩題作《夜雨》，「擁鼻鐙含霧」作「燒燭汗生簡」，「又」作「未」。②墨迹，詩題作《雨夜一首》，「又」作「未」，見《二十世紀書法經典·胡光煒》第一一四頁。

琅琊山韻龢集少長二十二人同游

樓西瞰滁山，一髮青百里。招携夙懷申，裹飯超江涘。機心斥蹇驢，共托飆輪駛。壯城收眼前，雙塔更幾祀。林垌邪許接，汗畽輸桃子。迢迢緑陰深，惆悵春花美。荒亭鞅尊榼，嗚咽流觴水。

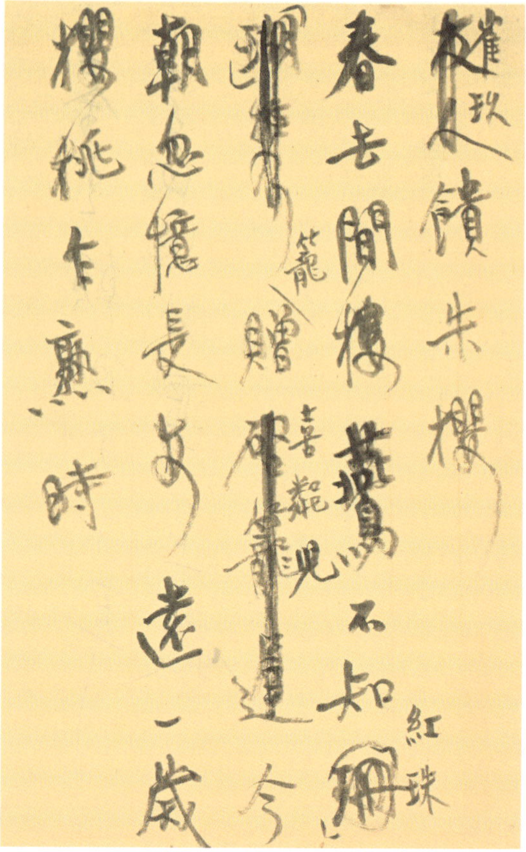

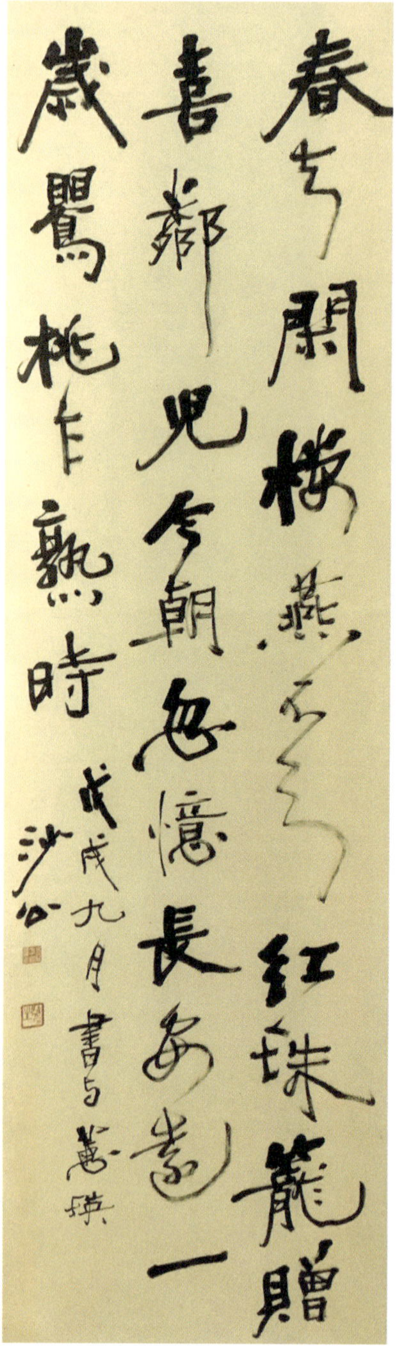

右　圖二八《崔玖饋朱櫻》墨迹（胡小石紀念館藏）

左　圖二九《崔玖饋朱櫻》墨迹（楊世雄藏）

石漢污醉名，當道呼不起。峰迴移我情，松篁合成海。乾坤餘一碧，何地著悲喜。登頓迷遠方，寒谷交柯底。顧笑翁領孫，蠕蠕穿珠蟻。莊嚴古道場，泉響得静理。木根纓絡相，妙容石不毀。微憐丹艧勤，樓閣詎彈指。都人慕莽蒼，山士矜羅綺。生民持兩端，真宰安能理。殘陽破茗圍，荒忽墮坊市。支頤兀温夢，秀色猶壓几。

【注】此詩與下《廿一夜苦熱泛湖作》據《國立中央大學浙江同學會會刊》一九三七年第一期《詩詞曲録》著録。

廿一夜苦熱泛湖作

一舸投暗去，逃暑如逃秦。温風炊釜氣，移榜官鼃呻。炎熾天地窄，波底星相瞋。不有宵露潤，孰蘇游鼎鱗。觥船載笙歌，飄飄暫成鄰。流響冥漠外，想見歌中人。夜味黑亦好，月出翻污真。柳堤千尺雪，寫此支離身。

【校】墨迹，詩稿一，「官」原作「聞」，「游」原作「沸」，「飄」原作「蕩」，「黑亦好」原作「托淵默」，「翻」原作「嫌」，「千尺雪」原作「沙雪白」；詩稿二，「飄」原作「蕩」，「翻」原作「嫌」，「托淵默」改爲「黑亦好」。見《胡小石研究》圖版二三《胡小石詩稿之二（一詩二稿）》。

題樓

百尺高樓向水開，有人道此似瀛臺。東華塵夢那堪憶，一夕憑闌一百回。

【注】此詩與下《燕子磯榴花》據楊本著録。
【按】此詩有墨迹，胡小石紀念館藏。

燕子磯榴花

江燕巢林無反期，山榴開盡水東馳。看朱成碧尋常恨，可奈花飛是夏時。

【按】此詩有墨迹，題作《燕子磯榴花一首》，見《傳古别録》内封題詩，南京大學圖書館藏。

爲旭初題後湖看花圖卷

玉碗蘭橈霞影鮮，請君莫問海成田。羊裘未脱東風暖，花底猶堪醉萬年。
灞橋惟見柳毿毿，京洛塵多酒未甘。鞍馬少年不忠厚，看花何事去江南。

【注】此詩與下《高館》據《詩鈔》著録。

高館

高館清歌日欲斜，流鶯勸我醉流霞。不愁鏡裏朱顔改，愁見春城楊白花。

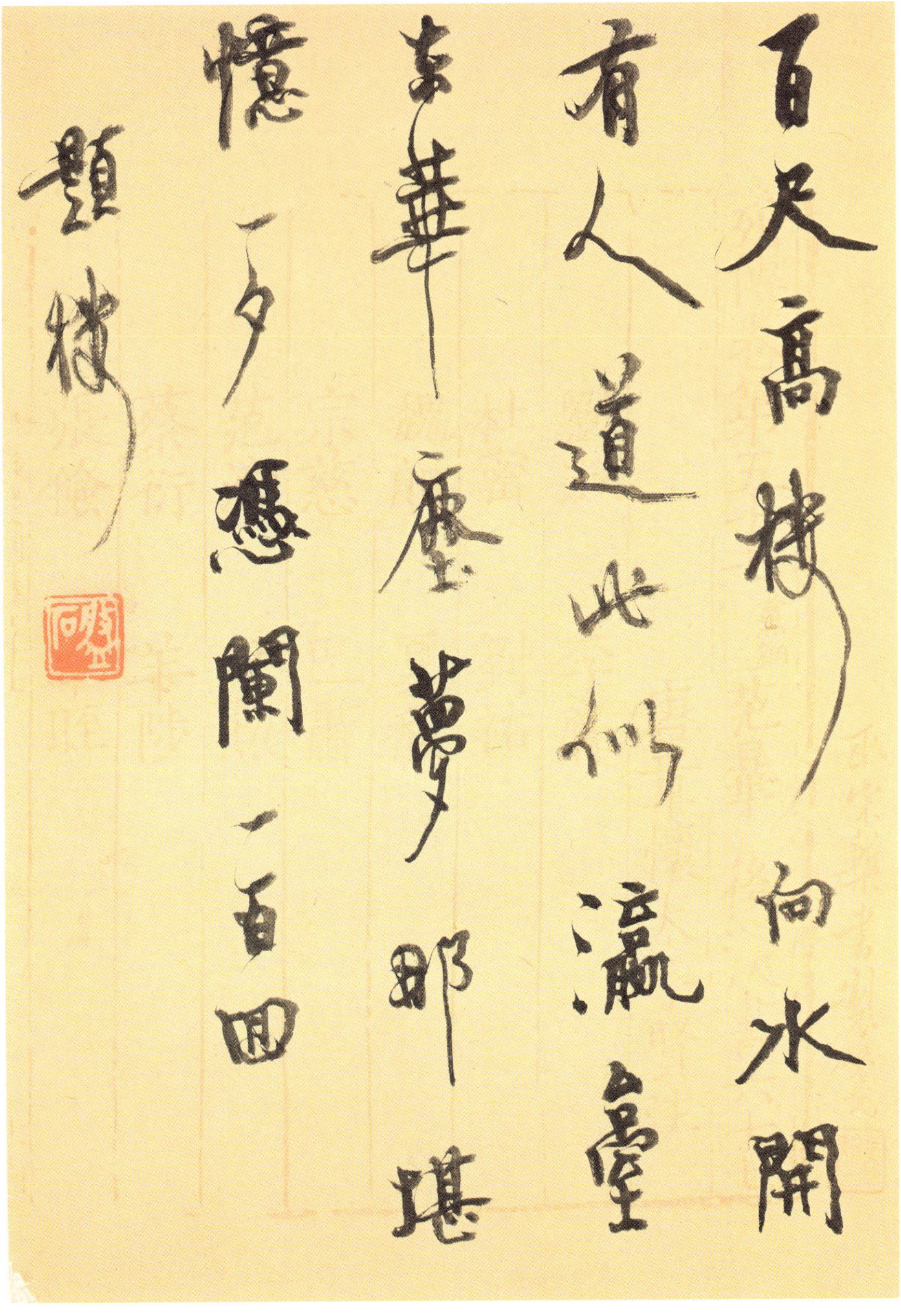
百尺高樓向水開
有人道此似瀛臺
東華塵夢那堪憶
一夕憑闌一百回
題樓

圖三〇 《題樓》墨迹（胡小石紀念館藏）

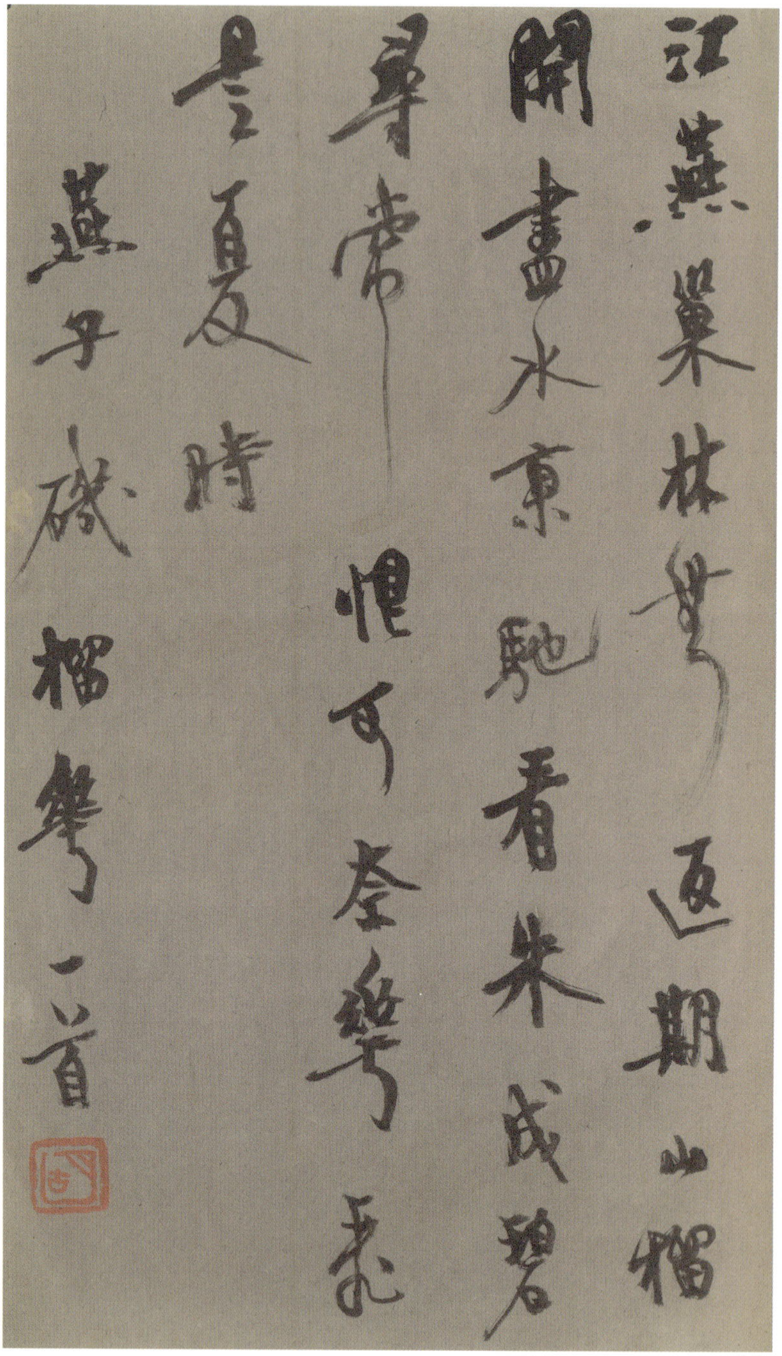

圖三一　《燕子磯榴花》墨迹（南京大學圖書館藏）

顧夏廬詩

卷三

古近體詩一百零六首。自一九三八年至一九四二年，在重慶、昆明、白沙作。

送子離之成固

清涪南流君北去，嚴宵獨聽劍門雨。雲棧千盤向漢中，古來競説騎騾苦。

七尺堂堂頗有鬚，斬鎖抛將馬隊書。烟塵握别莫惆悵，明歲荷花醉後湖。

【注】此詩據《民族詩壇》一九三八年第二卷第二輯第三二頁著録。

【按】墨迹一，題識：「己卯（一九三九）三月寫寄子緐賢弟柏林，以爲相思之資。此皆去秋與弟别後所作也。烽燧滿天，寇機頻至，家憂國難，心若鬻湯，引領西望，如何如何！光煒并志。」見《翰墨因緣：李瑞清、胡小石、張隆延、李振興四代書藝》（以下簡稱《翰墨因緣》）胡小石《夏廬近詩》，福建美術出版社一九九七年版，第八六—九一頁。墨迹二，一紙：「烟塵握别莫惆悵，明歲荷花醉後湖。此願果得償耶？」胡小石故居藏。

竄身

竄身鄰烏蠻，支離劇投沙。萬幻惟夢真，枕上還若耶。春風吹漢旌，茫茫天之涯。故人不可見，吹落山中花。

【注】此詩以下至《中原》十五詩據《詩鈔》著録。

【校】①《民族詩壇》一九三八年第二卷第五輯第二七頁，「吹落」作「落盡」。②《文史季刊》一九四二年第二卷第一期第六八頁，「吹落」作「落盡」。③墨迹一，鋼筆詩稿，「吹落」作「落盡」，胡小石故居藏。④墨迹二，殘句，「吹落」作「落盡」，胡小石故居藏。

圖三二一《竄身》《題瓶中海棠》墨迹（胡小石故居藏）

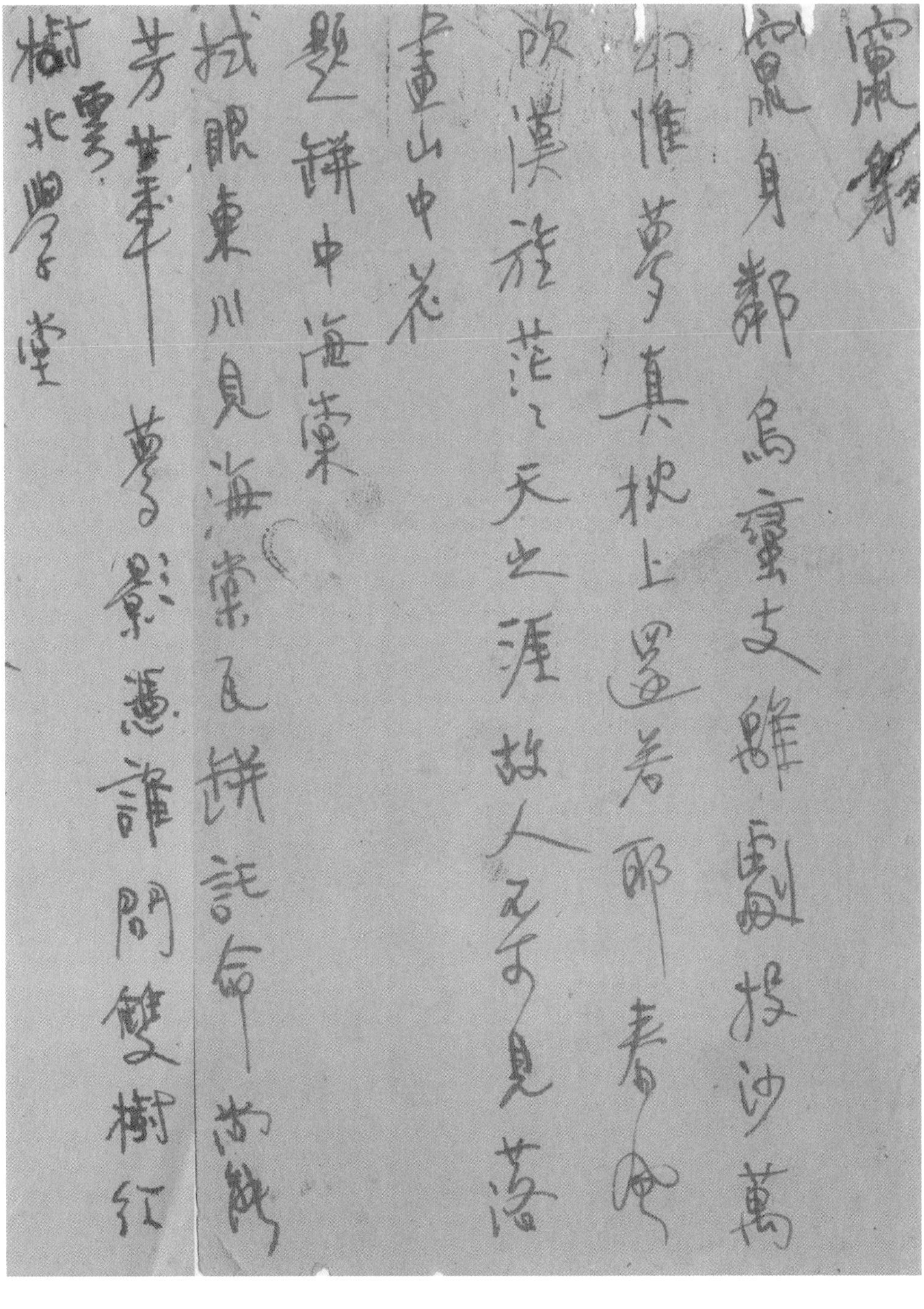

竄身

竄身鄰烏蠻支離劇投沙萬幻惟夢真枕上遥若耶春風吹漢旌茫茫天之涯故人不可見落畫山中花

題鉼中海棠

拭眼東川見海棠瓦鉼託命尚能芳華夢影憑誰問雙樹紅雲北學堂

題瓶中海棠

拭眼東川見海棠，瓦瓶托命尚能芳。廿年夢影憑誰問，雙樹紅雲北學堂。

【校】①《民族詩壇》一九三八年第二卷第五輯第二七—二八頁，「廿年」作「年華」，「雙」作「變」。②墨迹一，鋼筆詩稿，「托」塗改作「寄」，胡小石故居藏。

【按】此詩又見《文史季刊》一九四二年第二卷第一期第六八頁。墨迹二，鋼筆詩稿，胡小石故居藏；墨迹三，題識：「咏海棠、辛夷二小詩。仲子二哥吟正。光煒。」見《胡小石書法選集》第十六頁《咏海棠、辛夷二首》（三十年代）。

李園辛夷高五丈

二月韶光特地新，擎天紅袖倚樓人。鳳城縱有花如錦，輸與烏蠻得早春。

【校】①《文史季刊》一九四二年第二卷第一期第六八頁，詩題「李園」作「陽園」。②墨迹一，鋼筆詩稿，詩題「五」作「三」，正文「特地」原作「取次」，後改爲「爛漫」，「擎天」作「彌天」，胡小石故居藏。③墨迹二，鋼筆詩稿，詩題「李」作「蠡」，「五」作「三」，正文「特地」作「爛漫」，胡小石故居藏。

【按】此詩又見《民族詩壇》一九三八年第二卷第五輯第二八頁。墨迹三，題識：「咏海棠、辛夷二小詩，仲子二哥吟正。光煒。」見《胡小石書法選集》第十六頁《咏海棠、辛夷二首》（三十年代）。墨迹四，鋼筆詩稿，胡小石故居藏。

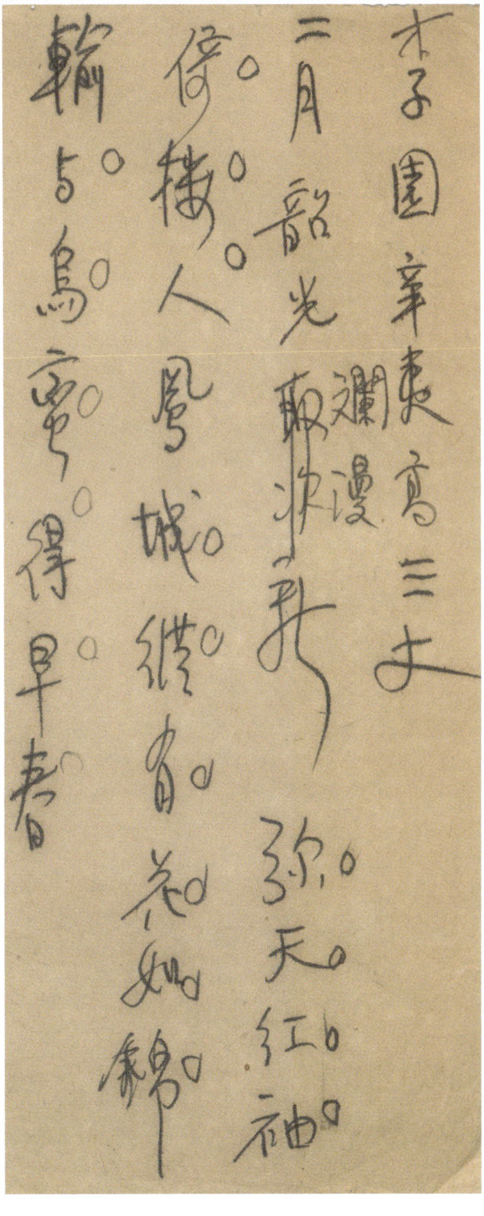

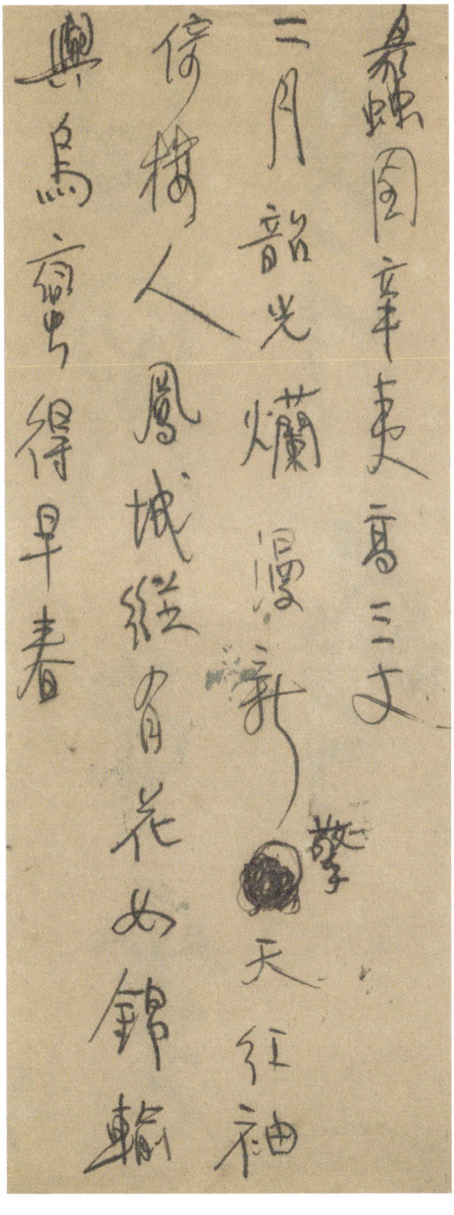

右　圖三三　《李園辛夷高五丈》墨迹（胡小石故居藏）

左　圖三四　《李園辛夷高五丈》墨迹（胡小石故居藏）

垂楊

渝州花國少垂楊，乍見纖腰却斷腸。今夜臺城殘月下，娉婷萬樹付朝霜。

【校】①《民族詩壇》一九三八年第二卷第五輯第二八頁，「月」作「角」。②《文史季刊》一九四二年第二卷第一期第六八頁，「月」作「角」。③墨迹一，鋼筆詩稿，「月」作「角」，胡小石故居藏。④墨迹二，「月」作「角」，「付」作「倚」，胡小石故居藏。⑤墨迹三，「月」作「角」，「付」作「倚」，胡小石故居藏。

辟疆目山茶爲蠢花

桃柳紛紛未足誇，胭脂開靨寫山茶。持門健婦誰堪比，漫被詩人喚蠢花。

【按】此詩墨迹一，詩稿，胡小石故居藏。墨迹二，鋼筆詩稿，胡小石故居藏。

牡丹

未到清明綻牡丹，翠樓猶自怨朝寒。玉容洛下如曾識，負杖風簾子細看。

【按】此詩又見《民族詩壇》一九三八年第二卷第五輯第二八頁、《文史季刊》一九四二年第二卷第一期第六八頁。墨迹一，鋼筆詩稿，胡小石故居藏。墨迹二，胡小石故居藏。

雨中游李氏園同子離白華

池館宜人地，銜泥復此行。稠雲蕩松氣，靈雨濕鵑聲。語默成移世，孱顔阻望京。雙江爾何恨，

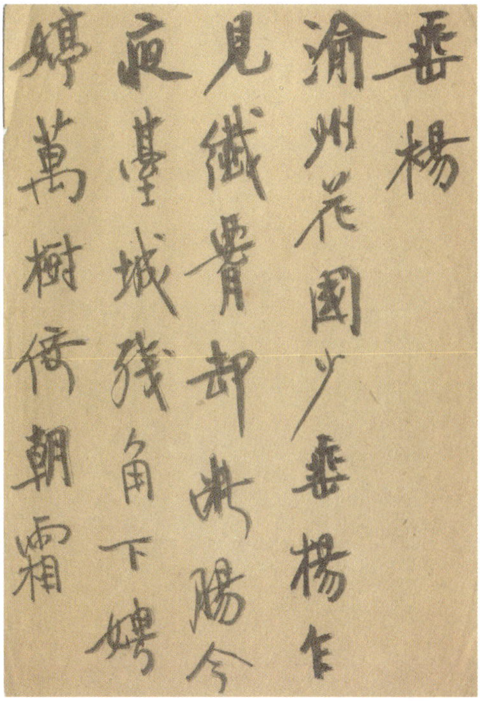

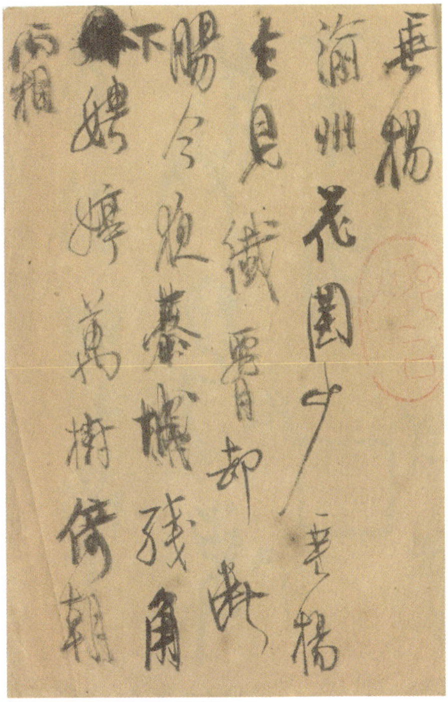

右　圖三五《垂楊》墨迹（胡小石故居藏）

左　圖三六《垂楊》墨迹（胡小石故居藏）

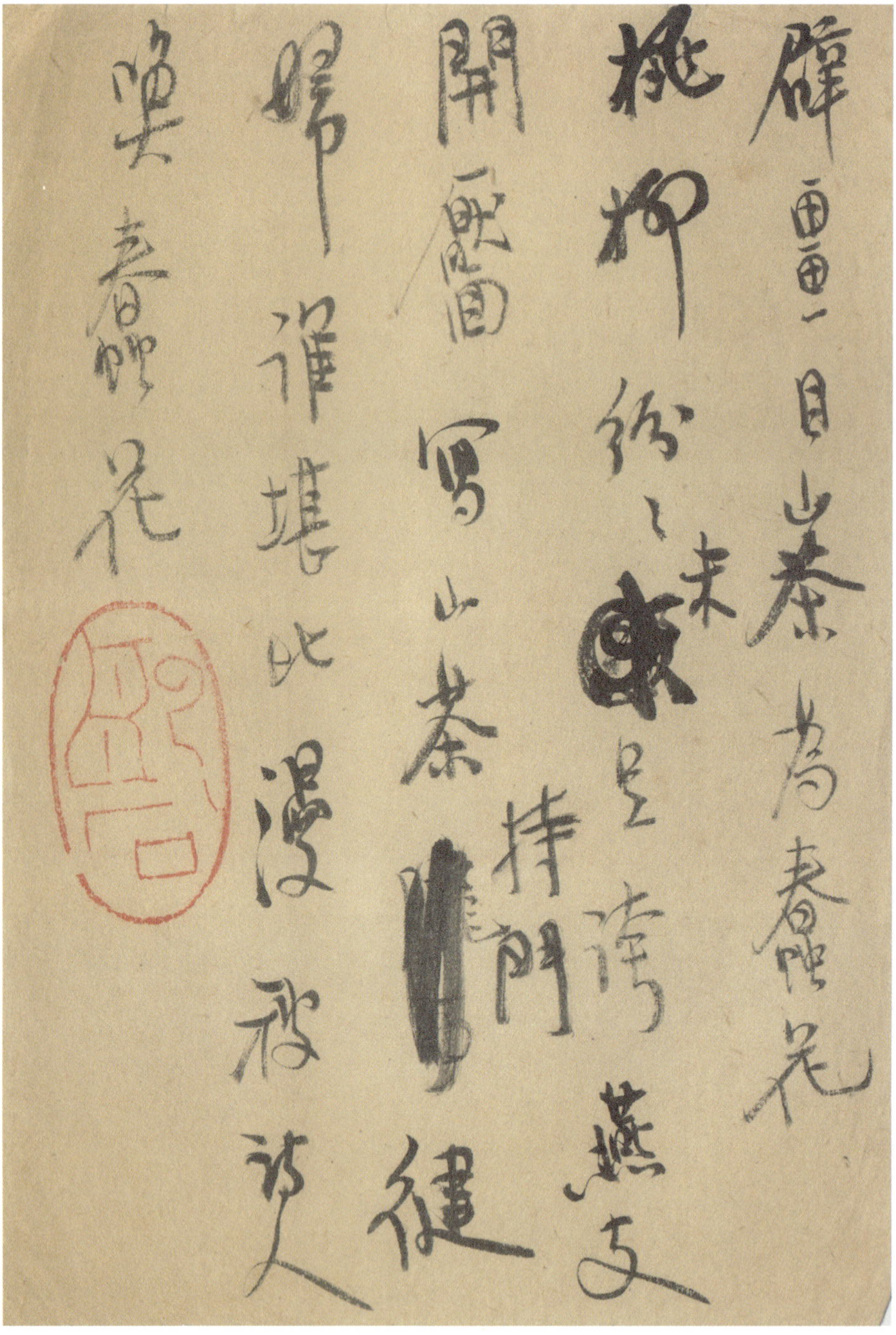

圖三七　《辟疆目山茶爲蠢花》墨迹（胡小石故居藏）

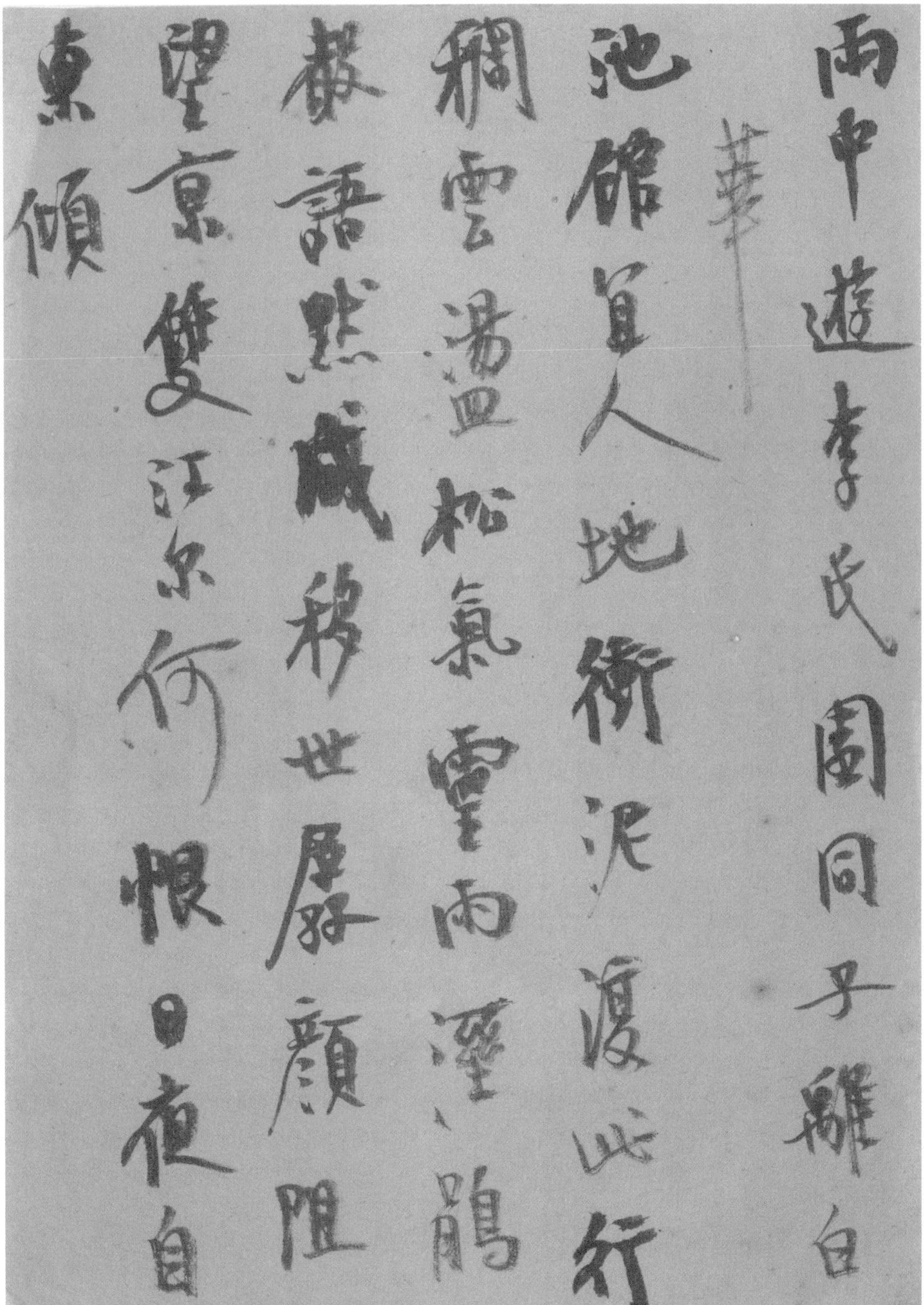

图三八 《雨中游李氏園同子離白華》墨迹（胡小石故居藏）

日夜自東傾。

【按】此詩又見《民族詩壇》一九三八年第二卷第五輯第二八—二九頁、《文史季刊》一九四二年第二卷第一期第六九頁。墨迹一，鋼筆詩稿，胡小石故居藏。墨迹二，胡小石故居藏。

臺兒莊大捷書喜

乍有山東捷，騰歡奮九州。不緣誅失律，安得斷横流。淮涘屏藩固，風埢早晚收。低回思白羽，一寫旅人憂。

【按】此詩又見《民族詩壇》一九三八年第二卷第五輯第二九頁。墨迹，鋼筆詩稿，胡小石故居藏。

觀劇有感示旭初辟疆

到耳驚鑾鼓，支頤想漢符。艱難定秦項，𥏫捷仗巴渝。疊疊梨園奏，遥遥樂府趨。近聞徵組練，無乃爲東胡。

【校】①《詩鈔》稿本，「𥏫」作「趫」。②《文史季刊》一九四二年第二卷第一期第六九頁，詩題作《觀劇有感》。③墨迹，鋼筆詩稿，「𥏫」作「趫」，胡小石故居藏。④《民族詩壇》一九三八年第二卷第五輯第二九頁，「𥏫」作「趫」。

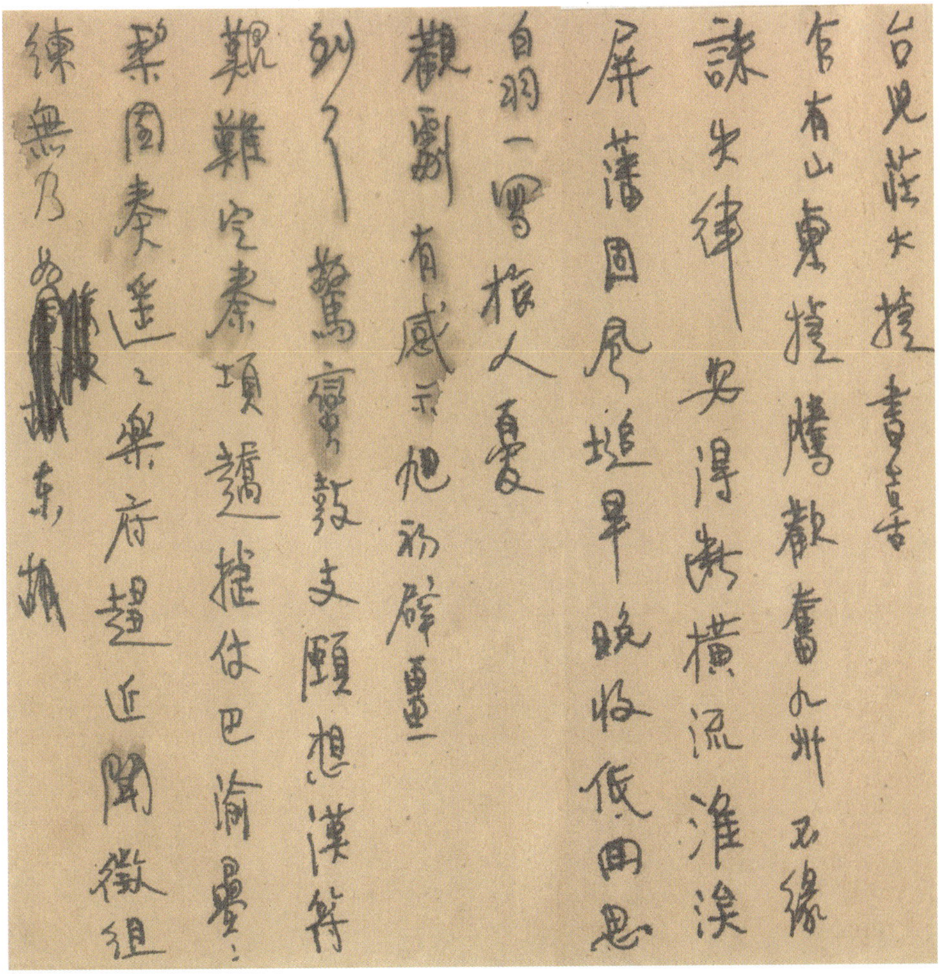

圖三九 《臺兒莊大捷書喜》《觀劇有感示旭初辟疆》墨迹（胡小石故居藏）

散原先生挽詩

絶代賢公子，經天老客星。毀家緣變法，閱世夙遺型。滄海吞孤憤，謳歌役萬靈。纖兒那解事，唐宋榜零丁。

昔侍臨川坐，從容識古顔。道儒無异趣，岱華各名山。溪上宵談虎，航頭醉買鯿。淪飄感陳迹，東望泪潺湲。

莽莽焚林火，豺狼滿九衢。守經嚴内外，攢棘斷踟躕。天意成完士，人綱重餓夫。千秋雄魄在，長有疊山俱。

【校】①《民族詩壇》一九三八年第二卷第五輯第二九—三〇頁，其一「經」作「終」，「型」作「形」；其三「重」作「屬」。②《文史季刊》一九四二年第二卷第一期第六九—七〇頁，其一「型」作「形」，「謳歌」作「歌謳」；其三「天」作「大」，「成」作「存」，「重」作「屬」。③墨迹，鋼筆詩稿：其一「型」作「形」；其二「泪」作「涕」；其三「重」作「屬」。胡小石故居藏。④游壽一九三八年抄録《散原先生挽詩》墨迹（前二首），其一「型」作「形」，其二「泪」作「涕」。

首夏牛角沱酒坐呈同席諸君子

江閣能延勝，流人暫破顔。揮杯分内水，列俎象巴山。未覺炎蒸苦，翻愁日暮還。烽烟成共命，珍重鬢毛斑。

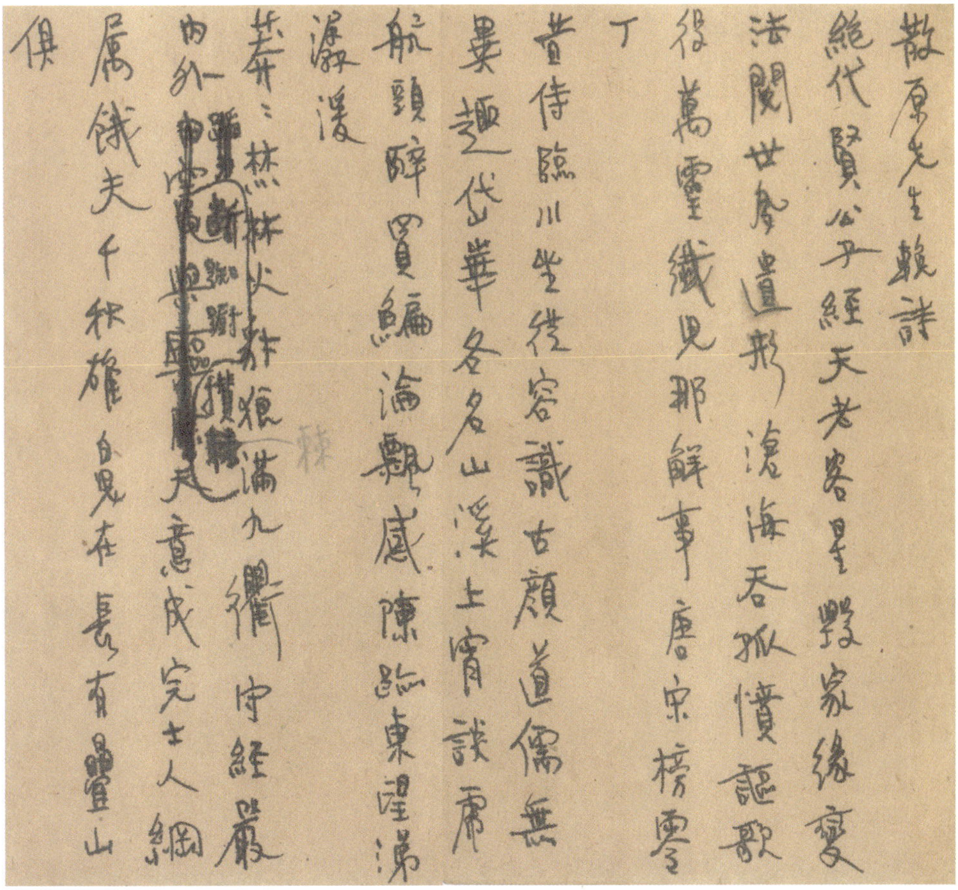
散原先生輓詩
絕代賢公子 經天老客星 毀家緣變
法 闕世存遺形 滄海吞孤憤 謳歌
得萬靈 纖兒那解事 唐宋榜零
丁
黄侍臨川坐 從容識古顏 道儒無
異趣 岱華各名山 溪上宵談廓
航頭醉買鯿 淪飄感陳跡 東望涕
潺湲
莽莽[illegible]林火 豺狼滿九衢 守經嚴
內外一[illegible]意氏完士人綱
屈餓夫 千秋確自見 在長有疊山
俱

圖四〇 《散原先生挽詩》墨迹（胡小石故居藏）

【校】①《斯文》一九四一年第一卷第二一期第十六頁《夏廬詩鈔》，詩題作《首夏牛角沱酒坐》，「山」作「人」。②《文史季刊》一九四二年第二卷第一期第七〇頁，「揮」作「飛」。

【按】又見《民族詩壇》一九三八年第二卷第五輯第三〇頁。墨迹，鋼筆詩稿，胡小石故居藏。

鐙下

巴蜀皆吾土，飄摇豈异方。客衣鐙下薄，城角夜深長。桃李身相代，皮毛義不忘。空庭瞻列宿，耿耿怨弧狼。

【按】又見《民族詩壇》一九三八年第二卷第五輯第三〇頁、《文史季刊》一九四二年第二卷第一期第七〇頁。墨迹，鋼筆詩稿，胡小石故居藏。

中原

倭行速如鬼，飛火入中原。楚塞成邊塞，夔門即國門。剖心衛江漢，拊背慮襄樊。早撤談空坐，墻頭鐵鳥翻。

【按】又見《文史季刊》一九四二年第二卷第一期第七〇頁。墨迹，鋼筆詩稿，胡小石故居藏。

河决

忽報金堤决，洪濤下汴京。雖然苦黔首，翻自灌倭兵。浩浩稽天浸，絲絲瀝血成。終持漲東海，江户一時平。

【注】此詩據《民族詩壇》一九三八年第二卷第六輯第十二頁著録。

【按】此詩有墨迹，鋼筆詩稿，胡小石故居藏。

山庭

山庭朝萬蠕，向夕益紛紛。挂月勞栖蝠，燒鐙畏聚蚊。長歌蚓懷土，端拱鼠求群。惡鳥窺檐坐，休令稚子聞。

【注】此詩以下至《雨》五詩據《詩鈔》著録。

【按】又見《民族詩壇》一九三八年第二卷第六輯第十三頁。墨迹，鋼筆詩稿，胡小石故居藏。

夏夜樓集

卜夜客逃暑，凌高酒伴星。月江摇曙白，松嶂没春青。扇底叢歌哭，鐙前列醉醒。嚴時旌竿密，歸路影亭亭。

【校】《民族詩壇》一九三八年第二卷第六輯第十三頁，「竿」作「斾」。

【按】此詩有墨迹，鋼筆詩稿，胡小石故居藏。

桐泪二首

夏五六月，梧桐枝條間，糝白綿如雪，隨風遠颺，人謂之桐泪。昔年居武昌，樓前有雙梧桐，大皆逾抱，夏日泪不絶，頗觸客懷。今來渝州又見之。渝州無垂楊，此可當楊花也。

炎節驚看柳絮飛，多情梧葉緑成圍。朝來萬斛經天泪，偏爲流人點客衣。

席帽闌干夢影中，梁樓愁憶夕陽紅。飄綿江上應如故，縱化浮萍也向東。

【校】①《民族詩壇》一九三八年第二卷第六輯第十二—十三頁，題下注「雙梧桐」作「雙梧樹」，「此」字前有「得」字，其二「上」作「漢」。②墨迹一，鋼筆詩稿：詩序「雙梧桐」作「雙梧樹」，「此」字前有「得」字；其二「上」作「漢」。胡小石故居藏。③墨迹二：詩題無「二首」，詩序「雙梧桐」作「雙梧樹」，「此」字前有「得」字；其二「上」作「漢」。題識：「仲子二哥吟正。光煒。」見《二十世紀書法經典·胡光煒》第四〇—四一頁。

雨

一雨炎威盡，奇勛蕩寇同。凄然憶蓴菜，不必待秋風。傾峽蛟湍壯，需沙鷁首通。涔涔還向夕，魂繞九江東。

【按】此詩又見《民族詩壇》一九三八年第二卷第六輯第十四頁。墨迹，鋼筆詩稿，胡小石故居藏。

揚塵

巢幕翩翩燕，嬉湯戢戢鱗。相誇車上僿，莫笑馬頭人。葛勒雕弧遠，昭陽素練新。大椿八千歲，留命看揚塵。

【注】此詩據《民族詩壇》一九三八年第二卷第六輯第十四頁著録。

題翔冬贈周克英詩

片紙居然繫海桑詩箋猶是南京故紙，畫簾銀燭思茫茫。豈無渝酒堪留醉，便聽巴歌合斷腸。江路旌旗歸夢遠，山城風雨客宵長。從來萬事成都好，莫共韋莊賦望鄉。

【注】此詩據《詩鈔》著録。

【校】《民族詩壇》一九三八年第二卷第六輯第十四頁，詩題作《翔冬以舊稿紙寫句贈鄖君説酒事鄖君索題因寄》，首句下無小字注，「遠」作「杳」。

題商錫永墨池圖

戊寅夏，余客渝州，得錫永成都書，言近賃宅青龍巷，舍後一池，有水木之賞。案圖經是漢揚雄故宅。雄在時蓋嘗於池上著書，宋人米芾所題爲「墨池」者也。因集朋舊，爲圖記其事，且以寄示。夫漢儒言小學者自蜀始，相如《凡將》，子雲《訓纂》《方言》是也。百年來，中土山川，多出古遺物，若鼎彝甲骨之屬，其文辭刻鏤，又往往爲相如、子雲所不及見。而錫永實嗜焉，盡斥飲饌裘

桐淚二首

夏五六月梧桐枝條間糝白綿，如雪隨風遠飄，人謂之桐淚。曾年居近昌樓，前有雙梧樹，大皆逾抱，夏日淚不絶，頗觸客懷。今來渝州又見之，渝州無垂楊

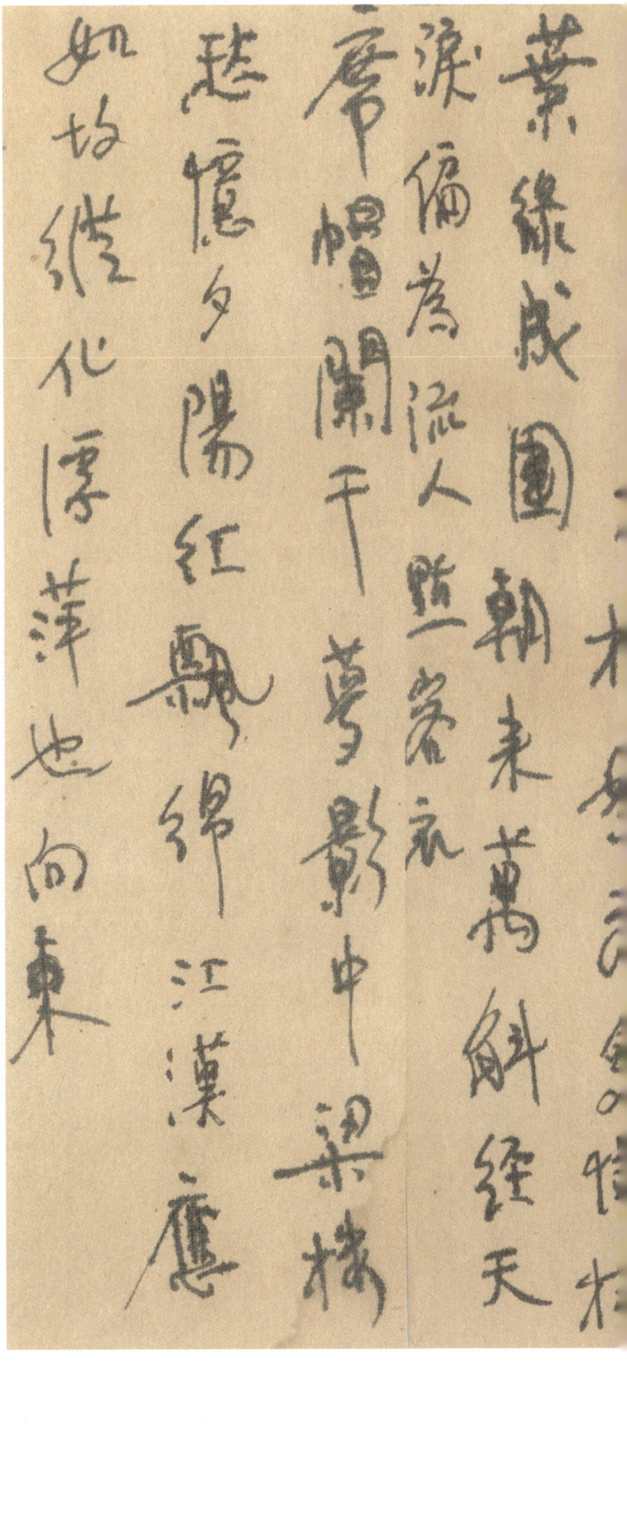

圖四一 《桐泪二首》墨迹（胡小石故居藏）

馬之背，以富其蓄。平居楗户，發篋陳所藏，日夕摩挲之，目覢覢。至瘢垢斷爛處，縣索鏤鍥點畫，或手氈墨，遍范諸器銘，至再三，襟袖盡早不自恤。兵火中過長沙，橐無三日糧，猶倉皇稱貸流人間，購長沙楚冢所出木偶人、劍室、羽觴之有字者，負之以去。守古之堅，與子雲之守玄何以异？其播徙稅駕而適獲此，豈偶然哉！余與錫永皆家南京，業古文之學。去冬倭寇陷南京，皆喪其寶，辟地時，復相遇於渝州，從觀所挾諸楚冢器。已而錫永西邁，余獨羈滯嘉陵江上。日與炎瘴塵囂相薄，視錫永之迹古賢，致静篤，又自悲矣。乃爲之詩曰：

烽燧西州抱簡身，龜堂早日笑朱輪。買鄰那用求王翰，自有千秋寂漠人。

雕篆誰言不壯夫，滔滔幾輩識蟲魚。多君握槧秋池曉，百折風漪獻漆書。

門前涪水去如馳，日聽巴童唱竹枝。奇字羅胸人不問，老夫止酒已多時。

【注】此詩據一九三八年十月九日《時事新報》（重庆）著録。

【校】①《民族詩壇》一九三八年第二卷第六輯第十四—十五頁，詩題作《題商錫永墨池圖三首》，無詩序。②墨迹（共五紙，缺最後一紙），詩題作《題商錫永墨池圖詩并序》，詩序「至瘢垢」作「自瘢垢」，「氈墨」作「氈蠟」，楊白樺舊藏。

霧

炎飇夜揮箑，一雨朝裝綿。萬象虱處褌，霧來失坤乾。丈夫事羈旅，安用膏自煎。神奮八極外，

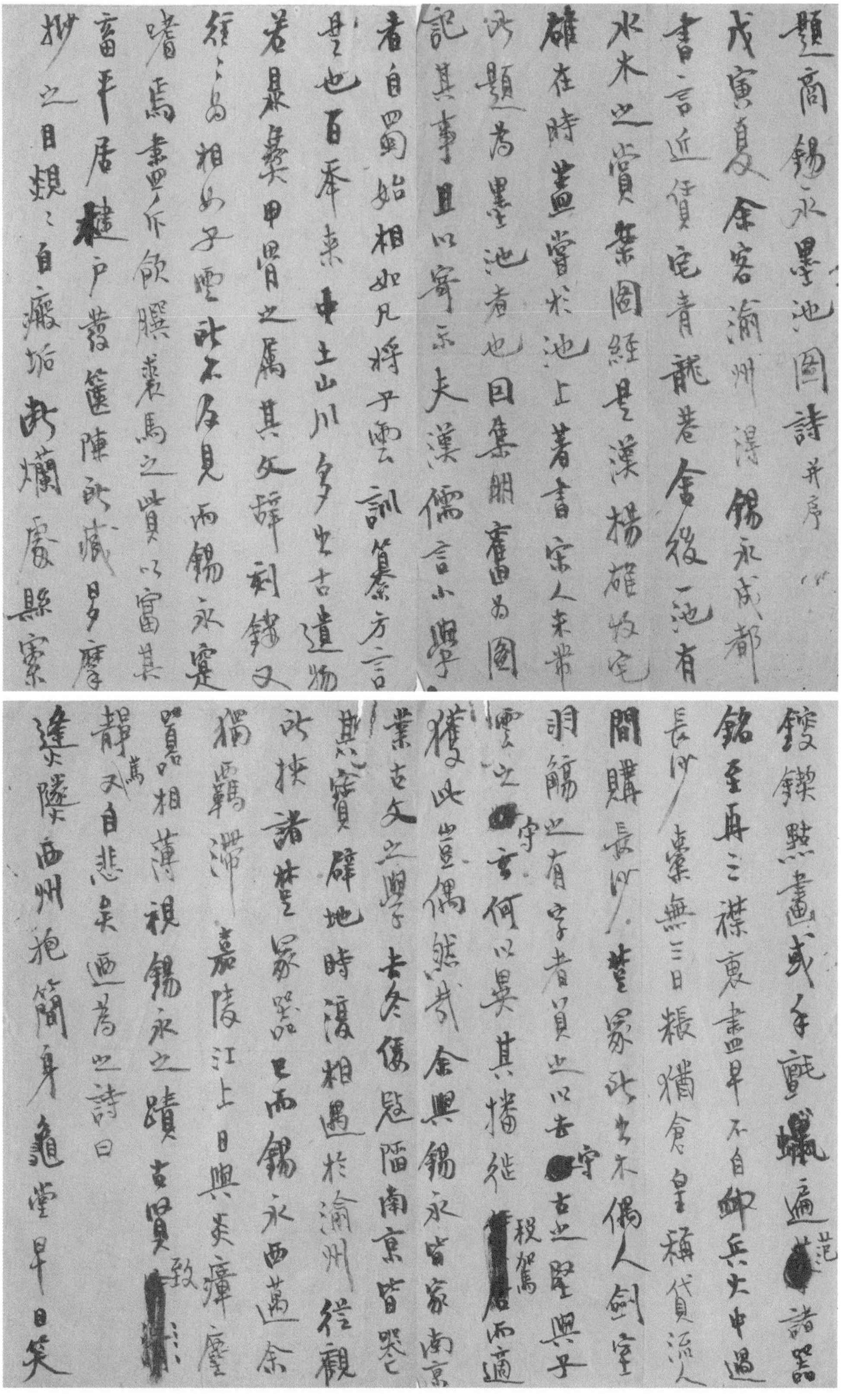

題商錫永墨池圖詩并序

戊寅夏，余客渝州，得錫永成都書，言近賃宅青龍巷，舍後一池，有水木之賞。案圖經，是漢揚雄故宅，雄在時嘗於池上著書，宋人來常所題爲墨池者也。因屬朋舊爲圖記其事，且以寄示。夫漢儒言小學者自蜀始，相如凡將、子雲訓纂、方言是也。百年來中土山川多出古遺物，若鼎彝甲骨之屬，其文辭刻鏤，文續續相如、子雲所不及見，而錫永寔嗜焉。盡其飲膳裘馬之貲以富其畜，平居樞户，蓄篋陳所藏，日夕摩挲之，目睨手癖，垢敝爛處縣索，鏤鍥點畫，或手氈蠟遍范諸器銘，至再三襟裹盡畢不自卹。兵火中遇長沙，㯶兼無三日糧，猶賃車稱貸流人間，購長沙楚冢所出木偶人、劍室、羽觴之有字者，負之以去，守古之壁，與子雲之守亦何以異。其播遷稅駕而適獲此，豈偶然哉。余與錫永皆家南京，業古文之學，長各僑隔南京，皆器其寶。辟地時復相遇於渝州，從觀所挾諸楚冢器。已而錫永西邁，遇余獨西覊滯嘉陵江上，日與炎瘴塵𡑞相薄，視錫永之蹟致古賢靜篤，又自悲矣。通爲之詩曰：

逢燧西州抱簡身，龜堂早日笑

圖四二 《題商錫永墨池圖》墨迹（楊白樺舊藏）

鴻濛爲之穿。牛頭青巉巉，雙塔湧矗天。大江白練去，瀟灑秋光鮮。鷹背俯雄城，萬瓦參差烟。秦淮金粉水，風過餘飄弦。粼粼桑泊波，摇影鍾巒連。修槐馳道張，轂擊人摩肩。黄雲布四野，蟹筐不論錢。風景何嘗殊，物毁心能全。逍遥莊叟游，拘拘夔憐蚿。

【注】此詩以下至《題酈衡叔所寄畫》十詩據《詩鈔》著録。

【校】①《新陣地》一九三八年第二八期第十五頁，「象」作「衆」，「禪」作「輝」，「弦」作「泫」，「物毁」句下有「墮夢屬無寐，微嘆寒花前」二句，「逍遥莊叟游」作「莊叟游逍遥」。②一九三八年十一月六日《時事新報》（重慶），「物毁」句下有「墮夢屬無寐，微嘆寒花前」二句，「逍遥莊叟游」作「莊叟游逍遥」。③墨迹一，詩稿「修」原作「高」，「物毁」句下有「墮夢屬無寐，微嘆寒花前」二句，「逍遥莊叟游」作「莊叟游逍遥」。胡小石故居藏。④墨迹二，「物毁」句下有「墮夢屬無寐，微嘆寒花前」二句，「逍遥莊叟游」作「莊叟游逍遥」，題識：「己卯（一九三九）三月寫寄子緐賢弟柏林，以爲相思之資。此皆去秋與弟別後所作也。烽燧滿天，寇機頻至，家憂國難，心若鬻湯，引領西望，如何如何！光煒并志。」見《翰墨因緣》之《夏盧近詩》。

哀酈仲廉

入門梵唄聲，鉢眼漆光黝。生前不解飲，此日奠杯酒。世亂新鬼多，人脆不如藕。逃死翻得死，萬里多此走。天枉誰殺汝，切齒疾倭狗。衆命知何日，奈何先謹厚。杖母則有母，牽女則有婦。母婦血面啼，蓋棺子聞否。阿舅老病風，絲命懸虎口。夢中望子歸，魂莫惱阿舅。藤廳舊書堂，

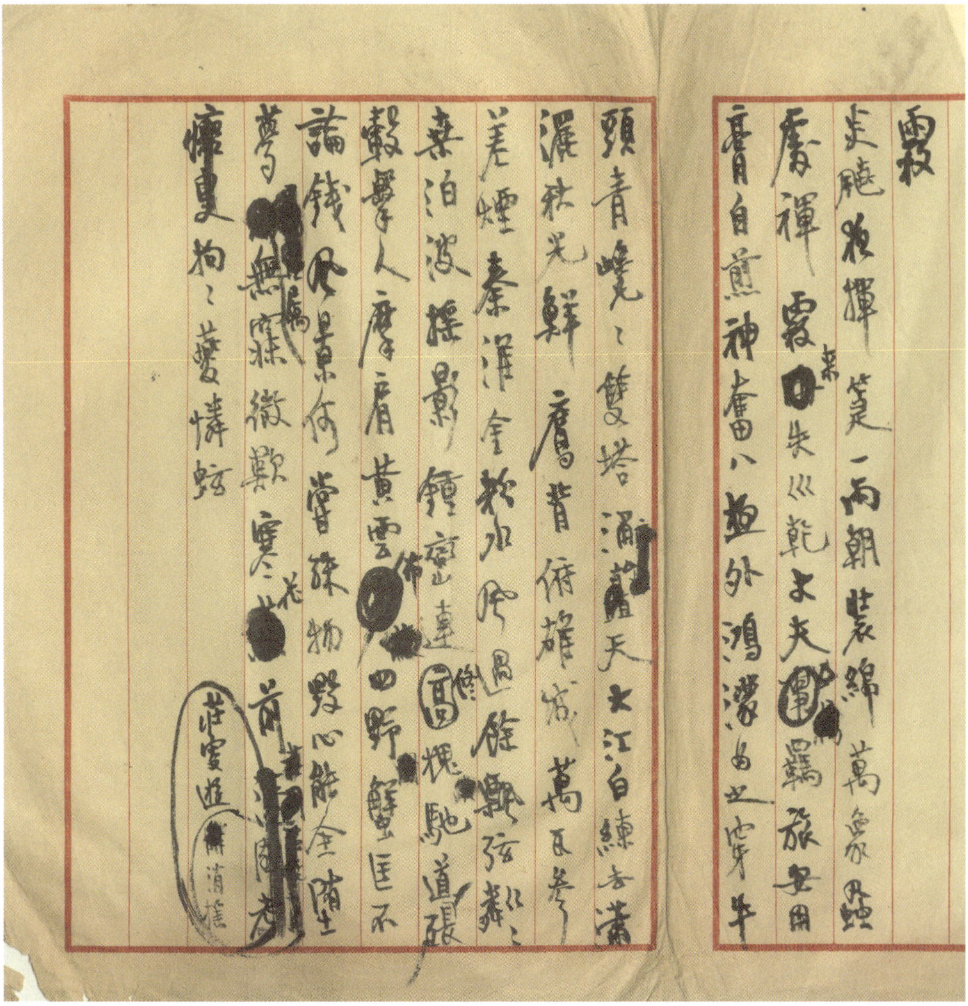

圖四三 《霧》墨迹（胡小石故居藏）

修竹緑四牖。兵火縱得全，失主終莫守。畫被攻二篆，矯矯斯冰手。他年訪遺墨，蛟虬儻在藪。高秋涪山暄，蓬顆大於斗。陵葬與澤葬，達者復何有。病瘧無死法，一藥不可歐。中醫使西藥，誰當掣之肘。

【校】①《民族詩壇》一九三八年第二卷第一輯第二四—二五頁，「杖母」作「杖兒」。②墨迹，詩稿，「杖母」作「杖兒」，胡小石故居藏。

獨坐

雨窗耿深鐙，形影自成世。夜久茶甌空，獨坐理秋味。階蛩真我客，幽弦苦相慰。群生此罷戰，養瘡黑甜内。誰言真宰智，動静終自蔽。凉颸適何來，一葉泠然墜。悠悠太古情，漠漠與之會。

【校】墨迹一，詩稿，「終」原作「徒」，「凉颸」二句爲後加。見《胡小石研究》圖版第二二頁《胡小石詩稿之一》。

【按】此詩墨迹二，詩稿，胡小石故居藏。墨迹三，題識：「己卯（一九三九）三月寫寄子緐賢弟柏林，以爲相思之資。此皆去秋與弟别後所作也。烽燧滿天，寇機頻至，家憂國難，心若灩湯，引領西望，如何如何！光煒并志。」見《翰墨因緣》之《夏廬近詩》。

聞柝

兒時喜寒柝，伴我讀書聲。漂蕩頭今白，崩騰寇未平。巴山纔一夜，京國正三更。無恙城南月，宵宵奈獨行。

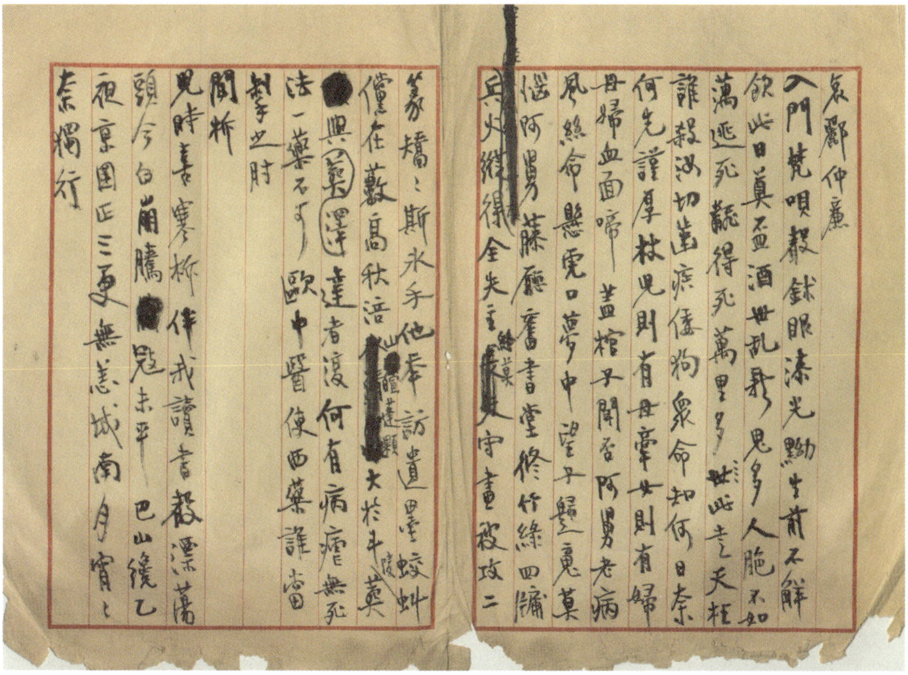

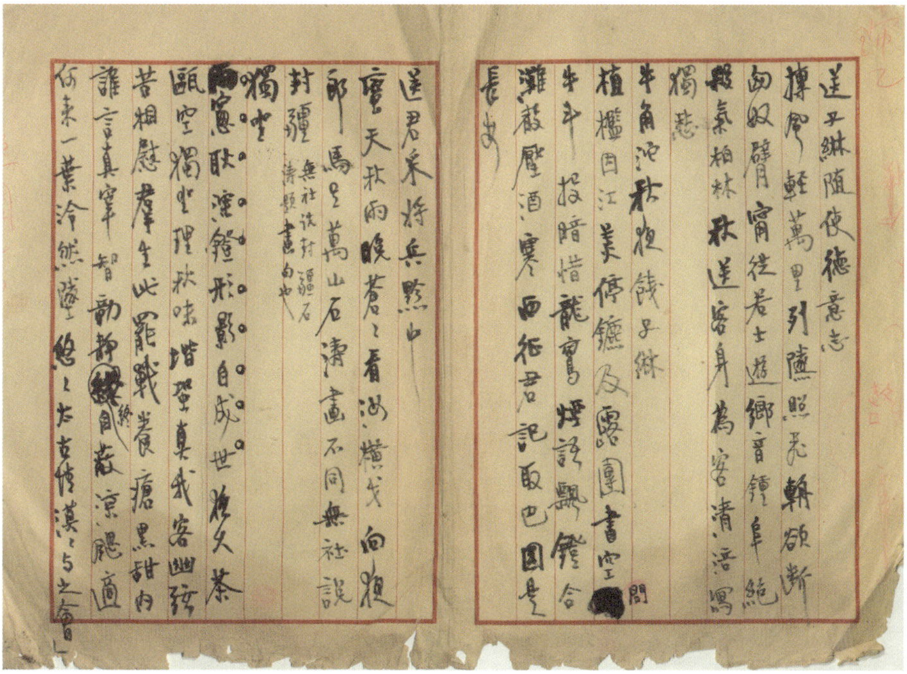

上　圖四四　《哀鄽仲廉》《聞柝》墨迹（胡小石故居藏）

下　圖四五　《送子緜隨使德意志》《牛角沱秋夜餞子緜》《送君采將兵黔中》《獨坐》墨迹（胡小石故居藏）

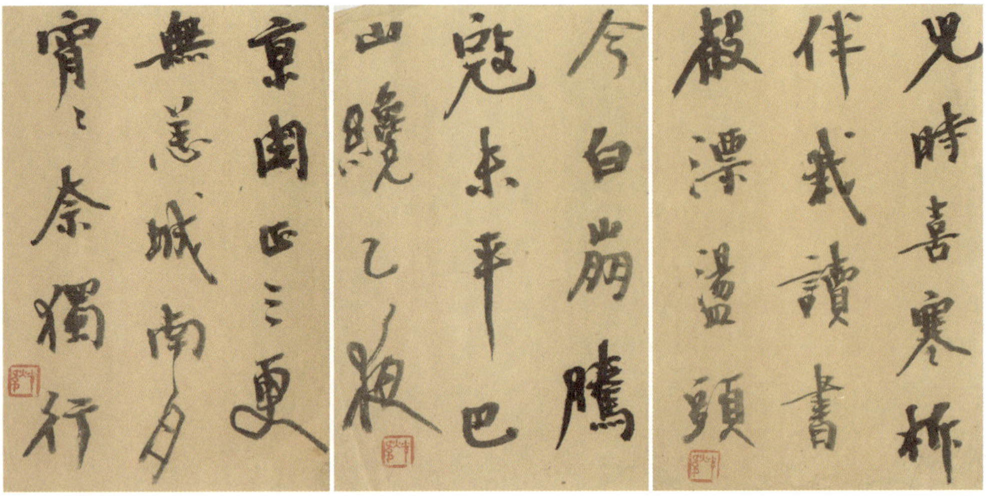

圖四六 《聞柝》墨迹（胡小石故居藏）

【校】①《詩鈔》稿本，「一」作「乙」，是。②墨迹一，詩稿，「一」作「乙」，胡小石故居藏。③墨迹二，三紙，「一」作「乙」，胡小石故居藏。④墨迹三，「一」作「乙」，題識：「己卯（一九三九）三月寫寄子綝賢弟柏林，以爲相思之資。此皆去秋與弟别後所作也。烽燧滿天，寇機頻至，家憂國難，心若鬻湯，引領西望，如何如何！光煒并志。」見《翰墨因緣》之《夏廬近詩》。

後苦熱

赤曦鬻江金石流，渝州八月如火州。防空鐵鳥那足懼，蚊矛螻戟横清秋。河朔戰士血雨草，六街苦募寒衣早。汗膚卬鼻呼蒼穹，幸迴此熱留禦冬。

【按】此詩墨迹一，詩稿，胡小石故居藏。墨迹二，詩稿，胡小石故居藏。墨迹三，題識：「己卯（一九三九）三月寫寄子綝賢弟柏林，以爲相思之資。此皆去秋與弟别後所作也。烽燧滿天，寇機頻至，家憂國難，心若鬻湯，引領西望，如何如何！光煒并志。」見《翰墨因緣》之《夏廬近詩》。

題佘蓮裔所書碑

龜書攕攕托殷契，降爲齊化稻有采。漢京千碣誰最工，西維楊震東禮器。烟霏霧結天人姿，登善張之變歐勢。薛曜石淙諸别子，暢整清河薛難弟。道君晚出號瘦金，政不堪君書則帝。折鋒業岳角垂芒，運刃飛騰至辭鼻。著空意多著紙少，察車始輪取微至。青氈晝肚三十年，西來乍喜得蓮裔。

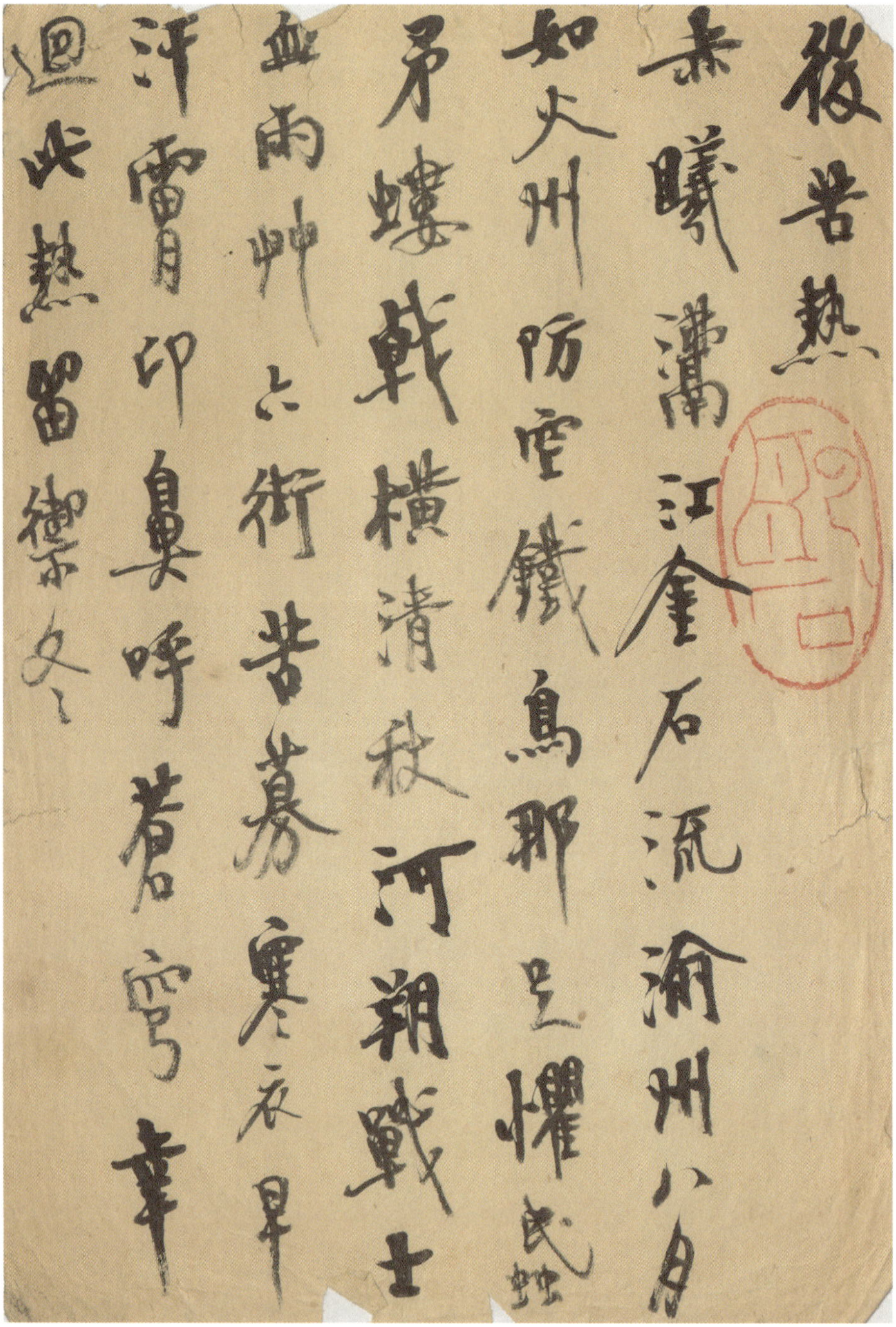
後苦熱
赤曦濡江金石流渝州八月
如火州防空鐵鳥那足懼民蚩
矛螻戟横清秋河朔戰士
血雨艸艸街苦暮寒衣早
汗霤印鼻呼蒼穹辜
迴此熱留禦冬

圖四七 《後苦熱》墨迹（胡小石故居藏）

巴俗好利生好寂，落筆便到大觀字。冥探薛暢酌兩罍，治書如史窮姓繫。四郊投奔尚操觚，一任旁人笑齊氣。熊蹲猊怒徒癡肥，獨鶴銜霄世孰比。打門昨日送新碑，山窗起蟄秋雨霽。惡札滿眼紛於蠅，且當涼颸坐解穢。

【校】①墨迹一，詩稿，「諸」作「褚」，胡小石故居藏。②墨迹二，「諸」作「褚」，題識：「己卯（一九三九）三月寫寄子緐賢弟柏林，以爲相思之資。此皆去秋與弟別後所作也。烽燧滿天，寇機頻至，家憂國難，心若鬻湯，引領西望，如何如何！光煒并志。」見《翰墨因緣》之《夏盧近詩》。

白華邀同仲子確杲諸公聽董蓮枝詞，喜衡如新自成都至

巴蜀誰言若比鄰，江樓邂逅乍眉伸。君看急管哀弦裏，盡是亡家破國人。

水閣秦淮鐙萬星，董娘秋老唱《聞鈴》。郎當此日同爲客，夜雨千山忍泪聽。

望鄉峽裏悲江令，念亂橋邊遇柳生。桑海徵歌莫辭遠，曲中猶有太平聲。

【校】①《斯文》一九四一年第一卷第二一期第十六頁《夏盧詩鈔》，其一「管」作「鼓」，「哀」作「凄」；其二「此」作「今」。②墨迹：詩題「仲子確杲」作「確杲仲子」，「詞」作「鼓詞」；其一「管」作「鼓」，「哀」作「凄」；其三「邊」作「西」。題識：「己卯（一九三九）三月寫寄子緐賢弟柏林，以爲相思之資。此皆去秋與弟別後所作也。烽燧滿天，寇機頻至，家憂國難，心若鬻湯，引領西望，如何如何！光煒并志。」見《翰墨因緣》之《夏盧近詩》。

題酈衡叔所寄畫

烟樹溪橋似董源，緘開便聽水潺湲。張鐙釘壁殷勤對，客裏從今有故山。

【校】①《詩鈔》稿本，「對」作「看」。②墨迹一，詩題作《題酈衡叔寄畫山水小幀》，「緘開」作「開緘」，題識：「己卯（一九三九）三月寫寄子緐賢弟柏林，以爲相思之資。此皆去秋與弟別後所作也。烽燧滿天，寇機頻至，家憂國難，心若灊湯，引領西望，如何如何！光煒并志。」見《翰墨因緣》之《夏廬近詩》。③墨迹二，「似」作「書」，「緘開」作「開緘」，「對」作「看」，題識：「衡叔寄山水小幀，法高賢弟雅鑒。光煒。」周法高《近代學人手迹·跋》曰：「胡小石師手迹，書於民國二十八年（一九三九），余卒業中央大學時。」見周法高編：《近代學人手迹》（初集），文星書店一九六二年版，第三七頁。

南京陷及期書憤

龍虎開天闕，金湯擁石頭。崩騰狂寇入，蓼寐一星周。吊楚南公誓，收京杜老謳。寸心與江水，奮激日東流。

【注】此詩據《補鈔》著録。

【按】此詩又見《民族詩壇》一九三九年第三卷第一輯第四六頁。墨迹一，題識：「南京陷及期書憤，仲子二哥吟正。戊寅（一九三八）冬。光煒。」見《胡小石書法選集》第十八頁。墨迹二，題識：「南京陷及期書憤一首，昭燏賢弟論之，今已再期矣。己卯（一九三九）冬。光煒。」見《沙公墨妙》第四〇—四一頁，南京博物院藏。墨迹三，題識：「己卯（一九三九）三月寫寄子緐賢弟柏林，以爲相思之資。此皆去秋與弟別後所作也。烽燧滿天，寇機頻至，家憂國難，心若灊湯，引領西望，如何如何！光煒并志。」見《翰墨因緣》之《夏廬近詩》。

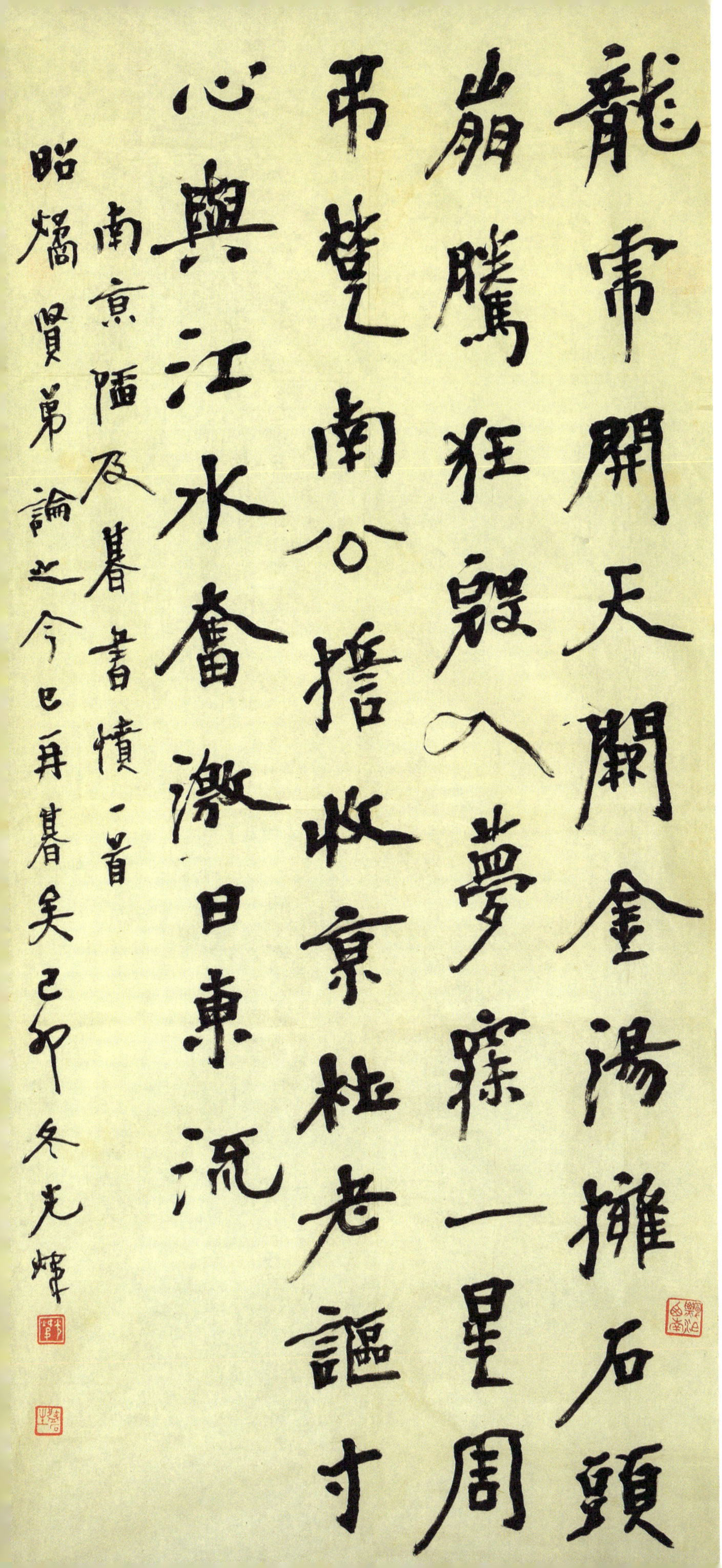
龍帝開天闕金湯擁石頭
山崩騰狂殿入夢寐一星周
弔楚南公誓收京杜老謳寸
心與江水奮激日東流
南京陷及暮書憤一首
昭儒賢弟論之今已再暮矣己卯冬光煒

圖四八　《南京陷及期書憤》墨迹（南京博物院藏）

冬十一月於北碚舟中見燕飛而嘆之

鼓角傳巴峽，窮冬江燕飛。豈因地氣暖，憐汝不能歸。

【注】此詩以下至《題仲子渝州印譜》七詩據《翰墨因緣》之《夏廬近詩》墨迹著録。題識：「己卯（一九三九）三月寫寄子緐賢弟柏林，以爲相思之資。此皆去秋與弟别後所作也。烽燧滿天，寇機頻至，家憂國難，心若鬻湯，引領西望，如何如何！光煒并志。」

遠望

遠望何嘗可當歸，發春雲物轉霏微。蒼龍土德秦終斬，天狗雷聲郢已圍。袖底梅花分海色，夢中楸列失山輝。風弦無益迴腸苦，寂漠城陰老薺肥。

吴麐若招，同群公飲小龍坎楊氏園，觀近作諸畫并贈唐大邑窑小品

十日巴山雨，泥行未覺難。相將問吴鎮，直勝過蘇端。江草鶯啼長，天涯酒拓寬。邛瓷感君惠，歸袖翠峰寒。

題謝旨實三峽歸舟圖

覆巢分作溝中斷，入蜀真爲井底行。何日收京理歸棹，不辭輕命狎灘聲。

【按】此詩有墨迹，題識：「題三峽歸舟卷子一首，書示阿柱。」楊白樺舊藏。

題仲子渝州印譜

丈夫矢志鑿山骨，火鳶跕跕風運斤。彌天四海説雕篆，丁鄧盡是畸零人。
楊子落南窮賣琴，揭來石上吐心音。干城射火嶕嶢在，摩刃寧論上堵吟。
馳道車徒魚貫過，達官上將紛岩阿。柴門瞰江一長嘆，印兮印兮奈汝何。

七月三十日書悼

索棗猶憐刷翠眉，天西拂菻旐歸遲。晚風嗚咽嘉陵水，如聽樊南説哀師。

【注】此詩以下至《送君采將兵黔中》六詩據《詩鈔》著録。

【校】此詩有墨迹，「猶憐」作「難忘」，楊白樺舊藏。

【按】又一墨迹，詩稿，胡小石故居藏。

陳仲恂以長句見懷次韻奉酬

奇山萬口張夔巫，攬勝今知馬肝味。柴門東望烽燧接，雙江繞膝歸無計。彈指樓閣俄住壞，何處華嚴湧初地。炎宵夢破繩床平，仰天欲問星如泪。羈旅陳侯忽見及，岳岳端明誰敢配。空舲三上湘綺翁，横值時賢异標置。卅年世變風轉燭，獨把來章嗟往事。秦淮烟柳更何人，君儻與續《板橋記》。

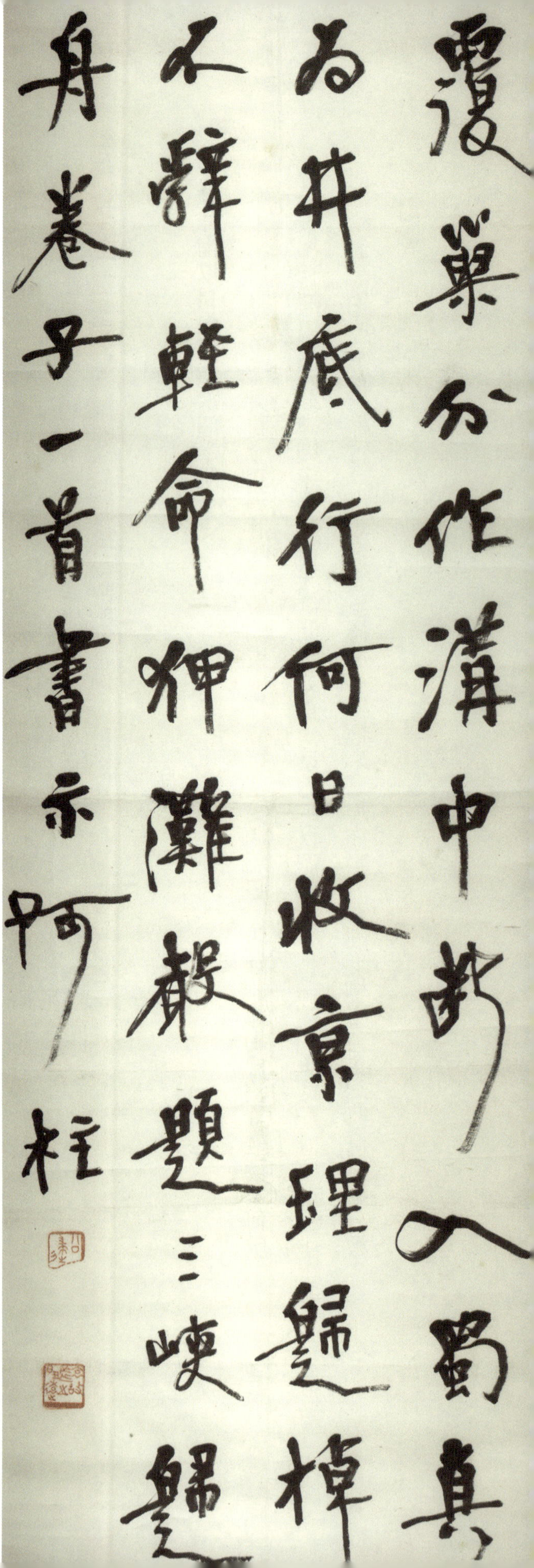

圖四九　《題謝旨實三峽歸舟圖》墨迹（楊白樺舊藏）

【校】①墨迹一，詩稿，詩題「陳仲恂」下有「秘書」二字，胡小石故居藏。②墨迹二，詩題作《陳仲恂秘書以長句見懷次韻奉酬一首》，「烽燧」作「燧候」，「舲」作「泠」，楊白樺舊藏。

賦得王胖跳井得肥字五言八均

有井都難跳，王兄苦太肥。向來貪食肉，今日劇牽機。口小原容桶，腰粗却障扉。絶裾期一躍，懸鳥頓雙飛。格格喉撑鯁，圈圈帶束圍。黄泉何可及，赤壤亦無歸。蠐李行看盡，蛙歌聽漸微。聖人誇體胖，到此始知非。

【校】①墨迹一，詩稿，詩題作《賦得王胖跳井》，題下小字注「得肥字五言八韻」，胡小石故居藏。②墨迹二，詩題作《賦得王胖跳井》，題下小字注「得肥字五言八韻」，楊白樺舊藏。

送子緐隨使德意志

摶風輕萬里，列燧照飛輈。欲斷匈奴臂，寧從若士游。鄉音鍾阜絶，殺氣柏林秋。送客身爲客，清涪寫獨愁。

【按】此詩有墨迹，詩稿，胡小石故居藏。

牛角沱秋夜餞子緐

植檻因江美，停鑣及露團。書空問牛斗，投暗惜龍鸞。烟語飄鐙合，灘聲壓酒寒。西征君記取，

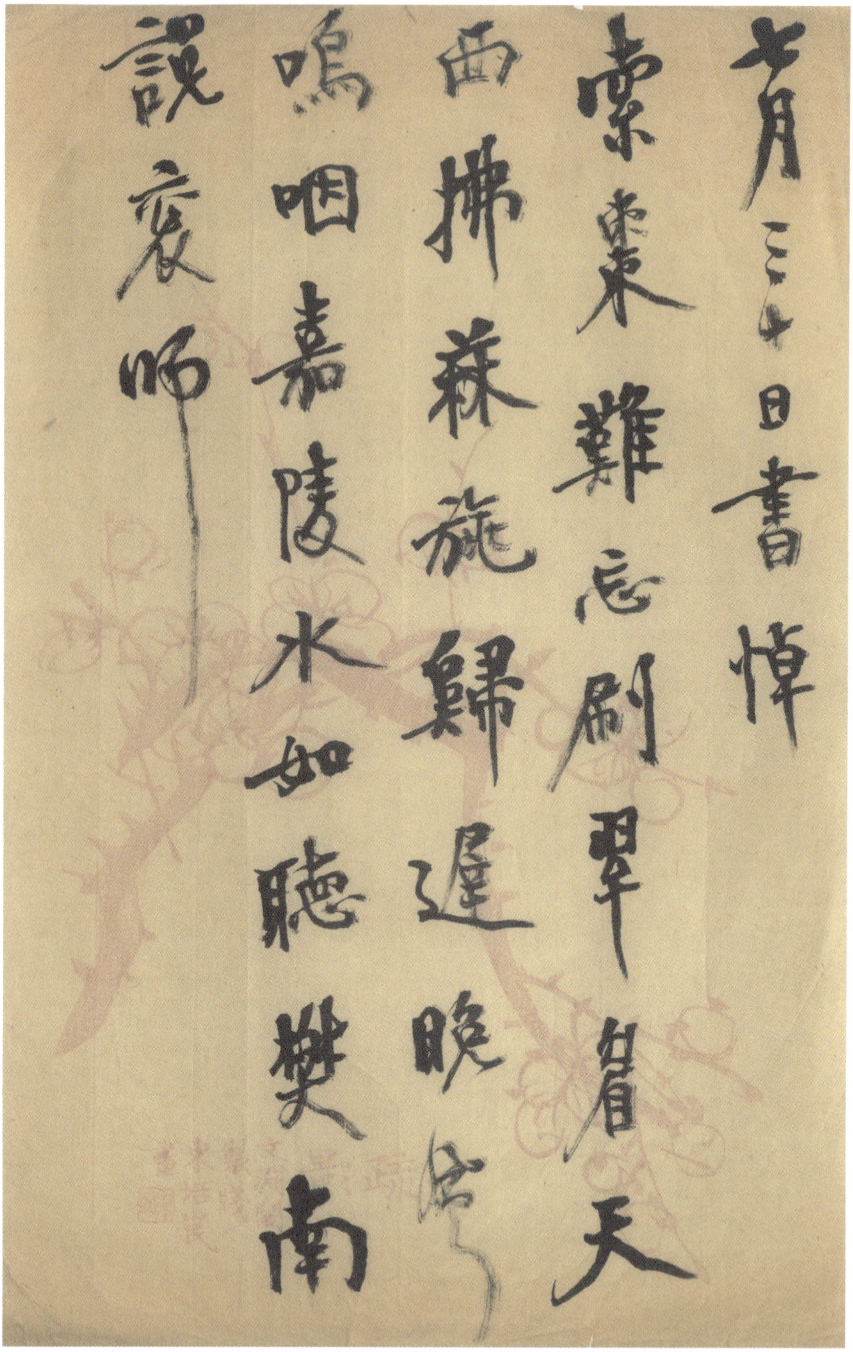

圖五〇《七月三十日書悼》墨迹（楊白樺舊藏）

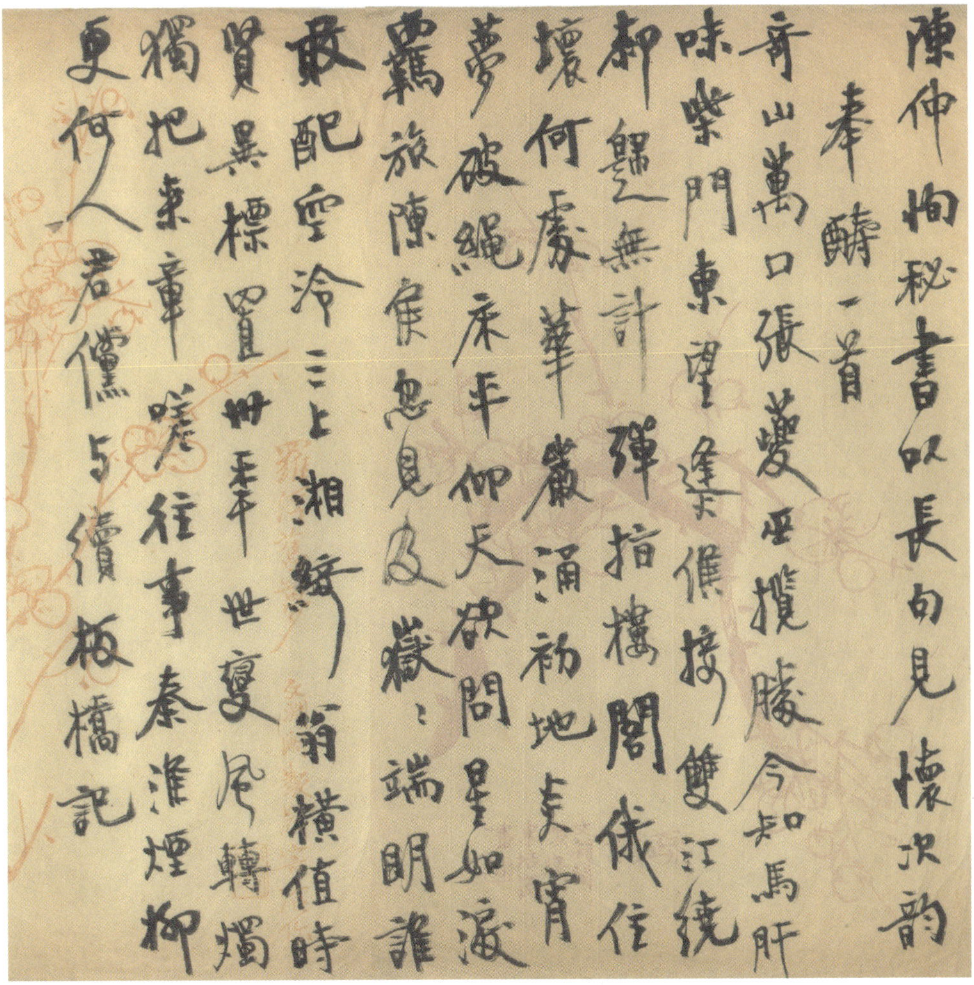

圖五一　《陳仲恂以長句見懷次韻奉酬》墨迹（楊白樺舊藏）

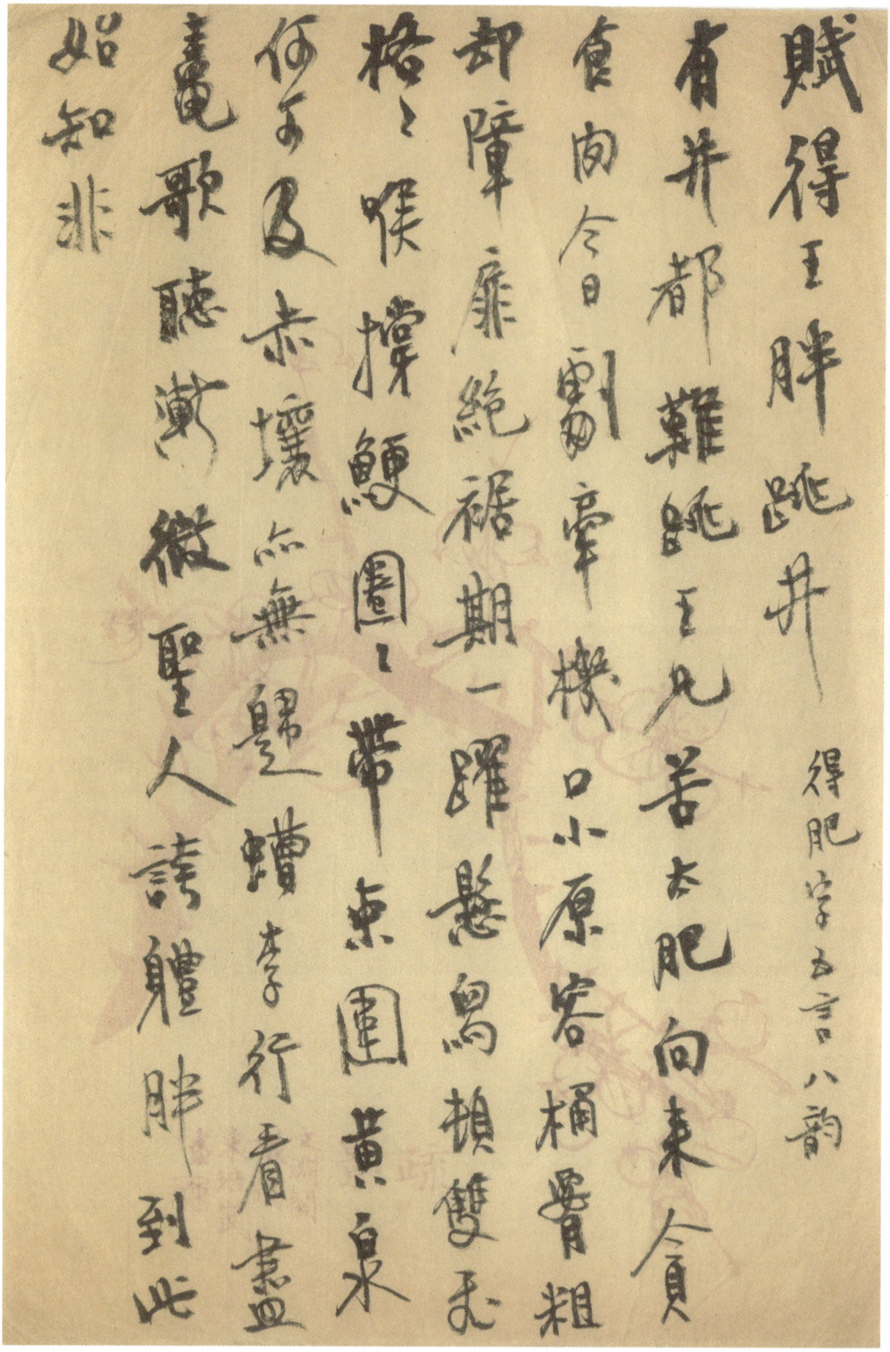

賦得王胖跳井 得肥字五言八韵
有井都難跳王九善太肥向來貪
食肉今日劉牢機口小原容桶骨粗
卻障扉絕裾期一躍懸鳥損雙衣
格々喉撐鯁團々帶束圍黃泉水
何[illegible]及赤壤亦無歸螬李行看盡
薤歌聽漸微聖人詩體胖到此
始知非

圖五二 《賦得王胖跳井得肥字五言八均》墨迹（楊白樺舊藏）

巴國是長安。

【按】此詩有墨迹，詩稿，胡小石故居藏。

送君采將兵黔中

彎弓秋雨晚蒼蒼，看汝横戈向夜郎。馬足闕山石濤畫，不同「無社説封疆」。「無社説封疆」，石濤題畫句也。

【校】①墨迹一，詩稿，「彎弓」作「蠻天」，「闕」作「萬」，胡小石故居藏。②墨迹二，「彎弓」作「蠻天」，「闕」作「萬」，題識：「送君采將兵黔中，靄雲仁兄法家正之。光煒。」

題方東美近集

方侯今哲士，抗心古希臘。蕭條説真美，勝義超白業。神火孤薪傳，汨泉修綆汲。迢迢東西聖，寤寐若可接。一朝逼倭虜，三載留巴峽。撑胸人天恨，噴薄秋風葉。鶴聲下絳霄，龍氣篆青牒。洞石秦弧勁，劈浪吴刀澀。思奇兀破膽，語險奪摇睫。顧笑世間兒，酸呻僵一榻。靈運老江海，倩識相煎急。小大既已齊，哀樂庶同狎。翻愁文字教，再轉龍漢劫。喪亂造詩人，滔滔吾安涉。罷卷曉支頤，春涪緑頭鴨。

【注】此詩據一九三九年一月十日《時事新報》（重慶）著録。

獨立

獨立江州客，三年石馬岡。懷柯花漠漠，翻浪月茫茫。序革閑身在，人休來日長。驚心鐙牖裏，兒語變殊鄉。

【注】此詩與下《楊白花》據一九四〇年六月十八日《時事新報》（重慶）著録。

楊白花

楊白花，何時渡江水。燕嘆鴻啼不見君，年年辛苦風烟裏。百丈山頭日欲斜，人生隨分寄天涯。莫歸來，楊白花。

【校】①墨迹一，「鴻」作「鵑」，落款：「夏廬。」楊白樺舊藏。②墨迹二，「鴻」作「鵑」，題識：「隆延仁弟論之。光煒。」見《翰墨因緣》胡小石《自書詞》。

楊白花

楊白花，飄零向何處。立盡斜陽不見君，巴人但種黄甘樹。暮春時濛濛，絮水過樓來復去。江南千里舊家山，不愁夢失尋君路。

【注】此詩據墨迹著録。題識：「隆延仁弟論之。光煒。」見《翰墨因緣》胡小石《自書詞》。

自昆明返渝州，朋好置酒相勞，座中有董蓮枝鼓詞，感爲短韻，并贈董娘四首

遷客萬里還，袖有滇海風。弦月蕩摩之，何辭酒顔紅。

國破歌益工，寸喉傳萬恨。長安今夕月，聞聲定生暈。

見汝秦淮碧，見汝漢水秋。見汝巴峽雨，四坐皆白頭。

劉生逢何戡，渭城聽超忽。天涯多故人，却勝陽關出。

【注】此四詩據《補鈔》著録。

【校】①《詩鈔》卷二，其三，詩題作《董娘》：「聽汝秦淮碧，聽汝漢水秋。聽汝巴峽雨，四座皆白頭。」吴燦禎選注《歷代近體詩鈔》録此詩，詩題作《在渝聽董蓮枝唱大鼓》：「聽汝秦淮碧，聽汝漢水秋。聽汝巴山雨，四座盡白頭。」并云：「上述四先生（汪東、汪國垣、王昜、胡光煒）均爲燦禎就讀（中央大學）時之教授，可稱一時之選，惜無法覓得其著作。」臺灣商務印書館一九八九年版，第六〇四頁。②墨迹，詩題作《自昆明返渝州，唯吾、志安、孟晋、志業、龍淵、畹如、宗老諸君，遍招舊京朋好，置酒相勞。座中有董蓮枝鼓詞，感爲短韻，并贈董娘四首》，其一「還」作「道」，「月」作「音」，題識：「庚辰（一九四〇）上元後三日書奉仲子論之，仲子亦當時座客之一也。光煒。」見《胡小石書法選集》第二五頁《紀事四絶句》。

哭瞿安

海島飛妖火，神州暗虜塵。飄摇同命客，冥漠不歸人。漢月霓裳破，蠻花金齒春。真成配楊慎，豈獨擬焦循。

古柏鷄籠瓦，高荷桑泊鐙。春秋開講席，風雨閲書棚。聲律工無匹，尊罍病亦能。卅年鳥過目，温夢影騰騰。

嘉陵數行泪，何路寄姚州。薤瘴憐歸骨，傳烽托斷愁。殺君狂寇在，念遠暮山稠。白髮王夫子王伯沆，呻吟尚石頭。

【注】此詩以下至《燕來巢》十七詩據《詩鈔》著録。

【校】①《民族詩壇》一九三九年第三卷第一輯第四六—四七頁，題下有小字「三首」。

②一九三九年四月十六日《時事新報》(重庆)，題下有小字「三首」。

【按】墨迹一，詩稿，胡小石故居藏。墨迹二，題識：「己卯(一九三九)三月寫寄子綝賢弟柏林，以爲相思之資。此皆去秋與弟别後所作也。烽燧滿天，寇機頻至，家憂國難，心若濃湯，引領西望，如何如何！光煒并志。」見《翰墨因緣》之《夏廬近詩》。

黑石山瀑布

懸流亦何恨，號怒向空山。明射晴虹絢，天虧軫石頑。大聲續皇古，無語到人間。偃仰岩栖暮，飄花與破顔。

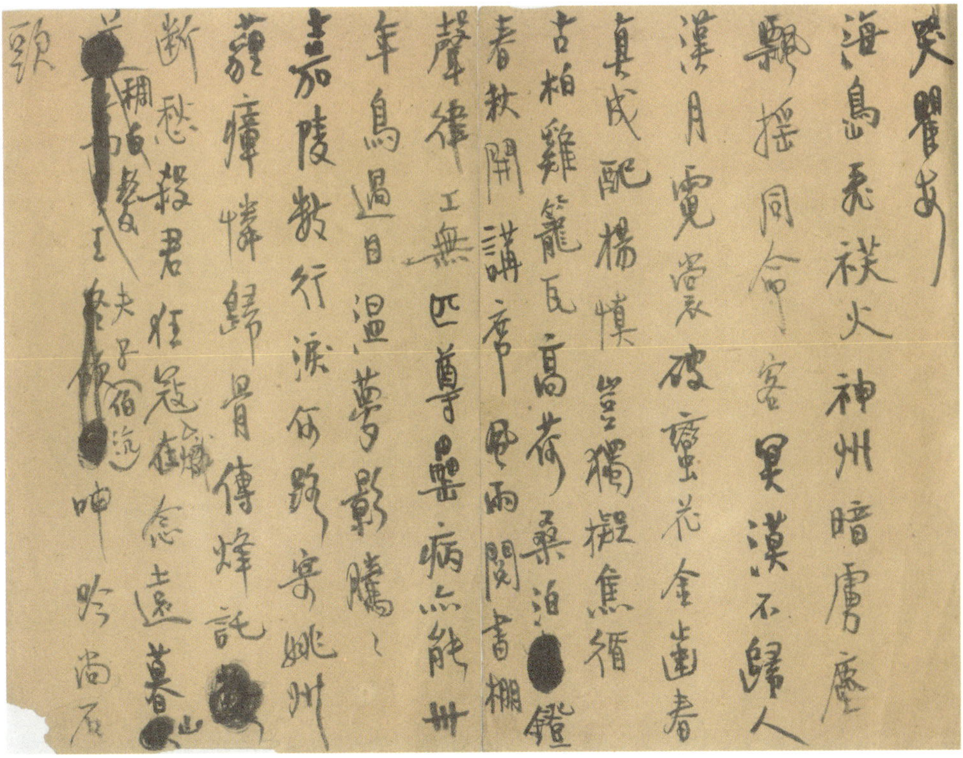

圖五三　《哭瞿安》墨迹（胡小石故居藏）

【校】①《聚奎六十周年紀念刊》一九四〇年《白沙集》一，詩題作《黑石山瀑》，「明」作「日」，「絢」作「見」，「栖」作「楠」。②《時事新報》（重慶）一九四一年八月十六日《夏盧近詩》，詩題作《黑石山瀑》，「明」作「日」，「絢」作「見」，「栖」作「楠」。③《文史雜志》一九四二年第二卷第五、六期第九二頁，「明」作「日」，「絢」作「見」，「栖」作「楠」。④墨迹，詩題作《黑石山瀑》，「明」作「日」，「絢」作「見」，「栖」作「楠」，題識：「辛巳（一九四一）三月寫視席儒賢弟論之。光煒。」見《南京經典二〇一七秋季拍賣會・兩江師範》圖録五一一《胡小石書法》。

投沙

削迹非充隱，投沙豈恨枯。道憑稊稗在，人應馬牛呼。野色古蠻錦，巒容淺絳圖。溪橋輝夕照，牢落影能俱。

【校】①《聚奎六十周年紀念刊》一九四〇年《白沙集》一，「蠻」作「蕃」。②《文史雜志》一九四二年第二卷五、六期第九二頁，「蠻」作「蕃」。③墨迹一，「蠻」作「蕃」，題識：「辛巳（一九四一）三月寫視席儒賢弟論之。光煒。」見《南京經典二〇一七秋季拍賣會・兩江師範》圖録五一一《胡小石書法》。④墨迹二，「蠻」作「蕃」，題識：「戊子（一九四八）元日。光煒。」見《胡小石書法選集》第四八頁《詩十首》。

【按】此詩又見《斯文》一九四一年第一卷第二一期第十六頁《夏盧詩鈔》、《國立女子師範學院旬刊》一九四一年第十一期、《時事新報》（重慶）一九四一年八月十六日《夏盧近詩》。

夜

微嵐成薄醉，眉月向人低。社鼓村巫寢，林荒老鴂啼。坐山癡自藹，瞻宿景如圭。幽客知相憶，鐙窗參伐西。

【校】①《聚奎六十周年紀念刊》一九四〇年《白沙集》一，「鼓」作「散」。②《時事新報》（重慶）一九四一年八月十六日《夏盧近詩》，詩題作《月夜有憶》，「鼓」作「散」，「幽客知相憶」作「遠客方宵語」，「鐙窗」作「窗窗」。③《文史雜志》一九四二年第二卷五、六期第九二頁，「鼓」作「散」。④墨迹一，「鼓」作「散」，題識：「辛巳（一九四一）三月寫視席儒賢弟論之。光煒。」見《南京經典二〇一七秋季拍賣會·兩江師範》圖録五一一《胡小石書法》。⑤墨迹二，「鼓」作「散」，「寢」作「睡」，題識：「戊子（一九四八）元日。光煒。」見《胡小石書法選集》第四八頁《詩十首》。

雨夜偶題

夜久群籟絶，叩門惟雨聲。淙淙穿暗來，慰我羈旅情。一鐙山打圍，寸焰奮微明。耿耿自終古，寧與魑魅爭。拂几海棠枝，衣錦事宵征。辭根托瓶水，及爾皆寄生。朝來飲大江，春半流猶清。增波而揚濁，念之意屏營。物以不齊齊，淹留欲何成。馳懷層霄上，月爛星縱横。

【按】此詩又見《聚奎六十周年紀念刊》一九四〇年《白沙集》一，《時事新報》（重慶）一九四一年八月十六日《夏盧近詩》，《文史雜志》一九四二年第二卷第五、六期第九二頁。墨迹，題識：「辛巳（一九四一）三月寫視席儒賢弟論之。光煒。」見《南京經典二〇一七秋季拍賣會·兩江師範》圖録五一一《胡小石書法》。

買小鷄飼之，戲柬禺生

山庭縛落無一丈，稚羽籠迎如大將。鄰翁相鳥賀得雄，從此幽窗聞曉唱。求時於卵莊所譏，小冠菽發翰音宜。主人但取不鳴雁，長夜膠膠是殺機。

【校】①《聚奎六十周年紀念刊》一九四〇年《白沙集》一，詩題「禺生」作「麻老」。②《時事新報》（重慶）一九四一年八月十六日《夏廬近詩》，「縛落」作「植援」。③墨迹一，詩稿，詩題「柬」作「示」，正文「縛落」作「樹援」，見《胡小石書法文獻》第一七四—一七五頁，胡小石故居藏。④墨迹二，詩題「禺生」作「麻老」，題識：「辛巳（一九四一）三月寫視席儒賢弟論之。光煒。」見《南京經典二〇一七秋季拍賣會·兩江師範》圖録五一一《胡小石書法》。⑤墨迹三，詩題「小鷄」作「鷄雛」，正文「幽」作「春」，「殺」作「煞」，題識：「戊子（一九四八）元日。光煒。」見《胡小石書法選集》第四八頁《詩十首》。

【按】此詩又見《文史雜志》一九四二年第二卷五、六期第九二頁。墨迹四，題識：「來白沙鎮日但咏草木鳥獸耳，辛巳（一九四一）新秋付阿柱。」見《胡小石行書長卷》。

題所居莊

敢道飛蓬苦，私憐僦廡新。焚巢無鐵鳥，佐飯得江鱗。率土終思漢，全身豈避秦。四方消息梗，日問緑衣人。

【校】①《聚奎六十周年紀念刊》一九四〇年《白沙集》二，「身」作「家」。②《時事新報》（重慶）一九四一年八月十六日《夏廬近詩》，「身」作「家」。③《文史雜志》一九四二年第二卷第五、六期第九二頁，「身」作「生」。④墨迹一，詩稿，「身」作「家」，題識：「辛巳（一九四一）三月寫視席儒賢弟論之。光煒。」見《南京經典二〇一七秋季拍賣會·兩江師範》圖録五一一《胡小石書法》。⑤墨迹二，「身」作「生」，題識：「題所居莊一首。辛巳（一九四一）夏，客白沙，阿慶自渝州來，爲書此。」見《霏霏寒雨濕征衣——一本八十年前的紀念册》第八五圖，楊世雄藏。

白沙山居

壓夢重重肺腑山，江流何日解連環。林花且伴潛夫住，溪月知經故國還。觸霧澆胸宜白墮，趁墟帕首學烏蠻。羈栖未覺飄蓬遠，喜見春田雉子斑。

【校】①《聚奎六十周年紀念刊》一九四〇年《白沙集》二，「知」作「曾」，「飄蓬」作「蓬飄」。②《時事新報》（重慶）一九四一年八月十六日《夏盧近詩》，「知」作「曾」，「飄蓬」作「蓬飄」。③《文史雜志》一九四四年第三卷第七、八期第二八頁，「知」作「曾」，「飄蓬」作「蓬飄」，「田」作「歸」。④墨迹，「知」作「曾」，「飄蓬」作「蓬飄」，題識：「辛巳（一九四一）三月寫視席儒賢弟論之。光煒。」見《南京經典二〇一七秋季拍賣會·兩江師範》圖録五一一《胡小石書法》。

【按】此詩又見《斯文》一九四一年第一卷第二一期第十六頁《夏盧詩鈔》。

白沙鎮出名酒，種秫釀之，號紅茅燒，土人好飲，每出輒逢醉者

江村地僻足人烟，一飲紅茅斗萬錢。日日街頭逢醉客，去年誰道是凶年。

買山雞飼之戲山鳥庭樹攝無文雉羽入籠迎丈夫將邦

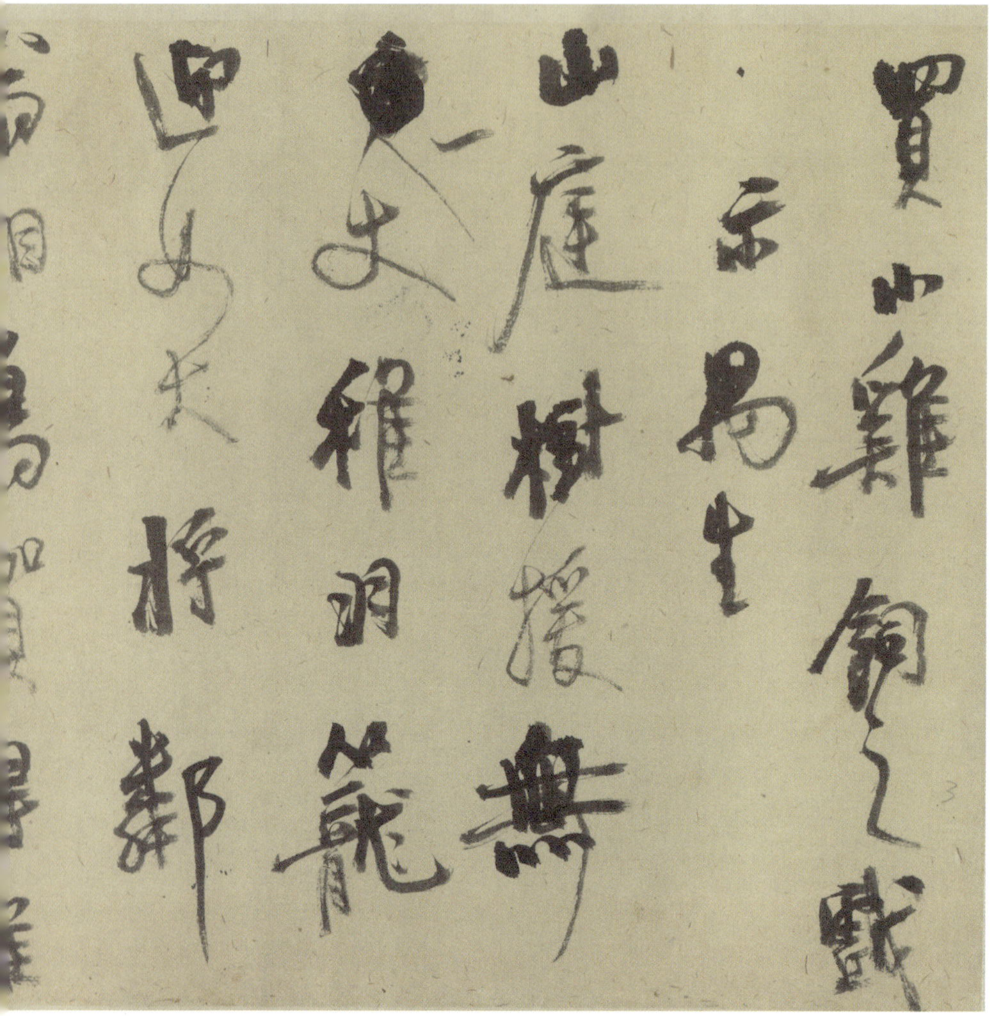

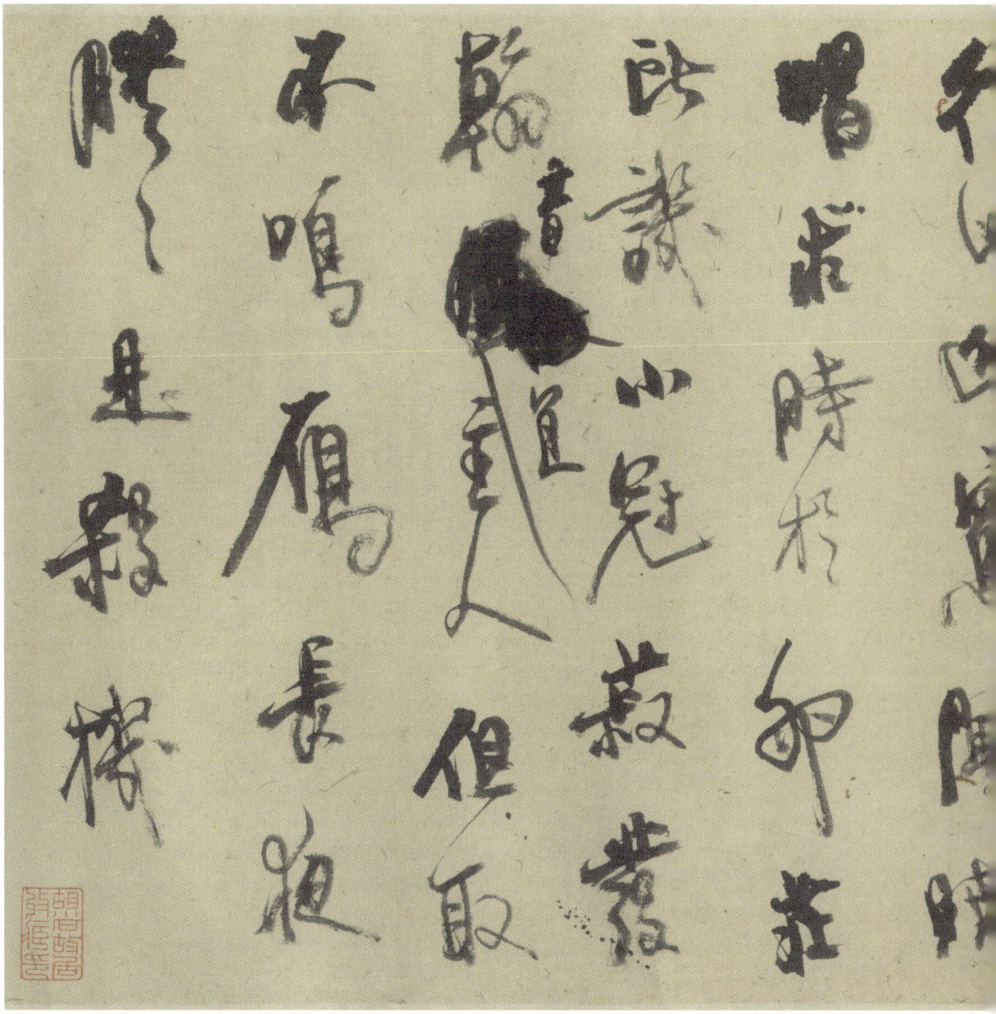

圖五四 《買小鷄飼之，戲東禺生》墨迹（胡小石故居藏）

敢道飛蓬達苦和憐
倘應教樵巢無
鐵鳥佐飯得江歸
寧生後思萬金

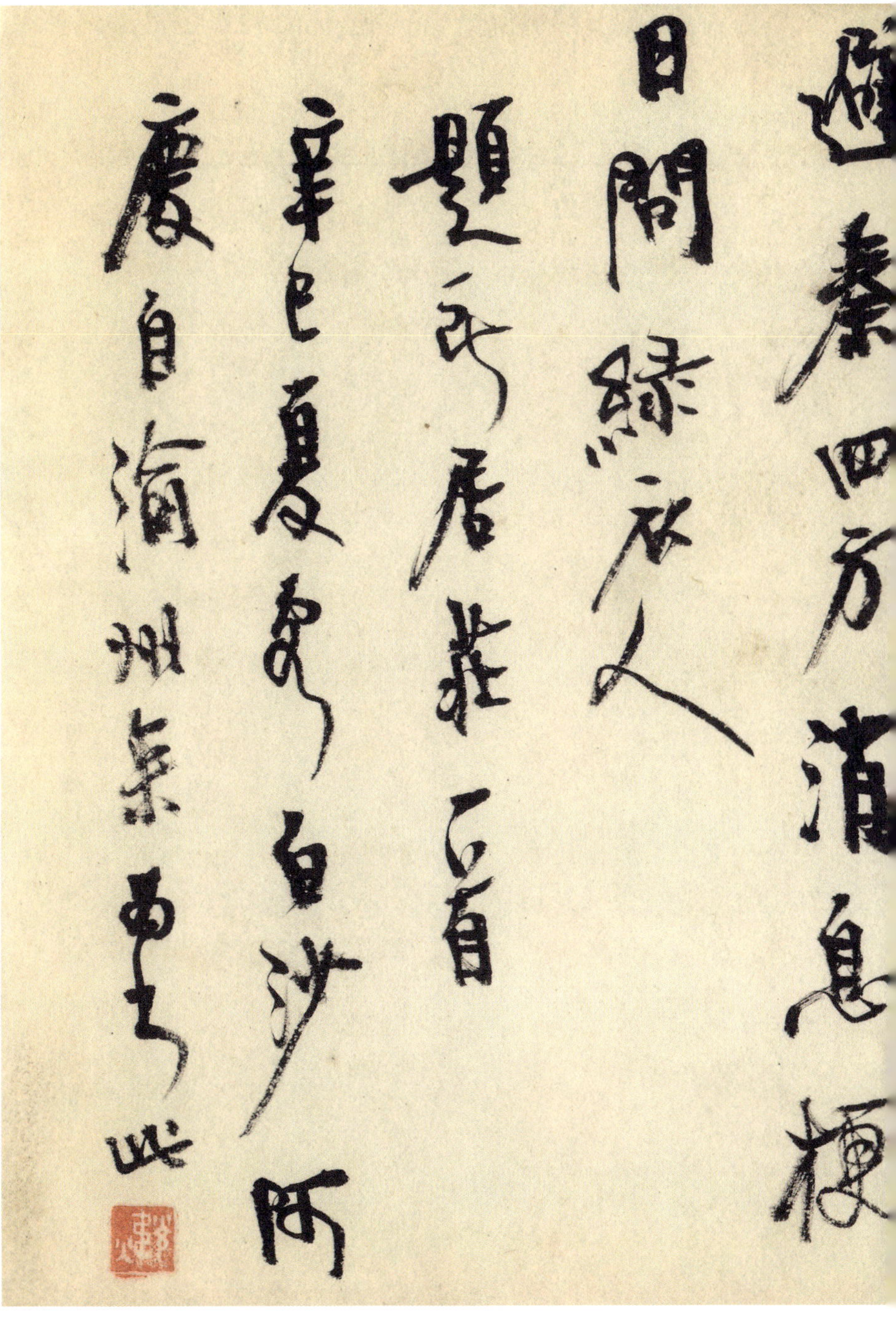

圖五五《題所居莊》墨迹（楊世雄藏）

【校】①《國立女子師範學院旬刊》一九四一年第十一期，詩題作《白沙産名酒，種秫釀之，號紅茅，土人好飲，每出，輒遇醉者》，「逢醉客」作「扶醉漢」。②《時事新報》（重慶）一九四一年八月十六日《夏盧近詩》，詩題作《白沙産名酒，種秫釀之，號紅茅燒，土人好欺飲，每出輒遇醉者》，「欺」字當衍；正文「逢醉客」作「扶醉漢」。③《文史雜志》一九四四年第三卷第七、八期第二八頁：詩題無「鎮」字，「逢醉者」作「遇醉者」；正文「逢醉客」作「扶醉漢」。

江樓

長安西北山無數，建業東南水幾何。眼澀眶捐都不見，江樓惟有夕陽多。

【校】①《時事新報》（重慶）一九四一年八月十六日《夏盧近詩》，「澀」作「亂」，「捐」作「悁」。②墨迹，詩稿，「捐」作「悁」，題識：「辛巳（一九四一）三月寫視席儒賢弟論之。光煒。」見《南京經典二〇一七秋季拍賣會·兩江師範》圖録五一一《胡小石書法》。

枏以春時落葉色如丹

驚看飄籜下芳叢，不是霜林也自紅。秋士逢春心更苦，祇將枏樹當江楓。

【按】此詩又見《時事新報》（重慶）一九四一年八月十六日《夏盧近詩》，《文史雜志》一九四二年第二卷第五、六期第九二頁。墨迹一，題識：「辛巳（一九四一）三月寫視席儒賢弟論之。光煒。」見《南京經典二〇一七秋季拍賣會·兩江師範》圖録五一一《胡小石書法》。墨迹二，題識：「來白沙鎮日但咏草木鳥獸耳，辛巳（一九四一）新秋付阿柱。」

見《胡小石行書長卷》。

釣絲竹阿娜有垂楊之容

花落春深山自寒，新陰乍喜翠檀欒。白沙三月無垂柳，席帽迴塘寫釣竿。

【校】①《時事新報》（重慶）一九四一年八月十六日《夏廬近詩》，詩題「楊」作「柳」，正文「席帽」作「帽席」。②《文史雜志》一九四二年第二卷第五、六期第九二頁，詩題「楊」作「柳」。③墨迹一，詩稿，詩題「楊」作「柳」，題識：「辛巳（一九四一）三月寫視席儒賢弟論之。光煒。」見《南京經典二〇一七秋季拍賣會·兩江師範》圖録五一一《胡小石書法》。④墨迹二，詩題「楊」作「柳」，題識：「來白沙鎮日但咏草木鳥獸耳，辛巳（一九四一）新秋付阿柱。」見《胡小石行書長卷》。

楝花

草長春袍未剪裁，東風早見楝花開。水堂一夜籠鐙悄，恨欠乘濤石首來。

【校】①《時事新報》（重庆）一九四一年八月十六日《夏廬近詩》，「夜」作「樣」，「濤」作「潮」。②墨迹一，「夜」作「樣」，「濤」作「潮」，題識：「來白沙鎮日但咏草木鳥獸耳，辛巳（一九四一）新秋付阿柱。」見《胡小石行書長卷》。③墨迹二，「夜」作「樣」，「濤」作「潮」，題識：「楝花一首，鎮藩仁兄先生正。光煒。」見江蘇六朝二〇一七年春季拍賣會胡小石《楝花一首》。

刺槐

獨訪槐花灘上村，斜陽衙夢似能言。吹香馳道茫茫雪，驄馬羅衣入太原。

【按】此詩又見《斯文》一九四一年第一卷第二一期第十六頁《夏廬詩鈔》、《時事新報》（重庆）一九四一年八月十六日《夏廬近詩》。墨迹，題識：「來白沙鎮日但咏草木鳥獸耳，辛巳（一九四一）新秋付阿柱。」見《胡小石行書長卷》。

燕來巢

流人厭爲客，汝更客流人。塵幕聊堪住，雕梁愧久貧。圖書隨點污，風雨益情親。明日長鑱出，爲渠覓澗芹。

【按】此詩又見《斯文》一九四一年第一卷第二一期第十六頁《夏廬詩鈔》。

題蓮裔畫舊京苑囿小景，陳寅恪詩曰「南渡自應思往事，北歸端恐待來生」，故句中云爾

高殿長楸彈指生，多君解我落南情。北歸誰道來生事，紙上雲烟是鳳城。

【注】此詩與下《雜興四首》據《時事新報》（重庆）一九四一年八月十六日《夏廬近詩》著録。

【按】此詩有墨迹，題識：「辛巳（一九四一）三月寫視席儒賢弟論之。光煒。」見《南京經典二〇一七秋季拍賣會·兩江師範》圖録五一一《胡小石書法》。

雜興四首

江月千里萬里，鄉夢蜀山楚山。羊裘已破更綻，鬢絲不鑷從斑。

入峽未逢雁至，發春四見竹青。病來問客藥賦，鐙前課女算經。

【校】其二墨迹，「逢」作「聞」，「四」作「五」，「竹」作「草」，題識：「白沙雜興之一。紹唐仁兄法家正之。癸未（一九四三）十一月。光煒。」見《胡小石書法文獻》第一七六—一七七頁，南京博物院藏。

歌枕琤瑽雨歇，開門歷亂花飛。紅茅囊錢堪買，老夫何辭醉歸。

朱萍冒池成罽，黃葛垂翅如雲。裴回孤笻自倚，斷爛朝報不聞。

【按】此詩有墨迹，題識：「隆延仁弟論之。光煒。」見《翰墨因緣》胡小石《自書詞》。

子規

吴語蜀不解，禽言無异聲。山山子規鳥，昔昔故園情。紅引莪葵盞，青芼湖蔣羹。若爲聾兩耳，仗汝復江城。

【注】此詩據《詩鈔》著録。

【按】墨迹，題識：「來白沙鎮日但咏草木鳥獸耳，辛巳（一九四一）新秋付阿柱。」見《胡小石行書長卷》。

辛巳歲首返渝州作

遼鶴重來感逝波，江城梅蘂意如何。雲開遥見邱陵出，風起疑聞松柏歌。穿冢真應伴螻蟻，彎弧誰敢射鶬鵝。浮屠闕下灘聲迴，永夜幽弦怨斧柯。

【注】此詩據《補鈔》著録。

哭魯齋

垂髫讀同塾，帝學曳裾同。萬里飛徒壯，荒村見已翁。一棺江水白，雙泪寢門紅。何日收京了，魂兮歸欲東。

【注】此詩據墨迹著録。題識：「辛巳（一九四一）三月寫視席儒賢弟論之。光煒。」見《南京經典二〇一七秋季拍賣會·兩江師範》圖録五一一《胡小石書法》。

日落

日落半天赤，未夕江已霧。豫愁來日熱，卧轍魚涸鮒。烽烟與炎瘴，五載西南住。春江渴不解，浩蕩徒相誤。負戴竄白沙，啼鳥成日暮。桑門何自縛，三宿不同樹。憑高苦遮眼，千岩緑回互。邈邈山阿人，羅帶應如故。夜光死又育，臨此澹泊路。皎兮亂人意，歸來獨掩户。

【注】此詩以下至《山樓》八詩據《詩鈔》著録。

【校】《斯文》一九四二年第二卷第四期第十八頁《夏廬詩鈔》，「魚」作「魚」，「春」作「吞」。

⿱罒州鷄篇

新拜⿱罒州鷄翁，雙雛忽盈抱。其冠霞峨峨，其羽雪顥顥。引吭鶴無色，奮距貍可討。憶昨籠致初，將養矢同保。栖弋搴春筠，登盤薦秋稻。晴游謝朝陽，雨宿防流潦。載脂當蓄艾，浴沙爲驅蚤。惟天有大德，分命及小草。母物神所符，結一聖之寶。夙聞狎鷗馴，今解豢龍好。取食必就掌，呼名輒頓腦。雖微談玄窗，且伴吟詩島。樹栅妒鄰童，闚墻走村媪。老夫狡獪耳，莫便舉有道。

【校】《斯文》一九四二年第二卷第四期第十八頁《夏廬詩鈔》，「矢」作「尺」，「朝」作「驕」，「潦」作「澇」，「驅」作「袪」，「鷗」作「漚」。

驢溪三咏

石橋當道羆，能立那能破。空山一夕雨，水從橋上過。新橋

涯涘不辨馬，馬灘轉無聲。聲聞竟誰在，還以參馬鳴。馬灘

登高望四方，雲山匝如筊。我有風憐心，雲山遮不住。白蒼山

【按】此詩又見《斯文》一九四二年第二卷第四期第十八頁《夏廬詩鈔》。墨迹，詩稿，見《胡小石研究》第五七頁。

白沙大瀑布

江上群峰逐霧開，柴關負杖首頻回。南山飛練三千尺，認取吴門白馬來。

【校】《沙磁文化月刊》一九四二年第二卷第一、二期第四頁《夏盧近詩》，詩題作《雨後門前遠山上垂大瀑布》。

【按】此詩有墨迹，題識：「白沙大瀑布一首，秀潛同志正之。沙公。」見《胡小石書法文獻》第二一八—二一九頁，南京博物院藏。

食龍眼解嘲

不尾紅塵貢上都，瀘戎此物亦稱姝。懸門嗔寇車輪大，何意饞兒唤荔奴。

【按】此詩又見《沙磁文化月刊》一九四二年第二卷第一、二期第四頁《夏盧近詩》。墨迹，題識：「來白沙鎮日但咏草木鳥獸耳，辛巳（一九四一）新秋付阿柱。」見《胡小石行書長卷》。

山樓

夏水騰騰去，山樓番番曛。無爲悲寂寞，幸自有風雲。天闊岳圖渲，川豗海若聞。來朝覆蕉葉，修竹起彈文。

【校】①《沙磁文化月刊》一九四二年第二卷第一、二期第四頁《夏盧近詩》，詩題作《樓》，「渲」作「演」。②墨迹，詩題作《樓》，「渲」作「演」，題識：「戊子（一九四八）元日。光煒。」見《胡小石書法選集》第四八頁《詩十首》。

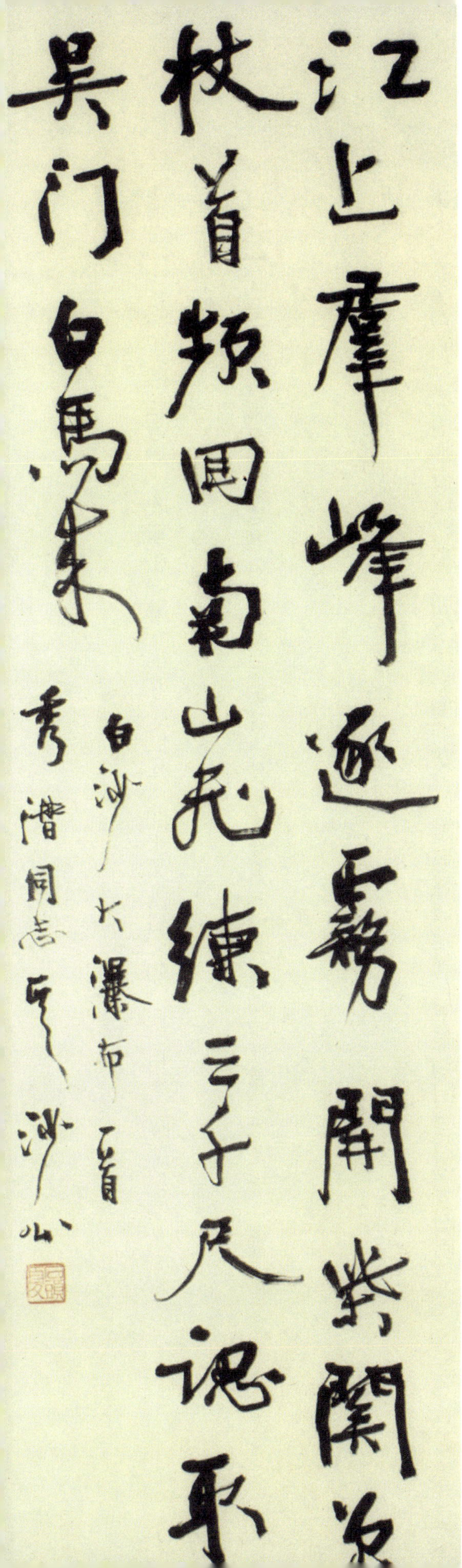

圖五六　《白沙大瀑布》墨迹（南京博物院藏）

趕場

下九逢山市，支離趕趕場。吹笙巫嫗醉，與豕僰僮狂。問米頻驚貴，傾□轉自傷。晚歸對嬌女，鄉語爾休忘。

【注】此詩以下至《題瞿安遺櫝爲冀野》三詩據《沙磁文化月刊》一九四二年第二卷第一、二期著録。

新晴

秋水疏簾漾户明，據梧聊復玩新晴。朝來江勢如潮勢，夜半蟲聲似雨聲。玉壘銅□思浩蕩，回風住日夢凄清。憑誰問取吴船信，虎穴灘前暮靄横。

題瞿安遺櫝爲冀野

翔冬死成都，瞿安死大姚。觥觥兩酒人，離魂不可招。畸人病不死，濩落同懸匏。裹足卧瘴村，上客漁與樵。花間小犬喧，冀野來秋毫。抱示瞿安筆，開篇思摇摇。神州板蕩來，吴會虜騎驕。肩書走西南，萬里窮回飆。郵箋日夜出，細字説所遭：竄湘竄滇海，斯人良已勞。血點身後言，凄切風鳴條。平生楊升庵，一醉固久要。前年客昆州，西望青嶕嶢。天邊李旗屯，孤館蠻花飄。遺墨賴子收，頗嘆風義高。鐙窗納蟲語，荒忽八月潮。卅載講筵侣，顧影餘蕭騷。國門何日入，腹痛門簾橋。

【校】①墨迹一，詩稿，正文「抱示」原作「手抱」，「開編」原作「展對」，「凌回」原作「隨飛」，「竄湘竄滇」原作「瀟湘更滇」，「固」原作「成」，「八月潮」原作「聞江潮」，「侶」原作「客」，「兩」作「二」，「離」作「散」，「瘴」作「江」，「篇」作「編」，「肩」作「載」，「走」作「奔」，「窮」作「凌」，「邊」作「際」，「館」作「棺」，「潮」作「濤」。見《沙公墨妙》第五〇—五一頁，胡小石故居藏。②墨迹二，「兩」作「二」，「篇」作「編」，「館」作「棺」，題識：「辛巳（一九四一）立秋後十日，爲冀野世兄題瞿安遺櫝，時同寓江津白沙鎮也。」見東北師範大學圖書館藏《吴霜厓先生遺札》附胡小石書自作詩三首，其一爲此詩。

夜聞捕盜

彈丸卧鴟聲，甘林睒列炬。喧喧破我夢，捉搦下前隖。大盜膾萬肝，竊鈎復何數。非飢寧有此，食色天所許。洋洋河之水，滿腹羡田鼠。夜山來獨醒，辛苦立寒雨。扃鐍負不走，跼蹐吾憐汝。戰伐生理難，爲恩誰能普。昔聞薩埵兒，血頸飼羸虎。

【注】此詩以下至《贈劉東生之迪化》八詩據《詩鈔》著録。

【校】《文史雜志》一九四二年第二卷第五、六期第九二頁，「卧」作「餓」。

贈白匋

舫頭絲管夢中春，塵涴當時白練裙。今夜驢溪烟樹裏，空留殘月照流人。

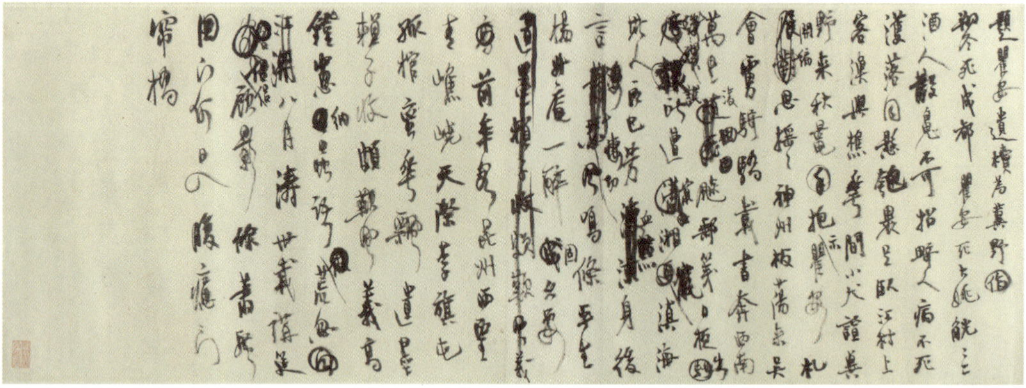

圖五七　《題瞿安遺櫝爲冀野》墨迹（胡小石故居藏）

聞董蓮枝赴金城江

解唱《霖鈴》是董娘，流人一聽鬢如霜。無端今夕沙頭月，又逐歌聲入夜郎。

【校】①墨迹一，「霖」作「淋」，題識：「咏董娘入貴陽，彝尊仁兄正之。戊子（一九四八）花朝。光煒。」②墨迹二，「霖」作「淋」，題識：「己亥（一九五九）三月，養痾閑居，漫憶舊作録之。沙公。」見《胡小石書法選集》第二六頁《七絶二首、五律、卜算子》圖片載《文匯報》一九八〇年十一月八日第十四版《胡小石先生書詩詞三首》。

山村

山村過雨净無塵，孤鳥翻空白似銀。明滅斜陽秋草緑，全家二載住江津。

【校】墨迹，「净」作「磴」，「孤鳥翻空白似銀」作「歸鳥乘空似細鱗」，「斜」作「殘」，「全」作「舉」。楊白樺舊藏。

溪晨

摇夢千巒曖曖青，斜風吹雨伴孤行。向來蟲鳥銷沉盡，辛苦寒灘日夜聲。

【按】此詩有墨迹，題識：「戊子（一九四八）元日。光煒。」見《胡小石書法選集》第四八頁《詩十首》。

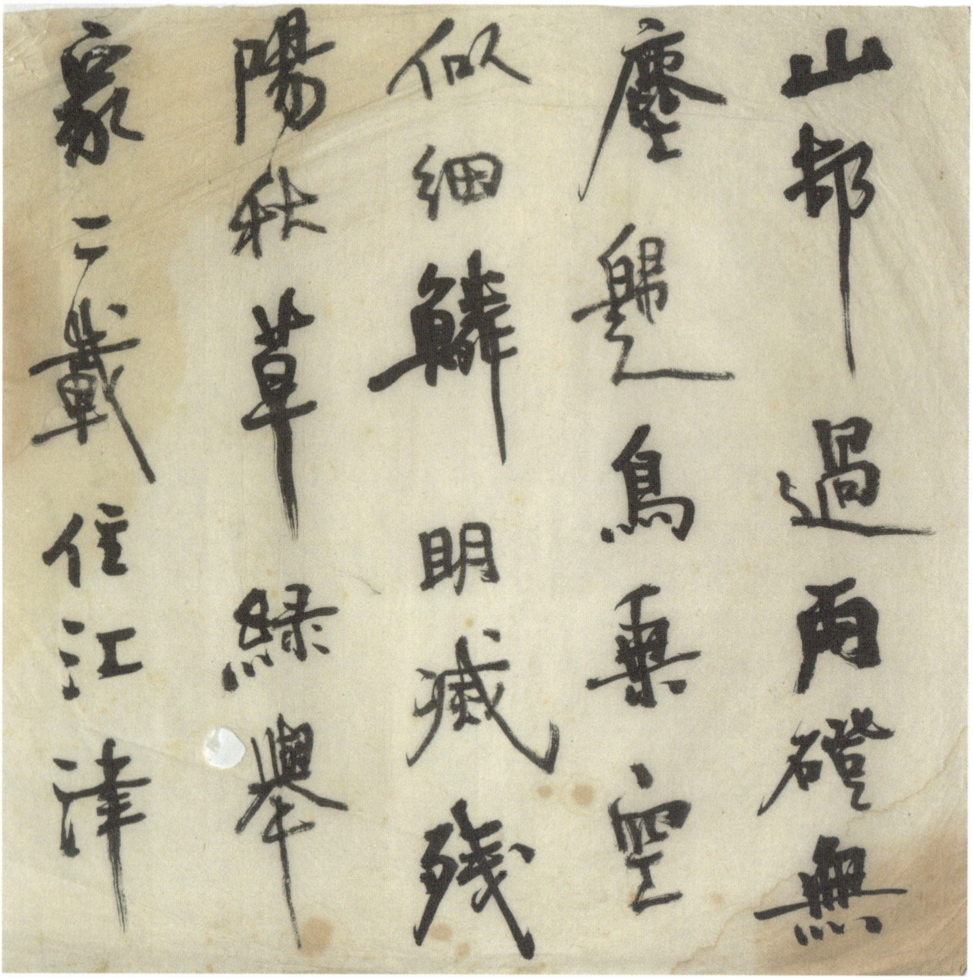

圖五八　《山村》墨迹（楊白樺舊藏）

答剛伯見寄之作

瓶枝輝笑靨，驚見故人書。地迥空聞鵲，山圍却得魚。東歸縣寤寐，北顧守趑趄。拂檻荒雲起，吾今正索居。

納納嘉陵月，遥憐隱霧深。蒼官身自白，若士夢能尋。寒柝瘖孤籟，春鐙照萬心。知君抛茗盞，嚮壁一沈吟。

贈劉東生之迪化

天南萍聚萬流人，滇海蒼濤冬自温。掠面風梅如雪亂，送君今日向烏孫。

以事當入城，囊無錢，不能乘車，圭璋爲余展轉貸得之，戲作二首

大腹高軒日夜馳，先生安步杖枯枝。五年喘盡登天道，猶説澄清攬轡兒。

絺帳飄蕭撼客魂，漫將饑鳳笑茶村。乞鄰赴急同濡沫，此是人間直道存。

【注】此詩據墨迹著録。詩稿，閻澤川《胡小石贈詩唐圭璋》（人民融媒體二〇二二年五月十四日，轉自《聯合日報》）：「一九四二年，國立中央大學中文系教授胡小石寫了兩首絶句贈送唐圭璋。他在詩前小引中寫道：『以事當入城，囊無錢，不能乘車，圭璋爲余輾轉貸得之，戲作二首。』其一：（略）。其二：（略）。」

顧夏廬詩

卷四

古近體詩九十二首。自一九四三年至一九四五年，在重慶、昆明、白沙作。

見流人鬻衣者

長望濤江亦當歸，舞沙如雪涴金泥。修蛾明日瀟湘去，自趁蠻墟賣嫁衣。

【注】此詩與下《咏傷兵二首》據《補鈔》著録。

【校】①《時事新報》（重慶）一九四三年一月二十日《夏廬詩鈔》，「涴」作「掩」。②墨迹，「涴」作「掩」，題識：「見流人鬻衣者。壬午（一九四二）七月示三黑。」胡小石紀念館藏。③一九四二年夏秋之交，胡小石《致馮沅君信》中附此詩：「長望濤江亦當歸，舞沙如雪掩金泥。修蛾明日瀟湘去，自趁蠻墟賣嫁衣。」「涴」作「掩」，見嚴蓉仙《馮沅君傳》第五章《漂泊西南》，第一九一頁。

【按】此詩又一墨迹，題識：「戊子（一九四八）元日。光煒。」見《胡小石書法選集》第四八頁《詩十首》。

咏傷兵二首

蓬顆寒原布奕文，垣東風急落酸呻。斜陽剗澗零丁影，知是傷兵來賣薪。

金創洞發死誰憐，火伴吹簫送入泉。鏖戰三春皮骨在，更將何肉飽烏鳶。

【校】《書簡雜志》一九四六年第六期第三頁《夏廬書簡——與田楚僑》附此二詩（另一詩爲《夜晴》），其一「風」作「蚉」。《夏廬書簡——與田楚僑》略云：「近詩數章寫寄，喪亂奔竄，自傷情多，亦秋蟲之呻。」

【按】此詩又見《時事新報》（重慶）一九四三年一月二十日《夏廬詩鈔》。

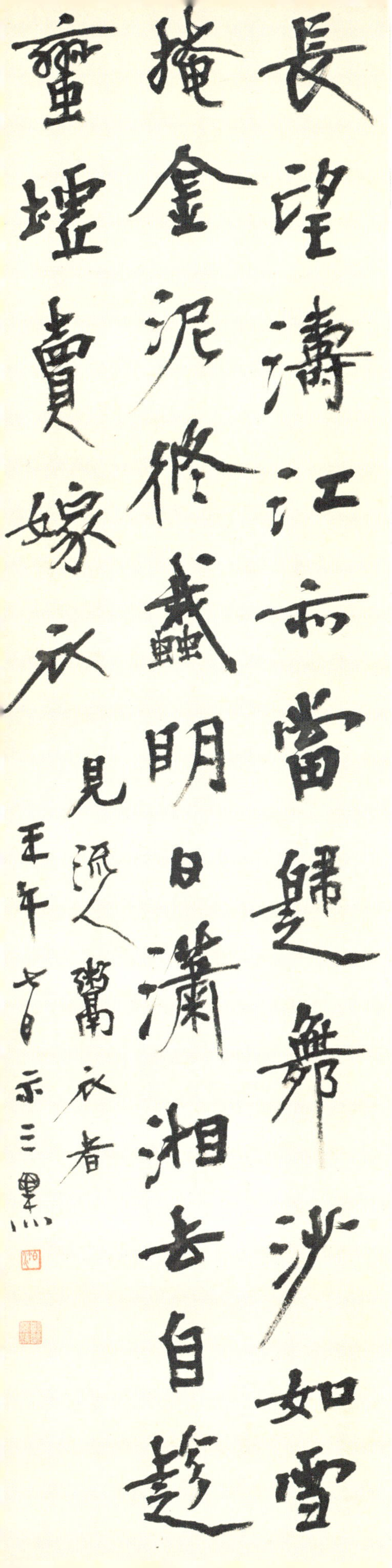

圖五九　《見流人鬻衣者》墨迹（胡小石紀念館藏）

流人葬

烏腸烏啄惡傷類，誰令國破投□地。粟斗百金棺千金，流人生死皆爲利。空山雨濕漆光摇，流人號咷土人笑。七尺還留膏汝禾，一暝魂如脱韝鷂。驚雷喋血顛乾坤，夔門岌嶪今國門。會稽得保那可動，願汝千年作土人。

【注】此詩據墨迹著録。游壽舊藏，跋略云：「壽從游二十年，愧無所成，篋中書迹分贈友朋，存此數札志之。丙辰（一九七六）新秋，學生游壽記，時年七十一。」

題畫木芙蓉

露臉泠然出曉風，鏡天衹在畫圖中。騷人莫恨瀟湘遠，木末芙蓉有曰紅。

【注】此詩以下至《元日夜贊虞邀食桃膠戲賦》二十二詩（《雜題〈滇繹〉》「翩翩下鳧鷖」一首除外）據《時事新報》（重慶）一九四三年一月二十日《夏盧詩鈔》著録。《夏盧詩鈔》共録二十五詩，另外三詩爲《見流人鬻衣者》和《咏傷兵二首》，已著録。

雨

奪却南山□，風窗撩亂開。高江穿蜀下，凍雨發黔來。鴨喜庭兒哄，蚊喑鄰□摧。支頤夕何念，秋味上鐙臺。

雜題《滇繹》

清滇挂我夢，勞勞兩寒暑。繩床時一翻，如聽陸山雨。卧疾荒居，想昔游之勝。

【校】墨迹，無小字注，題識：「題《滇繹》，壬午（一九四二）夏，白沙病中。」見《滇繹》（袁嘉穀著，一九二三年東陸大學鉛字排印本）題詩，南京大學圖書館藏。

【按】又一墨迹（書與胡令聞），題識：「壬午（一九四二）中秋前六日書此與三黑（胡令聞）。」南京大學圖書館藏。

斷魂翠湖月，六月波有霜。踏壁若存念，瘴山來夜凉。滇月白於餘處。

【校】①墨迹一（《滇繹》題詩），「六月」作「大暑」，「若」作「苦」，無小字注，題識：「又題。」②墨迹二（書與胡令聞），「若」作「苦」，南京大學圖書館藏。

龍泉昔觀雨，萬松如牛頭。不惜青袍濕，惟驚蓬鬢秋。龍頭茂林，秀色染衣。

【校】墨迹（《滇繹》題詩），無小字注，題識：「病不已，更題。」

【按】又一墨迹（書與胡令聞），南京大學圖書館藏。另一墨迹，題識：「龍泉一首，祖咏仁兄正之。光煒。」見《胡小石書法文獻》第一八二—一八三頁。

丹茶湧殿脊，燁燁驂鸞人。坡公及見此，須嘆百態新。太華寺山茶，明時植，一樹萬花，翩若火鳳，坡公言山茶「花深少態」，恨其不至滇耳。

【校】①墨迹一（《滇繹》題詩），小字注作：「太華寺山茶，明代植，冬時萬花。」②墨迹二（書與胡令聞），小字注作：「太華寺山茶，明時植，坡詩言山茶『花深少態』，恨其不至滇耳。」

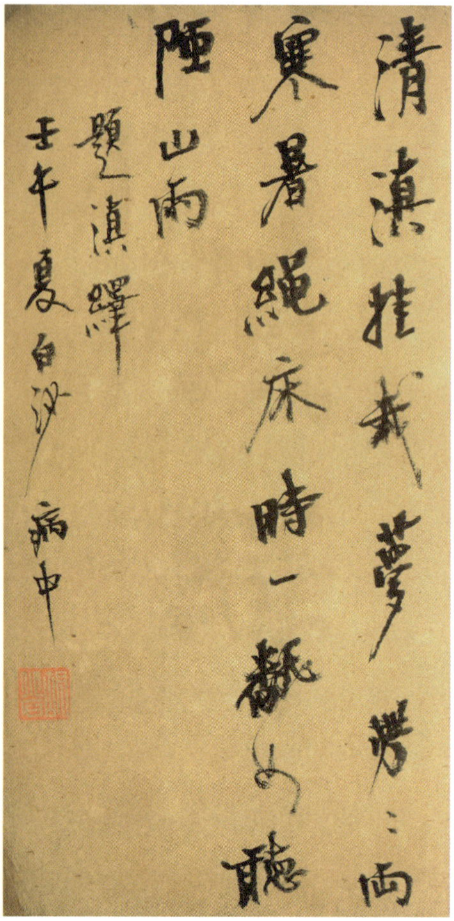

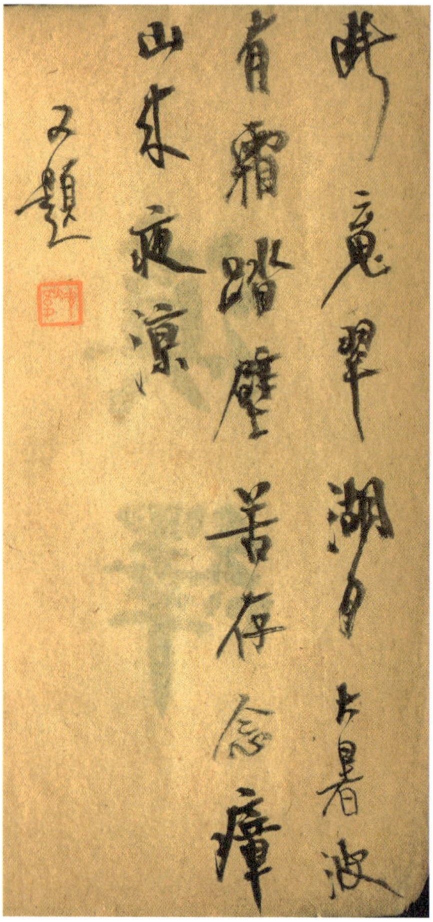

右　圖六〇《雜題〈滇繹〉》其一墨迹（南京大學圖書館藏）

左　圖六一《雜題〈滇繹〉》其二墨迹（南京大學圖書館藏）

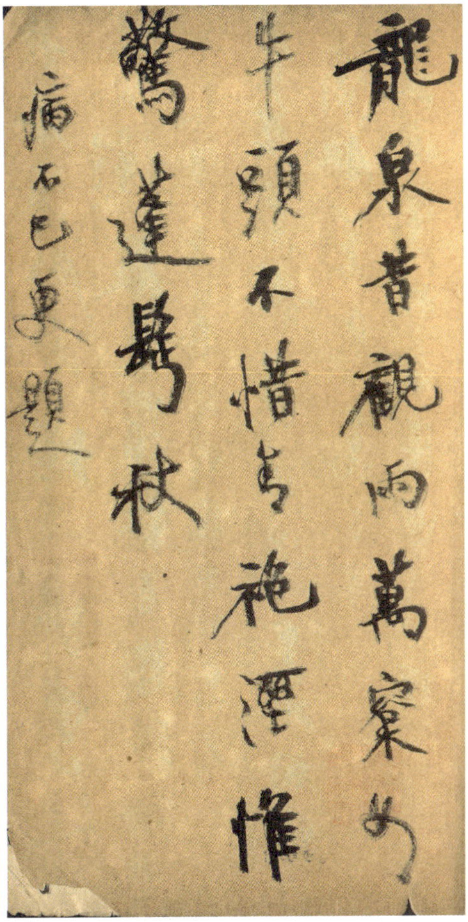

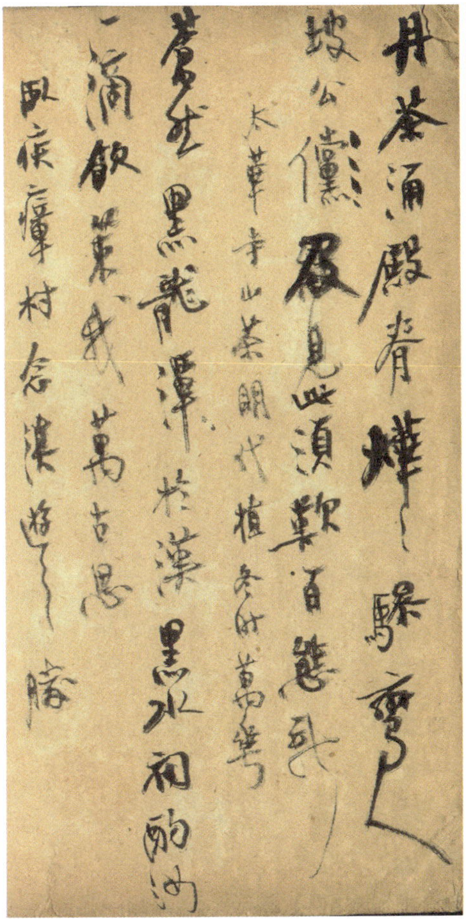

右　圖六二　《雜題〈滇繹〉》其三墨迹（南京大學圖書館藏）

左　圖六三　《雜題〈滇繹〉》其四—其五墨迹（南京大學圖書館藏）

蒼然黑龍潭，於漢黑水祠。酹汝一滴飲，策我萬古思。黑龍潭水至清冽。

【校】墨迹（《滇繹》題詩），小字注作：「卧疾瘴村，念滇游之勝。」

【按】又一墨迹（書與胡令聞），南京大學圖書館藏。

呵圖問石林，其事緣莊蹻。滇風通楚賦，茫茫解誰索。莊蹻開滇，屈原賦騷，爲同時人同時事，釋屈辭天問石林及召魂雕題黑齒語，當以此義通之。

【校】①墨迹一（《滇繹》題詩），無小字注，「茫茫解誰索」作「妙解今誰索」。②墨迹二（書與胡令聞），小字注作：「莊蹻開滇，屈原賦騷，爲同時人同時事，釋屈辭有數處當以此義通之，然此語不可使薛世兄知也。」

醉柏自婆娑，交柯古巢鳳。薰風起笙竽，長護梁王夢。嵩盟黄龍山晋柏，其北舊有元梁王避暑宫。

【校】墨迹（《滇繹》題詩），無小字注。

【按】又一墨迹（書與胡令聞），南京大學圖書館藏。

翩翩下鳧鷖，花落楊林海。驅車荒驛前，肥酒猶可買。楊林肥酒以豚膏合梅子釀之，色碧而味酷。

【注】此詩據胡小石（書與胡令聞）墨迹著録。

【校】墨迹（《滇繹》題詩），無小字注。

亡國罪女子，無乃丈夫羞。君看蓮池水，千載清瑶流。陳圓圓墓在昆明蓮花池上。

【校】墨迹（《滇繹》題詩），無小字注。

【按】又一墨迹（書與胡令聞），南京大學圖書館藏。

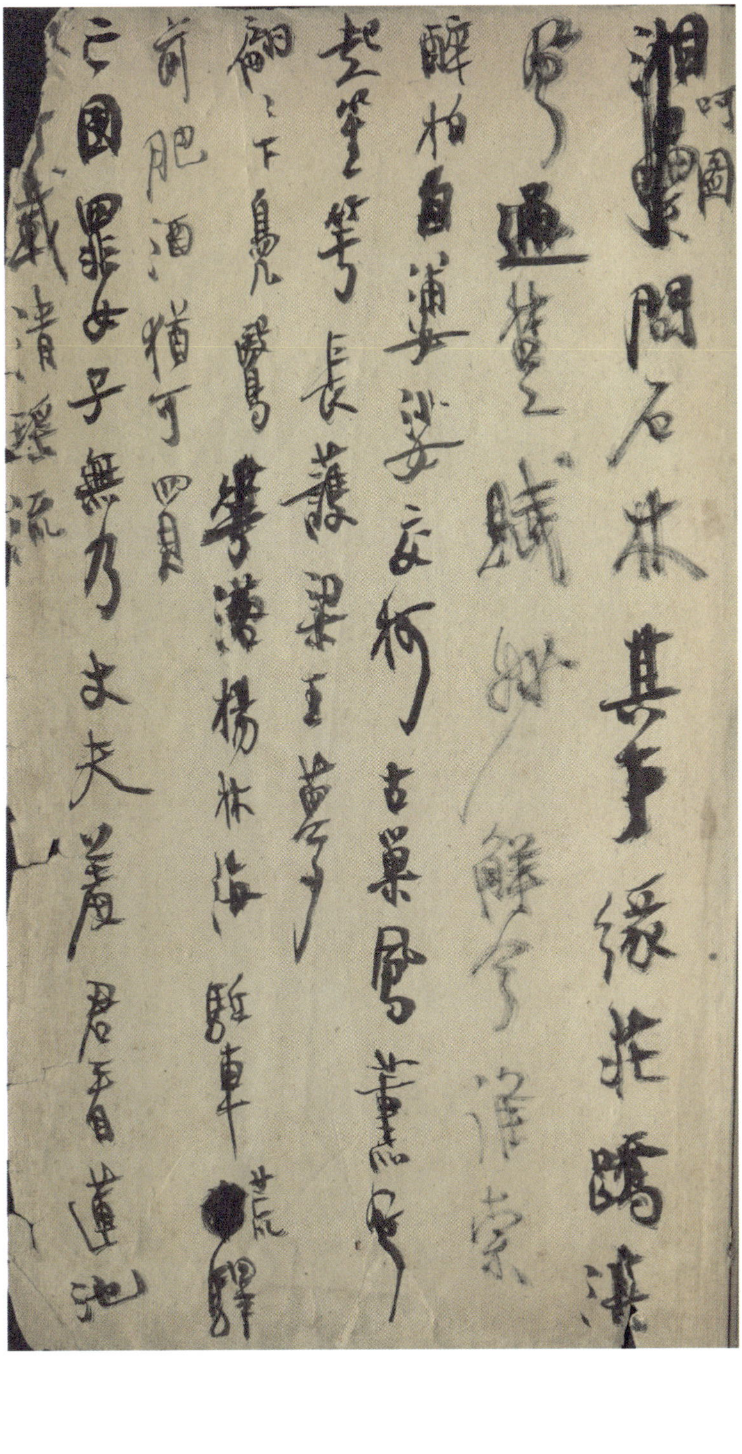

圖六四　《雜題〈滇繹〉》其六—其九墨迹（南京大學圖書館藏）

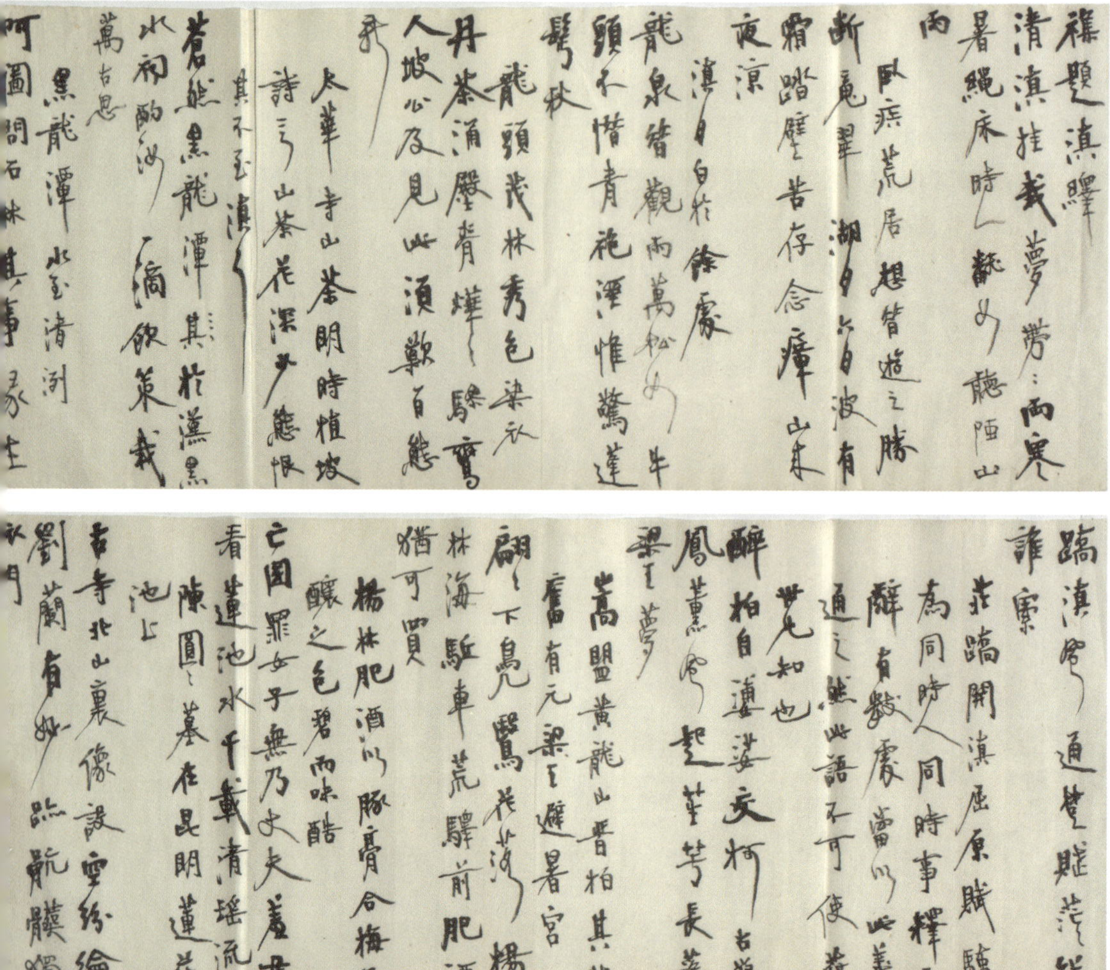

圖六五　《雜題〈滇繹〉》(書與胡令聞)墨迹(南京大學圖書館藏)

古寺北山裏，像設空紛綸。劉蘭有妙迹，骯髒獨依門。邛竹寺五百應真像，爲時盛稱，皆側媚俗製。山門天王像，威嚴静穆，當是元塑。

【校】墨迹（書與胡令聞），小字注作：「邛竹寺五百應真像，爲時盛稱，實皆俗製。山門天王像，威嚴静穆，當是元塑。」

水國似江南，登樓暮惆悵。畫橈蠻女歌，不畏白頭浪。草海鄭彝齋别墅，極清曠之致。彝齋爲人豪邁有遠識，前歲中秋，與蘇宇、鴻壽飲其墅樓，談笑至酣。今死矣，念之腹痛。

【按】此詩及下二詩又一墨迹（書與胡令聞），南京大學圖書館藏。

龍頭貫雙柱，月地誰搊箏。昔傳驃國樂，今認忽雷聲。舊三泊見人彈龍頭琵琶，此與忽雷爲一家眷屬。

天碧厰土赤，百縣猶渥丹。可憐虜家兒，但詩焉支山。滇地赤壤，川原如錯繡。

奎垣過訪山村感贈

把手沙頭舊夢懸，喜君豪氣敵熢烟。北湖壓屋春波緑，看熟朱櫻十四年。

【校】墨迹，詩題作《奎垣過白沙見訪山邨感贈短韻》，「把」作「執」，楊白樺舊藏。

題陳仲甫詩卷

操干陻海志無前，眼暗齊州莽莽烟。述酒陶公能再起，更將何語咏刑天。

【按】一九四二年夏秋之交，胡小石《致馮沅君信》附《題陳仲甫詩卷》詩：「（略）。」見《馮沅君傳》第五章《漂泊西南》，第一九一頁。

晚望

滄波望不極，暝色已吞山。戍角遲遲歇，沙禽踽踽還。逃虛喜人遠，念□惜身閑。江月猶堪待，兒童莫掩關。

秋迥

秋迥潼仍急，江喧夜更清。無魚老夫慣，饋藥故人情。井氣悲梧落，墻陰問蟀征。挑鐙作書札，明早叩郵棚。

【校】墨迹，「藥」作「米」，「陰」作「根」，「叩」作「向」，題識：「秋迥一首，白沙向陽莊作。書示阿柱，時壬午（一九四二）九月也。」楊白樺舊藏。

夜晴

華髮纏兵氣，柴門接夜晴。月如故園白，山到幾時平。世運從龍蠖，天親隔死生。靈娥無盡恨，飛露泣秋莖。

【按】此詩又見《書簡雜志》一九四六年第六期第三頁《夏廬書簡——與田楚僑》附二詩之一（另二詩爲《咏傷兵二首》）。墨迹，「月如故園白，山到幾時平」詩句對聯，見《胡小石書法文獻》第七六—七七頁，胡小石紀念館藏。

題畫北碚小景贈吳生

釘壁何人作狡獪，忽如鑿牖收晴江。腐心毒霧八紘墨，瑶光灩灩翻吾窗。青林夾溆刷鴉翮，花材彷彿聞吠尨。極望縉□插天紫，岳岳此氣誰能降。窮秋咿唔蟲講舍，自笑繭縛携影雙。温塘佳麗五載別，飛機碎□愁□□。□橋江上换揩眼，尺素雖窄堪建邦。解悶資君袖手意，不必市樓催倒缸。

柏溪分校訪柳翼謀先生同辟疆潛齋

執手驚看百死餘，秋涪酒緑寫欷歔。生民待溉悲天泪，大劫難焚滿腹書。縱話海□摇井絡，夙憂河決及沮洳。霜髯三尺神能王，槐市英英仰曳裾。

元日夜贊虞邀食桃膠戲賦

莫羡南園長爪郎，寒林罷講坐僧坊。鐙花今夕須相傲，擎碗迎春虎魄香。

曉聞雁繼乃知是角也

花落春涪酒樣清，何人吹角動高城。北窗推枕輕寒入，錯喜渝州有雁聲。

【注】此詩據《詩鈔》著録。

秋迴逢仍
急江喧曲
更清
魚老夫慣
饋求牧
傳井氣
悲橋亞流

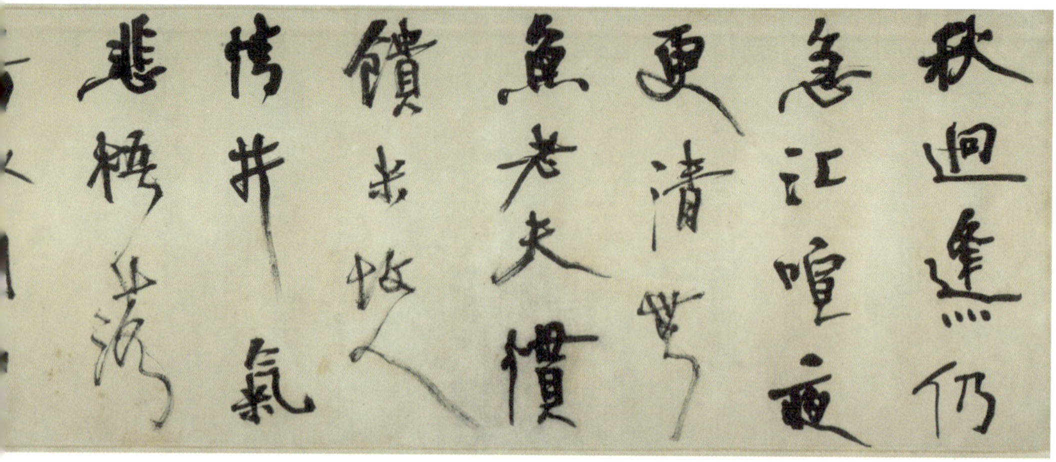

圖六六 《秋迴》墨迹（楊白樺舊藏）

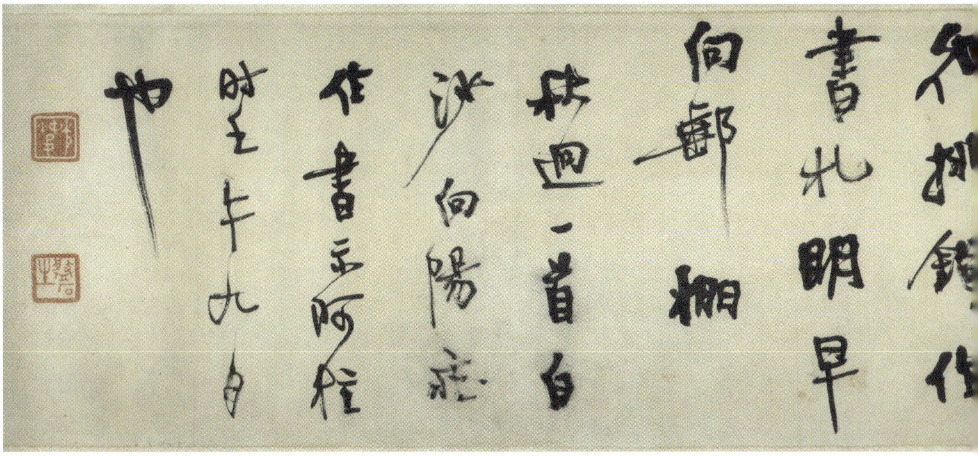

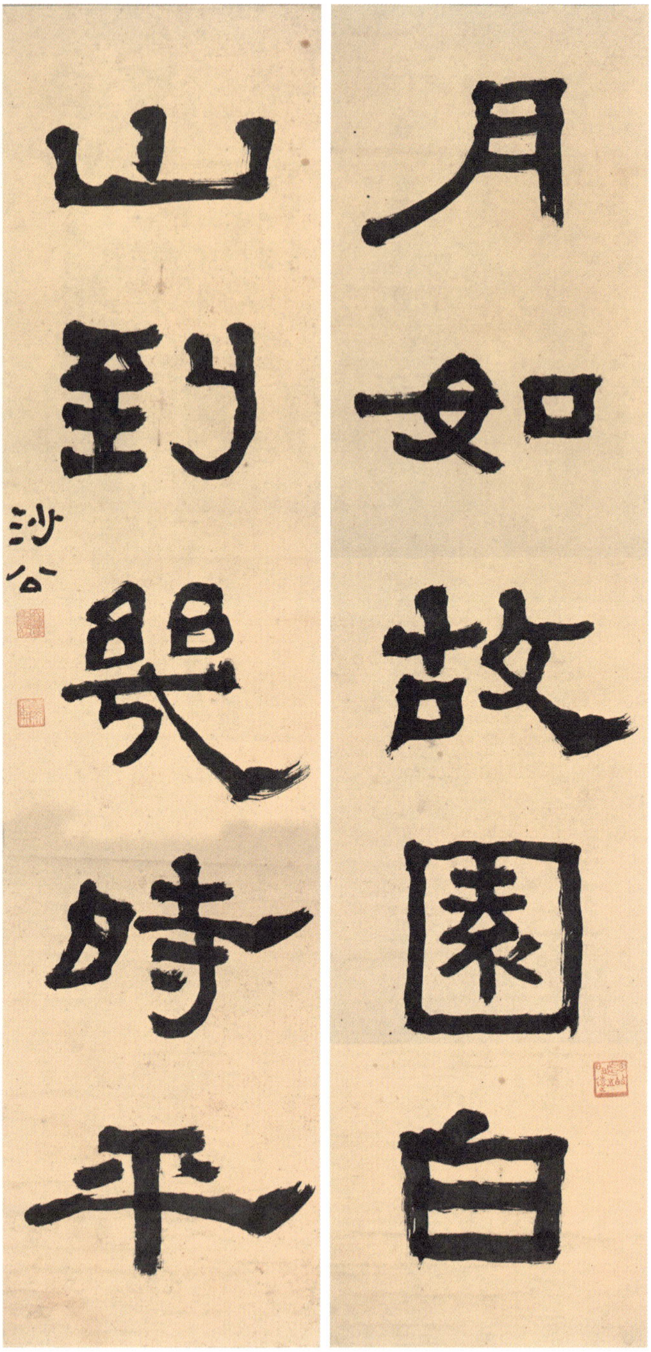

圖六七　「月如故園白，山到幾時平」對聯（胡小石紀念館藏）

【校】《時事新報》（重慶）一九四三年五月二十一日《夏盧近詩》，「落」作「發」，「春」作「清」。

卧病講舍，蒙諸君子饋食

五蠹嚴秦令，儒冠皆餓夫。稻粱徒穰穰，溝壑亦區區。問疾通懸解，分甘類潤枯。艱難重爲累，把箸一踌躕。

【注】此詩據《補鈔》著録。

【校】《時事新報》（重慶）一九四三年五月二十一日《夏盧近詩》，詩題「蒙」作「謝」，正文「類」作「賴」。

懷牛首

問影觀河日易斜，牛頭雲物屬誰家。石公髮白胡三死，閑却春山躑躅花。

【注】此詩以下至《咏牛皮菜》三詩據《時事新報》（重慶）一九四三年五月二十一日《夏盧近詩》著録。《夏盧近詩》共録五詩，另外兩首爲《曉聞雁繼乃知是角也》和《卧病講舍，蒙諸君子饋食》。

題竹屋藏書圖爲王靄雲

大興劉寬夫，咸豐中守辰州。北歸之日，但有書七千卷。貧不能載，乃寄之竹塢舒孝廉家。既而念之，畫師毗陵莊生爲圖寫其事。題額者，定遠方濬益，即作《綴遺齋彝器考釋》者也。圖今屬靄雲。

賢守去郡日，片石不壓舟。藏書托幽篁，緑天風□□。莊叟□紀之，韻□醇士疇。觥觥綴遺篆，開卷龍騰秋。敝廬足蠹□，几案睇□頭。神州烽燧來，虎吻膏不收。旁人笑其癡，懸夢撑孌眸。豈謂故劍心，百戰同冥搜。楚弓不失楚，昔士夫何憂。松窗一長喟，日夜清涪流。

咏牛皮菜

待詔先生舌起瀾，從呼飢死向長安。齋鐘頓頓牛皮菜，望古空思苜蓿盤。

【按】汪曾棋《學人談吃序》：「我在觀音寺一中學教書時，於金啓華先生壁間見到胡小石先生寫給他的一條字，是胡先生自作的有點打油味道的詩。全詩已忘，前面説廣文先生如何如何，有一句我是一直記得的：『齋鐘頓頓牛皮菜。』」（聿君編：《學人談吃》，中國商業出版社一九九一年版，第二頁。）

題采白畫册

萬里黃山寤寐親，桃潭何處吊汪倫。少年裙屐垂垂盡，猶勝蠻溪卧雨人。

【注】此詩與下《奎垣招飲以事不及往》據《中國文學》（重慶）一九四四年第一卷第一期第五八—五九頁《夏廬近詩》著録。《夏廬近詩》共録三詩，另一首爲《題擔當集》。

【按】此詩有墨迹，落款：「光煒。」見《胡小石書法選集》第十九頁《懷汪采白》（四十年代）。

奎垣招飲以事不及往

奪魂磁器口，江色碧琉璃。我欲夢吴越，君因傾酒卮。塞門成抵掌，飄角對攢眉。虚負今宵月，南枝望客遲。

題擔當集

總角簪花舊院，白頭潑墨槭庵。鷄山烟霞絶世，歸來何必江南。

【注】此詩以下至《題大隺山人年譜，出其女夫戴亮吉筆》五十詩據《詩鈔》著録。

【按】此詩原題作《六言》，據《中國文學》（重慶）一九四四年第一卷第一期《夏廬近詩》改作《題擔當集》。

解醒

吸盡清滇不解醒，斜陽携影上危亭。招魂誰似幽都好，欲把靈均换但丁。

【按】此詩又見《時事新報》一九四五年一月二十二日《夏廬近詩》。

食蔞蒿作并序

蔞者，蒿屬，以始春芽，芳脆可爲茹。荆揚洲渚間處處有之。詩言「刈蔞」，名實古矣。昔在江東，春時携童冠，游燕子磯，登望荻洲，産蔞特茂。江上隱者高翁，設饌留客，以之芼魚，味殊清异，亡友胡翔冬極賞之，賦詩有「鱔煎」之句。自海宇沸騰，避寇入峽，七載不嘗。頃緣赴講來昆明，齋堂會食，薦俎有此。感物思舊，泫然成章。

益州萬里道，小草自同根。下箸逢鄉味，霑巾斷客魂。清嘉咏桑泊，奔峭限夔門。蓬顆東風緑，孤懷更孰論。

【校】《時事新報》一九四五年一月二十二日《夏廬近詩》，詩序「處處有」下無「之」字。

誦詩

散憤南山墨未陳，高天板板蕩孤呻。誦詩頭白胸情异，不取風人取雅人。

【按】此詩又見《時事新報》一九四五年一月二十二日《夏廬近詩》。

讀高僧傳，感法顯事有作

顯公朝佛國，逍遥咏智海。忽然感白團，懷舊泪盈琲。神鑒不嬰物，梵晋得幾里。内外一以齊，哀樂復何止。昔聞謝康樂，妙會涅盤旨。及其著詩篇，情識還相掎。憤懑吊廬陵，支離慕枌梓。通德無乃蔽，斯人亦自矢。積微遂成色，運悲緣幻起。正緣色不立，是以悲長在。杲杲慧日光，惻惻游方士。釋卷攄所思，風花紅繞紙。

【校】此詩又見《時事新報》一九四五年一月二十二日《夏廬近詩》。

憶北湖

陌上千花爛熳開，流鶯嘆我不歸來。迎船春水醲於酒，飄絮何人勸覆杯。

【校】《時事新報》一九四五年一月二十二日《夏廬近詩》，「人勸」作「勸人」。

爲金生啓華題松林坡所出富貴磚墨本

漢家重儒術，經明緣禄利。班生晚撰文，直言無復忌。如何慕勢心，挾以入幽隧。鬼猶頌富貴，蒼蘚不蝕字。巴蜀事錐刀，此俗至今厲。所以嚴君平，湛冥風百世。

【校】①《時事新報》一九四五年一月二十二日《夏廬近詩》，「文」作「史」，「以」作「之」，「巴蜀」作「名都」，「事」作「争」。②墨迹，詩題無「墨本」二字，正文「文」作「史」，「以」作「之」，「事」作「争」，題識：「戊子（一九四八）元日。光煒。」見《胡小石書法選集》第四八頁《詩十首》。

遥和季剛聞雁之章并引

壬申癸酉間，季剛避地舊京，有聞雁七言曰：「白雁南征且未閑，紛紛朔氣度榆關。瀟湘自是多菰米，莫爲春風憶故山。」意言彼時北土逼寇，阽危尤急於南也。今忽忽逾紀，曩句都不省憶。甲申春，余客昆州，有宣威陳生爾泰，忽於書棚中獲其遺迹相視。筆墨尚新。幽明路殊，流人蓬轉，瀟湘莫涉。嗟乎！使季剛尚在，其崎嶇激厲，不知更何若也。對簡凄慨，爲詩云爾。

茫茫生死問黄罏，隔紙斯人疑可呼。今日投身無雁地，春山得似故山無。

【校】《時事新報》一九四五年一月二十二日《夏盧近詩》，詩題「遥」作「追」。

緑陰

二月山庭已緑陰，南中地暖易春深。漸看候鳥來將子，時有風花解點襟。生意競同幽草出，鄉音還逐海波沈。一身萬里吾何恨，喚取飄笳伴獨吟。

【按】又見《時事新報》一九四五年一月二十二日《夏盧近詩》。

戲題

斷爛文章筆者誰，猶勞起例辨澠淄。三科蠹飽今何世，貰酒東門賣餅師。

【校】《時事新報》一九四五年一月二十二日《夏盧近詩》，「文章」作「空文」，「賣」作「問」。

客有訝余久不出者

仰屋從移世，呵圖敢問天。溺灰扶死氣，穿榻訝窮年。林燕窺人懶，風萍度絮先。墻東看孤壘，名怯入儒傳。

【校】《時事新報》一九四五年一月二十二日《夏盧近詩》，詩題作《仰屋》，正文「訝」作「迓」，「窺」作「規」，「看」作「有」。

客有馳書告冬飲翁餓者，蘇宇奔走醵資以賙之，長謠叙悲，并贈蘇宇

婁湖夙栖肥遁士，冬飲高節吾所尊。數椽寂寞古臺下，陷賊詐死長閉門。竇窳甘人狐鼠壯，老不得出誰相援。六代斜陽照擁鼻，但許飛鳥親微言。昨來有客疏近事，妻拿絶粒難圖存。燒薪縮屋餘者瓦，采梠充飯調以蕵。先生堅卧猶讀《易》，首陽蘿葛行將捫。蒼鷹水擊病初起，乍聞斯語聲暗吞。在昔南雍厠儒彦，英英槐市如雲屯。陳侯伯弢通博踵伯厚，四明學派推承源。季剛説字千鬼哭，勝義欲固揚許樊。刌度玉琯定宫羽，霜厓聲律真軒軒。就中胡三最横絶，哦詩睥睨飈霆犇。群於翁也服玄覽，逍遥頓破風與幡。廣敷文史張五館，即談空有窮衹洹。按劍時或笑毛李，高咏頗亦尋謝袁。天闕攀松寒月碎，吴波轉絮春酒温。一夕妖鯨攪溟渤，從此流血漂乾坤。罘罳射矢鐘虡燼，衣冠顛倒西南奔。家亡負戴同上峽，前游蘳没隨沙痕。巴山黄霧戰瘧鬼，滇池白浪摇羈魂。天涯邂逅一蘇宇，牽犬賣藥謀朝飧。欷歔對影刺桐底，江表往事那可論。俊賞十九成异物，挂眼蓬顆宿草繁。冬飲頭白獨留命，待歷龍漢觀塵翻。志士溝壑固其分，饑腸綫仄人紀根。南州今年物賈踴，市糴米粨鈔萬元。餓死正須别早晚，嚶鳴尚解念舊恩。推食寄遠恨薄少，呼救四嚮晨迄昏。潤轍呴沫濟涸鮒，焚林冒焰哀窮猿。乞鄰誰謂非直道，止渴不挹盗泉渾。當日冬飲遘風疾，精氣荒忽周穸窀。蘇宇奮身抗斗極，針石運手蘇殭頤。萬金良藥贈不惜，處齊虱視陳修園。令瘖能言蹶能起，神功遐邇争騰喧。邊頭赴急忘烽燧，素交百世諧篪壎。多君獨行合作傳，勢家紳佩紛接轅。《伐木》廢矣朋友缺，義風并使澆俗敦。淪飄寡助坐自愧，脰捐東望胥嬋媛。《哀郢》：「心嬋媛而傷懷兮，渺不知其所蹠。」

【校】①《時事新報》一九四五年二月十二日《夏廬近詩》,「胡三」下有小字注「翔冬」,「矢」作「火」,「飧」作「秙」,「賞」作「游」,「仄」作「窄」,「秙」作「飧」,「并」作「再」,「捐」作「悁」,末句後無小字注。②《南京文獻》一九四八年第二一期第二九—三〇頁,詩題「資」作「貲」,正文「耜」作「薪」,「胡三」下小字注「翔冬」,「矢」作「火」,「沙」作「少」,「仄」作「窄」,「秙」作「石」,「并」作「再」,「捐」作「旨」,末句後無小字注。

呈貢羊落坡榴花

羊落坡頭紅泪新,燕碕挂夢幾由旬。風林二月猩裙展,誰笑榴花不及春。羲山詩:「浪笑榴花不及春。」

【校】《時事新報》一九四五年二月十二日《夏廬近詩》,「二」作「三」,末句無自注。

聞鵑

晞髮聞鵑頋耳聾,待磨樵斧斬青松。宵來酒醒月在水,夢下江南天闕峰。

【校】《時事新報》一九四五年二月十二日《夏廬近詩》,「宵來」作「前宵」。

題畫鴨

估舶紛紛下釣磯,鴨兒何事也沈思。江南三月栽秧雨,一夜平蕪緑滿時。

【按】此詩又見《時事新報》一九四五年二月十二日《夏廬近詩》。墨迹,題識:「題人畫鴨一首。旭生老兄先生吟正。光煒。」見《胡小石書法選集》第十七頁《題畫鴨》(四十年代)。

翠湖茗坐同爾泰

藕風菱月地，清絶似江南。得子忘爲客，擎甌亦自酣。濠觀雖信美，樹宿或成貪。來日巴山路，相思問夕嵐。

【校】《時事新報》一九四五年二月十二日《夏廬近詩》，「藕風菱月」作「菱風藕月」。

湖上望桃花林揺漾至美

春風何處來，凌波布青紫。空江濯錦人，渺渺無乃似。娱憂托芳草，楚客懷湘芷。中原萬里深，孤夢儻可倚。躑躅西樓月，初暉照隱几。

讀臨川集

拗相荒唐事有無，繩昏警惰衹危軀。蹇驢早晚鍾陵裏，重起斯人賦雁奴。

夏教授稚子廢學賣報

堂皇國子一先生，索飯嬌兒何處行。赤脚長街呼「賣報」，喃喃猶似讀書聲。

書與阿慶

籜龍一夕便淩雲，髠柳三春也出群。堪笑堂前老松樹，經年不長兩三分。

【按】此詩有墨迹，題識：「書與阿慶。沙公。」見《胡小石書法選集》第二十頁《書與阿慶》（五十年代），楊世雄藏。

如何是西來意

霏霏寒雨溼征衣，客裏無家何處歸。記取打銅街下路，亂山圍坐喚咖啡。

【校】墨迹，詩題作《如何是西來意》，「喚」作「吃」，見《霏霏寒雨濕征衣——一本八十年前的紀念册》第十七圖，楊世雄藏。

【按】汪辟疆：「丁、戊（一九三七、一九三八年）之間，避寇渝州，日與嘉興胡小石、桐鄉盧訪虛，集打銅街大昇咖啡坫，偶爲聯句云：『霏霏寒雨濕征衣，客裏無家何處歸。記取打銅街下路，亂山圍坐吃咖啡。』已而訪虛返香港，小石爲書長卷，以贐其行。」見《汪辟疆詩學論集·方湖詩詞補遺》，南京大學出版社二〇一一年版，第五九八頁。

暮步涪岸口占示圭璋

襆袂風槐颺客愁，嘉陵晚色酒新篘。君歌莫數蘭成賦，歸去江南已白頭。

梁殿飄螢昔夢孤，吴霜空自怨塘蒲。明窗如練休回首，趁取臺城擁著書。

星光

夜色安群動，星光媚獨吟。浮浮瞻斗極，耿耿答天心。杖溼知身在，江空怯影深。泰平待冥漠，居陸幾時沉。

憑闌

飛車聲裏客憑闌，花亂鵑愁雲自閑。斜日高城望京洛，苦遮人眼是蚀山。

咏木香

百里香風接墊巾，海頭春色富歌顰。若爲喚起虞山叟，來咏花開白似銀。

風沙

日日清滇畔，風沙占好春。染衣君莫惜，愛似舊京塵。

重題文潔畫樟

龍顛虎倒茫茫劫，鳳薄鸞淪箇箇身。紙上孤根燒不盡，蠻山留對夜吟人。

【校】墨迹一，詩題作《重題臨川畫樟》，見《二十世紀書法經典·胡光煒》第三二—三三頁。

【按】墨迹二，題識：「乙酉（一九四五）四月，白沙重題。」見《胡小石書法選集》第

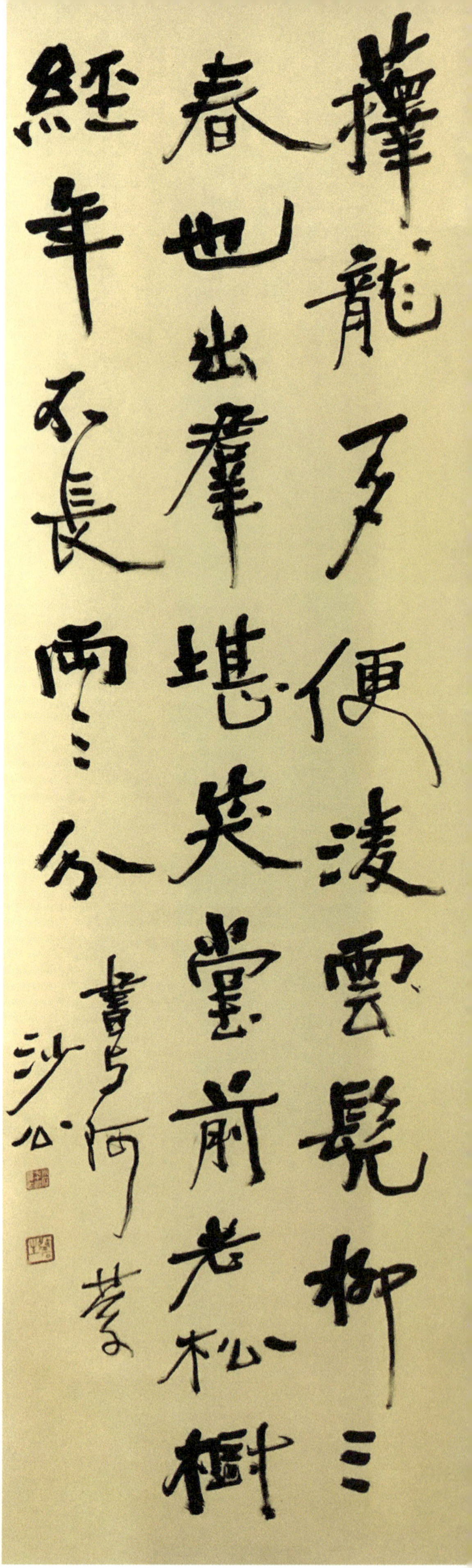

圖六八　《書與阿慶》墨迹（楊世雄藏）

八〇頁《題李瑞清法相寺樟亭圖》。墨迹三，題識：「白沙題臨川夫子畫樟舊作一首，二適仁兄詩家吟正。光煒。」見《胡小石書法選集》第二二一—二二三頁《重題李瑞清畫樟》（四十年代），又見《中國書法全集·胡小石卷》第一三〇頁《贈高二适書扇》，高可可、尹樹人藏。

四月十六夜，昆明遇董娘，爲吾唱《聞鈴》也

弦急鐙殘夢影微，《淋鈴》聽罷泪沾衣。天涯猶是秦淮月，留照歌人緩緩歸。

【校】墨迹，詩題作《四月十六夜，昆明遇董蓮枝，唱〈聞鈴〉》，見西泠印社二〇一八年秋季拍賣會：（胡小石）致吴宓《四月十六夜昆明遇董蓮枝唱〈聞鈴〉》詩稿，信箋一通一頁，一九四四年作。

【按】楚澤涵《胡小石致楚圖南的一封信》：「胡小石先生還送給父親一件書法作品，是他自作的一首詩——《聽董娘鼓詞》：『弦急鐙殘夢影微，《淋鈴》聽罷泪沾衣。天涯又是秦淮月，留照歌人緩緩歸。』」見《收藏·拍賣》二〇一七年第五期。

即事次韻

壓鬢雨聲寒，燈輝宵已半。醉醒俄頃事，悠然若世换。太平在長夜，鳴鷄無戒旦。聞根苦未歇，檐滴送微嘆。濁酒不我欺，丹顔頼紅絢。飄飖荒忽中，何處著憂忭。一鍤不時埋，一尊幸時薦。人生復何罪，天遣閲妖亂。慕遠輒憐風，懷歸欲乘電。

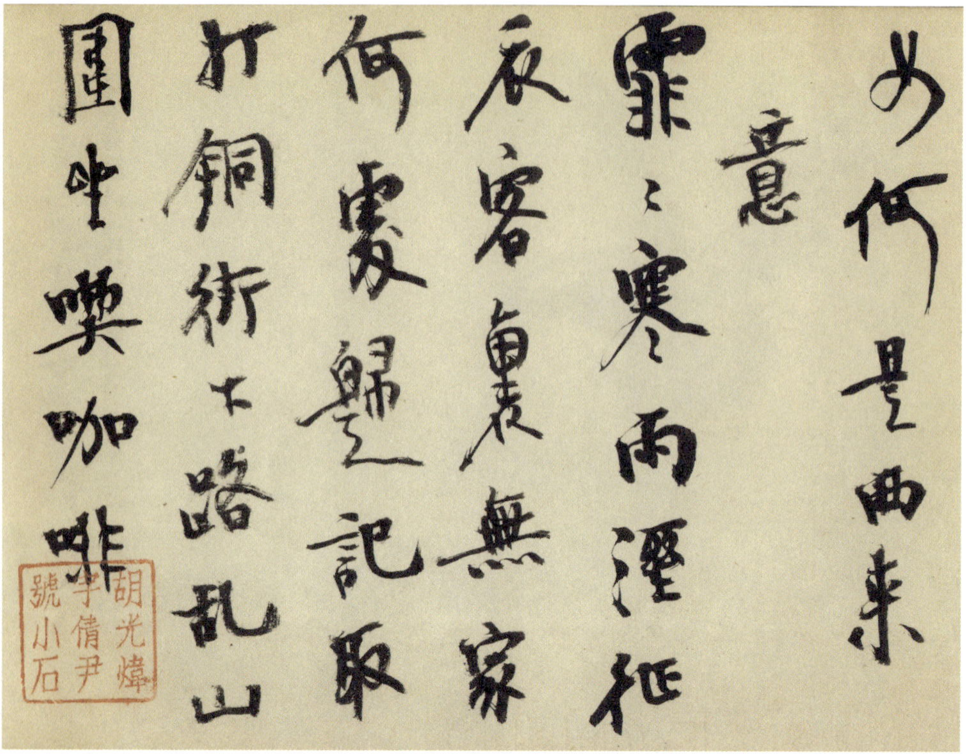
如何是西來意
霏霏寒雨濕征衣
客裏無家何處歸
記取打銅街大路
亂山圍坐喫咖啡
胡光煒字倩尹號小石

圖六九 《如何是西來意》墨迹（楊世雄藏）

又

百年夫何窮，尺捶日取半。山樓緑陰合，凄然春色换。苦憶團洲姥，烟波荒昏旦。長綱遮紫鱗，花落不知嘆。吾生譬行文，安問淡與絢。雨歇池萍高，日出林鳥忭。清酟或屢闕，寒泉亦堪薦。陳編充座右，紛紛聒治亂。讀書妨作樂，漫詡目如電。

直士篇

國危思直士，龍逢首批鱗。刑傷誠無補，正氣賴以伸。訥訥霜臺長，伴食空逡巡。狐貍亦横道，獬豸不敢嗔。一去豈辭責，尸位十五春。言官誤國是，厥罪恩幸均。蒙袂賦小詞，哀怨寧足稱。鬚髯磔如戟，泣則近婦人。

題樊樊山書軸

太液波翻柳色新，宫娥猶識細腰人。流傳翰墨群知惜，木印當年也作塵。辛亥秋，樊携江蘇布政使印逃，署理者不得已刻木印。

【按】胡小石《致馮沅君》（一九四七年三月六日）：「題樊山書軸小詩録寄，俟天明付郵。」見《馮沅君傳》第六章《心儀光明》，第二三一頁。

楊白花

楊白花，誰説歸來好。花落江南不見君，鏡中應惜紅芳老。高樓擫笛玉關聲，相思一夜隨春草。

秋病三章

腷膊雄鷄聲，荒忽辨屋瓦。殘星若泪珠，猶爲長夜灑。

秋病真石交，不棄支離人。缾罍奈何許，報之以孤呻。

夢中與鬼戰，及醒但苦寂。咄哉養生言，躊躕向四壁。

重陽雨

聞道重陽雨，瀟瀟是溼冬。不乾憂后土，如醉仰天容。田雀飢仍噪，溪花晚自穠。闌干思往事，無泪也沾胸。

【按】此詩有墨迹一，題識：「雨不歇一首，壬午（一九四二）秋，書示阿柱。」楊白樺舊藏。墨迹二，題識：「己亥（一九五九）三月，養疴閑居，漫憶舊作録之。沙公。」見《胡小石書法選集》第二六頁《七絶二首、五律、卜算子》，圖片載《文匯報》一九八〇年十一月八日第十四版《胡小石先生書詩詞三首》。

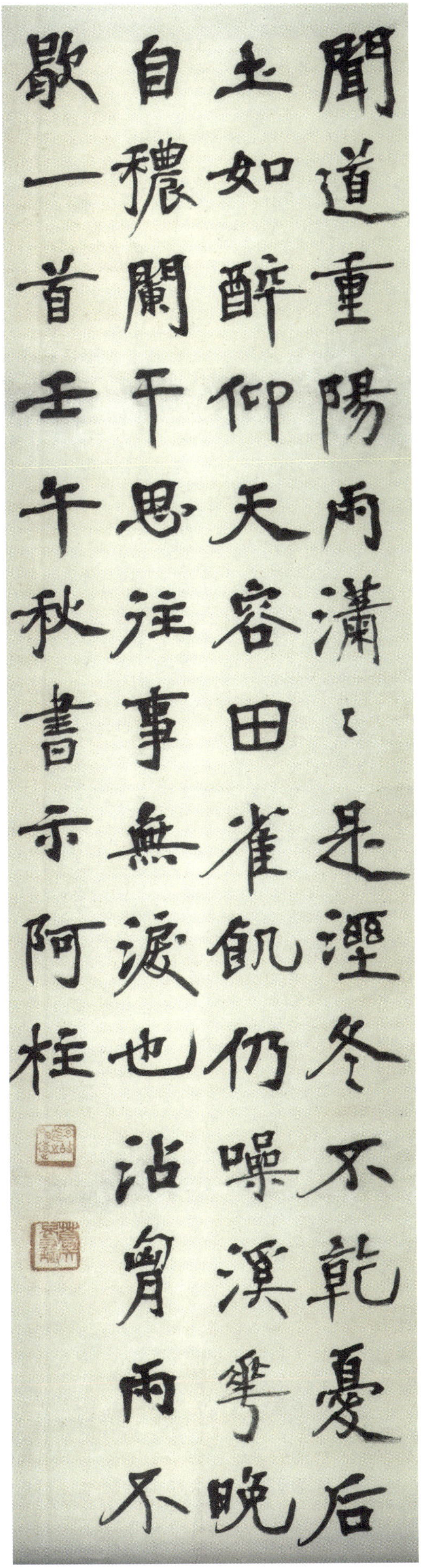

圖七〇 《重陽雨》墨迹（楊白樺舊藏）

蜩樓

願夏傷高足此生，淹留蟋蟀笑無成。挑燈往事紛如葉，一夜溪橋雨打聲。

【校】墨迹，「橋」作「樓」，胡小石故居藏。

夢回

波漭雲片休重問，空局明燈未有期。底事斷腸抛不得，清滇萬里夢回時。

【按】此詩有墨迹，見《胡小石書法選集》第七七頁《夢回一首》（四十年代）。

僦舍種樹

短短垂楊手自栽，籬根鷄鶩莫喧猜。彌天待展黄金縷，免向鄰家藉樹來。

【按】此詩有墨迹，題識：「僦舍種樹舊作，白匋賢弟雅鑒。沙公。」見《胡小石書法文獻》第二二〇—二二一頁，書於二十世紀五十年代，南京博物院藏。

曉星篇

曉星若殘淚，挂我東檐端。睒睒無久輝，耿耿終自彈。迴波念舊恩，飄風倏移山。棄捐豈不劇，寂寞誠所安。平生感若人，投分歷艱難。霑衣龍頭雨，濯影清滇瀾。此恨當何極，百年良易殫。去去無復陳，銜鐫肺與肝。憶君君不知，引領願加餐。

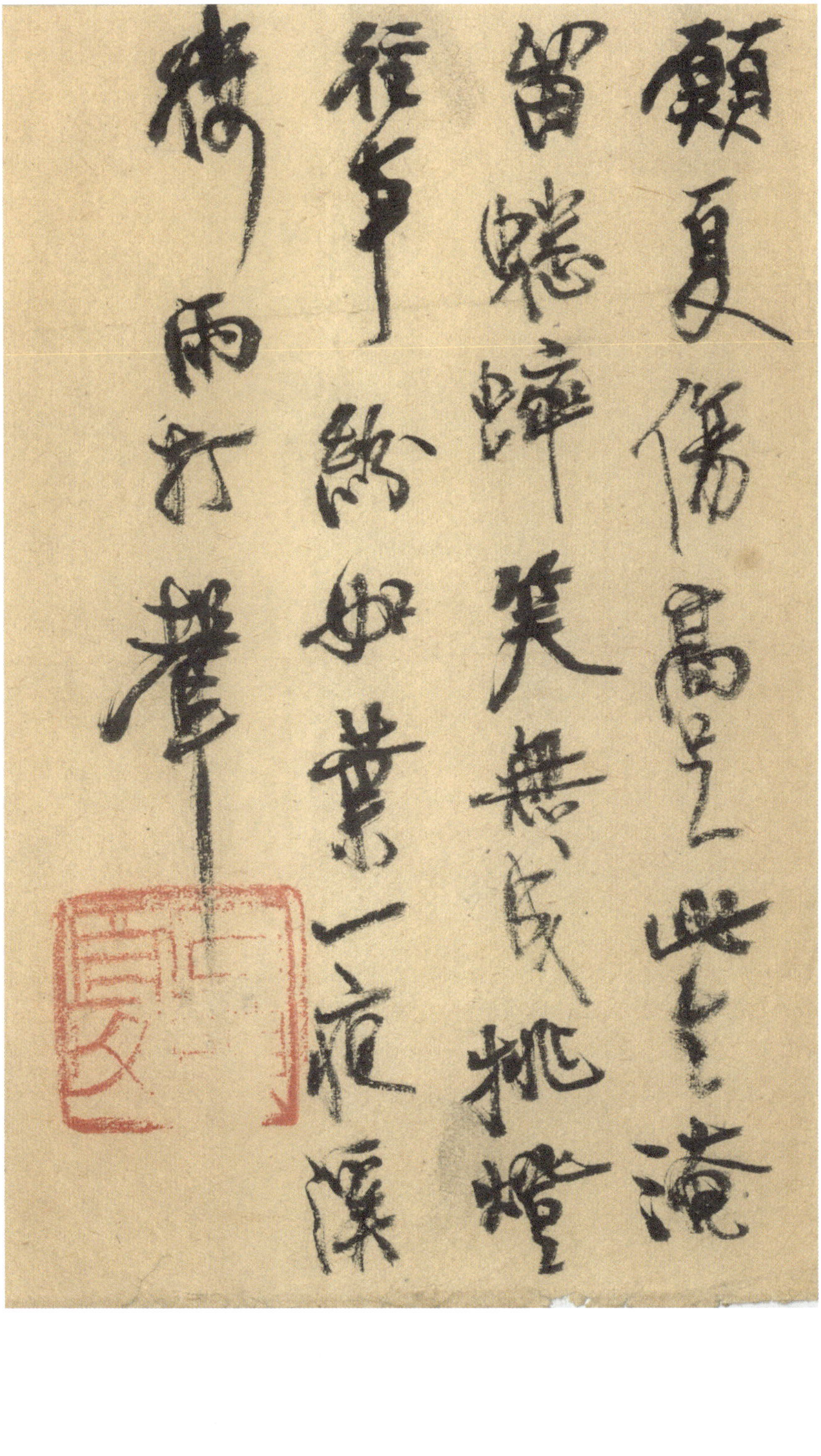

圖七一　《蜩樓》墨迹（胡小石故居藏）

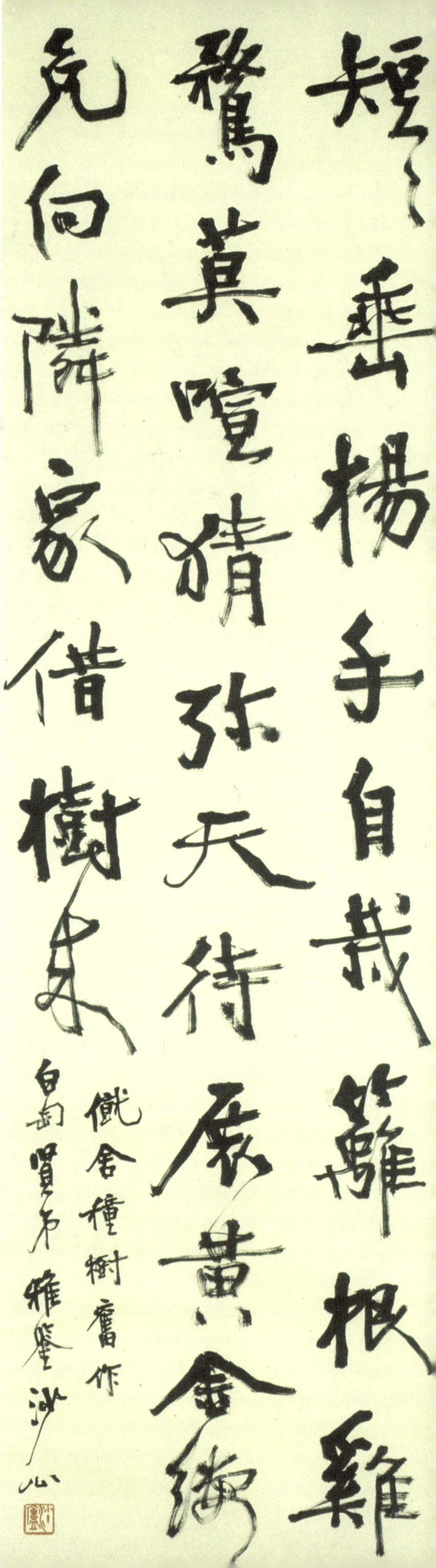

圖七二《戲舍種樹》墨迹（南京博物院藏）

【校】墨迹，「寞」作「漠」，「無」作「毋」，題識：「十二日，無同。」見《胡小石書法選集》第二八頁《曉星篇》（四十年代）。

高城

高城笳歇暮潮生，天北天南片月明。今夜捲簾看海色，清光幾處斷鴻聲。

【按】此詩有墨迹，胡小石紀念館藏。

服藥

服了硃砂夢不成，胡床拄頰覺秋清。長宵誰是幽人伴，愛聽芭蕉雨打聲。

【按】此詩有墨迹，題識：「不寐一首，示柱。」見《胡小石書法文獻》第八四—八五頁，二十世紀四十年代，胡小石紀念館藏。

春晚

春晚桐花白，江寒魚浪深。向來悲鮑照，不敢怨盧諶。吊客蠅堪托，長鳴鳳豈瘖。無端憑楚老，行酒憶浮沈。

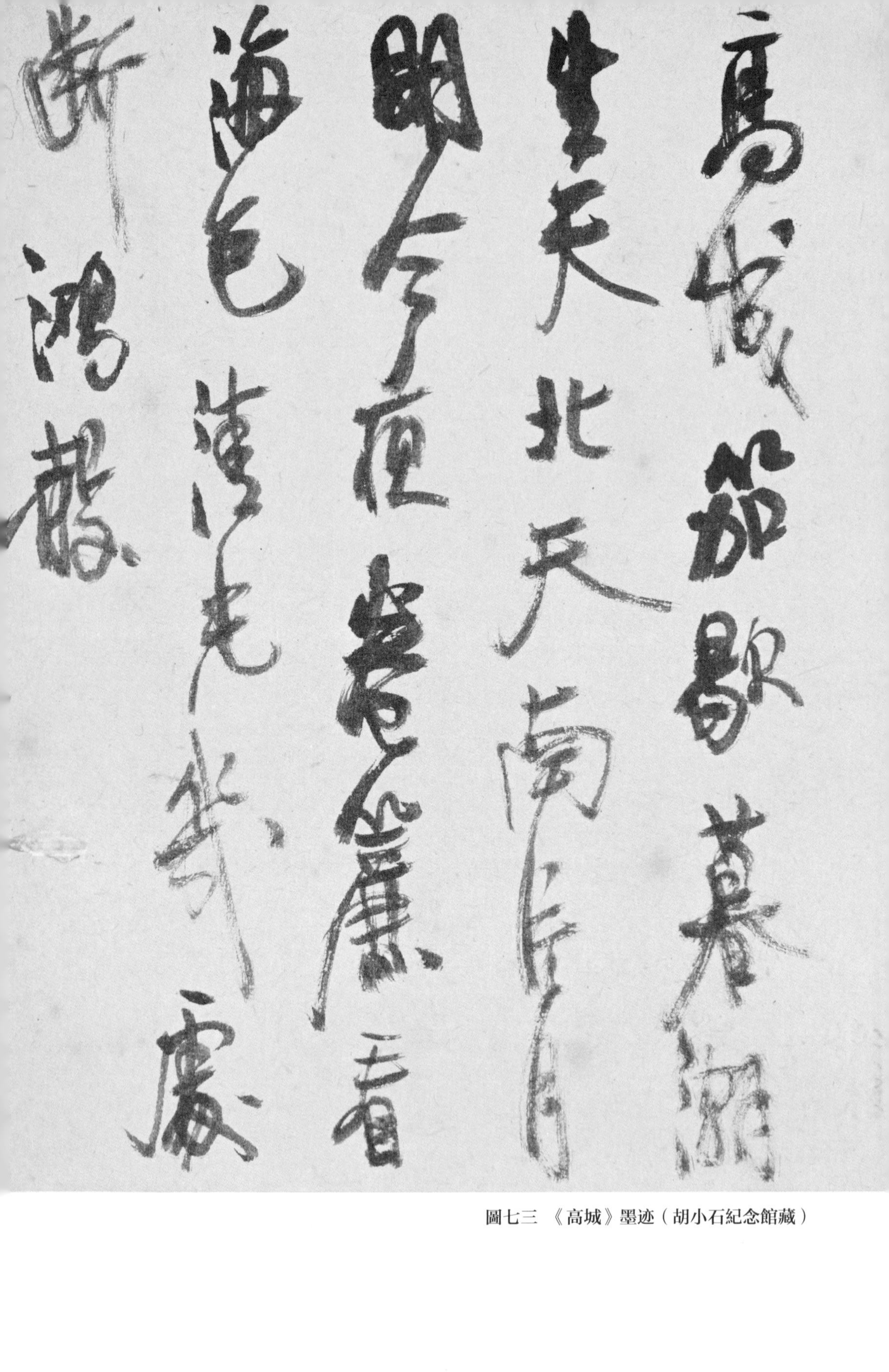

圖七三 《高城》墨迹（胡小石紀念館藏）

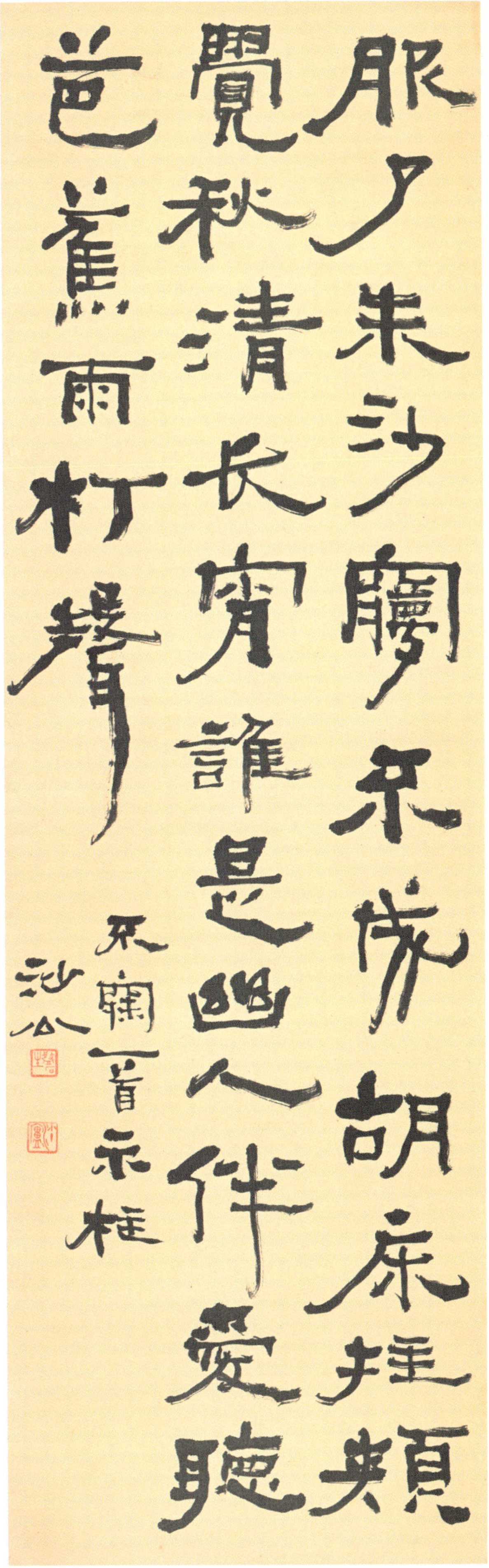

圖七四　《服藥》墨迹（胡小石紀念館藏）

安適

冉冉牛低户，栖栖雁拂河。挑燈驚夕永，聞角厭兵多。出世吾安適，觀天願不磨。風庭下梧葉，飄轉莫隨波。

【按】此詩墨迹一，詩題作《安適一首》，胡小石紀念館藏。墨迹二，題識：「安適一首。沙。」見《沙公墨妙》第八二—八三頁，南京博物院藏。

雁聲

蕩夢茫茫海水青，庭柯風語怨飄零。投沙十載不聞雁，今夕溪橋擁絮聽。

題大雀山人年譜，出其女夫戴亮吉筆

公子仙才睨古今，不將台鼎換清吟。聲家分王彊村老，况鬼何來也入林。近世詞伯但當推朱、鄭，或以况驂乘，非其倫也。彊村晚年極稱况，以况貧鬻文，欲益其進耳。况貌奇醜，群戲呼爲鬼子。

詞人從古住吴城，腸斷方回有應聲。踏壁瘴山一惆悵，琴臺秋色與雲平。清末詞人之卒於吴者，王半塘、胡硯蓀。買宅終老者，則大雀、彊村最著，不獨宋之賀、吴諸賢也。

結集韓文李漢宜，千秋冰玉映參差。寧同癡絶微雲婿，能笵康成是戴逵。

【校】墨迹，詩題作《題大鶴山人年譜，譜出其女夫戴亮吉筆》，其一小字注「年」作「歲」，其二小字注：「清末以詞人而卒於蘇者，王半塘、胡硯蓀。買宅終老於蘇者，則大鶴、彊村最著。不獨宋之賀、吴諸賢也。」胡小石故居藏。

口號

心如薄霄鳶，身是投苴兔。日日望江流，無□□□□。

【注】此詩據楊白樺舊藏墨迹著録。此詩與《雨》《蘭津怨一首》連書，惜紙殘不完，「無」下四字當在另一紙。

蘭津怨一首

南天誰問碧鷄神，錯轂千車及上春。一似漢家勤遠略，蘭津渡了爲他人。怒江一名蘭津，又轉瀾滄。「渡蘭津，爲他人」，漢謡如此云。

【注】此詩據《補鈔》著録。

【校】此詩有墨迹，詩後自注云：「怒江，漢名蘭津，又轉瀾滄。『渡蘭津，爲他人』，漢謡如此云。」見《中國書法》一九八七年第二期第五頁《胡小石作品選》之《蘭津怨一首》。

【按】梁白冰註釋《胡小石〈蘭津怨〉一首》：「此七絶一首，是胡小石先生在抗日戰爭時期任國立雲南大學教授或稍後時作，爲游壽教授所收藏。」文後附墨迹照片，《東南文化》一九八六年第一期。

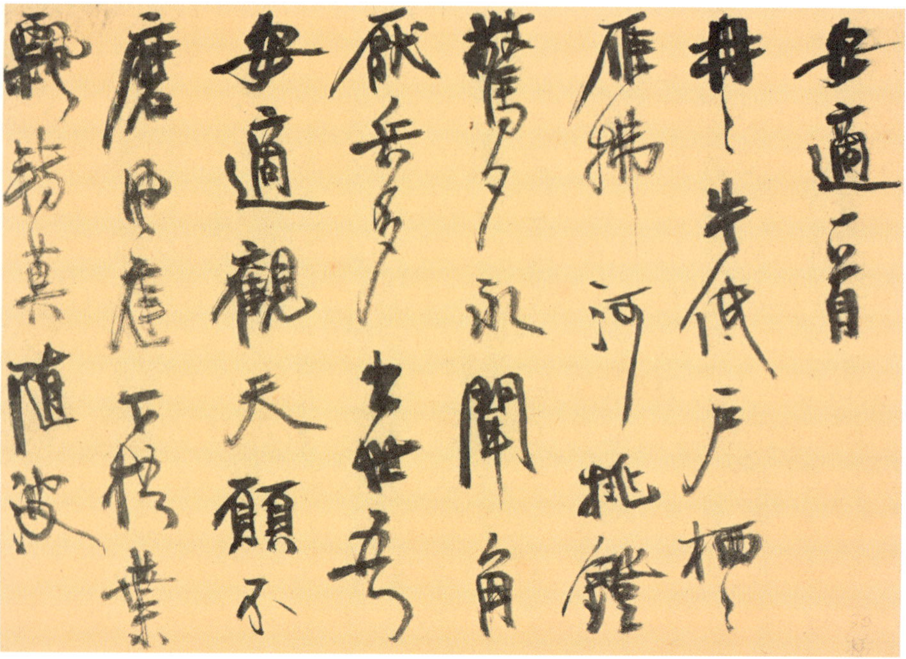

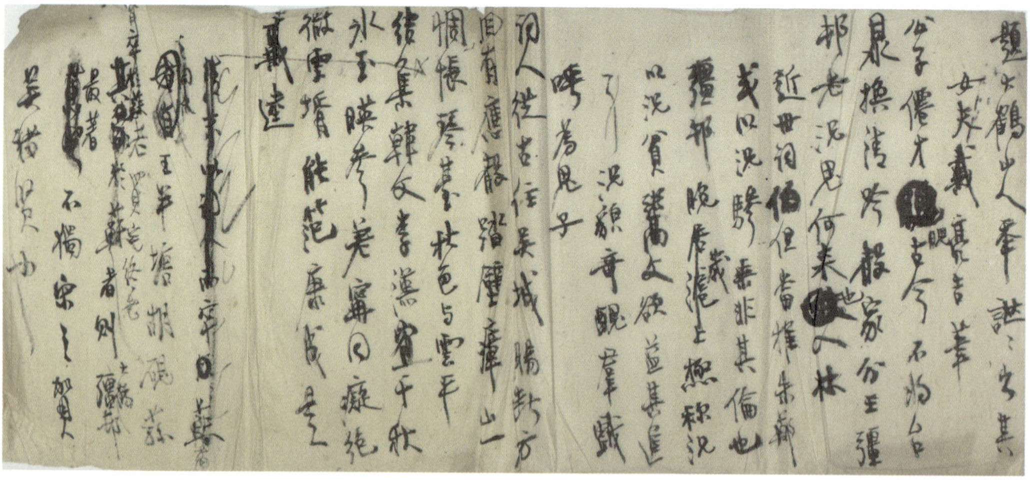

上　圖七五《安適》墨迹（胡小石紀念館藏）

下　圖七六《題大雀山人年譜，出其女夫戴亮吉筆》墨迹（胡小石故居藏）

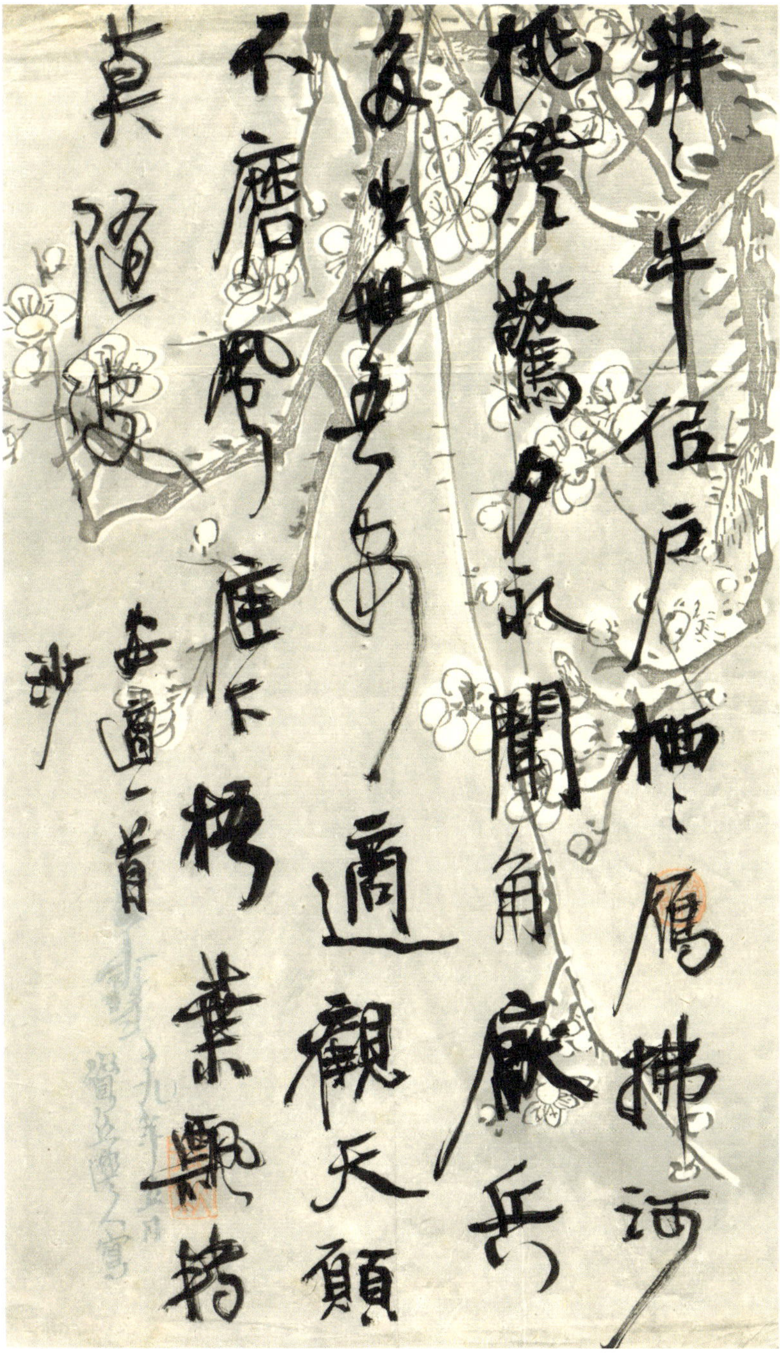

圖七七 《安適》墨迹（南京博物院藏）

重陽日寄沅君三台一首

風雨登高眼，空江望梓州。旌竿失山外，沽舶滿沙頭。地北應聞雁，秋深莫上樓。濁醪踶塲得，信使托新篘。

【注】此詩據楊白樺舊藏墨迹著録。

【按】馮沅君《點絳唇》（夏廬師九日惠詩，取其首句成此令詞）：「争不悲秋，蕭蕭敗葉翻階亂。人如天遠，風雨登高眼。浩蕩鄜涪，也逐蒼山轉。思何限，殷勤南雁，留取身常健。」見《馮沅君創作譯文集》第二六一頁。

朝天觜茗話同重華白匋

江閣輕陰客思多，青袍訴夢奈秋何。楊庵東海須臾事，莫更臨川嘆逝波。

東陵瓜熟誰還蔕，南郭梧高懶著經。長羨白題三尺豎，目驅水牯耍茅亭。

【注】此詩據《馮沅君傳》第五章《漂泊西南》第一八九頁附圖「胡小石先生寫給馮沅君先生的詩」墨迹著録。

題吕鳳子《如此人間》

貧即是罪當死，張目敢爾冥頑。多事丹陽吕濬，白頭猶畫人間。

大腹如山過市，殘鐙如磷著書。爲謝先生休矣，而今九丐十儒。

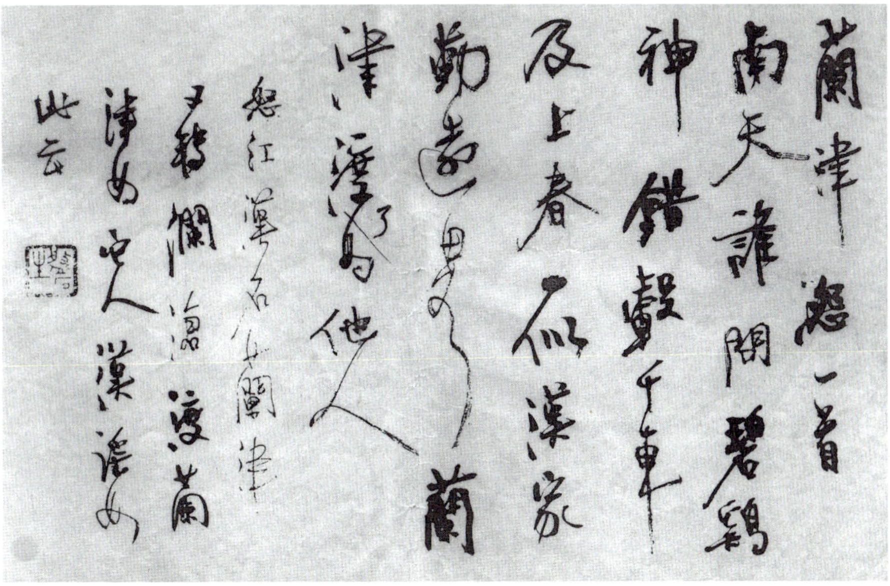

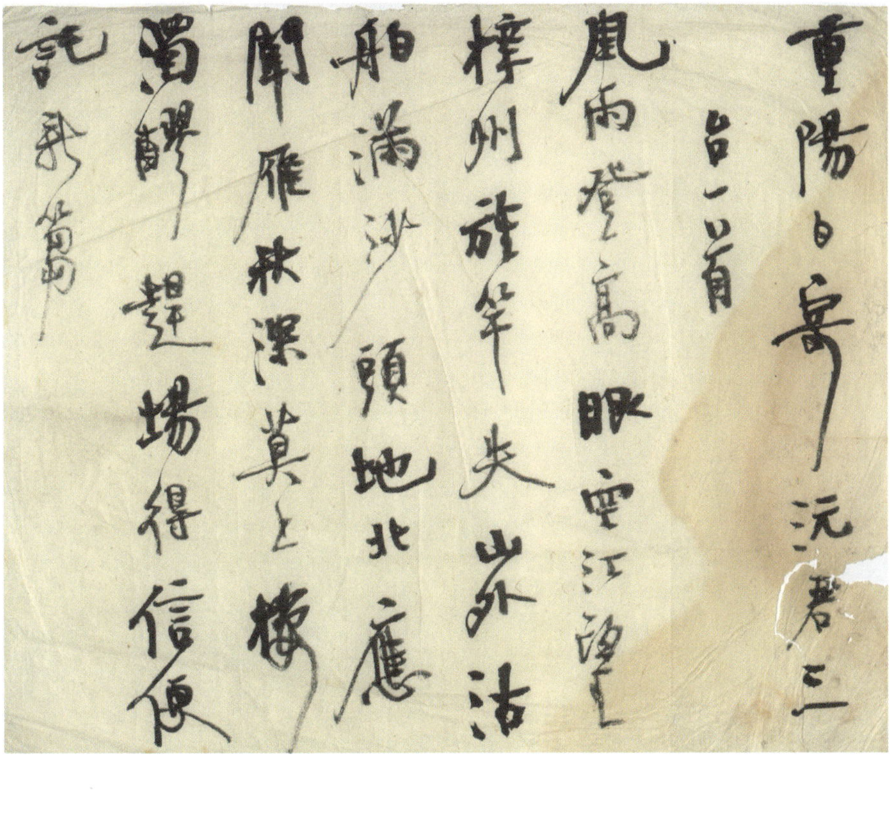

上　圖七八《蘭津怨一首》墨迹（游壽舊藏）

下　圖七九《重陽日寄沅君三台一首》墨迹（楊白樺舊藏）

【注】此詩據墨迹著録。題識：「麟若吾兄囑。光煒。」常州吴青霞藝術院藏。朱亮《吕鳳子傳》第三十九章《金剛怒目》：「《如此人間》題曰：『如此人間，麟若先生鑒之，鳳先生。』『廿七年入蜀以後』巨印壓右角。上部，原國立中央大學教授胡光煒（小石）題句：（略）。」南京出版社一九九二年版，第一七一頁。

送盧大東歸次其韻

浩蕩乾坤付鐵衣，陸魚煦沫幸相依。已憐故園無家别，更值天涯送客歸。幾輩逃兵尋漢孔，多君遁迹尚松扉。青袍漂泊畸人分，記取蘭成鬢髪稀。

【注】此詩據墨迹著録。楊白樺舊藏。

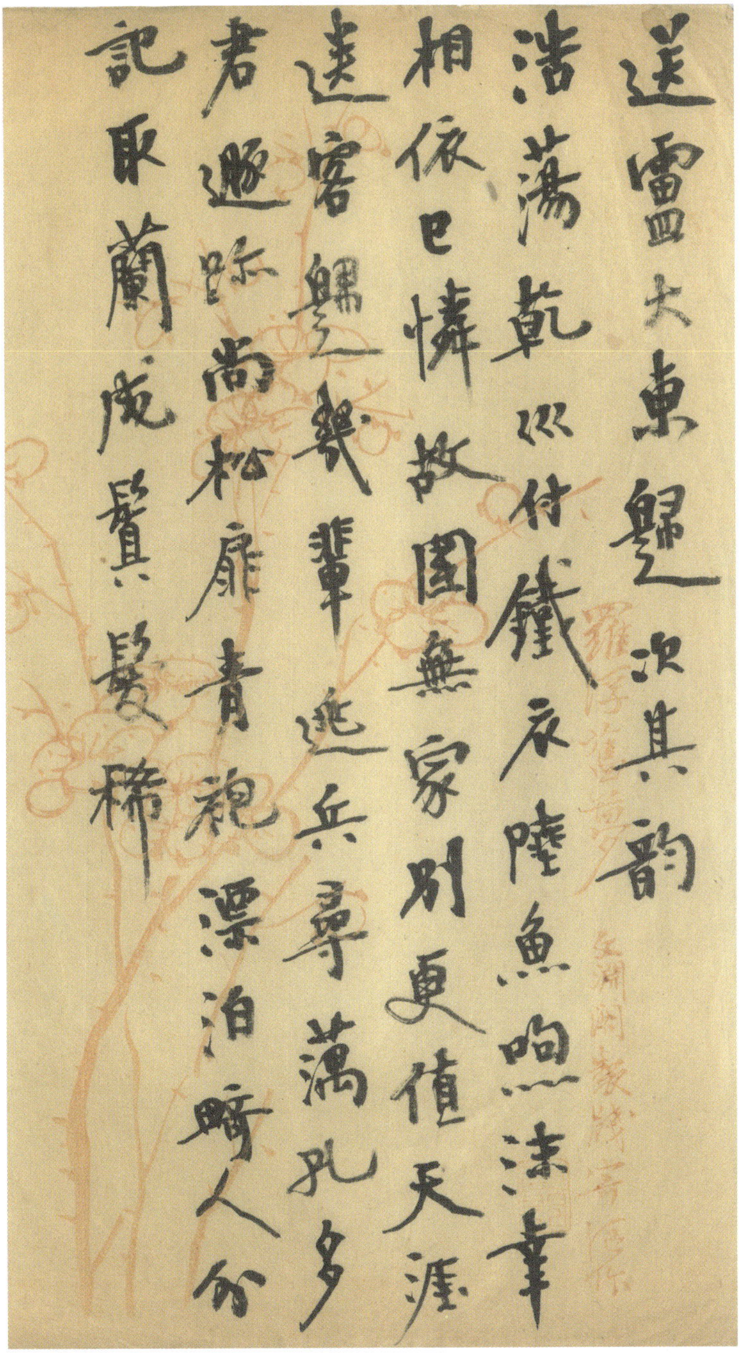
送盧大東歸 次其韻
浩蕩乾坤付鐵衣，陸魚呴沫幸
相依。已憐故國無家別，更值天涯
送客歸。幾輩逃兵尋萬孔，多
君遐跡尚松扉。青袍漂泊畸人分，
記取蘭成鬢髮稀。

圖八〇 《送盧大東歸次其韻》墨迹（楊白樺舊藏）

卷五

古近體詩五十四首。自一九四六年至一九六二年，在南京作。

爲卞孝萱題詩并書

揚州卞孝萱，未嘗接杯酒。萬里寄紙來，求書爲母壽。奔竄失筆硯，此事廢來久。晴牖延山光，薑芽落吾手。感子寒泉思，駊騀不辭醜。它時緘縢發，北堂開笑口。書成長泫然，小人已無母。

【注】此詩據墨迹著録。題識：「孝萱仁兄索書以娱其慈親，感賦短韻奉寄，愧不能畫也。丙戌（一九四六）二月松林講舍記。光煒。」見卞敏編《冬青書屋藏名人書畫選》，鳳凰出版社二〇一九年版，第一八四頁。顧穎藏。

樓陰

栗烈樓陰鵲啄苔，蒼茫海水夢生埃。寒松不壞斜陽色，微許孤筇問影來。

【注】此詩據《詩鈔》著録。

【按】此詩有墨迹，題識：「丁亥（一九四七）三月。沙公。」見《胡小石研究》封三《胡小石書法四條屏》之一。

題六朝松

彌天黄葉戰西風，獨立斜陽意萬重。海水清清何處去，登樓來問六朝松。

【注】此詩據《馮沅君傳》第六章《心儀光明》（第二三九頁）著録。一九四七年十月二十四日胡小石致馮沅君信内附詩三首之一爲《題六朝松》。

圖八一　《爲卞孝萱題詩并書》墨迹（顧穎藏）

袖手

袖手紅橋忘夕睡，楊花覆水飛如雲。江山都在鵑聲裏，祇是高樓不得聞。

【注】此詩據一九四八年八月十三日《和平日報》著録。

【校】《詩鈔》卷二詩題作《負手》，首二句作：「負手斜橋看夕曛，楊花拂水亂於雲。」

北湖

皺面柔波緑勝苔，風花舞雪入船來。北湖千古銷魂地，投老猶應醉萬回。

【注】此詩據《詩鈔》著録。

【按】此詩墨迹一，題識：「北湖小詩，寫寄鳳子學長兄吟正。戊子（一九四八）春分後三日。光煒。」見《中國書法全集·胡小石卷》第一三一頁，楊白樺舊藏。墨迹二，題識：「北湖舊作，莘農兄吟正。光煒。」見《胡小石書法選集》第三〇頁《北湖》，扇面。王一羽《緬懷沙公》：「（胡小石）用他獨具風貌的隸楷寫了一首『北湖舊作』的七絶詩句，我一旁侍立，最後落款爲『莘農兄吟正』，是爲許莘農先生寫的。」見《金陵書壇四大家·胡小石》，第一四三頁。

晨霜南中所稀有

沙頭坐霧日昏昏，破寐寒光亦可親。瘴國何年見冰至，朝來權作履霜人。

【注】此詩以下至《題門前橄欖》三詩據《補鈔》著録。

【按】有墨迹，題識：「戊子（一九四八）元日。光煒。」見《胡小石書法選集》第四八頁《詩十首》。

題桃花便面

亡國能無言，年年自春色。水東踏歌聲，花天泪應滴。

【校】①墨迹一，詩題作《題蓮裔作桃花便面》，「天」作「知」，楊白樺舊藏。②墨迹二，「天」作「知」，題識：「戊子（一九四八）元日。光煒。」見《胡小石書法選集》第四八頁《詩十首》。

題門前橄欖

橄欖青青稻葉低，沙頭風急鷓鴣啼。裁繒待托江魚腹，苦恨江波不肯西。

【按】此詩有墨迹，題識：「戊子（一九四八）元日。光煒。」見《胡小石書法選集》第四八頁《詩十首》。

咏霧

夢裏巴山住九春，竭來京洛又迷津。世間萬醜遮攔盡，畢竟蚩尤是聖人。

【注】此詩據謝建華《胡小石先生年表》著録：「一九四五年抗戰勝利後，作詩《咏霧》。」見《胡小石研究》，第一五七頁。

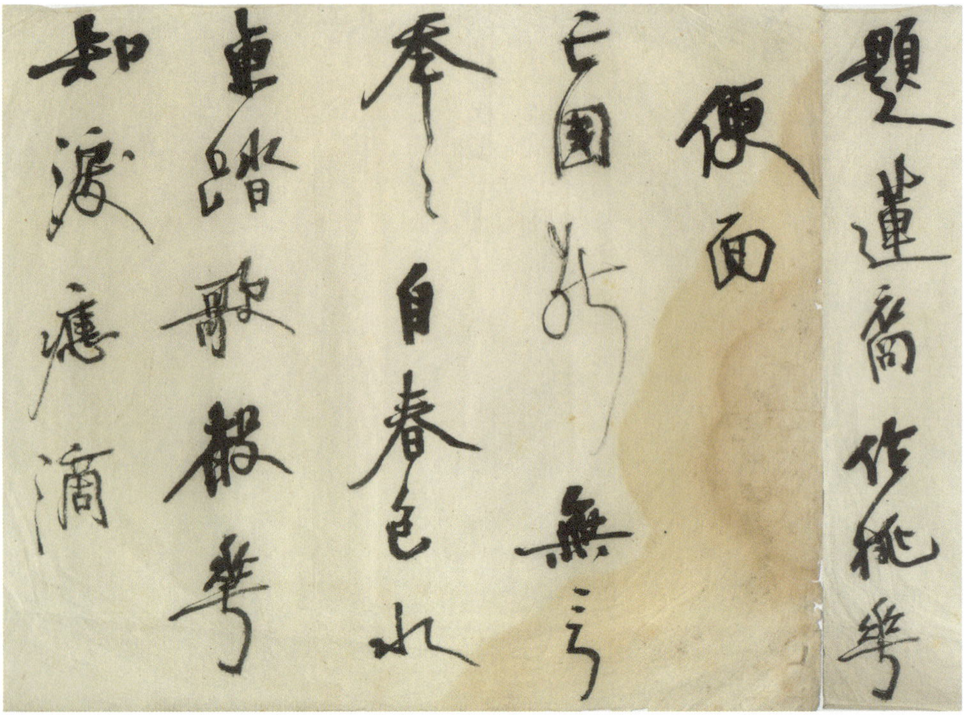

圖八二 《題桃花便面》墨迹（楊白樺舊藏）

題畫詩

縑素淪飄海有桑，百年舊物在青箱。休嫌翦斷吴淞水，猶自扁舟接混茫。

【注】此詩據胡小石《致曾昭燏信札》墨迹著録：「毛公鼎拓本及小幅已用印，因信納奉，乞察收。題畫詩，前晚歸車上成一絶句，昨書就，今晨已送去矣，詩録後，望論之。」「〇〇〇家藏其鄉先輩王石寫金山圖，經兵火，幸餘其半，重裝屬題：（略）。同書。六日上午。」見《沙公妙墨》第八六—八七頁，南京博物院藏。

中秋日書北樓

爨舍車如水，橋門馬似龍。青青不解去，唯有六朝松。

【注】此詩據墨迹著録。題識：「中秋日書北樓。」見《胡小石書風》第十一頁《行書詩册》。

七絶一首

駐夢青溪九曲長，鷄籠樹色晚蒼蒼。憑闌欲照波斯面，橋下春流已種桑。

【注】此詩據墨迹著録。見《胡小石書風》第二七頁《行書詩册》。

七絶一首

岸幘掀髯得幾時，斜陽巷陌獨行遲。白頭滿把山陽泪，鄰笛無人更解吹。

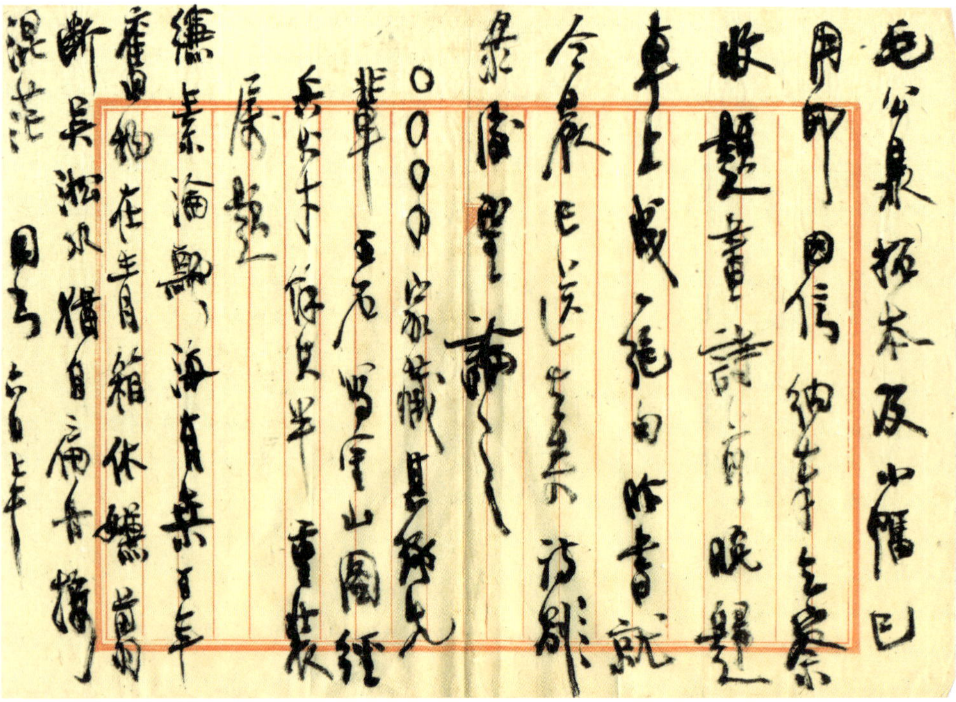

圖八三 《題畫詩》墨迹（南京博物院藏）

【注】此詩據墨迹著録。見《胡小石書風》第二九頁《行書詩册》。

秋歸

春歸歲歲長留恨，不道秋歸恨轉長。霜柳今朝顔色改，却教人認是鵝黄。

【注】此詩據墨迹著録。見《胡小石研究》第一二九頁《胡小石詩稿手迹》。

種樹

新種垂楊五尺長，登樓便覺緑陰凉。移風一世誇勞動，漫被人呼作女桑。

【注】此詩據墨迹著録。題識：「種樹舊作之一。沙公。」

題曾九先生畫册爲章柳泉

農鬌六十始作畫，彈壓百怪誇雄文。一如高適製詩句，五十染翰猶超群。曉靄堂空玄賞絶，側身天地紛寒雲。樓西展卷三嘆息，雙井真張蘇門軍。

【注】此詩據游壽舊藏墨迹著録。

喜聚

池館無聲日色新，群英邂逅及喜辰。栖檐莫管留殘雪，已喜秧歌送早春。

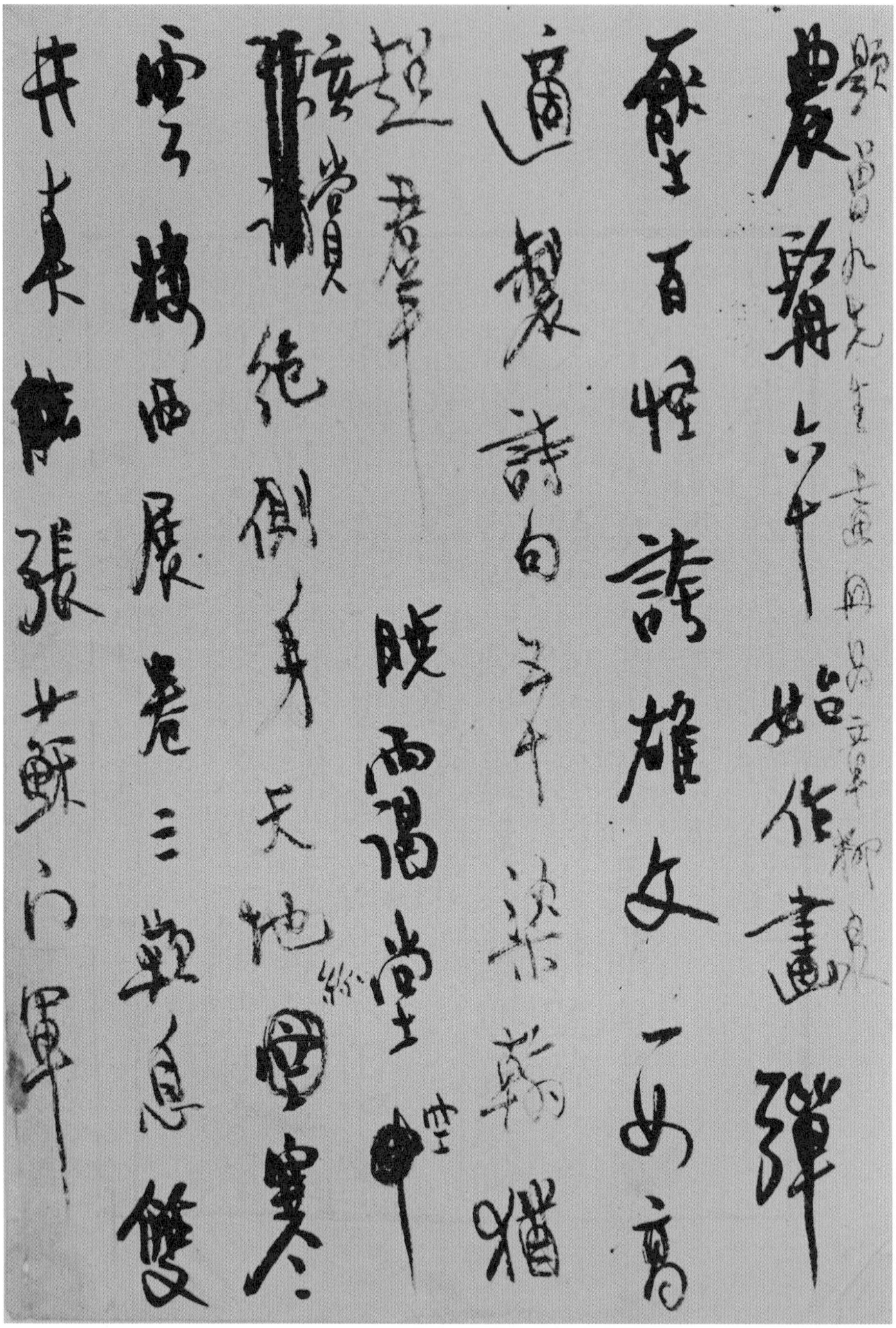

圖八四《題曾九先生畫册爲章柳泉》墨迹（游壽舊藏）

【注】此詩據雍桂良編《中華愛國詩詞大典》「胡小石一九五一年二月作《喜聚》一首」著録。時代文藝出版社一九九一年版，第一四四二頁。

五絶一首

千杯傾越酒，十里送荷風。更以吞江量，完成跨海功。

【注】此詩據南京市政協文史和學習委員會編《紅日照鍾山：南京解放初期史料專輯》著録，作於一九五一年六月。南京出版社一九九九年版，第二三八頁。

題王陶民畫垂柳雙燕

千年憔悴淮南月，長照畸人畫柳枝。今日春光君不見，無邊金縷燕來時。

【注】此詩據《詩鈔》著録。

【校】①墨迹一，「今」作「此」，題識：「題王匋民遺畫，昭熺賢弟，癸巳（一九五三）一月。光煒。」見《沙公墨妙》第一六〇—一六一頁，南京博物院藏。②墨迹二，「今」作「此」，題識：「題王陶民畫柳一首，平羽先生吟定。癸巳（一九五三）一月。光煒。」

【按】此詩又一墨迹，題識：「題王陶民畫垂楊雙燕一首。沙公。」胡令德舊藏。

七絶二首

屈原騷賦氣如虹，李杜光芒祖國雄。枉向人家偷鼻息，東風今日壓西風。

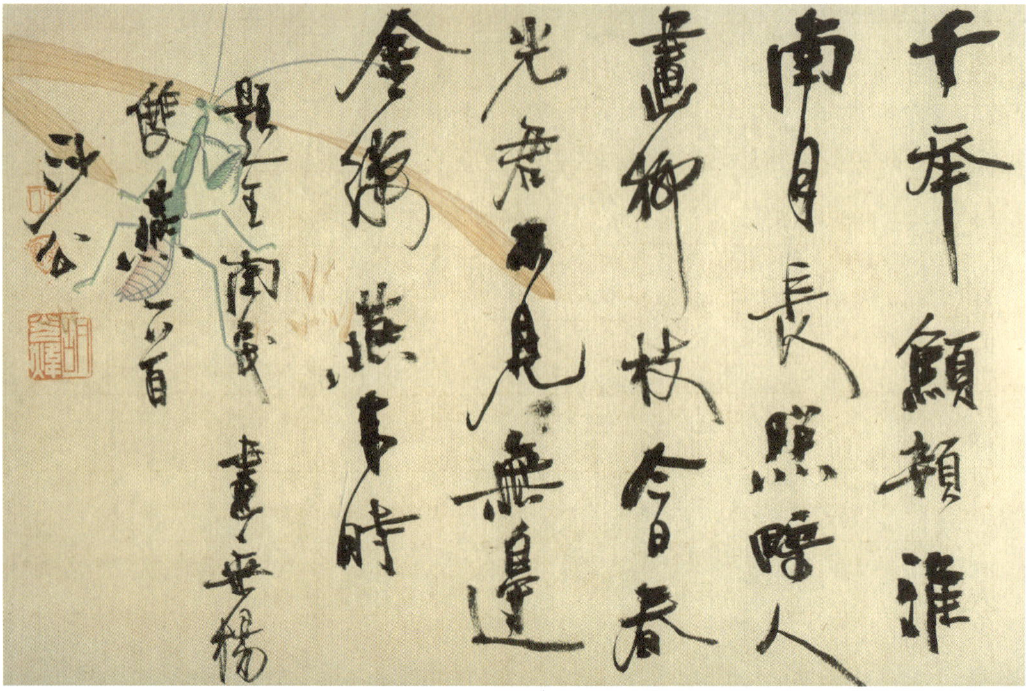

圖八五《題王陶民畫垂柳雙燕》墨迹（胡令德舊藏）

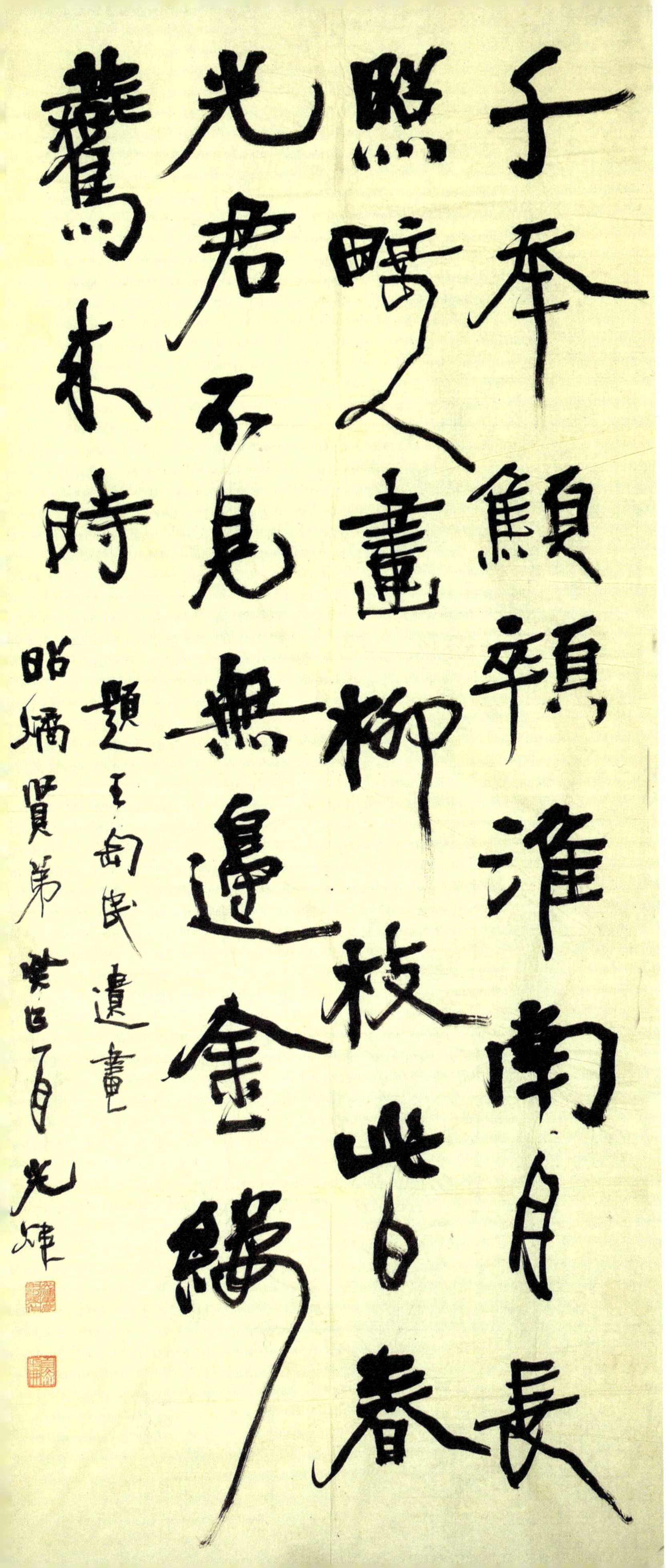

圖八六　《題王陶民畫垂柳雙燕》墨迹（南京博物院藏）

話本看來隨劇本，農歌唱處接漁歌。他時成績誰堪比，城外長江不較多。

【注】此詩據《胡小石先生年表》著録：「一九五四年九月十日，江蘇省文聯成立，南京市文聯并入省文聯。同時省作家協會成立。先生寫詩表示祝賀。詩云：（略）。」見《胡小石研究》，第一六〇頁。其一有墨迹，扇面，落款：「沙公。」

七絶三首

誦詩最好數風詩，創作無如群衆奇。休更攢眉啃書本，田頭老漢是吾師。

奔騰萬馬勢無前，照眼紅旗插上天。倒海移山今日事，老夫一馬也争先。

世間生産朝朝昇，筆下文章代代新。學古須爲今服務，沉迷骸骨一癡人。

【注】此詩據墨迹著録。三幅扇面落款皆爲：「沙公。」私人藏。

贈張桂軒　張京劇名武生，年八十六，猶登臺演趙雲斬五將

飛叉已失俞毛豹，長靠空憐楊小樓。留得昇平前輩在，高歌今日蓋南州。

【注】此詩以下至《贈張桂軒》（薄海同歡春色回）十五詩據《詩鈔》著録。

【校】墨迹，無題下注，題識：「贈張老桂軒之作，書示龍雲。沙公。」見《胡小石書法文獻》第一九八—一九九頁《自作詩》，南京博物院藏。

觀陳伯華演《宇宙鋒》

宛轉歌喉一串新，漢濱如見弄珠人。乍逢趙女來秦殿，何減梅家有洛神。剺面淒涼傳古恨，批鱗慷慨奮微身。繁燈急管移情地，莫向遺編問假真。

【按】此詩有墨迹一，題識：「陳伯華演《宇宙鋒》，驚才絕艷，今世所稀。丁酉（一九五七）處暑寫與柱看之。沙記。」見《胡小石書法選集》第二六頁《七律一首》。墨迹二，題識：「觀陳伯華演《宇宙鋒》一首。」胡令德舊藏。郭維森《回憶胡小石師》：「有一次，他看過有漢劇梅蘭芳之稱的陳伯華的演出，向我們介紹説，陳的聲腔就像是粒粒珍珠迸落，并向我們展示他寫的《觀陳伯華演〈宇宙鋒〉》詩，其中有句云：『宛轉歌喉一串新，漢濱如見弄珠人』。」見《金陵書壇四大家·胡小石》，第六四頁。

同白匋作

迎客鍾巒不世情，秦淮潮落晚來清。白頭待續《東城記》，坊陌熙熙盡後生。

陸八河房戴四船，當年幾輩遇真仙。縷衣玉笛皆塵土，賸聽荒波也可憐。

斜照闌干對影人，繁華重問已無因。頹垣却見孤生柳，猶仗婆娑寫舊春。

小鼓雙鑻夙定場，烽烟飄泊向蠻荒。《淋鈴》一曲腸堪斷，何處天涯問董娘？

攲帽昂藏一丈夫，虬髭人唤酒家胡。黄罏未是傷心地，長感鵑聲廢蜀都。

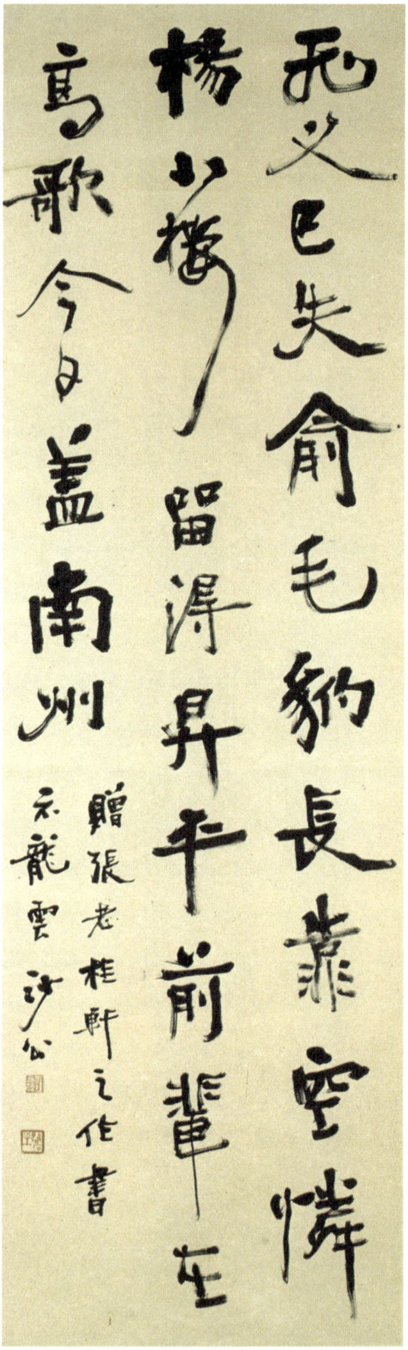

圖八七 《贈張桂軒》墨迹（南京博物院藏）

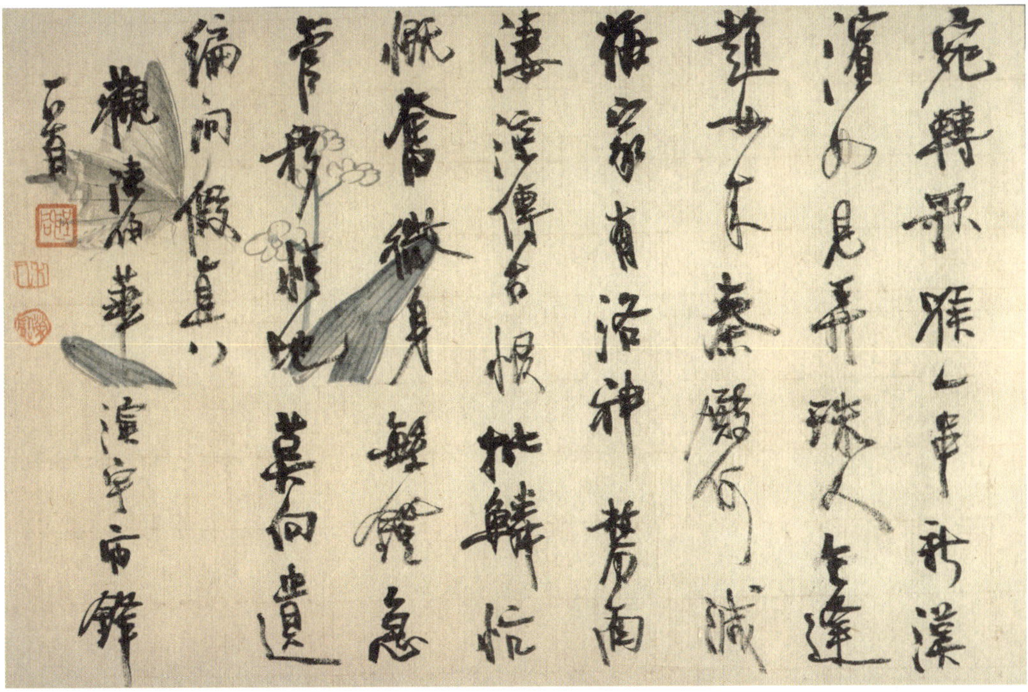

圖八八 《觀陳伯華演〈宇宙鋒〉》墨迹（胡令德舊藏）

樊樓燈火幾經過，白袷吴郎鬢已皤。往事如麻浪淘去，眼中無恙漢山河。

題周瑒畫牡丹

猛志刑天期報韓，但圖龍水太迷漫。阿誰識得尋王意雍正「硃批諭旨」指周取名，意在尋王，落墨朝來寫牡丹。

【按】王一羽《緬懷沙公》：「周瑒既善墨龍，又能人物花卉，南博有一張駐錫圖頗爲精彩，市文保會則有大幅墨龍，但缺花卉，傳世頗稀，而家二叔却藏有周瑒墨牡丹一幅，寫得生意盎然，我商請藉展。取回後，即送請沙公鑒賞。蒙法眼以爲向所未見之作，於是我請沙公題跋其上，以增光彩。沙公題七絶一首：（略。）款下是鈐了我爲沙公刻的『沙公之印』一枚陽文印章。」見《金陵書壇四大家・胡小石》，第一四七—一四八頁。

一九五九年中秋前一日陪諸同志北湖翠虹廳集

涼風靖蚊蚋，美稼替呻吟。嘯侶期湖曲，開堂愛柳陰。談天八紘遠，評史十年深。更喜蟾光滿，來朝佳節臨。

【校】①《詩鈔》稿本，題中無「年」字。②墨迹，「遠」作「小」，題識：「一九五九年中秋前一日陪諸同志北湖翠虹廳集。子强賢弟同賦。沙公。」見《胡小石書法選集》第二四頁《陪諸同志北湖翠虹廳集》，又見《中國書法全集・胡小石卷》第一三四—一三五頁《贈子强詩卷》，孫原平藏。

題李復堂蕉陰鵝夢圖

不薄清波近曲池，畫師點筆費人猜。蕉陰露溼華胥夢，免見書生作幻來。

【校】①《詩鈔》稿本，「露溼」作「一覺」。②墨迹，「薄」作「逐」，「近」作「就」，題識「沙公書與若若」，見《胡小石書法選集》第二〇頁《題李鱓蕉陰鵝夢圖》（一九六〇年），楊海若藏。

蘇聯宇宙火箭達月球喜賦一首

萬古青冥誰得攀，奇肱一箭没遮攔。即今鑿空通圓魄，不待成橋叩廣寒。顧菟迷離真可對，嫦娥寂寞也增歡。紅旗高颺靈光裏，任爾波旬側眼看。

【校】《一九四九—一九五九江蘇詩選》，詩題作《蘇聯紅色火箭入月》，「箭」作「發」，「嫦」作「素」，江蘇人民出版社一九六二年版，第二〇六頁。

庚子三月卧疾淞濱柬彦通白匋

亂眼風花上步廊，闌干斜照晚蒼蒼。招携未許窮春草，牢落偏教住病坊。獨塔殢人靈谷月，柔波湔夢北湖航。明年此日江皥壯，載酒須遲海客嘗。

圖八九 《題李復堂蕉陰鵝夢圖》墨迹（楊海若藏）

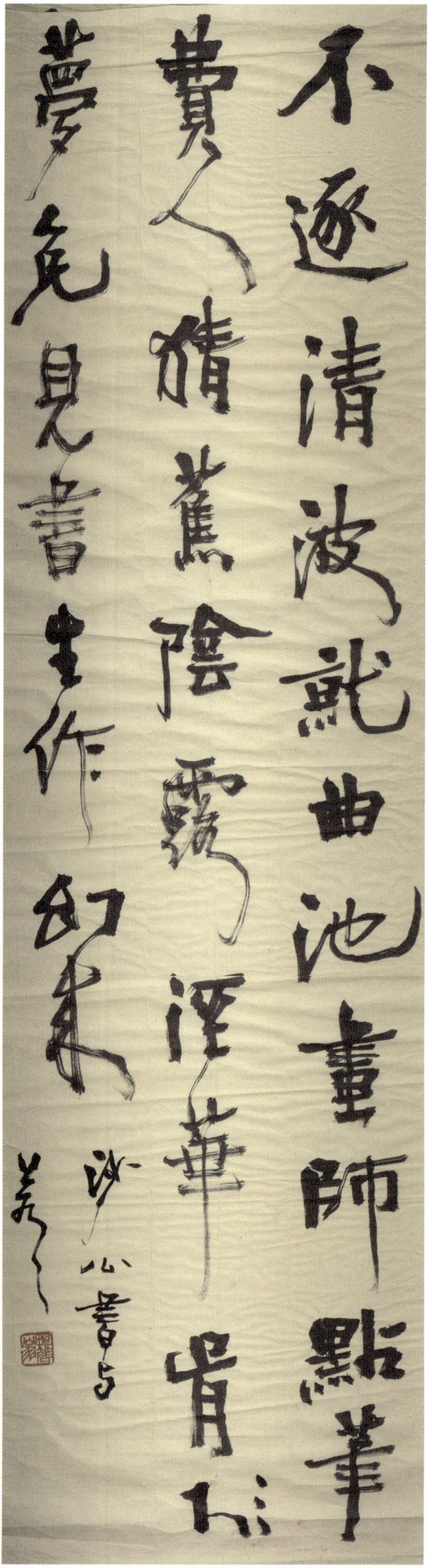

鷄柵

破夢秋窗腷膊聲，起看鷄柵意縱横。杜陵老子今如在，不放宗文萬里行。

【校】墨迹，「如」作「猶」，「放」作「遣」，題識：「鷄柵，書示柱。」見《胡小石書法選集》第三一頁《鷄柵》（五十年代），扇面，楊白樺舊藏。

【按】此詩又一墨迹，題識：「鷄柵一首，庚子（一九六〇）十月，東風堂書。沙公。」横幅，胡令聞舊藏。

贈張桂軒

薄海同歡春色回，孤花憔悴也重開。翠屏千尺松林路，燈影刀光見汝來。

【按】郭維森《回憶胡小石師》：「有一晚，他看了八十六歲的京劇老藝人、有活石秀之稱的張桂軒演出的《翠屏山》，第二天課前，便向我們談了他看戲的感受，讓我們看他寫的一首詩：（略）。」見《金陵書壇四大家·胡小石》，第六三—六四頁。

國慶日頌詞

神州革命力戡天，失喜華顛夜不眠。流血終摧三大敵，建邦便到十周年。雄風威震滄溟沸，美政光齊皎日懸。倒海移山等閑事，飛騰誰與我争先。

【注】此詩據《胡小石先生年表》著録。《年表》一九五九年十月一日：「作《國慶日頌詞》其一云（略）。」見《胡小石研究》，第一六一頁。

庚子中秋即事二首

歲歲秋長好，番番景不同。昔人誇顧菟，斯世仰飛龍。鋼鐵成山積，糠糧栖畝豐。請看圓魄下，大地盡東風。

高咏通桑泊，妍談勝庾樓。柳絲時拂几，荷蓋尚藏舟。目極江山美，胸蠲摇落愁。紅旗照衢路，何事更悲秋。

【校】此詩據楊白樺舊藏墨迹著録。題識：「庚子（一九六〇）中秋即事二首。沙公。」

倚枕

江雨蕭條灑復停，高樓倚枕百思并。座間花氣驚春晚，簾隙星光報夜晴。楊子草玄餘自喜，馮公垂白竟何成。九衢深轍雷音起，藥裹真然負此生。

【注】此詩據楊白樺舊藏墨迹著録。題識：「倚枕一首，辛丑（一九六一）六月，沙爲柱書。」見《二十世紀書法經典·胡光煒》第十五頁。

病院中作七律一首

肝膽輪囷那足誇，老夫撑腹有槎枒。移床便抵經龍漢，攬鏡虚疑謗法華。捧藥紅妝聊作伴，留春緑樹未還家。晚風多少汀洲感，擬共靈均賦折麻。

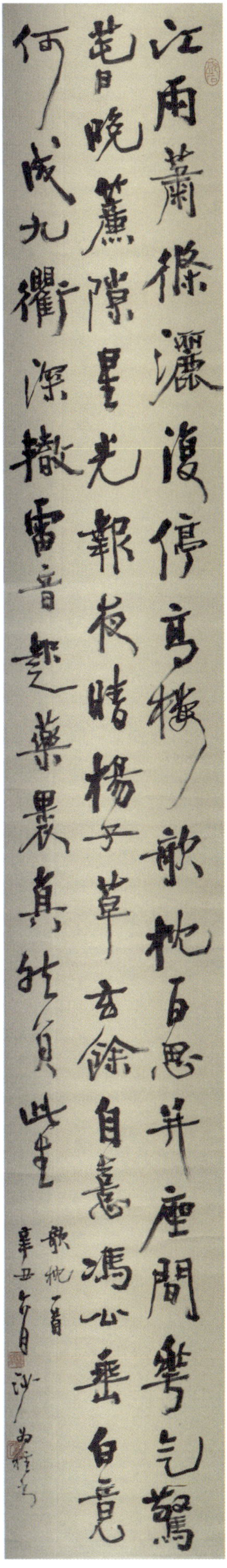

圖九〇 《倚枕》墨迹（楊白樺舊藏）

【注】此詩據《補鈔》著録。

【按】此詩有墨迹，題識：「偶題一首，病坊中作也。辛丑（一九六一）中秋前二日書。沙公。」楊白樺舊藏。

哭友人

錢橋橋西三尺塋，地老天荒不肯平。我有泪珠五千斛，爲君世世買無生。

【注】此詩據梁白泉《憶胡小石師》著録：「胡先生有哭友人詩一首，由曾（昭燏）院長抄示：（略）。心情、意境非常深刻感人。」見《金陵書壇四大家·胡小石》，第九四頁。

題《迎春圖》

嬌花倚錦石，時聞幽鳥贊。春色滿天間，何地著冷戰。

【注】此詩據墨迹著録。題識：「雪翁、抱石、繼高同畫。沙公題句。」見紀太年編著《喻繼高藝術之路》之《政協禮堂的「合作」》，安徽美術出版社二〇〇六年版，第三〇頁。

國慶日喜女鑒至

山東勾氏女，一别十年强。上樹纔前日，携兒如我長。笙歌歡國慶，烽火憶倭狂。祖國今來壯，休嗟鬢髮蒼。

【注】此詩據墨迹著録。題識：「國慶日喜女鑒至。克威同志正之。沙公。」張克威舊藏。

兒歌七首

小乖乖，上街街。說起話來象呆呆，走起路來象歪歪。買個燒餅，把你揣揣。一個小乖乖，變做大乖乖。

【注】此詩據墨迹著録。題識：「牛牛上街歌一首。沙公。」見《胡小石書法文獻》第二一四—二一五頁，南京博物院藏。

紅公鷄，尾巴拖，三歲娃娃會唱歌。不是爹娘教我的，自己聰明會唱歌。

【注】此詩據墨迹著録。題識：「庚子（一九六〇）十月，瓜三十生日，書此與之。沙公。」見《胡小石書法文獻》第二三〇—二三一頁，南京博物院藏。

花生米，愛吃花生米。你愛花生米，就要會種花生米。拿鋤頭，去翻地。下肥料，播種子。春天種一升，秋天就收一斗花生米。花生米，快把幹勁來鼓起。

【注】此詩據墨迹著録。題識：「沙公給花生米。」見《沙公墨妙》第一三六—一三七頁，書於二十世紀五十年代，南京博物院藏。

大蘿蔔，一斤半，頓頓張嘴要吃飯。小小船，自己摇。一摇二摇摇到外婆橋。橋上等着我，大餅加油條。

【注】此詩據墨迹著録。題識：「沙公書與蘿蔔。」見《沙公墨妙》第一七六—一七七頁，書於二十世紀六十年代，南京博物院藏。

小百合，開白花。搭船過大江，來到外婆家。外婆見我笑哈哈。手拿笤帚來掃地，好像一條大老虎尾巴。

【注】此詩據墨迹著録。題識：「沙公寫給小百合。」見《中國書法全集·胡小石卷》第一四〇—一四三頁，書於一九六〇或一九六二年春節，胡元龍藏。

孫悟空，鬧天宫。一个筋斗翻到半空中。咕嚨東，跌了一个倒栽葱。阿喲喲，頭上開了一個小窟窿。

【注】此詩據楊海若藏墨迹著録。題識：「給若若。」

小若若，會淘氣。爬上樹，不下地。做個窠，頭髮鬈。黄鶯小貓一道做游戲，大家團結好和氣。

【注】此詩據楊海若藏墨迹著録。題識：「沙公畫若若。」楊海若《記憶中的爺爺》：「記得有一天，爺爺開心地讓我去案桌上看看，他爲我畫了張像，還附了首小詩。爸爸不久就把它送去裱好，現在還挂在家中的墻上。爺爺這首充滿童趣的詩十分精彩，把我小時淘氣的神態完全表現出來了：（略）。」見《金陵書壇四大家·胡小石》，第一六七—一六八頁。

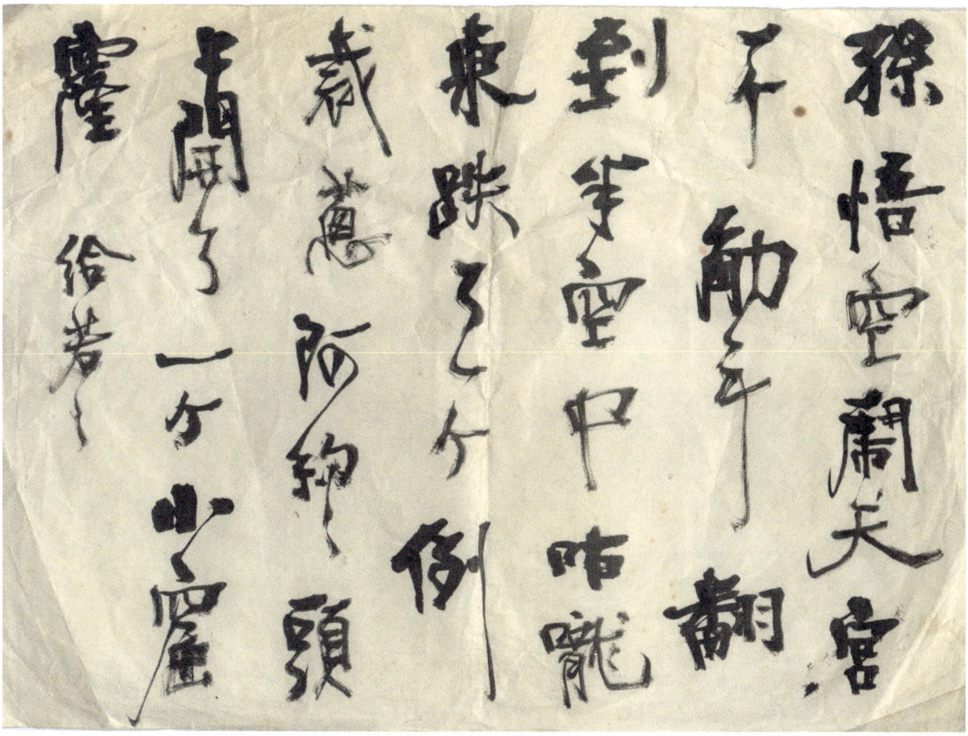

圖九一　兒歌「孫悟空」墨迹（楊海若藏）

小乘之上
街之說
起起詰求
象獸之
走起路
求象象

若之會淘
氣爬上樹

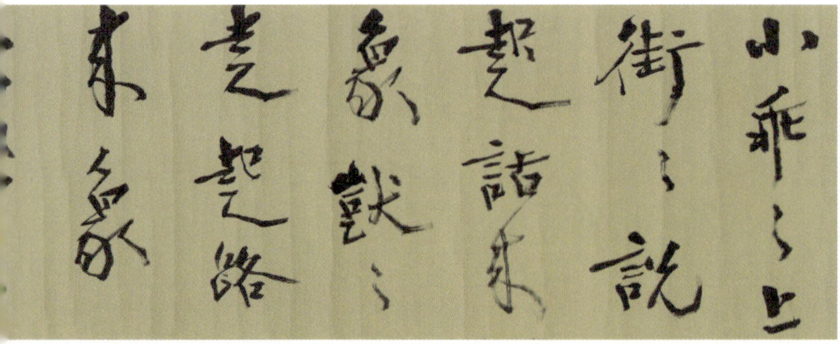

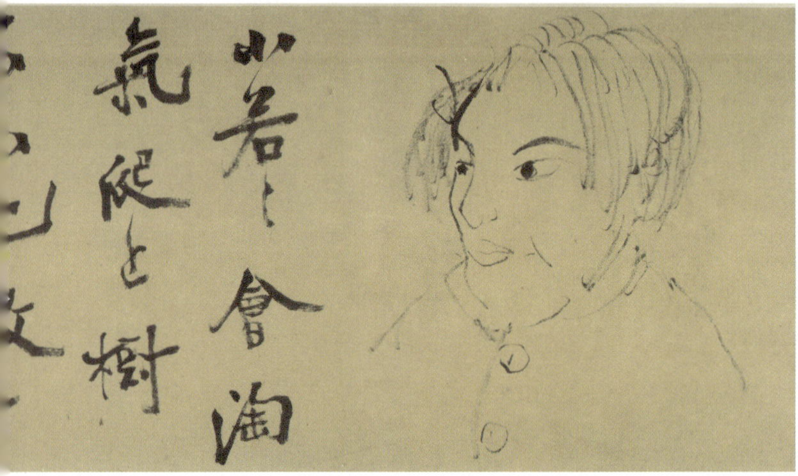

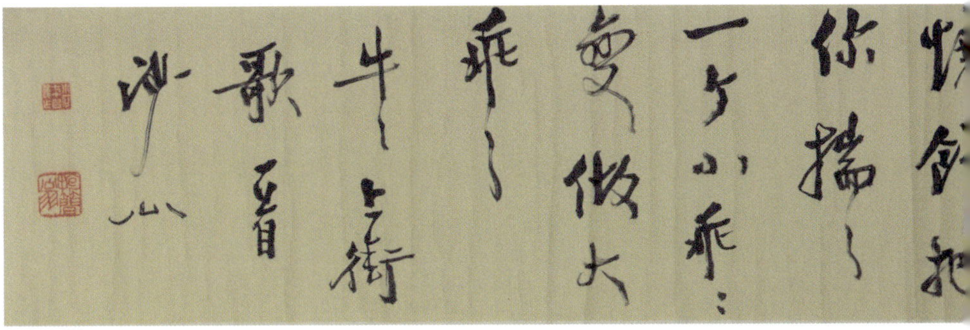

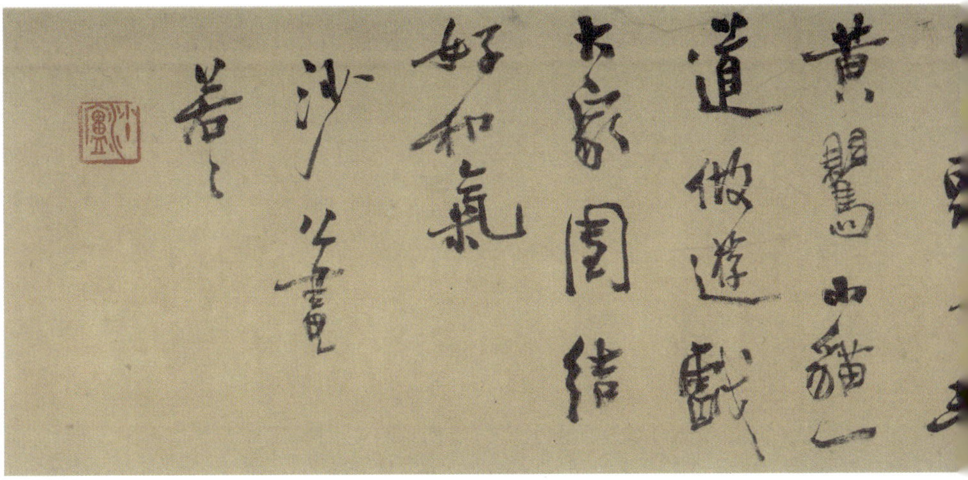

上　圖九二　兒歌「小乖乖」墨迹（南京博物院藏）

下　圖九三　兒歌「小若若」墨迹（楊海若藏）

願夏廬詞

浣溪沙　和翔冬燕子磯之作

燕子歸來又一年，汀花汀草弄春烟。斜陽獨扣過江船。　休怨長宵難再旦，君看缺月有時圓。只憑好夢護嬋娟。

【注】此詞據《顧夏盧詞鈔》（以下簡稱《詞鈔》）著録。

點絳唇　北湖飲席和季剛用吴韻

莫放杯空，醉中須過臺城路。舊憑闌處，春色迷紅雨。　缺月娟娟，人在天涯住。深盟誤，燕鴻來去。守盡瓊窗暮。

【注】此詞據《金陵大學文學院季刊》一九二三年第一卷第二期第三〇三—三〇四頁《磬石集》著録。

【按】此詞墨迹，題作《北湖飲席用吴韻》，見《傳古别録》内封題詞，南京大學圖書館藏。

浣溪沙

鸞鏡脂香宿未消，鏡中眉黛比山遥。層樓北望雨瀟瀟。　堪答深恩唯寂寞，待澆新恨有淪飄。長醒長醉總無聊。

【注】此詞據《詞鈔》著録。

【校】①《金陵大學文學院季刊》一九二三年第一卷第二期《磬石集》，「層」作「重」，「答」作「報」，

「寞」作「漠」。②墨迹，「層」作「重」，「答」作「報」，見《揚州畫舫録》封面胡小石題詩，南京大學圖書館藏。

點絳唇

午夢飄蕭，風吹不過城南路。垂楊無語，又作黄昏舞。　鳳燭鵁屏，孤約潮流去。重來處，亂鴉如絮，寒角空江雨。

【注】此詞與下《浣溪沙》五首據《國學叢刊》（南京）一九二三年第一卷第二期第一五四頁《夏廬長短句》著録。

【按】此詞有墨迹，扇面，題識：「點絳唇，仲子二哥索書小詞。光煒。」見潘敏鍾《胡小石與陳仲子》，《書法學習》二〇〇五年八月二十日。

浣溪沙

罷酒闌干笛未終，楚天新恨與誰同。薄寒欺鬢是西風。　迎棹已銷春草緑，當樓惟見夕陽紅。前游何事祗匆匆。

一雨秋光變黛鬟，修蛾應損鏡中山。吴雲海月太空寒。　啼露楊絲終不斷，巢林燕子尚知還。好憑西笑問長安。

江漢東流日夜聲，秋心秋水兩難平。西亭一枕萬愁生。　烏榜斜風吹絮白，南橋落月入簾青。

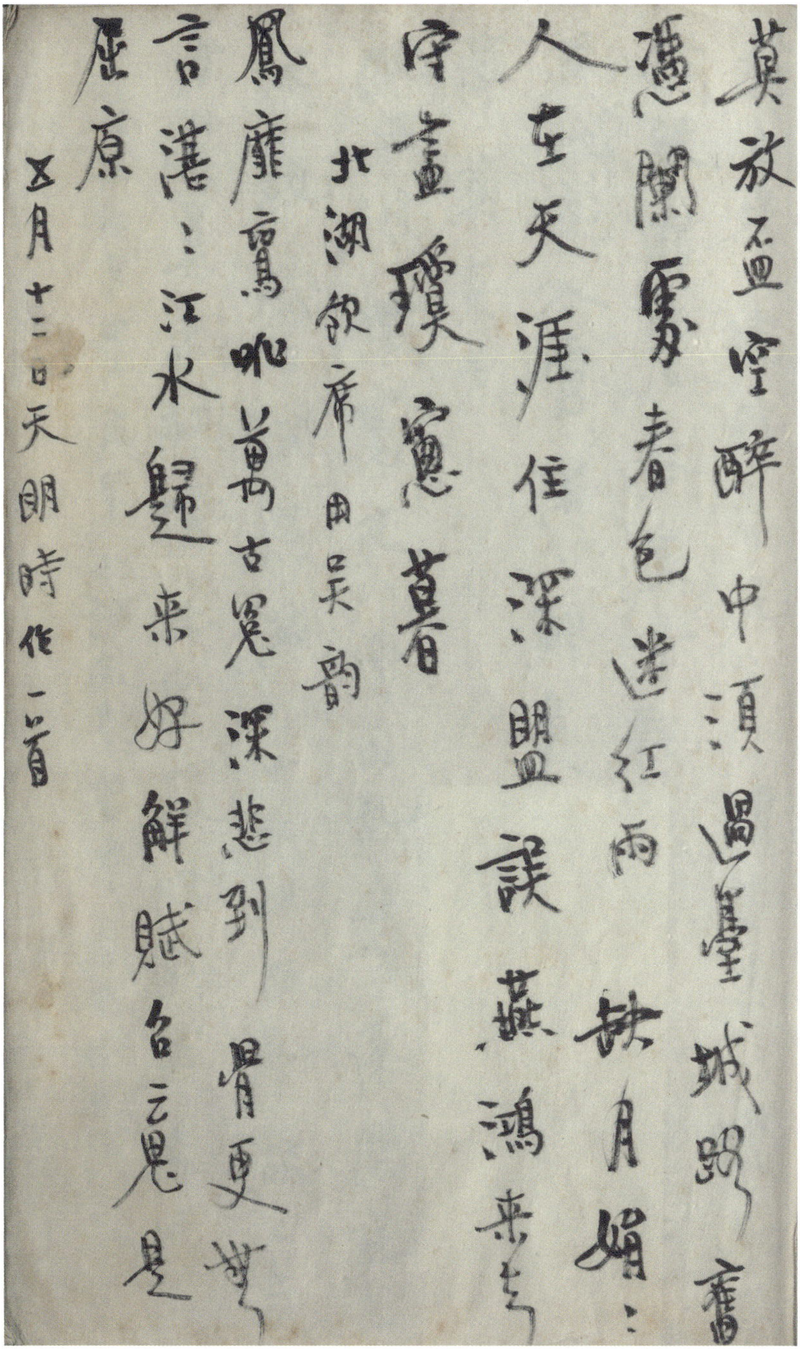

圖九四　《點絳唇（莫放杯空）》《十二日天明時書》墨迹（南京大學圖書館藏）

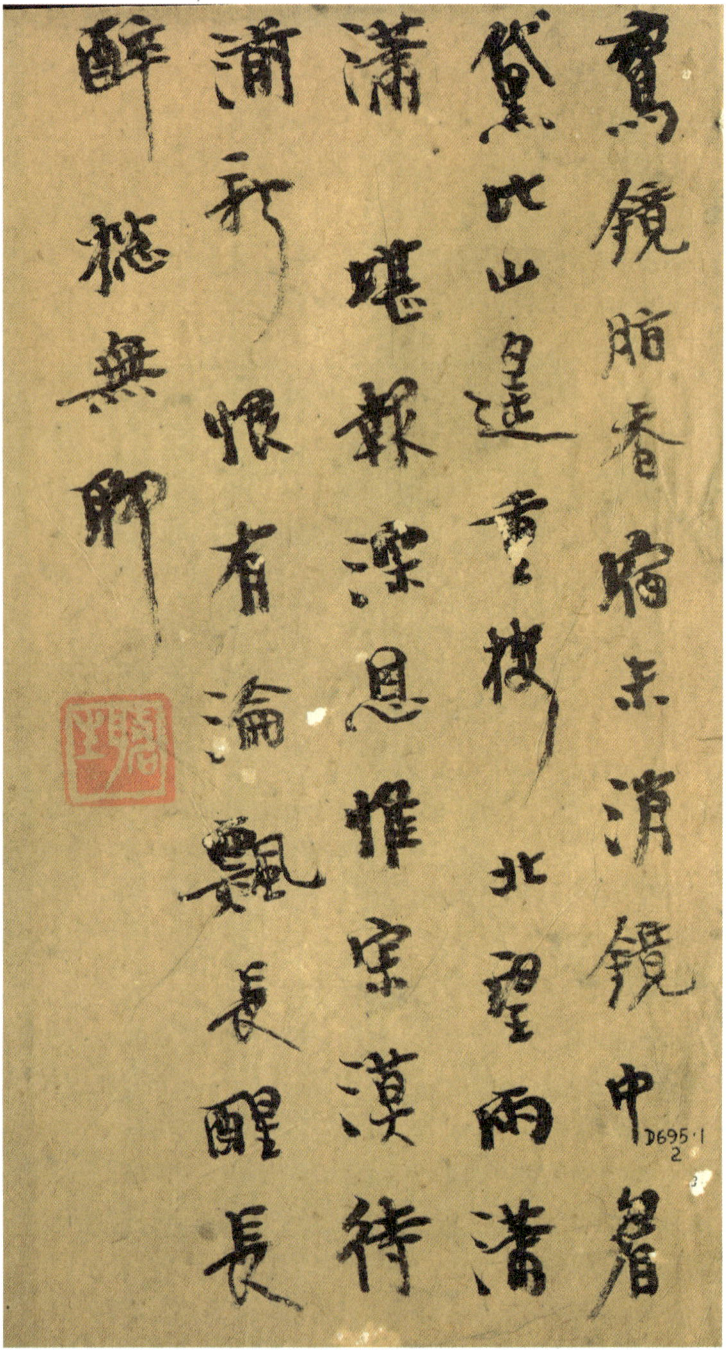

圖九五 《浣溪沙（鸞鏡脂香宿未消）》墨迹（南京大學圖書館藏）

人生真悔見吳城。

笳鼓嚴城晚更多，催將紅日下滄波。傷高心事待如何。江柳自甘風裏老，流鶯猶向夢中歌。閑愁英氣兩蹉跎。

林杪凉蟾遠不辭，照人長是隔天涯。湘烟楚竹爾應知。風笛無端能下泪，雲屏何日免相思。虚堂白曉夢遲遲。

踏莎行

墜葉潮翻，斷蛩風語。扶頭人對黄昏雨。登臨歲歲苦秋生，如今秋也飄零去。花榭燒鐙，水堂吹絮。夢回尋夢渾無路。雙蛾休遣鬥千山。暮寒多在憑欄處。

【注】此詞據《國學叢刊》（南京）一九二四年第二卷第三期第一二五頁著録。

【校】①葉恭綽編《廣篋中詞》卷三，「蛩」作「蟲」，「路」作「據」，一九三五年葉氏家刻本。②墨迹，「蛩」作「蟲」，「路」作「據」，此詞與《點絳唇》（遠緑高紅）爲供葉恭綽編《廣篋中詞》備選之用，《點絳唇》後未入選。

【按】此詞又見《金陵光》一九二五年第十四卷第一期第九九頁《詩選（歌詞曲）》。

浣溪沙 **後湖夜泛連句**

北渚風光屬此宵季剛，人隨明月上蘭橈旭初。水宫帷箔卷鮫綃曉湘用義山句。兩部蛙聲供鼓吹，一輪蟾影助蕭寥季剛。薄寒殘醉不禁銷小石。

青嶂收嵐水静波季剛，迎船孤月鏡新磨小石。微風還讓柳邊多季剛。如此清游能幾度奎垣，只應對酒復高歌旭初。閑愁英氣兩蹉跎小石。

【注】此二詞據《國立中央大學半月刊》一九三〇年六月一日第一卷第十五期第一四七頁《禊社詩鈔》著録。

八聲甘州　鄧尉歸舟送春

倚吴艘送酒好湖山，應能把春留季剛。托緗桃繡野，修楊匝岸，弄影中洲旭初。怊悵烟波夢遠，花事盛英游辟疆。杯底斜陽，泠人在西樓小石。寂寞紅凋青老，恨冶春餞了，難了羈愁曉湘。滿征衫殘醉，雲木聽鉤輈伯沆。最難忘，萬峰深處，帶朝霽、蒼翠入歸舟張茂炯仲青。東風緲、望靈岩路，芳草悠悠吴瞿安梅。

【注】此詞據汪辟疆《方湖集外詞》著録。見《汪辟疆詩學論集》，第六〇七—六〇八頁。

浣溪沙　和季剛

燕子歸來又落花，觀河長是憶芳華。繁鐙流管别人家。　　月没羞憑星作替，更闌還有酒能加。不辭濃醉送生涯。

又一首

幾日春陰罷看花，當門流水誤年華。暗驚飛絮入東家。　芳草猶承紅撲簌，新篁行見翠交加。獨將舊夢繞天涯。

【注】此二詞據《金聲》一九三一年第一卷第一期第一八一—一八二頁《磐石集》著録。

【按】黄侃《浣溪沙》（春晚猶寒，閑居遣悶）：「今歲春寒似禁花，閉門覓醉惜年華。觀游未省屬誰家。　柳絮飄殘風不定，燕翎濕盡雨還加。驚心暗碧滿天涯。」編者注：「選自殘稿，當爲乙亥（一九三五）前所作。」見《黄季剛詩文集·量守廬詞鈔遺補》，第四二五頁。《黄侃日記》一九三一年四月二十五日「小石和予詞」（第六八四頁），當即此二詞。

卜算子

疏雨濕鐙窗，夜夜雲山亂。花落閑庭未忍窺，幾日桐陰滿。　低語祝東風，湖上春方半。莫把紅橋杜宇聲，吹過垂楊岸。

【注】此詞據《詞鈔》著録。

【校】①《金聲》一九三一年第一卷第一期第一八二頁《磐石集》，「低語」作「小立」，「東風」作「西風」。②墨迹，詞稿，「低語」作「小立」，「東風」作「西風」，題識：「辛未（一九三一）四月四日病中，小詞尚是昔年秦中作也。」見《傳古别録》内封題詞，南京大學圖書館藏。

【按】此詞又一墨迹，胡小石故居藏。另一墨迹，題識：「己亥（一九五九）三月，養痾閑居，

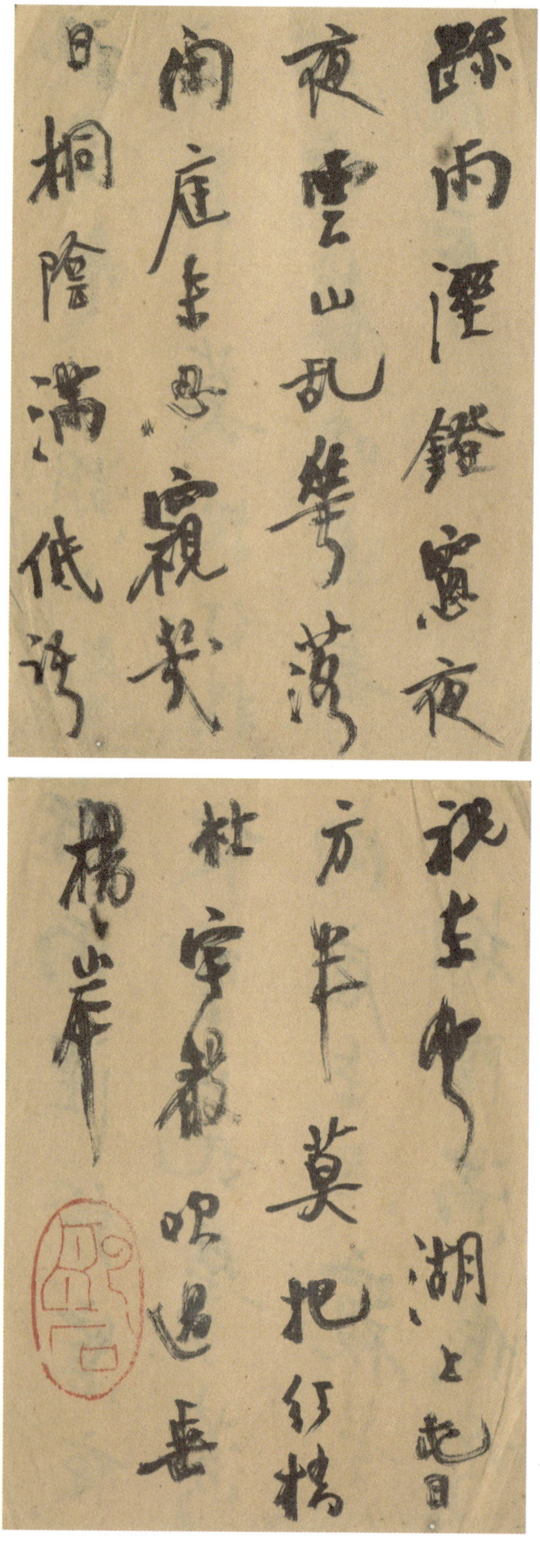

圖九六 《卜算子（疏雨濕鐙窗）》墨迹（胡小石故居藏）

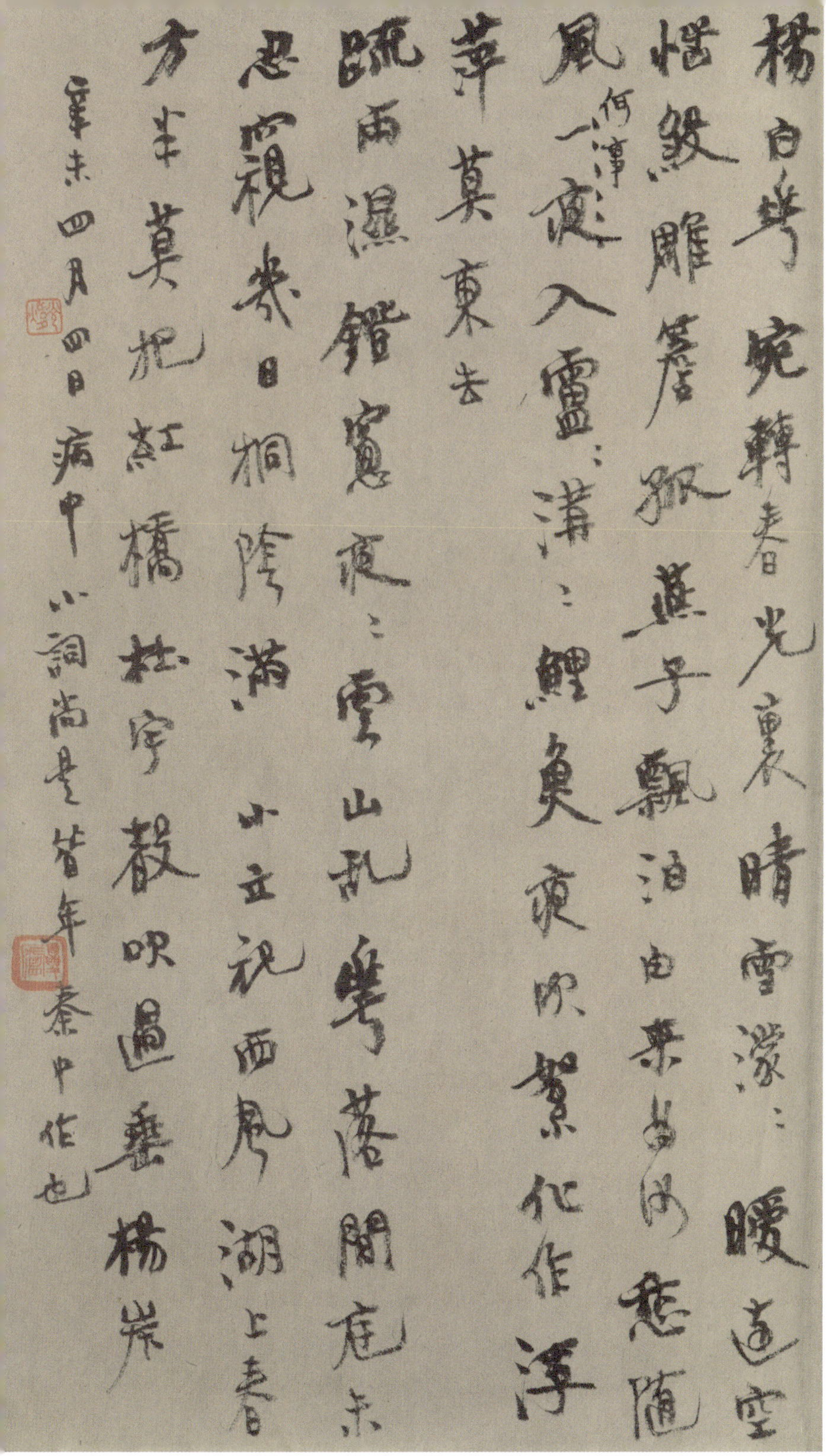

圖九七 《楊白花》《卜算子（疏雨濕鐙窗）》墨迹（南京大學圖書館藏）

漫憶舊作録之。沙公。」見《胡小石書法選集》第二六頁《七絶二首、五律、卜算子》，又載《文匯報》一九八〇年十一月八日第十四版《胡小石先生書詩詞三首》。

點絳唇

雙塔撑空，重來認取牛頭路。暮雲春樹，舊與君行處。　江水東流，江月還如故。愁無數，短笻無語，扶夢隨人去。

【注】此詞據《詞鈔》著録。

【按】此詞有墨迹，題識：「癸酉（一九三三）四月十三日游牛首作。」見《楚辭天問箋》（清丁晏撰，光緒十七年［一八九七］廣雅書局刻本）護頁題詞，南京大學圖書館藏。

點絳唇

遠緑高紅，鯔陽橋下波如鏡。晚風不定，吹皺年時影。　烏榜穿花，後賞憑誰省。羈心警，城笳催暝，泪與春星耿。

【注】此詞據墨迹著録。此詞與《踏莎行》（墜葉潮翻）爲供葉恭綽編《廣篋中詞》備選之用，一九三五年葉氏家刻本《廣篋中詞》未選。

浣溪沙

溜馬岡西水接天，吴船信斷已三年。何人今夕理巴弦。　傳恨無聲風翦翦，寫愁有影月娟娟。

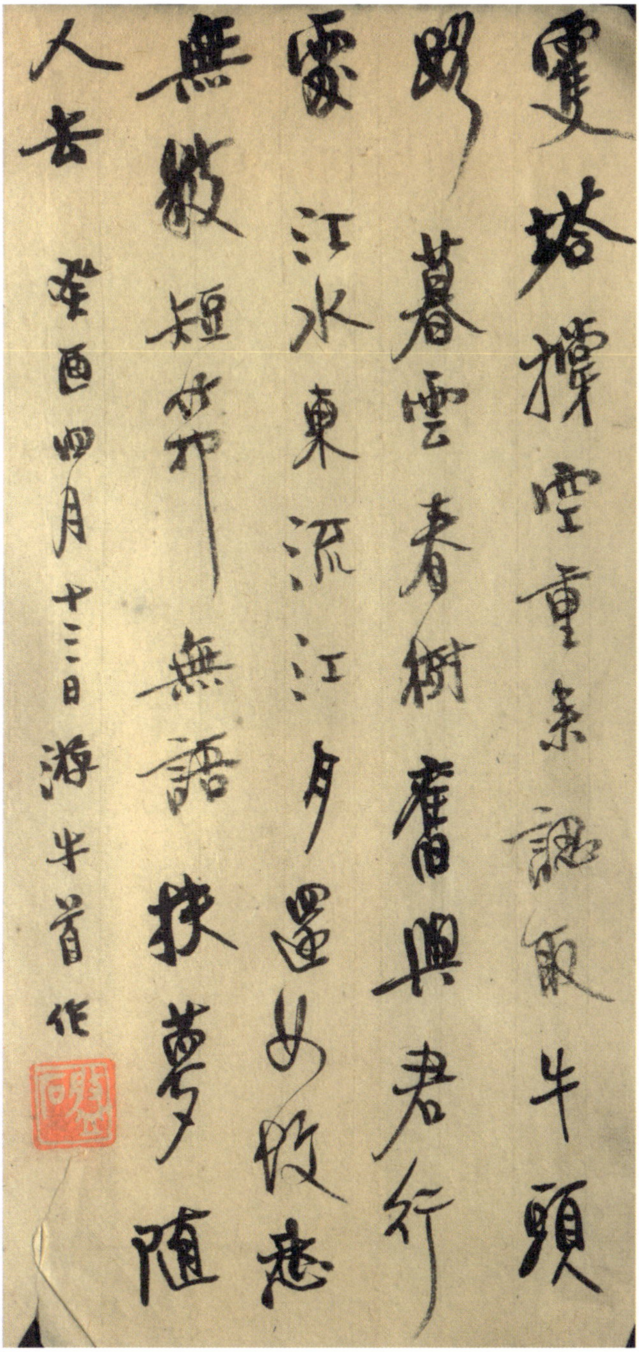

圖九八 《點絳唇（雙塔撐空）》墨迹（南京大學圖書館藏）

闌干温徹不成眠。

【注】此詞以下至《鷓鴣天》四詞據《詞鈔》著録。

【校】①《聚奎六十周年紀念刊》一九四〇年《白沙集》二，「已」作「過」。②《斯文》一九四一年第一卷第十四期第十九頁《詞録》，「已」作「過」。③《時事新報》（重慶）一九四一年八月十六日《夏廬近詩》，「已」作「過」。④《文史雜志》一九四二年第二卷第一期第八六頁《夏廬長短句》，「已」作「過」。

虞美人

故園楊柳鵝雛色，春至從誰惜？幾回判待不思量，無奈開門白浪是長江。　東風不管黄昏苦，吹起沙頭雨。懶憑倦眼望歸舟，更遣高雲千匝掩山樓。

【校】《國立女子師範學院旬刊》一九四一年第十三期，「匝」作「疊」。

【按】此詞又見《聚奎六十周年紀念刊》一九四〇年《白沙集》二、《斯文》一九四一年第一卷第十四期第十九頁《詞録》、《時事新報》（重慶）一九四一年八月十六日《夏廬近詩》。有墨迹，題識：「辛巳（一九四一）三月，寫視席儒賢弟論之。光煒。」見《南京經典二〇一七秋季拍賣會·兩江師範》圖録五一一《胡小石書法》。

點絳唇　海心亭茗坐同鴻壽用沅君韻

倦旅傷高，斜陽紅到湔裙水。亂山無際，一髮中原是。　裊窕湖亭，静聽瓶笙沸。茶堪醉，與君隨喜，珍重銅仙泪。

【按】此詞又見《斯文》一九四一年第一卷第十四期第十九頁《詞録》、《文史雜志》一九四二年第二卷第一期第九二頁《夏廬長短句》。馮沅君《點絳唇》（翠湖）：「露下沾衣，湖心午夜涼於水。朱樓天際，樹影參差是。　鐙火微茫，隔岸笙歌沸。心如醉，無端悲喜，都化盈盈淚。」「用沅君韻」當指此詞，見《馮沅君創作譯文集》第二四〇頁。

鷓鴣天

助飲寒螿咽不驕，高城夢隔夜迢迢。回風不管秋蕭瑟，孤月能禁夜寂寥。　驚聚散，惜淪飄，檐枝無雨亦瀟瀟。春衫絮影猶堪記，燒燭三更過石橋。

【校】《斯文》一九四一年第一卷第十四期第十九頁《詞録》「飲」作「嘆」，「夜」作「路」，「瑟」作「肅」，「堪」作「應」。

【按】馮沅君《鷓鴣天》（管埠秋晚用胡光煒先生韻）：「欲墜秋陽黯不驕，雲峰歷亂水迢迢。原知身世同蕭瑟，如此江山太寂寥。　懷故國，感萍飄。楓林落葉晚瀟瀟。勝游直似前生事，夢踏楊花過石橋。」見《馮沅君創作譯文集》第二四六頁。

鷓鴣天　建功招飲黑石山即送其之昆明

瀟灑秋光靜宇開。筍將端合看山來。林花映日猶飄雪，瀑布無雲亦作雷。　思遠道，覆深杯。客中送客此徘徊。清滇舊識支筇處，雲片波潾夢幾回。

【注】此詞與下《踏莎行》三詞據《沙磁文化月刊》一九四二年第二卷第一——二期第十——十一頁《夏廬長短句》著録。

踏莎行 秋夜白沙看月同冀野、介眉、阿柱，同用白石韻

承露江平，褰霄風軟。年時練色天涯見。孤光寸寸客心懸，荒波脉脉秋痕染。　蓬鬢添絲，羅襟綻綫。舉頭未必長安遠。感音林燕漫驚飛，高樓祇是閑歌管。

前韻

鍾麓雲開，淮橋波軟。鳳城蟾魄何時見。夜珠終向棘溪明，素蛾也怕蠻烟染。　攀闕扶笻，鈎桁沈綫。夢邊能去休辭遠。流入萍迹憤東西，新來天遣青山管。

【校】《馮沅君傳》第一八七頁録此詞，詞牌下題：「白沙望月懷南都用前韻。」「終」作「縱」。

前韻

宫燕花明，陌驄塵軟，夢華十載思重見。東風剗地盡能狂，凉暉界漢應無染。　急峽銅鑼，斜街絨綫，嬋娟雖共愁人遠。是誰哀郢顧長楸，白頭一夜揪羌管。

【校】《馮沅君傳》第一八七頁録此詞，詞牌下題：「白沙望月有懷舊京用前韻。」「華」作「花」，「雖」作「難」，「揪」作「聽」。

【按】據《馮沅君傳》，以上二詞爲和馮沅君之作。馮沅君《踏莎行》（用薑韻）：「蟄語宵深，暑殘風軟。楓林露冷流螢見。長空詄蕩翠奩開，孤懷凄警清輝染。　嘉友音容，慈親針綫。照人明月寧辭遠。江聲未解説秋心，斷魂分付姮娥管。」《踏莎行》（中秋夜聞歌）：「古木蕭疏，野烟輕軟。磯頭蟾魄參差見。畢生留得幾中秋，客心莫放鄉愁染。　蠻嶺千重，

瘴江一綫。流亡有地休言遠。招魂哀怨遍瀟湘，撫心若個聽歌管。」見嚴蓉仙《馮沅君傳》，第一八六—一八七頁。二詞亦見《馮沅君創作譯文集》第二五三、二五四頁。

浣溪沙　題三清閣

翠壁蒼濤展海圖，飛樓霞起鏡天虛。滇池佳麗九洲無。　縱壑揚帆人附芥，攀高入隧蟻穿珠。登臨何事説西湖？

【注】此詞以下至《卜算子》（冀野和東坡韻，詞殊危苦，余亦作一首）十一詞據《詞鈔》著録。

【校】墨迹，無「題三清閣」四字，題識：「隆延仁弟論之。光煒。」見《翰墨因緣》胡小石《自書詞》。

【按】又見《文史雜志》一九四二年第二卷第一期第八六頁《夏廬長短句》。有墨迹，題識：「辛巳（一九四一）新秋，爲席儒賢弟書小詞。光煒。」見《中國書法全集·胡小石卷》第一二一—一二五頁《自作小詞卷》，蕭平藏。

浣溪沙　鴻壽每遇警報，輒堅卧不出，詞以咏之

處處驚龍破壁飛，奇肱真自日邊來。何人倚柱不聞雷。　粉碎霆空成坐嘯，風波忠信與忘機。今番鐵鳥是空回。

【按】又見《文史雜志》一九四二年第二卷第一期第八六頁《夏廬長短句》。

浣溪沙

夏淺春殘懶起時，東陽帶孔又新移。藥爐烟颺日遲遲。　生色青紅明壁畫，分香窈窕換瓶枝。暮寒竹影過墻垂。

【校】《文史雜志》一九四二年第二卷第一期第八六頁《夏盧長短句》，「懶」作「病」。

玉樓春　飲高嶢別以中鴻壽舜年

人生情味風翻葉，萬里相逢如電抹。未成歸計苦思歸，待得歸時還恨別。　清滇照酒波生纈，作鱠銀刀嬌發發。酡顔莫惜比花紅，明日巴山千萬疊。

【按】又見《文史雜志》一九四二年第二卷第一期第八六頁《夏盧長短句》。

玉樓春　昆明除夕酬季偉，時季偉將還西川省親

高城燈火聽笳客，飲罷屠蘇長太息。天涯東望我無家，君縱有家歸未得。　倚閭鳩杖頭如雪，笑弄諸孫歡繞膝。來朝買馬向彭州，百歲斑衣休更出。

【校】《文史雜志》一九四二年第二卷第一期第八六頁《夏盧長短句》，「長」作「同」。

點絳唇　飲彝齋湖莊

暮色留人，登樓一片江南水。望鄉何處，烟柳非耶是。　斫鱠燒鐙，尊畔情如沸。休辭醉，悲來能喜，

傾盡珍珠淚。

【校】《文史雜志》一九四二年第二卷第一期第九二頁《夏廬長短句》，「處」作「際」。

點絳唇　用夢窗韻

莽莽雲山，雁飛不到巴滇路。短笻去處，霜葉吹紅雨。　何事浮生，長向天涯住。年光誤，憑闌人去，又是高樓暮。

【校】①《文史雜志》一九四二年第二卷第一期第九二頁《夏廬長短句》，「去」作「立」。②墨迹，無「用夢窗韻」四字，「去」作「立」，題識：「隆延仁弟論之。光煒。」見《翰墨因緣》胡小石《自書詞》。

【按】黃侃《點絳唇》（後湖飲席，小石被酒，爲誦文英「明月茫茫」之作，有感於懷，因和吴韻）：「休話前游，意中人隔瑶臺路。緑陰多處，苦恨催花雨。　流盡年光，流水何時住。閑情誤，燕歸鶯去，幾度青春暮。」見《黃季剛詩文集·量守廬詞鈔遺補》，第四二三頁。《黃侃日記》一九三〇年五月七日録此詞（第六二七頁）。汪東《點絳唇》（夢窗「明月茫茫」之詞爲去姬而作也，季剛、小石忽有所感，各追和其韻，余亦繼聲）：「一棹横塘，藕花隔斷紅塵路。錦鴛宿處，涼氣濃於雨。　重憶前游，已是他鄉住。歡盟誤，暫來還去，冉冉流光暮。」見汪東著《夢秋詞》，齊魯書社一九九五年版，第十五頁。

點絳唇　北谷茂林，用夢窗韻

翠溼人衣，眼明真見牛頭路。暗沉吟處，松韻繁如雨。　辛苦奔川，誰喚流泉住。歸心誤，片雲東去，冉冉岷峨暮。

【校】①《文史雜志》一九四二年第二卷第一期第九二頁《夏廬長短句》，「夢窗」作「吴」。②墨迹一，「夢窗」作「吴」，題識：「辛巳（一九四一）新秋，爲席儒賢弟書小詞。光煒。」見《中國書法全集·胡小石卷》第一二一—一二五頁《自作小詞卷》。③墨迹二，無「北谷茂林，用夢窗韻」八字，題識：「隆延仁弟論之。光煒。」見《翰墨因緣》胡小石《自書詞》。

阮郎歸

海心亭外好波光，秋蕖平畫堂。棹謳十五自成行，水嬉珠翠香。　人影亂，晚山長。餘霞丹渡黄。歸來楓葉又鳴廊，挑燈思故鄉。

【校】此詞墨迹，「渡」作「復」，題識：「辛巳（一九四一）新秋，爲席儒賢弟書小詞。光煒。」見《中國書法全集·胡小石卷》第一二一—一二五頁《自作小詞卷》。

【按】又見《文史雜志》一九四二年第二卷第一期第九二頁《夏廬長短句》。

減字木蘭花

芳韶無價，一卧深帷春便夏。門外梯田，拾級新秧緑到天。　横江白鳥，帆飽如弓波渺渺。甚處雲山，鳥不能前夢亦難。

【校】墨迹，詞牌作《減蘭》，正文「雲」作「陆」，「鳥」作「馬」，題識：「隆延仁弟論之。光煒。」

見《翰墨因緣》胡小石《自書詞》。

卜算子 **冀野和東坡韻，詞殊危苦，余亦作一首**

風旆水摇人，小立何曾定。蓬髮觀河更百年，改了波斯影。　楚客嘆多艱，此意今誰省？不上昆侖頂上來，不覺天心冷。

【校】墨迹，詞牌下無「冀野和東坡韻，詞殊危苦，余亦作一首」諸字，正文「上」作「到」，題識：「隆延仁弟論之。光煒。」見《翰墨因緣》胡小石《自書詞》。

點絳唇

悄立西亭，銷魂又是春將晚。片紅無伴，一霎風吹亂。　疊翠如眉，今古何時展？空腸斷，畫簾初捲，落日瀟湘遠。

【注】此與下一首詞據《補鈔》著録。

又

目斷天涯，斜陽也被春愁染。澄江如鑑，波底啼紅斂。　長日傷春，何惜銀綃黯？閑吟檻，柳昏烟淡，花外孤帆閃。

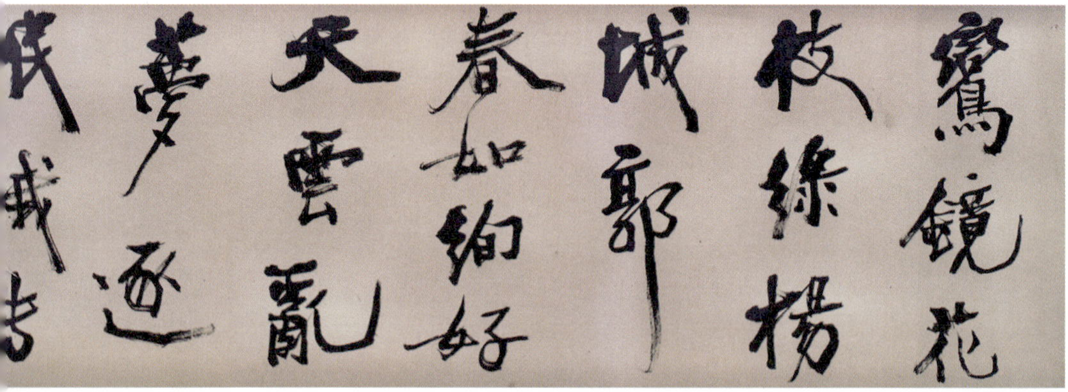
鸞鏡花
枝綠楊
城郭
春如絢好
天雲亂
夢遊

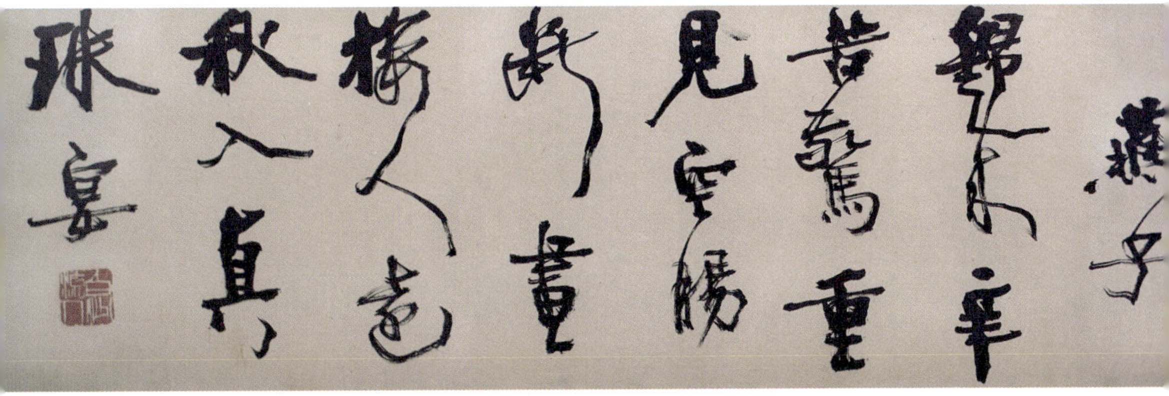

圖九九　《點絳唇（鸞鏡花枝）》墨迹（初大平藏）

點絳唇

鸞鏡花枝，綠楊城郭春山絢。好天雲亂，夢逐岷峨轉。　燕子歸來，辛苦驚重見。空腸斷，畫樓人遠，秋入珍珠宴。

【注】此詞據《補鈔》著録。詞末吴白匋按語：「此詞作於一九六一年夏曆九月，此後即無詩詞作品，可稱絶筆。」

【校】墨迹，「山」作「如」，「珍」作「真」，見《二十世紀書法經典·胡光煒》第七八—七九頁，初大平藏。

附録

願夏廬詩詞鈔後記

吴白匋

夏廬夫子生前，曾將所作詩詞厘爲六卷：卷一題《磐石集》，存一九三七年抗日戰争以前古今體詩。卷二題《峽林》，存抗戰初期旅居重慶時古今體詩。卷三題《無同沙語》，存一九四一年移家江津白沙鎮以後古今體詩。卷四題《蜩樓草》，存一九四五年抗戰勝利，家返南京以後古今體詩。卷五題《東風堂集》，存解放以後古今體詩。卷六題《夏廬長短句》，存畢生所填小令，不分時期。一九六二年初，師歸道山，遺稿除三、四卷有親筆定稿，六卷有曾憲洛鈔本外，餘皆未定。其次子白華兄（出繼外家，改姓楊氏）廣爲收羅，歷時一載，始成詩詞全集，未及印行，不幸遭逢「十年浩劫」，珠玉毁於櫝中；而白華兄亦身受横逆，含冤逝世，良可悲矣！鑄不能坐視金聲絶響，爰發願重行搜輯。數年來，從師家親屬與同門弟子處，以及各種報刊上，鈔得古今體詩二百五十一首，詞十九闋，約存全貌之半。自當繼續努力，四出訪求，倘蒙海内外寶愛吾師詩詞者，助我一臂，予以增益，不勝慶幸。一九八一年六月，門人吴徵鑄識。

（原載《胡小石論文集》，上海古籍出版社一九八二年版，第二八三頁）

願夏廬詩詞補鈔後記　吴白匋

以上詩詞載於先師手書雜記三册中，發現於去年，其原委詳見於《題跋初輯後記》，兹不重述。吴白匋一九八七年六月《願夏廬題跋初輯後記》：「一九六二年春，（先師）遽返道山，家人乃將書室中所有遺墨，悉納入一大皮篋，交付南京大學遺著整理委員會保存。『十年浩劫』起，搶風大盛，散失殆盡，僅餘空篋，至可痛心！去年忽於中文系資料室中，發現先師遺物一大捆，塵封甚厚，零亂不堪。何人何時棄置於此，無從究詰。鑄奉系領導命作初步整理，斷爲出自篋中無疑。大部分爲先師著作已發表者之底稿，與授課時所發之油印參考資料，并有朋輩書札、諸生試卷、學校通知雜厠其間，而今日鑄輩夢寐以求者，如書法史稿及其有關資料，仍無踪迹，顯見當日有人擇其可以剽竊者取之，視爲無用者則棄之耳。幸捆中存書賬簿三册：首册藍直格九行本，封面題金文『石父之艸』，雜鈔詩稿函稿，據其内容，爲一九一三年初至一九一四年四月，赴長沙在明德中學任教時作。二、三兩册皆紅直格十行本，封面一題行楷書『總理衙門』，一題金文『萬寶全書』，頗見風趣。内涵捨詩詞函札稿外，有題跋稿三十餘篇，洋洋八九千言，據詩題紀年有作『己未』者推之，蓋皆一九一七年至一九一九年間，在上海爲李梅庵太夫子家庭教師時期所作也。」去其已見鑄以前所鈔者四首，共得古近體詩五十首，小令詞兩闋，鈔爲一卷。蓋皆一九一三年至一九一九年間，師二十五歲至三十一歲之作，格調高騫，風骨遒上，已卓然成家，尤其七絶詩神韻綿邈，欲凌駕漁洋而過之矣。敬觀手迹，一詩往往修改數遍而後謄清爲定稿。有謄清三次而各异其詞、未能定者，如《却憶》一首即是。亦有留空格而始終未填者，如《佳人》

一首有兩口，《長沙送李仲乾别》詩第六首有七口，雖非完篇，亦照原式鈔録，以存其真。於此可見先師於詩致力之多、推敲之深，信如王荆公所云「成如容易却艱辛」矣。《辛巳歲首返渝州》以下諸詩與詞一闋，則係近年鈔得者，附録於後。一九八七年夏，門人吴徵鑄識。

（原載《胡小石論文集續編》，上海古籍出版社一九九一年版，第三一七頁）

南京大學教授胡先生墓志

受業門人湘鄉曾昭燏拜撰并書，潮陽陳大羽篆蓋

先生諱光煒，字小石，號倩尹，又號子夏、夏廬，晚號沙公，浙江嘉興人也。自父季石公遷於金陵，遂家焉。先生幼孤，家貧，從師讀，母以絡經給膏火資。年十九，入南京兩江師範學校，始爲臨川李梅庵先生弟子，然所習專業爲生物學。畢業於兩江師範後，至長沙明德中學任教。閲一年，乃之上海，就館於梅庵先生家，兼從梅庵先生學，并執贄於鄉先輩沈子培先生之門，同時問詩於義寧陳散原先生。其後任教於北京女子高等師範學校、武昌高等師範學校、西北大學、東南大學、金陵大學、雲南大學、白沙女子師範學院、中央大學。南京解放後，任南京大學文學院院長兼教授，兼任江蘇省人民代表大會代表、江蘇省人民委員會委員、中國人民政治協商會議南京市委員會副主席、江蘇省文物管理委員會主任委員、江蘇省文學藝術界聯合會委員、江蘇省書法印章研究會主席、南京大學圖書館館長、南京博物院顧問。計主講席者，前後五十有三年，及門弟子不下數萬，經先生培育在學術上能卓然自立者實繁有徒。先生學極淵博，於古文字、聲韻、訓詁、群經、史籍、諸子百家、佛典、道藏、金石、書畫之學，以至辭賦、詩歌、詞曲、小説，無所不通。其生平所最致力者，一曰古文字之學。將甲骨、吉金、許書文字，融會貫通，旁引經義以及後代碑刻、竹木簡書，用以探求古文字形、音、義嬗遞變遷之迹，更以文例董理甲骨、金文，獨闢蹊徑，至爲精粹。所著《甲骨文例》《金文釋例》《説文古文考》《説文部首疏證》《夏廬金石文題跋》《齊楚古金表》《古文變遷論》《聲統表》《讀契札記》等書，爲當代學者所推崇。二曰書學。先生從梅庵先生有年，書法自梅庵先生出而發揚變化之，兼契、篆、簡牘、碑、帖之妙，

得其神髓，故能獨步一時。嘗講授「中國書學史」，於文字之初起，古文、大篆、籀書之分，篆、隸、八分之別，下至漢魏碑刻以及二王以降迄於近代之書家，其幹源枝派，風格造詣，咸爲剖析，探其幽奥，歷來論書法，未有如此詳備而湛深者也。近方以其講稿著録成書，未畢而疾作。三曰楚辭之學。先生合史學、經學、文學三者以講楚辭。其闡明屈子之心迹，則具史家之卓見，注釋當時之名物，則用清代經師考據之法；遇文辭絶勝處，則往復咏嘆沉思，發其微妙。故其獨到之處，并世莫之與京。著有《離騷文例》《遠游疏證》《楚辭辨名》《楚辭郭注義徵》《屈原與古神話》等文，近著《楚辭札記》，尚未定稿。四曰中國文學史之研究。先生講中國文學史，不囿於正統成見，嘗謂一代有一代之所勝，一代有一代之風格。於周代則取《詩》三百篇與金文中之韻文，於戰國則取《離騷》，於兩漢則取樂府、辭賦，於魏晋南北朝則取五言詩，於唐取其詩，於宋取其詞，於元取其曲，於明清取其南曲、小説與彈詞。著《中國文學史》一書，考鏡源流，闡述發展，影響至巨。先生爲文，以龍門爲宗。於詩，潛心陶謝與工部特深，又酷好謝臯羽，所作絶句，直追中晚唐。偶作小令，有宋人風致。復精賞鑒，於前人書畫，過眼輒別真僞。先生篤於風義，每年逢梅庵先生忌日，必素食。在北京女子高等師範時，與李大釗先生厚，大釗先生之死，先生哀之甚至，其後輒形諸夢寐。解放前，先生雖歷執教於高等學校，不與政事，而睹外患之日深，生民之塗炭，常有憤世嫉俗之語，爲國民黨反動派所忌，名在黑籍中，幾陷不測。淮海戰役起後，蔣賊自知覆亡在即，冀逃之海島延歲月之命，强南京高等學校南遷，先生挺身出，與梁希先生同率學生護校以與蔣賊抗，僞教育部欲以中央大學校長之名啖先生，先生於全校師生大會中嚴詞拒之。

四月一日，先生偕諸生請願於僞總統府，僞軍梃刃交下，諸生死者二人，先生亦幾死於凶殘者之手。南京解放，日月重光，中國共産黨及政府重先生之學，更敬先生之爲人，在政治、文教各方面畀以重任。先生親見人民之出水火而登衽席也，數十年積鬱憂憤，爲之一掃，亦感於黨與政府知己之深，誓以其畢生之力，獻諸人民。近年來，雖患肝疾，時感委頓，而講學著書，用力甚勤，方將罄其所學，以貽來者，有志未竟，倏爾長逝，傷哉！彌留前，曾有遺言，以藏書贈南京大學圖書館，以所藏文物贈南京博物院。蓋先生於國家文教事業，愛之深切，雖病中亦未嘗須臾忘也。先生生於公元一八八八年陰曆七月初九日，卒於一九六二年陽曆二月十一日，享年七十五歲。配楊夫人，與先生伉儷甚篤，家庭雍睦，五十餘年如一日。子三人：長子令德，娶陳慧瑛；次子白樺，出繼舅家楊氏，娶黄果西；三子令聞，娶王月玲。女四人：令暉，適譚龍雲；令鑒，適勾福長；令寶，適楊君勁；令馨，適初毓華。孫一人：大石。女孫一人：石英。三月有四日，令德等奉先生遺體葬於南京中華門外雨花臺南望江磯公墓。近雲師説法之地，傍烈士歸骨之丘，當歲時伏臘，風雨晦明，與英魂毅魄，陟此高岡，同睹祖國河山之永固，宏圖之日新，亦可以無憾矣。昭燏受業於先生之門，適今三十有一年，其間獲侍硯席，質疑問難者亦十餘載，自愧菲材，未能承先生之學於百一。今者梁壞山頹，曷勝摧慕，想音容以仿佛，撫杖履而如存。爰志數言，勒此貞石。庶幾千秋萬歲，發潜德之幽光；秋菊春蘭，寄哀思於泉壤。（刻者蘇州钱榮初）

胡小石先生傳　門人吴白匋（原名征鑄）

先師胡小石先生，名光煒，字小石，號倩尹，又號夏廬（齋名「願夏廬」之省），晚年别號子夏、沙公。生於公元一八八八年。原籍浙江嘉興，但生長在南京。一九一〇年在兩江優級師範學堂農博科畢業後，歷任北京女子高等師範學校、武昌高等師範學校、西北大學、金陵大學、東南大學、中央大學、國立女子師範學院、雲南大學等校中文系教授、系主任、文學院院長等職。解放後任南京大學教授兼文學院院長、圖書館館長。

先生畢生致力於高等院校的教學和科研工作，治學態度謹嚴，條理細密，於古文字聲韻訓詁、經、史籍、諸子、佛典道藏、金石書畫之學，以至辭、詩歌、詞曲、小説，無所不通。謹按時代先後，記其師承關係與學業成就如下：

一

據師自述：年十歲，父季石先生即命誦讀《爾雅》，期望其他日成一學者。季石先生出興化劉融齋（熙載）先生門下，劉雖以《藝概》一書得名，但非一般詞章家可比，其治學方法實屬儀征阮元、焦循一派，與乾嘉戴東原學派一脉相承，即以小學爲基礎，進而研究經、史、子、集。師畢生從事古文字學，推本溯源，應是幼年即受到家教啓發。一八九八年父殁，家貧，母以絡絲所得給膏火資，就讀私塾。一九〇六年，考進兩江優級師範後，開始從臨川李梅庵（瑞清）先生爲嫡傳弟子。今日文藝界只知清道人（梅庵先生晚年别號）是位書法家，却不知在清代末年，乾嘉諸老嚴謹的考據方法已從治經、治史、治諸子發展到考訂金石文字方面，而梅庵先生是其中最精深突出者。據師自述，他治小學與今文公羊學的門徑方法都是經梅庵先生指授而得來。

在兩江師範期間，師懷抱「科學救國」志願，選擇農博科作爲專業，從日本教習學了生物、礦物、地質、農業等課，因此，接受當時傳入的科學方法，着重分類與歸納，尤其當時盛行嚴復譯的赫胥黎《天演論》，師受其影響極深，多年來以達爾文主義爲指導思想。一九〇九年在兩江畢業後，直至一九一七年，師爲中學博物教員，在采集動植物標本中，不斷發現日本人所定我國動植物名稱不妥之處，要根據《説文》《爾雅》加以改正，就此對考訂之學産生濃厚興趣，努力鑽研，終身不懈。也從生物學角度，傾佩乾嘉時程瑶田先生所作《九穀考》的治學方法，經過實地調查考察，辨證《周禮》「九穀」之名實，論點精確，啓發很大。因此，師所作考訂，除堅守乾嘉學風「無證不信」外，特别注重對實物的調查研究，核對文獻資料，務求互相印證，得到比較準確之結論。

經梅庵先生介紹，師拜義寧陳散原（三立）先生門下，從受詩學。衆所周知，陳先生是清末詩壇「同光體」領袖之一，作品面貌頗似宋詩；實則對於歷代詩歌源流演變和大小名家創作方法及其特長特色，理解、剖析皆非常深透，并非只言宋詩者。師曾對我説：「散原先生從不教人專學宋詩，也不要人學他的詩，主張各就性情所近，從一體一家入手，繼而擺脱陳言，博采衆長，終於成就自家面目。」由於受此指授，師既能研究，又能創作，在講授文學史和專家詩選時，不僅能從歷史角度指出來龍去脉，而且能從藝術角度説出詩人甘苦；所作詩詞，能自成風格，并不蹈襲散原先生。

一九一八年初，梅庵先生延師至上海寓所，爲其家庭教師，直到一九二〇年秋，梅庵先生逝世後，師始離去。常云：「此三年中，受益最大，得與梅庵先生朝夕晤談，小學、經學和書藝能不斷深造，并得良機，向旅滬諸老請教。特別是能師事鄉先輩沈子培（曾植）先生，最感慶幸。」沈先生學問極其淵博，記憶力過人（能背誦全部《資治通鑒》），於小學、經學、史籍、諸子、佛經、道藏、詩詞、書畫、金石之學，無所不通，師往叩以疑難問題，沈先生常能憑背誦原文或指點出處隨作解答。核對原稿，不失毫厘，使迷惑頓時可解，沈先生博學而著述甚少，嘗謂師云：「嘉興前輩學者非有真知灼見，不輕落筆，往往博洽群書，不著一字。」師深受其影響。讀書方面甚廣，鑽研功夫甚深，而發表文章不多，凡有心得常作札記，或書於簡端，或書於小筆記本，甚至書於片紙上，往往寥寥數語，啓發性甚大，有非他人千百言所能到者。惜身後不久即遭「十年浩劫」，散佚殆盡。

二

一九二〇年至一九二二年，受北京女子師範大學聘爲教授兼中國文學部主任，所授課程有中國文學史、詩選、散文選等。以文學史一課最受諸生歡迎，此後以文學史學馳名各大學講壇，凡十餘年。蓋在師以前，雖亦有文學史專書存在，或失之材料蕪雜，或失之見解偏頗，未能做到史觀明確，條理清晰。先生出面糾正之，根據清焦循《易餘籥録》「一代還其一代所勝」之説，於周代取《詩經》三百篇與金文中之韻文，於戰國取《楚辭》，於兩漢取樂府辭賦，於魏晉南北朝取五言詩，於唐取五言七言古近體詩，於宋取詞，於元取曲，於明清取南曲、小説與彈詞，主張文學隨時代而不斷發展，既有繼承，復有獨創。叙述源流正變，有條不紊，重點突出，方便後學甚大。其立史觀，則根據達爾文《進化論》。其定文學範疇，則以我國固有之「言志」説爲主，結合外來之「純粹文學」理論，今日視之，屬於資産階級觀點，而在民國初年當時，則有其一定的進步性，非老師宿儒主張「選學正宗」或「桐城義法」者所能及也。至於治學方法，則嚴格區分治史與學文爲兩途，治文學史屬於科學範疇，必須實事求是，無徵不信，通過對具體人物及其作品，作具體的深入分析、歸納而得結論，不得以個人愛憎爲去取褒貶，亦不得步趨時尚、「大膽假設，小心求證」以炫世駭俗。由此可見，是能融合清儒考據與西方歷史科學於一爐者。初只有講稿，未嘗有意出版。一九二八年初，聞有某君取學生筆記去，意在剽竊成書，據爲己有，師不得已，倉促間取同學蘇拯筆記，加以審核，自上古至五代，用《中國文學史講稿上篇》題名，付上海人文社排印發行。書既出，爲國内學者所重視，稱其「篇幅不長，頗具卓識」（佘冠英先生評語）。繼起以文學史得名者如馮沅君、陸侃如二先生合編的《中國詩史》，劉大傑先生的《中國文學發展史》實皆受其啓發，加以擴充而成書，馮劉兩先生固皆先生弟子也。

三

師致力於楚辭之學，亦在北京開始。綜合舊聞，擇善而從，復自出手眼，獨創新説。其闡明屈子之心迹，則具史家之卓見。如論《招魂》，則根據《史記》本傳，斷爲出於屈子之手無疑，出於宋玉之説爲後起。其所招之魂爲楚懷王，非楚國之魂，亦非自招，因從此篇本身内容看，魂歸來後，給以多種享受，其隆盛奢靡程度，與當時妻妾制度，非屈子身份所能擔承，唯楚王始能享有之（解放後，師曾爲研究生言，「懷王身份應是大領主」）。如論《離騷》，則謂屈子始終忠愛君國，志在入世，上下求索，終乃眷戀舊鄉。如論《九歌》，則謂其内容有人神相戀，仍屬屈子所作，非當時民歌所能有。凡此大體皆根據舊説，加以補充，只在教室講授，未發表專文。其已成文而發表者，最早有一九二六年發表於《金陵光》學報之《遠游疏證》，用清代經師考據之法，根據廖平嘗有「《遠游》與司馬《大人賦》大同小异」之説。「細校此篇十之五六皆離合《離騷》，其餘則或采之《九歌》《天問》《九章》《大人賦》《七諫》《哀時命》《山海經》及老、莊、淮南諸書。又其詞旨詼詭，多涉神仙。疑僞托當出漢武之世。」其次爲一九四〇年寫定之《楚辭郭注義徵》，則用清儒輯佚方法，根據《晉書·郭璞傳》所云郭氏曾注《爾雅》《三倉》《方言》《穆天子傳》《楚辭》《子虛賦》《上林賦》數十萬言。其後《隋書·經籍志》著録《楚辭》郭注三卷，新舊兩唐書《藝文志》著録《楚辭》郭注十卷，而宋以後諸著録書皆無之，斷定《楚辭》郭注亡於唐季之亂，唯存其目，然而「所注他書，如《爾雅》《方言》《穆天子傳》《山海經》諸注皆在，其所爲《爾雅》《山海圖贊》及《三倉》《子虛》《上林》諸注亦往往散見群籍中。……若夫名物訓詁之説，則就現存諸書中求之，其義涉楚辭者，爲證實繁，……」。因仿聞一多先生據敦煌所出隋釋道騫《楚辭音》殘卷，勾稽出《楚辭郭注》三條前例，遍查現存群籍中所引郭注《楚辭》遺説，細加收輯，共得二百四十餘條，彙集成篇，由是而郭注面目，約略可知矣。師研究《楚辭》之作，其已定稿，有油印講義而未出版者，有《楚辭辨名》《離騷文例》。解放後，師接受歷史唯物論觀點，於一九五六年，用以講《屈原與古神話》，分兩部分：（一）古神話一般問題；

（二）屈原與《天問》。其中最主要論點爲中國古神話反映出中國古代人民最優良的品質。凡是爲我國人民所歌頌、所喜愛的神和英雄，必須具有以下條件：①能征服自然災害，爲民造福，對於一切困難不低頭。②不斷勞動，以群衆利益高於個人利益。③毫無宗教的柔軟怯懦性，永久鬥争下去。④鬥争到死不休，可以把事業傳給子孫，鬥争者遺物也可以發展壯大。⑤對上帝常常不滿，與統治階級反抗，對舊制度憎恨抗争，而最後勝利一定屬於被壓迫者。此爲師研究楚辭之最後論文，足以證明其思想之轉變。師治楚辭之學，前後四十餘年，晚年擬將零星考證、瑣碎詁釋、獨特見解以及文藝賞析等等，彙集爲《楚辭札記》若干卷，幾經選擇，未及定稿而卒。嘗云：「初從事研究，自負頗有心得可講，後來研究愈深入，乃覺問題愈多，不敢輕下斷語處愈多。」札記所以遲遲不能定稿，正可見吾師治學之一絲不苟也。

四

師畢生治古文字學，考訂金文，始於民國三年在上海時。鑽研甲骨文字，則在北京開始，距王懿榮最初發現殷契，已隔二十餘年。當時名家專著問世者不少，先生所服膺者，唯孫仲容（詒讓）先生之閎通與王静安（國維）之精審。王曾總結吴清卿（大澂）、孫仲容諸家古文字學成果爲四條：①考之史事與制度文物以知其時代之情狀；②本之詩書以求其文之誼例；③參之古音以通其誼之假藉；④參之彝器以驗其文之變化。師畢生治古文字學，恪守此四條不渝，蓋融合經學、史學與小學（包括形體、音韻、訓詁三端）於一爐，以推求究竟，期其確鑿可信，非淺學之士，僅執形體一端，附會穿鑿，而欲求一字之無不識，一誼之無不通者所可同日而語也。其成就犖犖大者如下：

（一）屬於甲骨文者：一九二四年左右，成《甲骨文例》二卷，於金陵大學初講甲骨文時，以油印本授諸生，實爲契文之學開一新路。前此學者率皆從訂證個別文字出發，謂其形象某物，爲某字而已。師乃進而從全篇出發，研究其書寫款式、語法修辭，與章句段落，分爲若干常例，由此考訂一字，可以根據其上下文，而得其誼，再根據音義相關之理，由訓詁通假推定其讀音，其可信之程度倍增矣。後此篇之出約十年，中央歷史研究院董作賓先生復根據發掘殷墟所得新材料爲文，增改上卷，師見而贊許之曰：「考據之學後人自當超過前人，以其掌握材料，多爲前人所未見也。董君能見全龜，據有第一手資料，非余只能見破碎甲骨殘片者所能及。」於此可見吾師實事求是之精神，然而，師開導先河之功終不可泯。除《文例》外，師唯作《卜辭中之□即昌若説》一篇，發表於中央大學《文史論叢》期刊。此文可補王静安先生《卜辭中所見殷先公先王考》之缺。其他創獲只於講授中言之。彙集爲《讀契雜記》，未發表。

（二）屬於金文者：師繼《甲骨文例》後，成《金文釋例》一卷，其宗旨與體例相同，只有油印講稿，未發表於期刊。一九三三年十一月發表《古文變遷論》長文於中央大學《文藝叢刊》第一期，體大思精，條理明晰，根據實物，參合經史，以糾正當時流行的安特生《甘肅考古記》之假定，實爲吾師研究古文字學之代表作。其首創之論：①甲骨文有形聲字，有通假且有長段文字，其時代屬於殷中葉以下，自盤庚以至於帝乙之時，文字已使用成熟，不能稱爲最早文字。銅器銘文中以圖畫佐文字者，早於卜辭。②文字成熟可分純圖畫，以圖畫佐文字，進而至純文字，三期。③銅器花紋之變化，與文字之變化相應。④文字形體最初爲方筆，後變爲圓筆。綜合以上論點，可成一表説明古文變遷之系統如下：

	（夏、殷）	（殷、周初）	（宗周中葉）	（歷、宣以來）	（秦）
純圖畫	圖畫佐文字	純文字	方圓過渡	圓筆（大篆）	小篆
		（方筆）		圓筆	（齊） 楚

師又贊同吳大澂説，以許慎《説文解字》所列「古文」出於戰國人手，大率與齊器文合。

一九三四年六月，師發表《齊楚古金表》於《國風》半月刊四卷十一期，爲《古文變遷論》作補充説明，謂：「古今文字派别約有四途：……一爲殷派，其下筆如楔而方折，是分兩期：文少不過數名，而恒雜圖繪以表意者屬前期，此中每多殷前之器，欲求夏代文化者當於是求之；文多至十餘名或數十名而不雜圖繪者則率見於殷末，殷墟甲骨殆與此相當。其文多至數十名或百名以上者，則率在宗周初葉，其書猶守前代方勁之風，是爲後期。……二爲周派，其書温厚而圓轉，結體或縱或横而使筆多不甚長。此體起於西周中葉以來，自王朝以至諸同姓國皆爾。……其三爲齊派，其四爲楚派，兩者同出於殷，用筆皆纖勁而多長，結體多取縱勢。所异者齊書寬博，其季也筆尚平直而流爲精嚴，楚書流麗，其季也筆多彎曲而流爲奇詭，兩者蓋又各有其前後期矣。……魯地近齊，其末世之書，亦入齊派，故孔宅壁書諸經，實亦齊派文字。」凡此諸論，多發前人所未發，啓發性甚大。

（三）屬於音韻訓詁學者：一九三七年八月，師竭數年之精力，鑽研聲音與訓詁之關係，成《聲統表》上下卷。發表於當時發行之《金陵學報》，其自叙曰：「訓詁之指，存乎聲音，此爲近世治小學者所必誦之律令，故古韻之學盛焉。實則音義相生，其所主在聲不在韻。觀古今异語之生，皆韻變而聲不變。古言『離婁』言『麗樓』，今言『玲瓏』言『伶俐』。（下面還舉六例，從略。——鑄注）韻有百殊，聲無二致。大底發聲同者，義必相近。言古韻部分合者，自宋迄今，惛然有多歧之苦，然反求聲，則若網在綱。故今之治訓詁者，識聲斯可矣。近儒皆言韻有相轉之理，不知聲亦有相轉之理。含生之倫，凡以口發音者，其最初但有喉與唇而已。（下面列舉禽獸鳴聲，七例爲喉音，三例爲唇音，從略。——鑄注）其以齒舌鳴者極鮮。人之始生，發音唯喉，故其泣則呱呱，及其有知，則先以唇，故孩提學語，首呼父母。舌齒之音，人繁於鳥獸，然皆後於二者，古音亦但有喉唇而已。今定聲轉之統系有二途：一爲遞轉，凡舌齒音，多以喉爲初音，由喉轉入舌，次轉入齒，至齒不更轉，其式如階，此一系也。一爲對轉，喉徑入唇，唇亦徑入喉，其式如兩極，此二系也。（原每系下均有雙行夾注，列證頗多，兹從略。——鑄注）兹先就許書（《説文解字》）證其轉易，其有所得列表明之。上卷述遞轉，下卷述對轉。言聲母多音者，於此可睹其條貫耳。」按清儒與近代學者於音韻之學，遠過前人，但治古韻者多，成就較大。以古韻分部論，由段玉裁之十七部，發展爲章太炎太老師之二十三部，至黄季剛師之二十八部而最精密，集其大成。以古韻通轉論，自章太老師之《成韻圖》出，而軌轍大明。若夫古聲之學，則自錢大昕古無舌上、輕脣音，章太老師娘、日二紐歸泥，季剛師古聲十九紐，曾運乾喻母三、四等分歸匣、定外，成果不顯。吾師此表，謂「音義相生，其所在聲不在韻」。「古唯喉脣兩音」，可以「遞轉」「對轉」，實爲一大發明。本此規律，與古韻學參合而用，則我國語言自上古至現代之演變與各地方言之分歧，其脉絡條理均可一一説明之矣。師晚年著《廣韻正讀》一書，其體例以《廣韻》（中古音）所載反切爲標準音，對照所收集之現代各地方言（其中浙江、江蘇、江西、湖南、四川者較多），用聲母遞轉、對轉之理，解釋其産生變易之原由。此亦爲開徑獨行之學。惜只成平、上、去三部分，未及入聲而去世。遺稿經同門段熙仲兄審閲後，送還南京大學遺著整理委員會。未幾即遇「十年浩劫」，存亡今不可知。

（四）關於《説文解字》者：在解放以前，師惟講甲骨文、金文兩課。解放後五十年代初，始爲南京大學研究生講《説文解字》部首，董理講稿，成《説文部首疏證》一書。原稿雖亦遭「十年浩劫」而遺失，幸省文化局局長周邨同志曾向師藉閲，録一副本，得以保存。師謂：許君作《説文解字》之功誠不可没，吾輩生三千年後而識三千年以上之文字，以通其語言，惟賴此書爲攀陟之階梯。然其所收之字，以小篆爲主流，兼采古籀。考其所采古文，多出自孔宅壁中書，然以今日所見殷及周初之實物刻文證之，什九不合。同意清吴大澂指出壁書古文爲戰國文字，疑許未見金文之説，并發現壁書古文以形體言，多與晚周齊器銘刻相近。因此，許書分析形體不少僞誤。

然而許究生在二千年前，其通古音古義，自遠非今人所能企及，因此，許所言本義本音又多不誤，爲治訓詁音韻之學者所必依據。總之，師治許書，既不同於清儒之視爲經典，不敢非議一字，亦不同於今日學者之横加抨擊，否定全書，乃綜合甲骨、金文、音韻、訓詁之學而作實事求是之論斷焉。

五

一九一〇年春，師自兩江師範畢業後，留附中任教，時陳散原（三立）先生旅居南京，李梅庵先生特介紹胡翔冬師與師同拜門受詩學。散原先生因才施教，命翔冬師專習中晚唐五律，師專習唐人七絶入手，而後再就性之所近，兼習各體。以故師生平講詩學，最長於剖析唐人七絶。一九三四年曾爲金陵大學研究生專設一課，首作引論，言我國詩歌，擅長於短篇中見其機趣，而七絶最妙。其源流正變，始於劉宋湯惠休之《秋思引》，自南齊永明以後，逐漸采用律調，其内容乃當時宫體。不離閨情，至唐人擴大範圍，方盡其能事。唐樂府詩可以被之管弦者，往往爲七絶詩，實爲「詞」體之祖。七絶以抒情爲正格，以叙事議論爲變格。次論唐七絶句正格，自顯而隱，分十六格，各舉一名作爲首例，下録同格者若干首附之。論嚴羽《滄浪詩話》，其主情趣，云「言有盡而意無窮」則是，至云「無迹可求」則過。謂「人具七情，應物斯感，既來自應物，則有迹可求，有迹可求，則可以分析而得之矣」。十六格中，第一至第五格爲對比今昔，第六至第八格爲對比空間差别，第九格爲超過因果關係，第十格第十一格爲設問答，第十二格至第十四格爲假設想像，第十五格爲事物之人格化，第十六格爲意在言外。最後附唐人習用三字之名詞押末句韻脚，以求重點突出，音節鏗鏘一法。經此解剖，七絶詩作法大明，乃極便於鑒賞與追摹矣。又次講七絶變格，所選爲杜甫詩數十首，擇要言之，最後以王建、王涯宮詞與曹唐小游仙詩大篇叙事詩作附録備參考。師嘗云：「唐人七絶詩以青蓮（李白）龍標（王昌齡）爲最高，然極不易學，可學者爲劉（禹錫）白（居易），學李義山（商隱）亦可，稍嫌晦耳。」又云：「王漁洋（士禎）『神韻』之説，近乎玄妙，其實不過謂文字有限，而文字外之意味無窮也，然漁洋所作多襲唐格之淺顯者，觀《秦淮雜詩》諸作可知已。」謹按師生平所作詩，七絶最多，散原先生嘗贊其「仰追劉賓客，爲七百年來罕見」，非虚譽也。

捨唐人七絶詩外，師曾講陶、謝詩與杜詩。已發表之論文有《張若虚事迹考略》《杜甫北征詩小箋》《杜甫羌村詩章句釋》等篇。所作古體詩，初學宋謝翱，上追大謝，又喜六朝樂府，前後作《楊白花》多篇，五七律則師王維，間及義山，風采高騫，氣息醇厚。自經倭亂，感時傷世，憤亂疾邪，則多法杜甫。晚年曾將所作詩詞厘爲六卷：卷一題《磐石集》存一九三七年抗戰以前古今體詩；卷二題《峽林》存抗戰初期旅舍重慶古今體詩；卷三題《無同沙語》存一九四一年移家江津縣白沙鎮以後古今體詩；卷四題《蜩樓草》存一九四五年抗戰勝利，家返南京以後古今體詩；卷五題《東風堂集》存解放以後古今體詩；卷六題《夏廬長短句》存畢生所填小令詞（無長調）。一九六二年初，師逝世後，遺稿除二、四卷有親筆定稿，六卷有曾憲洛鈔本外，餘皆未定。其次子白華兄（出繼外家，改姓楊氏）廣爲收羅，始成詩詞全集，寄中華書局，當時國營出版社尚無印行現代人舊體詩詞集之成例，退稿交南京大學遺著整理委員會。未幾，即罹「十年浩劫」，下落不明。白華兄亦身受橫逆，含冤逝世。一九七二年，鑄發願重行搜輯，數年來從師家屬與同門弟子處以及各種報刊上鈔得古今體詩二百五十一首，詞十九闋，約存全貌之半，而昔日所見師在重慶譴責蔣幫之《領事巷詩》五古十首，與解放後慶祝國慶十周年七律四首，可以説明吾師政治大節者，皆未搜得，至可恨也。現將此鈔先附印文集之後，自當繼續努力，四出訪求。

六

師習書法，治書學史，歷時甚久，造詣甚深，而遺作所遭劫運甚酷。初拜李梅庵先生門下時，即立志學書。一九一八至一九二〇年，在梅庵先生家，朝夕親炙者三年，梅庵先生當時書名播海外，考訂金石，鑒別書畫，衆推巨眼，登門求教者不絶，師侍座側，盡得嫡傳。復又親接沈子培、吳昌碩諸老，見聞益廣。往往繼梅庵先生所作題跋後，自書心得，可於當時石印《金石蕃錦集》中見之。梅庵先生下世後，師歷任大學教授，因各大學不設書法課程，未作講授。直至一九三三年，金陵大學成立研究班，師始創設「書學史」課，親授一次，此後即未重開。一九四三年在昆明，應西南聯大之請，《書學史》專講「漢碑流派」一章，其要旨如下：「漢碑面貌，變化多方，一碑有一碑之面貌，無一同者。若以用筆之輕重，結體取勢之縱橫，與夫整個風格之奇正險易分之，大致可得十五種，每種以一碑爲代表，則有①張遷，②景君，③禮器，④華山，⑤乙瑛，⑥孔宙，⑦曹全，⑧劉熊，⑨魯峻，⑩史晨，⑪三公山，⑫石門頌，⑬王稚子闕，⑭三老諱字忌日記，⑮裴岑。每種各有眷屬，取其風格近似，不計時代先後，如論張遷派，則先舉其純用方筆，取正勢，其眷屬有校官碑，張壽殘碑，鮮於璜碑，與衡方碑，其後吴谷朗碑，晉爨寶子碑皆其支派，故張遷可稱南派漢碑代表。」（其論他派體勢皆同此例，不一一具引。）當時聯大名教授若湯用彤先生、羅常培先生等皆在座靜聽，盛驚其專精獨擅，非積數十年鑽研不能到也。

一九六〇年，江蘇省文聯邀師作書法講座，講《書藝要略》，內容分：①文字變遷；②八分在書藝上之關係；③學書諸常識（分用筆、結體、布白三大端）。全文在《新華日報》上發表。其最後結論曰：「染翰操觚之士分道揚鑣，或尚摹仿，或主創造。夫學書之初，不得不師古，此乃手段而非目的。臨古所以成我，此爲接受遺産，非可終身與古人爲奴也。若拘守一隅，惟舊轍是循，如邯鄲之學步，此等粥飯漢倘使參訪大德，定須吃棒遭喝，匍匐而歸。至於狂禪呵罵，自詡天才，奮筆伸紙，便誇獨創，則楚國失矣，齊亦未爲得也。嘗見昔人讚美文藝或學術成就之高者曰，『前無古人，後無來者』，此語割斷歷史前後關係，孤立作家存在地位，所當批判也。今易其語曰，前不同於古人，自古人來，而能發展古人；後不同於來者，向來者去，而能啓迪來者。不識賢者以爲何如？」此一結論益深合「百花齊放，推陳出新」之精神實質，亦可概括吾師一片治學作文之宗旨矣。一九六一年，應江蘇省委宣傳部之建議，開始寫《中國書學史》，以晚年研究生侯鏡昶爲助手，寫至二王書而宿疾作，一九六二年初遽歸道山，未能完稿。南大成立遺著整理委員會，命侯君爲秘書，管理全部資料。以有關書學史全部講稿札記與同門游介眉兄（女，今爲哈爾濱師大教授），筆記交同門曾昭燏兄（女，爲南京博物院院長），由其共同整理成書。一九六四年三月，曾患嚴重失眠症，鑄往探問，昭燏曰「自度精力衰竭，恐不能爲師完成此書，擬將全部資料送交侯君繼續整理」，次年初曾即逝世。未幾，「十年浩劫」起，遺稿之存於南大者，不知爲何人搶劫而去，僅存空箱。「四人幫」粉碎後，遺著整理委員會恢復開會，鑄以書學史事詢諸侯君，侯云：「曾院長没有交我。」辭色堅决，曾既身死，又無後裔，乃真成無可對證之疑案矣。

師本家書法，取精用弘，自成面目，前後可分三期：①師曾曰：「少時初臨顔書，陷於板滯。經梅庵先生指授筆法，改學北碑，得力於鄭文公、張黑女，於鄭取堅實嚴密（《書學史》稱鄭北書第一），於張取其空靈秀美。其時西陲流沙墜簡初出，師以爲學古人最好的墨迹，即取其印本肄習之，而八分、章草、行草書得漢人真相，迥异時流。此爲第一期。②第二期始自一九二六年左右，始改署款「煒」字爲「炜」，鑄已入門下，常得親見其染翰，聞其緒論，師日有字課，於金文則兼臨周前期方筆，後期圓筆，與齊楚兩派文字，小篆臨秦權詔板皆用梅庵先生法，行筆有頓挫。隸書八分，則以張遷爲主（因此《書學史》論漢碑流派首舉張遷），旁及各派，後得新出土之馬姜碑，喜其矯變，亦臨多次。嘗論清代學張遷者，以道州（何紹基）、汀州（伊秉綬）爲最有成就。師自道州入，服其能運頓挫空靈之筆，由貌似而至於不似，每臨此碑，輒有「不能忘道州」之嘆。真書常臨鍾繇《戎路帖》，以其雖出後摹，仍保存較多之分勢，又常臨梁貝義淵之《蕭憺碑》與蕭秀西碑陰以及隋《董美人》《常醜奴》兩墓志。雖在《書學史》中推崇唐初四大家，而從未作臨摹，從其結體以整齊爲當，遂於梁隋碑志有自然之天趣也。行草書臨王獻之，兼臨宋蘇、黄、米三家，皆取其有創造性，最賞米書「刷」字訣（按：米謂他人書皆描字，自書爲刷字）。其論明人書，則謂：「明人皆精帖學，中葉如祝枝山、文徵明雖有成就，未能脱唐人鍾、王之成規。至晚明董其昌、黄道周、倪元璐、張瑞圖諸家出，始能擺脱藩籬，别開生面，而董書實爲明書第一，以其楷書以醜爲美，行草着空意多，着紙意少，以虛神替實筆，在書學史中爲首創也。」又謂：「明末華亭（董）善用柔，石齋（黄）、鴻寶（倪）善用剛。每欲爲兩派溝通之」。又謂：「清人誤於館閣體，整齊匀稱如標子，盡失天趣，爲書家大厄。行草則董書影響一代，其能遺貌取神者，唯劉石庵（墉）八十以後書、何道州、伊汀州三家而已。其不受影響者僅鄧完白（石如）一人，足稱豪傑，惜所見漢晋墨迹不多，其篆學漢碑額，隸楷學唐人，未免有所局限耳。」於此，可見師陳義之高，自勵之嚴與致力之勤。是爲第二期。③第三期始於倭亂中移家白沙之後，署款多用「沙公」或「子夏」，爲其書法成熟期，年事逾高，筆力愈强，破空殺紙，真得米氏「刷」字訣。其最大特點在以碑體方筆作二王體書，結體布白，有來源亦有變化，在似與不似之間。昔日師曾云：「何道州臨張遷碑凡二百數十通，每通記數，前數十通不似，中數十通甚似，後百餘通又從不似至大不似，乃盡化張遷爲道州。」吾師晚年所臨碑帖亦臻此境，鑄所見有其在雲南所書正楷二大碑，及各體書匾額、楹聯、屏條卷册無數，皆獨具本家面目，其學問詩文風度，與接人待物、喜怒哀樂之情亦可於書法中見之，環視當世，能臻此境者寡。自遭「十年浩劫」，遺迹多爲「破四舊」焚毁，所存無幾，良可悲矣！

七

綜觀吾師一生，學極淵博，兼爲文字學家、史學家、文學家、藝術家，當之無愧。其最大特長，在於獨出手眼，既能繼承前人，總結經驗，又能開創途徑，啓發後進。雖以律己甚嚴，不輕易著作，而誨人不倦，及門弟子受其培育，在學術文藝上能卓然自立者實繁有徒。爲人正直，是非分明，從不阿諛取容。初不問政治，於「九·一八」事變以後，憤蔣幫之誤國，常有憤世嫉俗之辭，爲蔣幫所忌。在昆明時，從友人鄭君處，得馬列主義書籍數種，讀而善之，携以返川，爲特務搜去，從此名列黑籍。淮海戰役後，蔣幫强迫中央大學南遷，師挺身而出，與梁希先生同率學生護校，與之對抗。一九四九年四月一日，親率學生至僞總統府請願，僞軍梃刃交下，學生死者二人，師亦險遭不測。南京解放，日月重光，黨中央重師之爲人，在政治、文教界各方面畀以重任。先後任江蘇省人委、政協及省文聯、作協、書法印章研究會委員、常委、副主席，主席等職。師學習甚勤，感黨與政府知己之深，誓以畢生之力獻諸人民，并争取入黨。有願未伸而殁，惜哉！

（原載《文獻》一九八六年第二期，第一四〇—一五五頁）

參考文獻

《胡小石論文集》，上海古籍出版社一九八二年版。
《胡小石論文集續編》，上海古籍出版社一九九一年版。
《胡小石論文集三編》，上海古籍出版社一九九五年版。
《胡小石書法選集》，江蘇美術出版社一九九八年版。
《胡小石行書長卷》盒裝卷軸，江蘇美術出版社一九七八年版。
《二十世紀書法經典·胡小石卷》，朱培爾、張成主編，河北教育出版社、廣東教育出版社一九九六年版。
《翰墨因緣：李瑞清、胡小石、張隆延、李振興四代書藝》，福建美術出版社一九九七年版。
《中國書法全集》八六《胡小石卷》，劉正成主編，尉天池、徐利明本卷主編，榮寶齋出版社一九九八年版。
《胡小石書風》，莊天明編著，重慶出版社二〇〇三年版。
《胡小石書法文獻》，南京博物院編，榮寶齋出版社二〇〇八年版。
《沙公墨妙：胡小石書法精品集》，南京博物院編，南京大學出版社二〇一二年版。
《學苑奇峰——文學史家胡小石》，郭維森編，南京大學出版社二〇〇〇年版。
《金陵書壇四大家·胡小石》，南京市政協文史（學習）委員會編，南京出版社二〇〇三年版。
《胡小石研究》，南京博物院《東南文化》一九九九年增刊。
《胡小石詩歌研究》，呂文曉著，南京大學碩士學位論文，二〇一五年。
《吴梅全集》，吴梅著，王衛民編校，河北教育出版社二〇〇二年版。
《黄季剛詩文集》，黄侃著，黄延祖重輯，中華書局二〇一六年版。
《黄侃日記》，黄侃著，江蘇教育出版社二〇〇一年版。
《汪辟疆文集》，汪辟疆著，上海古籍出版社一九八八年版。
《汪辟疆詩學論集》，汪辟疆著，張亞權編撰，南京大學出版社二〇一一年版。
《清暉集》，陳中凡著，書目文獻出版社一九八七年版。
《夢秋詞》，汪東著，齊魯書社一九九五年版。
《常任俠文集》，常任俠著，安徽教育出版社二〇〇二年版。
《馮沅君創作譯文集》，袁世碩、嚴蓉仙編，山東人民出版社一九八三年版。
《馮沅君傳》，嚴蓉仙著，人民文學出版社二〇〇八年版。
《近代學人手迹》（初集），周法高編輯，文星書店一九六二年版。
《江蘇詩選》，「江蘇詩選」編輯委員會編，江蘇人民出版社一九六二年版。
《歷代近體詩鈔》，吴燦禎編，臺灣商務印書館一九九〇年版。
《近代詩鈔》，錢仲聯主編，江蘇古籍出版社一九九三年版。
《霏霏寒雨濕征衣——一本八十年前的紀念册》，楊世雄編纂，張蔚星注釋，南京大學出版社二〇二〇年版。

編後記

胡小石先生是我國現代著名的學者、詩人和書法家，平生創作詩詞五百多首，生前和身後散佚頗多。早年詩稿多毀於日本侵華戰爭，去世後編成的詩詞集又遭遇「十年浩劫」，損失殆盡。一九四二年胡先生爲盧前（字冀野）所藏《吴霜厓先生遺札》題詩并識云：「此十五年前舊作，自遭喪亂，詩稿盡失，冀野猶能憶之，附録册後。」[一]所遭「喪亂」，指一九三七年日機轟炸南京，胡先生「願夏廬」住宅被「一彈炸毀」[二]，後隨中央大學西遷重慶達八年之久，詩稿盡失於此際。身後之遭遇，門人吴白匋先生《願夏廬詩詞鈔後記》所述甚詳：「一九六二年初，師歸道山，遺稿除三、四卷有親筆定稿，六卷有曾憲洛鈔本外，餘皆未定。其次子白華兄（出繼外家，改姓楊氏）廣爲收羅，歷時一載，始成詩詞全集，未及印行，不幸遭逢『十年浩劫』，珠玉毀於櫝中；而白華兄亦身受横逆，含冤逝世，良可悲矣！」一九七二年，吴白匋先生重新整理老師詩詞集，「數年來，從師家親屬與同門弟子處，以及各種報刊上，鈔得古今體詩二百五十一首，詞十九闋，約存全貌之半」，編成《願夏廬詩詞鈔》，附於《胡小石論文集》之後排印出版。一九八六年，吴先生在南京大學中文系資料室發現了胡先生一批早期詩稿，「共得古近體詩五十首，小令詞兩闋」，加上另搜集到的十七首詩和一闋詞，編爲《願夏廬詩詞補鈔》，附於《胡小石論文集續編》後出版。

一　按題詩《暑夜苦熱盧冀野過談因懷瞿安蘇州》二首，發表於《金陵光》一九二七年第十六卷第一期，以「十五年前舊作」推算，這段題識當作於一九四二年。

二　《時事新報》（重慶）一九三八年十二月十一日第四版宗白華《學燈·編輯後語》：「胡小石先生愛考古，在（南）京時收集出土陶器甚多，被倭寇一彈炸毀。」

兩鈔總計録詩三百一十六首[一]，詞二十二闋。

本書在《頤夏廬詩詞鈔》和《補鈔》基礎上，增補詩一百六十九首，詞十八闋，總計收録詩詞五百二十五首，接近五百四十首的全貌[二]，因此署名爲《頤夏廬詩詞》。增補後，筆者對全部詩詞進行了校勘和編年，并參與了本書插圖的收集整理。

一、增補

圖書資訊的發達和期刊大數據檢索的發展，促進了學界對胡先生詩詞的輯佚。許金枝根據張隆延藏《胡小石先生墨寶》所載自書詩詞，補遺《頤夏廬詩詞鈔》十四首[三]。吕文曉通過檢索民國期刊、書法作品和友朋日記等相關文献，輯録胡先生集外詩三十六首，詞十三闋[四]。筆者的增補工作也主要沿着民國報刊和墨迹書法兩條途徑展開。

以抗戰爲分界綫，胡先生之前的詩詞多見於任教學校的報刊，像《北京女子高等師範文藝會刊》、《文史地雜志》（武昌師範學校主辦）、《金陵大學文學院季刊》、《金聲》（金陵大學主辦）、《國學叢刊》（東南

一　《補鈔》所録《流年》一首實爲陸游詩，此詩見錢仲聯校注《劍南詩稿校注》卷三十七，題爲《聞鳥聲有感》（其二），上海古籍出版社一九八五年版，第二三七二—二三七三頁。另外，《補鈔》中的《自昆明返渝州，朋好置酒相勞，座中有董蓮枝鼓詞，感爲短韻并贈董娘四首》第三首與《詩鈔》卷二《董娘》一首重複。

二　如果以吴白匋先生所云「鈔得古今體詩二百五十一首，詞十九闋，約存全貌之半」計算，胡先生所作詩詞當有五百四十首左右。

三　許金枝：《〈頤夏廬詩詞鈔〉補遺》，《中華書道》第八〇期，二〇一三年夏季號。

四　吕文曉：《胡小石詩歌研究》，南京大學碩士學位論文，二〇一五年。

大學主辦）、《國立中央大學半月刊》、《國立中央大學浙江同學會會刊》等。抗戰八年是胡先生詩詞創作最多的時期，除重慶中央大學校内的《沙磁文化月刊》和盧前主編的《民族詩壇》外，宗白華主編的《時事新報》副刊《學燈》是他詩詞發表的主陣地，一九三八至一九四三年，胡先生多有「夏盧近詩」或「夏盧詩鈔」專欄刊載，少則一二首，多則二十餘首。本書有二百八十六首詩詞刊載於民國報刊，在增補的一百八十七首詩詞中有八十五首來源於此。

作爲書法家的胡先生常常書寫詩詞送給友人、學生和子女，這些流傳至今的書法不僅爲增補提供了第一手資料，也爲作品提供了時間坐標。如一九三九年寫寄給張隆延的《夏盧近詩》二十一首中有九首可補《願夏盧詩詞鈔》之缺，據該卷題識「此皆去秋與弟別後所作」，這些詩都作於一九三八年秋。再如寫給三子胡令聞的《雜題〈滇繹〉》十三首，也是《願夏盧詩詞鈔》所不載的，落款「壬午（一九四一）中秋前六日」提供了完稿的時間下限。本書有二百八十八首詩詞見於胡先生的書法和手迹，增補的詩詞中有一百二十三首有書迹流傳。

南京大學檔案館藏有「胡小石的雜記、詩稿、青年時代的學習筆記」三册，其中兩册的内容除雜記和筆記外還存有胡先生的一些詩稿，這些詩大多經過兩次以上的修改，《秋夜於上海還江寧車中作》一詩先後修改達七稿之多。這與吴白匋先生發現的那批胡先生早期詩稿情況完全相同：「一詩往往修改數遍而後謄清爲定稿。有謄清三次而各异其詞、未能定者，如《却憶》一首即是。亦有留空格而始終未填者，如《佳人》一首有兩□，《長沙送李仲乾别》詩第六首有七□，雖非完篇，亦照原式鈔録，以存其真。」

本書據此增補二十一首詩[一]，亦照原式著録。

《胡小石書法文獻》著録胡先生墨迹《十一月十四日朱雀橋觀月作一首》：「傾意薄西山，升月鶩東崖。睹淹景未論，畠蟲暉已馳。夕游臨河梁，逍遥散所思。夜光懸北陸，圓明盈四維。垂曜通飛沉，俯仰習重規。漣漪潄無聲，鱗涣弄寒姿。樓殿鬱廣陰，雕甍互參差。縞練誰能分，霜雪動群疑。乘風蕩清泠，潄玉抱冰肌。遲莫良難任，光昭寧有私。即兹方内游，聊祓區中悲。」另見胡小石手書七絶一首：「一日馳驅半日閑，尋君不遇衹空還。望京愁絶登樓眼，江上千山更萬山。」這兩首詩是否爲胡先生所作，目前還没有充分的證據，鑒於《願夏盧詩鈔》有据胡先生墨迹誤入他人詩之例[二]，本書暫不予收録。

吴梅《瞿安日記》一九三一年十一月二日記載汪旭初、胡小石、王伯沆、吴梅、仲騫、王起、季青、汪曉湘八位先生詩鐘若干聯，其中胡先生有九聯之多[三]。一九三一年《金陵大學校歌》歌詞爲胡先生所作[四]，限於體例，本書皆不收録。

一　南京大學檔案館所藏胡小石先生早年雜記、詩稿和筆記兩册，一册封面隸書題「草稿」，右側行書「量海以斗，亦復何爲」，另一册封面篆書題「小草」。胡小石《草稿》録有「女弟子潘少容有《咏裁縫》詩」、「女弟子潘咏英《秋雨》詩」、「同門南豐吴晋丞詞」，另有自作詩二首，皆無詩題，其一首句「冥冥風雨深」，其二首句「祝髮拘蠻髦」，草稿不完，不録。《小草》有自作詩一首，無詩題，首句「炎節燒郁悒」，草稿不完，不録。

二　《流年》一詩誤入《補鈔》，當與胡先生墨迹有關。筆者見過兩件胡先生書寫此詩的墨迹：其一載朱培爾、張成主編《二十世紀書法經典·胡光煒》，河北教育出版社、廣東教育出版社一九九六年版，第一二一頁；其二胡小石故居藏書法立軸。

三　吴梅：《瞿安日記》卷一，河北教育出版社二〇〇二年版，第二八—三〇頁。

四　《金陵大學校歌》：「大江滔滔東入海，我居江東。石城虎踞山蟠龍，我當其中。三院嵯峨，藝術之宮，文理與林農。思如潮，氣如虹，永爲南國雄。」見張憲文主編：《金陵大學史》附録，南京大學出版社二〇〇二年版，第五三八頁。

令人感到遺憾的是，雖經過多方收輯，願夏廬詩詞仍然有數十首的缺失。吴白匋先生曾在重慶親見的《領事巷詩》五古十首，至今仍未輯得，亦「至可恨也！」

二、校勘

（一）选定底本。

根據本文形成的不同，本書分别采用四種底本：

甲，楊白樺（一作華）先生鈔本（簡稱楊本）。胡小石故居藏，綫裝，殘存一册，録詩九十六首[一]，這些詩都作於抗戰前，屬於胡先生原編《磐石集》的一部分。楊白樺先生是胡先生的次子，也是詩集的最早整理者，其録詩大多來源於胡先生的自編詩集，雖然這些詩全部收録在《願夏廬詩鈔》中，但二者比勘，前者文字明顯優於後者，因此這九十六首詩以楊本爲底本。

乙，吴白匋先生《願夏廬詩詞鈔》（分别簡稱《詩鈔》本和《詞鈔》本）和《願夏廬詩詞補鈔》排印本（簡稱《補鈔》本）。吴先生痛惜楊本亡佚，用功十年，完成《願夏廬詩詞鈔》和《補鈔》，收録詩詞三百四十首，除去楊本所鈔九十五首外，其他二百四十五首以吴先生的整理排印本爲底本。值得一提的是胡小石故居藏有一部《願夏廬詩鈔》清稿本，録詩二百二十六首，它又是排印本《願夏廬詩鈔》的底本，不分卷，中間以隔頁分爲前、後兩個部分：前一部分一〇七首，与排印本卷一數量和排序完全相同；後一部分一百一十九首，比排印本卷二少録二十五首，這可能是清稿本交給上海古籍出版社後又陸續輯

一《寄題北湖》重鈔两次，《雁聲》《贈紀元》《十月廿七日大風翔冬招同仲子茂宣游毛茅公官渡荻花甚美》皆重鈔一次。

得二十五首再交出版社增加者。這部清稿本頗具校勘價值，如《詩鈔》排印本《聞柝》「巴山纔一夜，京國正三更」，《詩鈔》稿本「一」作「乙」，筆者所見三個墨迹本亦皆作「乙夜」，古人分一夜爲五，乙夜相當於二更，這兩句詩説的是重慶和南京兩地的時差，排印本作「一」誤。

以下兩種是所增補詩詞的底本。

丙，以民國報刊所載文本爲底本。a分別見於報刊和墨迹的詩詞，以報刊所載文本爲底本。b分別見於不同報刊的詩詞，則以文字訛誤較少、社會影響較大的報刊所載文本爲底本。比如一首詩詞在《北京女子高等師範文藝會刊》《文史地雜志》《國學叢刊》等幾種刊物發表，則以《國學叢刊》所刊文字作底本。

丁，以墨迹本爲底本。墨迹本又包括詩稿和書法兩類，如有多個版本，則以後出者爲底本。

除此之外，還有少量從日記、年表、傳記、文集等各類文獻中輯録之詩詞，如没有其他文字比勘，則徑録原文。唯舊刊年代久遠而字迹模糊或殘缺者，亦用「□」代之。

（二）匯録异文。

願夏廬詩詞匯合衆本而成，存在大量异文，這些异文的産生，雖然有報刊排版失誤等因素，但更多是胡先生數年間反復沉吟修改的結果，正如吴白匋先生所云：「於此可見先師於詩致力之多、推敲之深，信如王荆公所云『成如容易却艱辛』矣。」（《願夏廬詩詞補鈔後記》）因此，本書儘可能依照刊發或書寫的時間爲序，匯録全部异文，以期呈現胡先生詩詞創作從草稿到修改稿再到最後定稿的整個過程。如《買小鷄飼之，戲柬禺生》詩：「山庭縛落無一丈，稚羽籠迎如大將。鄰翁相鳥賀得雄，從此幽窗聞曉唱。

求時於卯莊所讖，小冠菽發翰音宜。主人但取不鳴雁，長夜膠膠是殺機。」在傳世的七個文本中有五個存在异文[一]。民國報刊本兩個：此詩最早發表於一九四〇年《聚奎六十周年紀念刊》，詩題「禺生」作「麻老」，這是臨文時對好友劉成禺的不同稱呼，「汝」作「女」當是編輯誤認草書「汝」字作「女」字；一九四一年刊載重慶《時事新報》時，「縛落」改作「植援」。墨迹本三個：一九四〇年的詩稿「一」「音」二字有塗改，詩題「東」作「示」，「縛落」作「樹援」；一九四一年書寫此詩，詩題「禺生」作「麻老」；一九四八年再書，詩題「小鷄」作「鷄雛」，正文「幽」作「春」，「殺」作「煞」，改動較大。九年之間，一首詩呈現出多重文本面貌，反映推敲之深的同時也折射出詩人處於不同時期環境下心態的起伏變化。再如《鷄柵》：「破夢秋窗腷膊聲，起看鷄柵意縱横。杜陵老子今如在，不放宗文萬里行。」筆者所見兩幅墨迹，均書寫於一九六〇年左右，一爲横幅，寄給遠在美國的長子和三子，另外一幅扇面寫給留在南京的次子，同一詩題，同一內容，短短二十八字中却有兩處异文，「如」字又作「猶」字，「放」字又作「遣」字。「如在」還是「猶在」？「不放」還是「不遣」？從抗戰時全家人流寓大後方，到抗戰後兩個兒子遠渡重洋，在一個虛字和一個實字的錯雜書寫中包含着一位老父親內心的無比糾結和無限愛惜。

三、編年

古人編詩集有分體、分類、分韻和編年四種方式，四種方式中以編年最優，「編次得則詩意易明」[二]，

一 另外兩個版本：①《文史雜志》一九四二年第二卷第五、六期第九二頁。②《胡小石行書長卷》墨迹，題識：「來白沙鎮日但咏草木鳥獸耳，辛巳（一九四一）新秋付阿柱。」兩本均無异文。

二 楊伦箋注：《杜詩鏡銓·凡例》，上海古籍出版社一九八〇年版。

最能體現知人論世之旨。胡先生最初的自編詩詞集便是編年體，吴白匋先生有云：「晚年曾將所作詩詞厘爲六卷：卷一題《磐石集》存一九三七年抗戰以前古今體詩；卷二題《峽林》存抗戰初期旅舍重慶古今體詩；卷三題《無同沙語》存一九四一年移家江津縣白沙鎮以後古今體詩；卷四題《蜩樓草》存一九四五年抗戰勝利，家返南京以後古今體詩；卷五題《東風堂集》存解放以後古今體詩；卷六題《夏廬長短句》存畢生所填小令詞（無長調）。」本書仍舊采用編年體，以時間先後將《願夏廬詩》分爲五卷：卷一存一九一三至一九二三年古近體詩一百二十五首，卷二存一九二四至一九三七年古近體詩一百零八首，卷三存一九三八至一九四二年古近體詩一百零六首，卷四存一九四三至一九四五年古近體詩九十二首，卷五存一九四六至一九六二年古近體詩五十四首。編年的依據有三：首先是所載夏廬「近稿」或「近詩」民國報刊的發行時間。據筆者統計，胡先生發表於民國報刊上的詩詞佔全部創作的百分之六十，這爲作品的編年提供了基本框架。其次參考楊白樺先生和吴白匋先生詩鈔本的排列次序，兩人采用的也是編年體。最後根據墨迹識語所給出的創作年代。《願夏廬詞》不分卷，亦依據上述方法編次，存胡先生各時期詞作四十闋。

四、插圖

作爲古文字學家、文學史家和書法家，胡先生書寫的自作詩詞表現出與衆不同的本文形態。本書插入胡先生詩稿和書法作品九十八件，書寫形態與詩詞内容緊密結合，最大程度延展了文字的表現力。

（一）揭示寫作背景。

詩集開篇《岳麓山中》一詩，常被誤認爲早年游南京清凉山所作，而在胡小石紀念館所藏墨迹有題識云：「此昔年岳麓山中舊作也，今夕大風，頗憶湘江景色。」正與楊本小字注「在長沙周南女中教生物」相印證。再如《題文潔書樟》墨迹題識云：「戊午（一九一八）冬，臨川夫子自滬之湖上，吊俞觚庵先生之喪，過宿蒼虬閣中，此樟圖蓋當時所作以貽閣主人者，去今忽忽且廿年，距公之殤亦十七年矣。白匋賢弟得之索題，感而賦此。丙子（一九三六）七月廿七日，瘧退書。」這段文字可當詩序來讀，與詩意互文相應。《卜算子》（疏雨濕鐙窗）原刊於《金聲》一九三一年第一卷第一期，另見墨迹題識云：「辛未（一九三一）四月四日病中，小詞尚是昔年秦中作也。」此詞係一九二四年在西北大學任教時所作。《點絳唇》（雙塔撑空）墨迹題識云「癸酉（一九三三）四月十三日游牛首作」，清楚地標明了創作的具體時間和地點，對於理解詞意大有裨益。

（二）詩情書意融合。

一九三七年「七七事變」後，中國抗日戰爭全面爆發。八月，胡小石先生携帶家眷西遷，開始了「漂泊西南天地間」的漫長歲月。「君看急管哀弦裏，盡是亡家破國人」（《白華邀同仲子確杲諸公聽董蓮枝詞，喜衡如新自成都至》其一），八年抗戰的國仇家恨，在胡先生的學術研究和詩詞、書法創作中打下了深深的烙印。吴白匋先生將胡先生的書法分作三期，「第三期始於倭亂中移家白沙之後」，最大的特點在於以碑體方筆作二王體行書，結體布白，開合變化，「爲其書法成熟期」；這一時期，「又因倭寇猖獗，首都淪陷，國府政治腐朽，通貨膨脹，知識分子幾成餓殍，先師蒿目怵心，乃將憂國哀時之情，抑塞不平之氣，一一泄之於筆墨，於是書藝更加險絶堅蒼，破空殺紙，力可屈鐵矣」（《胡小石書法選集·前言》）。此論真得乃師書學心迹！一如胡先生的老師李瑞清先生辛亥國變後改名易冠，書法上創用澀筆而行之以頓挫激蕩之法，胡先生晚期書法的變革則始於炮火連天的抗戰烽燧，運筆雄强開張，筆勢更加蒼勁奔放。《雜題〈滇繹〉》和《蘭津怨一首》等詩翰正是他這一時期書風的鮮明寫照，「利用其結構之疏密，點畫之輕重，行筆之緩急，以表現作者之心情」（胡小石《中國書學史緒論》），詩情書意達到了完美融合。

（三）漢字形義之美

胡小石先生應該十分認同女高師時的同事魯迅先生漢字具有「意美以感心」「音美以感耳」「形美以感目」「三美」[一]的觀點，這在他的自書詩詞中有着更爲直觀地展現。如「燈」字往往寫作「鐙」，「年年花落聽歌夜，雨歇鐙殘不肯歸」（《聽歌》其二），「歸來楓葉又鳴廊，挑鐙思故鄉」（《阮郎歸》），遠古青銅的金屬質感與當晚的昏昏燈火輝映，詩人的無盡思念正蘊含在客夜闌珊之中。再如「沸」字往往寫作灊，「赤曦灊江金石流，渝州八月如火州」（《後苦熱》），「烽燧滿天，寇機頻至，家憂國難，心若灊湯，引領西望，如何如何！」（《送子離之成固》題識）國憂家恤，流人内心之煎熬，如畫圖自現。與拼音文字相比，漢字的特點在於字體本身具備形象，巧妙地運用到詩中能夠强化意象之美。正如禪宗臨濟宗語録往往以「鱍」

一　魯迅《漢文學史綱要》第一篇《自文字至文章》：「今之文字，形聲轉多，而察其締構，什九以形象爲本柢，誦習一字，當識形音義三：口誦耳聞其音，目察其形，心通其義，三識并用，一字之功乃全。其在文章，則寫山曰崚嶒嵯峨，狀水曰汪洋澎湃，蔽芾葱蘢，恍逢豐木，鱒魴鰻鯉，如見多魚。故其所函，遂具三美：意美以感心，一也；音美以感耳，二也；形美以感目，三也。」見《魯迅全集》第九卷，人民文學出版社二〇〇五年版，第三五四頁。

字代替「潑」字，其目的即在於充分利用漢字這一特質增强禪意的表達。由此來看，胡先生詩書「珠聯璧合」[一]還表現在字形與詩意間的相得益彰，「言之精者爲文，文之精者爲詩」[二]，對此胡先生精益求精，匠心獨運，有着十分强烈的審美傾向。

結合願夏廬詩詞文本生成和傳播的特點，本書以詩詞爲核心，運用補、校、編、圖四種方式，力圖重現胡先生詩詞意境表達的全過程，以及他所堅守的用漢字形音義之美建築中國詩詞之美。

一九六二年，胡小石先生病故後南京大學成立胡小石遺著整理委員會，詩詞分別由楊白樺先生和曾憲洛先生整理，至今已過去了一個甲子。詩詞集完成不久即遭遇「十年文化浩劫」，楊、曾殞命，全集亡佚，個中曲折實一言難盡。一九七二年，吴白匋先生發大願力，從頭開始，查找報刊，徵求遺墨，十年後終於完成「約存全貌之半」的《願夏廬詩詞鈔》，至今也經歷了半個世紀。

高山仰止，景行行止。二〇〇四年南京大學中文系成立九十周年之際，筆者負責製作一套以本系十三位先賢爲主題的書籤，胡先生的書籤選取了行書《岳麓山中》詩，深感詩意瀟灑流美。二〇一五年主持胡先生書陳萬里烈士墓碑的遷移和墨拓，觀拓三日，深愛書風剛健雄劲[三]。二〇一八年爲紀念胡先生誕辰

一　周勛初《〈胡小石論文集〉後記》：「小石師詩歌創作成就甚高，而又書法名家，珠聯璧合，實爲文苑瑰寶。」《胡小石論文集三編》，上海古籍出版社一九九五年版，第六二四頁。

二　唐元《筠軒集》卷十一《艾幼清汝東樵唱詩跋》，景印文淵閣《四庫全書》第一二一三冊，臺灣商務印書館一九八六年版，第五七五頁。

三　劉重喜：《胡小石書陳萬里墓碑》，《南京大學報》二〇一五年五月三十日第七版。

一百三十周年，協助校圖書館館長程章燦教授、文學院院長徐興無教授和圖書館、博物館史梅副館長舉辦「胡小石和他的時代」書法文獻展，不僅增進了對胡先生的了解，從中亦多受益於三位老師耳提面命式的指導。

通過舉辦這次展覽，有幸結識了多位胡先生的親屬和敬重胡先生的學者與收藏家。展覽前夕，胡先生的外孫初大平先生專程到訪文學院，這次又從英國專門發來所藏胡先生絶筆詞的墨迹圖片。二〇二三年初，胡先生的外孫楊世雄先生從美國帶來《雜題〈滇繹〉》長卷，我們一起對詩中涉及的人物和歷史背景進行解讀，合作完成《抗戰弦歌：胡小石行書〈雜題《滇繹》〉詩卷》并刊登在校慶日的《南京大學報》上〔一〕。陸國斌先生所藏多爲楊白樺先生所得胡先生書法之精品，惠示《倚枕》詩軸，不僅是胡先生宗法杜甫七律的代表作，也是效法晚明書家以沉郁頓挫之氣行於丈二巨幅的書法力作，詞老墨妙，令人嘆爲觀止！吴懋楠先生和朱一超女士二十多年來一直致力於胡先生墨迹的收集和整理，所藏兩部詩歌稿本，真實還原了《願夏廬詩詞鈔》從整理到亡佚、從廣泛搜羅到不斷補鈔的學術脉絡；珍藏《題瞿安遺櫝爲冀野》詩稿，塗抹縱横，墨痕乎？泪痕乎？胡先生痛悼友朋之情躍然紙上！

在尋訪遺墨過程中，有幸得到南京博物院莊天明老師、南京藝術學院顧穎先生、淮陰師範學院杜運威先生、游壽先生高足王立民先生的鼎力相助，昔年吴白匋先生徵集胡先生佚詩每有「助我一臂，予以增益，不勝慶幸」之喟，筆者於此亦深有同慨！此後仍當繼續努力訪求，願請師友不吝襄助。

〔一〕楊世雄、劉重喜：《抗戰弦歌：胡小石行书〈雜題《滇繹》〉詩卷》，《南京大學報》二〇二三年五月二十日第五版。

感謝南京博物院、胡小石紀念館和南京大學圖書館爲本書提供所藏胡先生詩詞墨迹的高清圖片。

胡小石先生的詩詞創作如果從一九一三年算起的話，至今已經一百一十多年了，今年適逢南京大學文學院建院一百一十周年，願敬奉此書，藉先生潛德之幽光，照亮百年文院之風雨兼程！

甲辰端午劉重喜謹記

圖書在版編目（CIP）數據

顧夏盧詩詞 / 胡小石著 ; 劉重喜編 . -- 北京 : 商務印書館 , 2024. -- ISBN 978-7-100-24182-3

I . I227

中國國家版本館 CIP 資料核字第 202458DA53 號

顧夏盧詩詞

胡小石 著

劉重喜 編

商 務 印 書 館 出 版

（北京王府井大街 36 號 郵政編碼 100710）

商 務 印 書 館 發 行

南京愛德印刷有限公司印刷

ISBN 978-7-100-24182-3

2024 年 10 月第 1 版 開本 787 × 1092 1/16

2024 年 10 月第 1 次印刷 印張 21¼

定價：218.00 元